Rhan I

Y Lloer a'i Chariad

NOSON DDUAF Y flwyddyn, a'r lloer yn syllu arna i'n gegagored drwy'r ffenest. Welais i erioed mohoni'n edrych mor dew o'r blaen, a'i golau main, di-liw yn llenwi'r nos. Roedd arna i ofn ei llygaid lleddf, ei cheg yn llonydd mewn sgrech dawel.

Yn y gwely bach yn ymyl f'un i, roedd Gorwel yn cysgu, ei anadl fel y llanw. Yn ei ddwrn, daliai grafanc hen granc a ymddangosodd yn gelain ar y traeth y bore hwnnw. Dan oleuni'r lleuad, roedd y lliwiau wedi pylu, a'r grafanc yn edrych fel rhan o'm brawd – fel bys ychwanegol, aflan.

Ciciais gynfasau fy ngwely yn ôl, gan deimlo bysedd yr oerfel yn cyffwrdd fy nghoesau. Roedd yn rhaid i mi gau'r llenni'n iawn, tywyllu'r crac rhyngddynt rhag gadael i'r hen loer edrych i mewn arna i. Dychmygwn, petaswn i'n cysgu a hithau'n dal i sbecian mor agos, y byddwn yn deffro'n sydyn i'w chanfod hi yn y llofft efo mi, yn ben moel, lliw llaeth, ac anadl rewllyd yn dod o'i cheg agored.

Roedd y llawr pren yn oer, a 'nghoban fach yn gwneud fawr ddim i gadw'r ias oddi ar fy nghnawd. Wedi tynnu'r llenni, brysiais yn ôl i'r gwely, yn hanner gobeithio y byddai sŵn fy nhraed yn deffro Gorwel.

Symudodd o ddim modfedd. Roedd pob man mor ddistaw.

Heb olau'r lleuad, roedd y llofft yn hollol dywyll. Gorweddais yn fy ngwely, yn gwneud fy ngorau glas i beidio â meddwl am y peth. Er mai dim ond amlinelliad du y medrwn ei weld o'r cwpwrdd dillad mawr yng nghornel yr ystafell y tu ôl i'r drws, medrwn ddychmygu pob manylyn ohono. Y drysau mawr, trymion, a'u hochenaid ddolefus pan fyddai Nain yn eu hagor. Y patrwm yn y pren ar dalcen y cwpwrdd, patrwm oedd i fod i edrych fel dail ond a oedd yn debycach, mewn gwirionedd, i aeliau dig. Y ddau fwlyn fel llygaid dall. Fel y gwnes ganwaith o'r blaen, dychmygais sŵn y drysau'n agor yn y tywyllwch, a hithau'n rhy dywyll i weld pwy oedd yn gyfrifol.

Roedd yn ormod i mi. Byddai'n rhaid i mi ddeffro Nain.

Daeth y rhyddhad yn don wrth i mi adael yr ystafell wely – mi fyddwn i'n iawn efo Nain. Gwthiais ddrws ei llofft, ac egni'r ofn wedi fy neffro'n llwyr.

Doedd hi ddim yno.

Cyweiriwyd y gwely yn daclus, cotwm gwyn ar ben cotwm gwyn, blanced wlân o batrwm gwanwynol gwyrdd wedi'i gosod yn daclus. Roedd y llenni'n agored, a'r goedwig ym mhen pellaf y gwastatir y tu ôl i'r tŷ mewn llonyddwch.

'Nain?' gelwais, fy llais yn wahanol ym mhydew'r nos. Roedd yr eco lleiaf oll ar y landin, a'r sillaf yn swnio fel yr unig beth byw yn y byd.

Doedd dim ateb.

Roedd hi wedi marw, penderfynais, a minnau'n wirion gan ofn. Wedi marw yn ei chadair wrth y tân, a'r aelwyd wedi oeri, y cols cochion wedi troi'n llwch. Gallwn weld ei hwyneb crychog yn fy meddwl, y cnawd yn llonydd, yn felyn fel gwêr.

'Llanw?' daeth ei llais, yn hanner sibrwd o waelod y grisiau.

Diflannodd y ddrychiolaeth farw o'm dychymyg a rhuthrais i lawr y grisiau ati.

'Mae hi'n ganol nos,' meddai Nain yn dawel, gan suddo i'w chwrcwd nes cyrraedd fy nhaldra i. Roedd ganddi siôl ddu am ei hysgwyddau main, a'r gwlân yn arw a bras yn ymyl y blethen arian sidanaidd a grogai dros ei hysgwydd.

'Doeddech chi ddim yn y gwely. Ro'n i'n meddwl bod rhywbeth wedi digwydd i chi.'

Estynnodd Nain ei breichiau amdanaf, a'm codi oddi ar y llawr, er 'mod i – a'i bod hithau – yn rhy hen i hynny. Plethais fy nghoesau o'i chwmpas, a lapiodd hithau ei breichiau a'i siôl am fy ysgwyddau main.

'Paid â phoeni amdana i, pwt. Dwi'n iawn. Wedi aros ar fy nhraed yn hwyr i wylio rhywbeth arbennig ydw i.'

Gallwn glywed y wên yn ei llais, er na fedrwn weld cryman cyfarwydd ei cheg – roedd fy wyneb wedi'i blannu yng nghrychau ei gwddf.

'Be ydi o?'

'Wel, ddylwn i ddim dweud wrthot ti. Ddylwn i ddim dy gadw di ar dy draed.'

Codais fy mhen drachefn, fy chwilfrydedd fel blas yn fy ngheg. 'Mi wna i gysgu yn fy ngwely bach fy hun nos fory, Nain, wir i chi.'

Nodiodd Nain, a 'ngosod i ar lawr. Roedd y llechi dan draed yn oer ac yn llychlyd, ond sefais yn stond wrth i Nain nôl blanced o'r gist yn y gornel a'i lapio amdanaf.

Heb ddweud gair, cydiodd yn fy llaw fach, a'm harwain at y drws ffrynt. Cododd y glicied, a thynnu'r derw trwm, gan adael i chwa o awel oer dorri'n don drosom ni'n dwy.

Codais fy llaw at fy llygaid rhag i'r golau llachar fy nallu, ac yna'i thynnu'n ôl drachefn mewn rhyfeddod. Y goleuni, fel haul mis Mehefin. Y lloer! Fel petai hi wedi chwyddo'n fwy ers i mi gau'r llenni arni yn y llofft, wedi gwylltio am i mi feiddio troi fy ngolygon oddi wrthi. Teimlai fel petai'n llenwi hanner y nos, yn gwthio'r sêr o'r ffordd, yn closio'n anghysurus.

Gwasgais law Nain, a thrio'i thynnu 'nôl at dywyllwch y tŷ. Daliodd Nain fi yn fy lle, ac edrychais i fyny arni. Edrychai fel angel yn y goleuni gwyn – sglein o wên wirioneddol lawen ym mhantiau dyfnion ei hwyneb. Syllai ar y lloer fel petai'n hen ffrind, yn dychwelyd ar ôl amser maith.

'Os daw hi'n agosach, mi fydd hi'n cyffwrdd y byd,' meddwn yn dawel, ac ofn yn fy llais. Dychmygais hynny, y geg agored yn nesáu ac yn nesáu nes ei bod yn cusanu'r tir... yr ergyd honno, fel dwrn.

'Wnaiff hi ddim cyffwrdd, Llanw. Tydi hi ond yn dod yn agos i gael ein gweld ni'n iawn.'

Roedd golwg mor hunllefus ar wyneb y lleuad, â'i sgrech dawel a'i llygaid dolefus. Tybed pa bethau ofnadwy a welsai ar y ddaear?

'Edrycha ar y môr, Llanw.'

Tynnais fy llygaid oddi ar y lloer ac ebychu'n ysgafn wrth weld y tonnau, oedd bron iawn â chyrraedd carreg drws y tŷ. Dau gam coesau hirion ac mi fyddai'r llechen yn slic o dan ddŵr hallt.

'Nain! Ond be os...?'

'Wnaiff y dŵr ddim ein cyrraedd ni, Llanw fach. Dyma'r llanw uchaf i mi ei weld ers pan o'n i'n blentyn. Tydi o'n beth tlws?'

Eisteddodd Nain ar garreg y drws a'm tynnu i'w chôl. Gwylion ni'n dwy y tonnau yn torri dros y llwybr o flaen y tŷ, yn llyfu'r mieri a'r dant y llew a fyddai'n saff rhag y môr fel arfer. Syllai'r lleuad yn ôl arnon ni, y cysgodion ar ei bochau fel cleisiau.

'Pam eich bod chi'n galw'r lleuad yn "hi" os mai dyn sydd ynddi?'

'Pobol sy'n meddwl mai wyneb dyn sydd yn y lleuad, pwt. Pobol nad ydyn nhw'n gwybod dim gwell. Mae'n hollol amlwg mai dynes ydi hi. Edrycha di ar yr hiraeth yn y llygaid yna!'

Roedd hynny'n gwneud synnwyr i mi.

'Pam nad ydi'r lleuad byth yn blincio, Nain?'

'Am iddi hi gael gymaint o syndod un tro nes y rhewodd ei hwyneb, ac fel yna y bydd hi am byth, mwyach.'

'Be ddigwyddodd?'

Trodd Nain ei hwyneb ata i. 'Ddywedais i 'rioed wrthot ti?'

Ysgydwais fy mhen, fy meddwl yn glyd a minnau'n gwybod bod Nain ar fin adrodd stori wrtha i.

'Dwi'n nain wael, yn anghofio pasio hanesion pwysig ymlaen i Gorwel a thitha. Wel…' Gwasgodd fi, am eiliad fer, cyn dechrau.

Druan o'r ddynes yn y lleuad. Mae hi'n gweld holl bethau'r byd – y briallu yn y caeau, yr ŵyn bach yn y gwanwyn, cacennau cri sy'n dal yn gynnes oddi ar y radell – ond all hi byth fynd yn agos atyn nhw.

Roedd hyn yn ei phoeni, ac roedd hi'n unig, yn drybeilig o unig, i fyny yn y tywyllwch ar ei phen ei hun bach. Mi fedrai weld cariadon ar y ddaear yn gwenu'n ddel ar ei gilydd, yn dal dwylo, ac weithiau'n priodi ac yn cael plant bach.

Ond er ei bod hi'n unig, roedd y lloer yn medru dioddef ei hunigedd am fod ganddi gymaint o bethau i dynnu ei sylw. Mae rhywbeth difyr yn digwydd yn rhywle o hyd, a gall hi weld y cyfan. Ac roedd hi mor dlws yr adeg hynny, yn gwisgo gwên fach addfwyn o hyd – dim byd yn debyg i'r sgrech dawel sydd ganddi rŵan. Doedd hi byth yn cuddio'i hun mewn cryman nac mewn hanner lleuad chwaith. Byddai pawb yn medru gwerthfawrogi ei thlysni hi noson ar ôl noson.

Sylwodd y lleuad un noson fod dyn ifanc yn syllu arni'n amlach ac yn hirach na phawb arall. Bob nos, byddai'n eistedd ar graig ar y traeth wrth ei gartref, ac yn syllu arni. Roedd hi wedi hen arfer â phobol yn ei hedmygu, wrth gwrs, ond roedd y dyn ifanc yma fel petai o'n gweld mwy na phelen yn yr awyr. Fel petai o'n medru gweld ei hanian, a'r holl boen a'r llawenydd oedd ynddi.

Un noson, a'r sêr bychain yn gwrlid o'i chwmpas, syllodd y

lloer ar y dyn ifanc wrth iddo godi ar ei draed a gweiddi arni, 'Rho dy galon i mi, Leuad Wen!'

A dyna ddechrau eu carwriaeth. Er nad oedd y lloer yn medru siarad â fo, parablai'r dyn ifanc â hi bob nos, a dangos iddi'r holl bethau a guddiai yn ei galon. Tyngodd lw i'w charu am byth, a daeth teimlad newydd i grombil y lleuad.

Gorffwylledd.

Ysai am gael cusanu'r dyn. Roedd hi'n brifo o gariad tuag ato. Trwy oriau golau dydd pan fyddai hi 'mhell o'r byd, ni fedrai feddwl am unrhyw beth ond ei eiriau tyner, gan ailadrodd ei hanesion drosodd a throsodd yn ei meddwl.

Fedrai hi ddim atal ei hun rhag closio ato. Ymhen ychydig, roedd hi'n llenwi awyr y nos, yn welw a llyfn fel cnawd.

Ar un noson dyngedfennol, a'r ddaear a'r lleuad bron iawn â chyffwrdd, safodd y dyn ifanc ar ei graig, ymestyn ar flaenau ei draed a phwyso i'r nefoedd er mwyn i'w wefusau gael cyffwrdd â cheg dlos y lloer.

Bu farw'r dyn ifanc yn y fan a'r lle. Roedd y lleuad yn ormod iddo, ac wrth iddi ei gusanu yn ôl, cafodd y dyn ei wasgu yn erbyn y ddaear, a'i ladd. Roedd hi'n rhy fawr, yn rhy gryf, yn rhy galed i'w garu o.

Wedi iddi sylweddoli'r hyn a wnaeth, newidiodd yr olwg ar wyneb y lloer gan ddatgelu'r syndod hunllefus sydd i'w weld hyd heddiw. Ciliodd yn ôl oddi wrth y ddaear a bellach bydd hi'n cuddio'r rhan fwyaf o'i hwyneb mewn cywilydd, fel arfer, am iddi ildio i orffwylledd ei chalon.

Eisteddodd Nain a minnau mewn tawelwch am yn hir, ei breichiau'n dynn a chynnes o'm cwmpas. Rhoddais fy mhen i orffwys ar ei hysgwydd, ond wnes i ddim cysgu. Edrychai'r lloer fel petai'n cilio'n araf – y stori wedi'i hatgoffa, efallai, pam yr oedd hi wedi cadw ymhell oddi wrth y ddaear cyhyd.

Wedi hynny, roedd y lleuad yn wahanol i mi. Yn hytrach

na gwallgofrwydd dychrynllyd, gwelwn hunllef a chywilydd a'r boen o sylweddoli iddi garu rhywun i'w farwolaeth.

Syrthiodd Nain i gysgu toc wedyn, ei phen yn pwyso ar ffrâm y drws, ond mi fûm i'n effro tan i'r adar mân ddechrau trydar, tan i rimyn o oleuni melyn liwio'r gorwel gan addo diwrnod arall. Ciliodd y llanw, fel petai'n ochneidio ar ôl dal ei wynt drwy'r nos. Erbyn i Gorwel godi o'i wely, crafanc y cranc yn dal yn dynn yn ei fysedd, roedd rhyfeddodau'r oriau duon wedi diflannu, a dim ond Nain a minnau allan o'n priod lefydd, yn cysgu'n drwm ar garreg y drws.

Mam Ni Oll

BYDDWN WEDI BOD yn ddigon bodlon peidio â mynd i'r ysgol. O ran hynny, byddwn wedi bod yn ddigon bodlon peidio â mynd i'r pentref o gwbl. Hanner milltir o daith rhwng ein tŷ ni ac Aberdyfi, a mil o filltiroedd. Byddwn wedi aros adref am byth. Nain a minnau, yn tendio'r tŷ ac yn hel broc môr i'r tân.

'Paid â bod yn wirion,' chwarddodd Gorwel wrth fy nghlywed i'n cwyno ar y ffordd i'r ysgol un bore. 'Fedri di ddim aros adre am byth!'

'Pam na fedra i?' Roedd cerdded dros y tywod yn waith caled, yn enwedig ar ddyddiau fel hwnnw pan nad oedd hi wedi glawio ers hydoedd, a'r gwynt yn chwythu'r tywod sych i'm llygaid.

'Achos ei bod hi'n bwysig dysgu darllen a gwneud sỳms a *geography* a phethau felly.'

Oedodd Gorwel am eiliad, a phlygu yn y brwyn i archwilio rhyw garreg neu gragen. Pwyllais innau i grafu fy enw yn y tywod, hen arfer a fu gen i ers i mi fedru ysgrifennu 'Llanw' yn fawr ac yn daclus. Byddai'n cael ei olchi oddi yno gan y llanw uchel nesaf.

Edrychai Gorwel fel petai o wedi tyfu o'r tywod. Croen melynfrown a gwallt yr un lliw, llygaid yr un gwyrdd â'r tonnau mewn tywydd budr ac esgyrn hir, heglog fel broc môr. Roedd o'n dlysach na fi, gwyddwn hynny. Doedd dim cyffelybiaethau del y medrwn eu hachub i gyfleu gwallt pỳg, croen gwelw a llygaid glaslwyd.

'Does 'na ddim pwynt i mi ddysgu'r pethau yna. Does gen i ddim defnydd iddyn nhw.'

Edrychodd Gorwel arna i, cyn gwenu'n gam. 'Ofn sydd arnat ti, Llanw.'

'Ofn be?'

'Ofn pob dim.'

Ciciais flaenau fy mwtsias du yn y tywod, gwg yn tywyllu fy wyneb. Dim ond am ei fod o'n fyrbwyll, yn lluchio'i gorff a'i enaid i mewn i bob dim heb feddwl ddwywaith.

'Naci tad,' atebais, heb arddeliad.

'Oes,' taerodd Gorwel, heb fymryn o wenwyn yn ei lais. Dyna oedd y peth anwylaf ac anoddaf amdano – doedd dim arlliw o gasineb yn perthyn iddo, ac felly rhaid oedd derbyn bod yr hyn a ddywedai'n wir. 'Mae gen ti ofn tywyllwch. Ofn y llygod mawr yn y bwtri. Ofn y môr, hyd yn oed, a thitha'n byw reit wrth 'i ymyl o ers dy eni.'

Collodd Gorwel ddiddordeb yn yr hyn a hawliai ei sylw yn y brwyn, ac ailddechrau cerdded i gyfeiriad y pentref. Fedrai o ddim cerdded mewn llinell syth a byddai'n gwibio o fan i fan, ei sylw'n chwilio am rywbeth a ddaeth o'r newydd yn llanw'r bore – slefren fôr yn gelain, neu lanast ffres o wymon. Fy ngefell, fy hanner arall, fy ngwrthgyferbyniad. Ro'n i'n dawel, yn araf ac yn drwsgl.

'Mae'n bwysig bod yn ofalus,' mynnais, fel ro'n i wedi dweud droeon o'r blaen wrtho. 'Mae'r môr yn llawn peryglon.'

Oedodd Gorwel am eiliad wrth i'r gwynt chwipio cudyn o wallt dros ei dalcen. 'Ydi, mae o. Ond mae o'n llawn antur hefyd. A tydi rhoi bodiau dy draed yn y dŵr ddim yn mynd i dy ladd di, Llanw.'

'Y slefrod môr... Maen nhw'n pigo.'

'Ond dydyn nhw ddim yn beryglus go iawn.'

Yna dechreuodd Gorwel redeg y chwarter milltir oedd yn

weddill i'r pentref, gan lamu dros gregyn ac oedi weithiau am hanner eiliad i godi a thaflu carreg. Ei reddf oedd cael gwared ar ei egni. Fy ngreddf innau oedd ei gynilo, fel petai gen i gadw-mi-gei y tu mewn i mi y gallwn ei chwalu un diwrnod pan fyddai angen.

Roedd o'n dweud y gwir am fy ofnau, daria fo. A minnau'n wyth oed, do'n i ddim fel plant bach eraill. Roedden nhw'n berffaith hapus i dynnu pob sgrap o ddillad a rhedeg i mewn i'r môr, gan sgrechian wrth i'r oerfel eu cyffwrdd mewn cyfuniad o boen a phleser. Bydden nhw'n plymio o dan y dŵr, eu llygaid yn llydan, ac yn siarsio'i gilydd i ddal eu hanadl tan eu bod nhw'n benysgafn ac yn gweld smotiau duon. Yn procio crancod piwis â bysedd eu traed noeth ar y tywod, a rhedeg heb falio bod cregyn miniog yn barod i dorri eu gwadnau'n llinellau cochion.

'Llanw ofn y llanw!' Câi ei weiddi'n groch dros y traeth, fel sgrech gwylan, a geiriau'r plant yn poethi fy ngruddiau mewn cywilydd a chasineb. Am enw gwirion a roddwyd i mi. Anwadal oedd y môr, ac mor ofnadwy oedd fy natur betrusgar i.

O na bawn wedi medru dringo allan o'm corff a chael bod yn fi fy hun go iawn.

Er nad oedd gen i unrhyw ffordd o ddweud faint yn union o'r gloch oedd hi, synhwyrais mai cael a chael fyddai hi i mi gyrraedd yr ysgol mewn pryd y bore hwnnw. Roedd rhywbeth am liw golau'r heulwen a thrwch yr awel yn awgrymu nad oedd hi'n ben bore bellach. Brysiais heibio'r hen felin wrth iddi chwydu ei mwg. Heibio'r orsaf drenau brics coch, a'r chwyn yn tyfu rhwng y traciau. Yna dan gysgod y Corbett Arms Hotel, a thincial y llestri drud i'w glywed fel sŵn clychau drwy'r ffenestri.

Roedd Aberdyfi yng nghanol egni y bore newydd:

gwragedd yn sgubo'u llwch allan i'r stryd; dynion yn hanner rhedeg i gyrraedd y gwaith, pecynnau cinio mewn papur yn eu dwylo geirwon; siopwyr yn denu sglein i'w ffenestri â chlytiau *chamois*, yn trio dad-wneud budreddi'r ewyn a boerodd dros y pentref dros nos. Edrychodd neb arna i. Ro'n i'n anweledig, yn rhan o glytwaith y pentref, yn sbloetsh fach o gôt nefi-blŵ yn brysio ar hyd y pafin.

Wrth i mi droi i fyny o'r ffrynt tuag at y sgwâr, rhuthrodd rhywun i'm cyfarfod, a dal fy llaw yn dynn, dynn. 'Rydan ni'n hwyr, Llanw!'

'Ydyn nhw wedi canu'r gloch?'

Ysgydwodd Bet ei phen, difrifoldeb yn crymanu ei haeliau. Roedd hi newydd gael torri ei gwallt yn fyr, fel gwallt hogyn – dyna oedd y ffasiwn bryd hynny – ac roedd y blewiach browngoch yn gwrthod gorwedd yn fflat ar ei phen. Datblygodd arferiad o dynnu cledr ei llaw dros ei phen i drio rheoli'r anhrefn, ac arhosodd yr arferiad efo hi'n llawer hirach nag y gwnaeth y gwallt byr.

Tynnodd ar fy llaw nes bod fy ysgwydd yn brifo, a rhedon ni'n dwy i fyny Copperhill Street tuag at yr ysgol, gan glywed y gloch yn dechrau canu ym mhen arall y stryd.

'Rwyt ti'n lwcus, Llanw,' ochneidiodd Bet, gan siarad drwy'r gwelltyn o frwyn a eisteddai rhwng ei dannedd fel sigarét. 'Rwyt ti mor glyfar.'

Ar ddiwedd y prynhawn, teimlai Aberdyfi fel pentref cwbl wahanol i'r un a ddeffrai mewn cyffro yn gynnar y bore. Ystwythai pawb wedi tri o'r gloch, gan ildio i ddiogi diwedd dydd. Ar ôl ysgol, byddai'r plant yn crwydro at yr harbwr, a'r rhai lwcus yn gwario'u ceiniogau ar bethau da yn Siop Shadrach. Byddai'r rhan fwyaf yn eistedd wedyn ar wal yr harbwr, eu coesau'n crogi'n llafnau gwynion dros y dŵr. Fedrwn i ddim eistedd yn fan'no. Beth petawn i'n disgyn i'r dyfroedd? Felly un o'r twyni bychain cyfagos oedd eisteddfa Bet a minnau, yng nghanol criw ond eto byth yn ddwy ohonyn nhw, chwaith.

'Wyt ti am i mi dy helpu di efo'r sỳms 'na eto?' gofynnais, ond ysgwyd ei phen wnaeth Bet, mewn anobaith llwyr. Roedd hi wedi cael cosb arall gan Miss Jenkins, a hynny am beidio â deall rhannu hir. Peth afresymol, yn fy marn i, oedd dweud y drefn wrth rywun am rywbeth nad oedd ganddyn nhw reolaeth drosto, ond, yn dawel bach, ro'n i'n medru deall rhwystredigaeth Miss Jenkins hefyd. Ro'n innau wedi trio esbonio rhannu hir i Bet droeon, ac yn adnabod y sglein-dim-byd a ddeuai i'w llygaid.

'Does 'na ddim pwynt. Wna i byth ddallt.' Poerodd Bet y frwynen o'i cheg, a thorri darn arall o'i wreiddyn i'w gnoi.

'Dim ots. Tydi sỳms yn dda i ddim mewn bywyd go iawn.'

Dros y tywod, daeth sŵn cyfarwydd, chwerthiniad Gorwel. Edrychais draw at yr harbwr. Pwysai Capten Lewis fel marc cwestiwn dros ei ffon ar fwrdd y *Sarah* – hen sgwner roedd o'n ei chadw yn yr harbwr fel teyrnged sentimental i'r dyddiau cyn bod y ffasiwn beth â llongau stêm. Roedd yr hen long yn marw'n araf, ei derw'n pydru a phob storm yn gadael ei chraith ar ei chorff. Byddai wedi cael huno mewn hedd heb edmygedd na chariad gan rai o fechgyn ifanc Aberdyfi, ond nid Gorwel – roedd o'n fwy na bodlon ufuddhau i orchmynion yr hen Gapten Lewis wrth iddo esbonio sut y medrai drwsio unrhyw amherffeithrwydd. Llamai Gorwel o amgylch y llong, yn tynhau'r rhaffau a sgubo'i bwrdd.

Roedd ei galon o'n perthyn i'r *Sarah*.

Ers blynyddoedd, byddai ei wyneb yn plygu'n wên wrth iddo ruthro heibio'r twyni a gweld yr olygfa yna ohoni, yn dal a graslon a'r pentref yn gefndir i'w harddwch. Bûm yn ei wylio wrth iddo rwbio'r llyw â chadach, yn cyffwrdd yn addfwyn yn y pren. Gwylio wyneb fy mrawd y byddwn i, y tynerwch yn ei lygaid a'r wên freuddwydiol. Yn yr haf, ac ymwelwyr yn drwch ar y palmentydd, byddai Gorwel yn sefyll yn falch ar fwrdd y *Sarah*, Capten Lewis yn eistedd ar stôl ger y llyw, a byddai brest fy ngefell yn gasgen o falchder, fel petai o ei hun yn berchennog ar y llong. Pan ddeuai ymwelwyr draw i'r harbwr i edmygu'r *Sarah*, Gorwel fyddai'n ateb eu cwestiynau – ei fesuriadau, ei phen-blwydd a daearyddiaeth hyfryd ei hanes. Wrth dwtio a gofalu am yr hen long, byddai 'mrawd yn chwibanu fel tiwn gron, tan i Capten Lewis ddwrdio yn ei lais cras, 'Paid â chwibanu ar y môr, fachgen. Mae'n dod â lwc ddrwg i ti.' Byddai Gorwel yn ufuddhau am ychydig, cyn anghofio ac ailddechrau ar y dôn.

'Rwyt ti mor lwcus, Llanw,' meddai Bet unwaith eto, gan dynnu cledr ei llaw dros flerwch ei gwallt. 'Rwyt ti'n glyfar *ac* mae gen ti wallt hir.'

'Rwyt titha'n lwcus,' mynnais, gan droi fy sylw yn ôl oddi wrth fy mrawd at fy ffrind gorau. Roedd hi'n fis Ebrill mwyn, a'r brychni haul ar drwyn Bet yn lluosi o ddydd i ddydd. Dechreuais grafu fy enw yn y tywod â blaen fy mys, yn trio gwneud pob llythyren yn hafal, yn daclus.

'Tydw i ddim.'

'Wyt. Efo dy dŷ, dy rieni a'r holl betha sy gen ti…'

'Mae gen ti dy nain,' atebodd Bet yn syth. 'Ac mae eich tŷ chi reit ar lan y môr…'

'Ond tydi o ddim yr un fath…'

Gorweddodd Bet yn ôl ar y tywod, gan grychu ei llygaid yng ngolau'r haul. Tynnodd y frwynen o'i cheg a'i phlethu rhwng ei bysedd.

'Dwêd stori wrtha i, Llanw.'

Gorweddais yn ei hymyl. Roedd yr awyr cyn lased â llygaid na welswn mohonyn nhw eto.

'Pa stori?'

'Am be ddigwyddodd i dy fam pan oeddat ti a Gorwel yn fabis.'

'Rwyt ti wedi clywed honna ganwaith…'

'Ond dyna fy ffefryn i… O, plîs, Llanw…'

'Olreit.'

Gwyddwn bob gair ar fy nghof. Bron na allwn i weld ceg Nain yn symud o gwmpas y sillafau wrth i mi ailadrodd y stori.

Amser maith yn ôl, roedd dynes hyfryd a phrydferth yn byw ar lan y môr, hanner ffordd rhwng y dref a'r pentref. Roedd hi'n ddigon tlws i ddenu pawb a fyddai yn ei gweld hi i'w charu, hyd yn oed y rhai hynny nad oedden nhw wedi llwyddo caru neb na dim yn ystod eu hoes.

Byw gyda'i mam roedd hi, a dau fabi bach – yr efeilliaid, Llanw a Gorwel. Er bod ganddi ŵr, roedd o'n gapten llong a aethai ar fordaith hir iawn, a doedd dim argoel y dôi yn ei ôl.

Roedd hi'n ddynes mor annwyl a hyfryd, yn enwedig efo'i hefeilliaid bach, nes y dechreuodd holl blant y pentref wneud y daith ar hyd y traeth i ymweld â nhw. Dywedai pawb mai hi oedd y fam orau erioed, ei hamynedd yn ddiddiwedd a'r cariad hwnnw'n disgleirio ar ei hwyneb fel golau lleuad lawn. Yn wir, roedd pob plentyn a ymwelai â hi'n teimlo gwres ei gofal, a dyna sut y cafodd ei llysenw – Mam Ni Oll.

Ond heb yn wybod iddi, roedd rhywbeth arall yn gwylio Mam Ni Oll, ac yn genfigennus o'r holl gariad oedd ganddi i'w roi, ac o'r gofal a gâi Llanw a Gorwel. Y môr a'i holl greaduriaid fyddai'n sbecian. Roedden nhw i gyd yn ysu am ofal Mam Ni Oll, am gael gweld sut deimlad fyddai cael eu caru gan rywun perffaith.

Yn gynnar iawn un bore, cododd Mam Ni Oll cyn cŵn Caer

i wneud y gwaith tŷ. Wrth osod dillad ar y lein, penderfynodd y môr mai dyma oedd ei gyfle, ac allan o'i ddyfroedd tawel, heddychlon, daeth un don enfawr i gyrlio dros Mam Ni Oll, a'i dwyn hi i mewn i'r dŵr. Roedd y môr wedi'i hawlio hi, ac erbyn i bawb arall godi, yr unig arwydd ohoni oedd dillad gwynion Llanw a Gorwel yn dawnsio ar y lein.

Byddwn i'n meddwl am Mam weithiau, yn ei dychmygu hi'n sefyll ben bore wrth y lein ddillad, fy nillad babi bach yn ei dwylo llyfn. Fy mam. Oedd hi wedi gweld y don cyn iddi dorri drosti? Oedd hi wedi'i chlywed, efallai, yn rhuo uwch trydar yr adar mân? Wnaeth hi droi a'i gweld yn codi fel cwmwl ac yn lluchio'i chysgod drosti? Wnaeth Mam droi i redeg, ynteu dderbyn ei ffawd a thynnu ei chledrau dros ei ffedog wrth iddi aros i'r dŵr rhewllyd daranu drwy ei dillad?

Be wnaeth Nain pan gododd hi o'r gwely? Chwilio am Mam, gan gerdded o ystafell i ystafell a chael dim ond sŵn yr hen gloc yn llenwi'r tŷ? Crwydro i'r ardd wedyn, a'r môr yn wastad ac yn dawel, yr hen don farus wedi hen gilio. Syllu ar y dillad ar y lein, mor wyn â gwylanod, a'r fasged wedi'i gadael yn hanner gwag ar y gwair. Ai dyna pryd y deffrodd Gorwel a minnau, ein crio yn crwydro i lawr y grisiau a thrwy'r drws ffrynt?

Tybed oedden ni wedi bod yn ddigon hen i hiraethu am Mam?

'Maen nhw'n dweud y caiff hi ddod yn ôl, yn tydyn, Llanw?' gofynnodd Bet, gan droi ar ei hochr a gorffwys ei phen ar ei llaw.

'Ydyn.'

'Ew! Fedra i ddim aros i'w gweld hi. Mam Ni Oll.'

'Ond Mam i mi.'

'Fyddi di'n dal yn ffrindiau efo fi, byddi? Hyd yn oed pan ddaw Mam Ni Oll yn ôl?'

'Bydda siŵr.'

'Achos meddwl o'n i, falle byddet ti isio brysio adra i'w gweld hi ar ôl ysgol yn lle aros allan efo fi.'

'Gei di ddod efo fi.'

Cododd Bet ar ei heistedd a dylyfu gên yn swnllyd. 'Bydd raid i mi fynd adre. I gael te bach. Ddoi di?'

Roedd hi'n dal yn gynnar, a dim golwg mynd adref ar Gorwel. Fyddai Nain yn poeni dim cyn belled â'n bod ni adref cyn iddi dywyllu. Byddai'n dweud, 'Dwi'n gwybod gystal wyt ti a Gorwel yn edrych ar ôl eich gilydd.' Gwyddwn hefyd y byddai te bach yn nhŷ Bet yn brofiad gwerth ei gael.

'Olreit ta.'

Roedd sŵn gwahanol yn nhŷ Bet, yn feddalach ac yn fwynach. Flynyddoedd yn ddiweddarach y sylweddolais i pam. Tŷ Bet oedd y tŷ cyntaf i mi fod ynddo erioed a chanddo garped. Cyn gynted ag y camwn dros y rhiniog, byddai fy llais yn gostegu'n sibrwd, a pharchus ofn gen i o'r tawelwch a'r llonyddwch.

Tynnais fy sgidiau, fel y byddai Bet yn ei wneud. Dyna oedd y drefn yn y tŷ hwn. Byddai pâr o slipars gwyrddlas, meddal yn disgwyl am draed bychain Bet, ond fel ymwelydd byddai'n rhaid i mi grwydro yn nhraed fy sanau. Roedd hynny hyd yn oed yn teimlo'n foethus i mi. Doedd fiw i neb grwydro yn tŷ ni heb wisgo sgidiau, rhag ofn cael draenen o lawr pren y llofft neu annwyd wrth gerdded dros lechi oer y gegin.

'Mam,' galwodd Bet, yn rhy uchel i dŷ mor llonydd. 'Dwi 'nôl. Ydi hi'n iawn i Llanw ddod am de?'

Yn syth bìn, fel petai wedi bod yn aros y tu ôl i'r drws am ei merch, ymddangosodd Mrs Gruffudd yn nrws y gegin, ei chorff taclus yn sefyll yno'n dalsyth a'r goleuni'n llifo o'r tu ôl iddi. Edrychai i mi fel angel mewn ffedog felen.

'Wrth gwrs. Wrth gwrs.' Brysiodd at Bet, a thynnu llaw wen

dros wallt blêr ei merch mewn coflaid dyner. 'Sut ddiwrnod gest ti, 'nghariad i?'

Heb aros am ateb, trodd ata i, a thynnu ei llygaid drosof. Teimlwn yn flêr ac yn hunanymwybodol yn fy hen gôt a'r sanau gwlân garw roedd Nain wedi'u gwau i mi.

Ond gwenu'n fwyn wnaeth Mrs Gruffudd. 'A sut mae Llanw heddiw?'

'Iawn diolch, Mrs Gruffudd.' Roedd fy llais yn gryg, a minnau'n teimlo'n nerfus o ymwybodol o bob amherffeithrwydd yng nghwmni rhywun dilychwin fel hon. 'Sut ydach chi?'

Chwarddodd Mrs Gruffudd, fel petai'n afresymol meddwl y byddai hi'n medru bod yn rhywbeth heblaw llawen. 'Yn dda iawn, diolch i ti am ofyn. Yn ardderchog, rŵan eich bod chi'ch dwy yma i de!'

Gwenais wrth iddi arwain y ffordd i'r gegin. Roedd hi'n amhosib peidio â gwenu yng nghwmni Mrs Gruffudd. Petai dolis bach yn dod yn fyw ac yn tyfu'n oedolion, fel Mrs Gruffudd y bydden nhw.

Eisteddodd Bet a minnau wrth fwrdd y gegin i aros am ein bwyd, a Bet yn parablu rhyw hanesyn wrth ei mam am rywbeth ddigwyddodd yn yr ysgol. Pan oedd mynd i gartref Bet yn brofiad newydd i mi, fe drïais i, unwaith, gynnig help llaw i Mrs Gruffudd wrth iddi baratoi – torri'r bara, neu osod y bwrdd. Ond doedd hi wir ddim am gael help – roedd fel tasa hi *eisiau* gwneud y cyfan ei hun. Eto, fedrwn i ddim peidio â theimlo'n euog, a hithau'n brysur, wrth i mi drio gwrando a rhoi sylw i'r hyn a ddywedai Bet.

Gwyliais Mrs Gruffudd yn ei chynefin.

Doedd hi ddim yn ddynes ifanc, hyd yn oed bryd hynny. Soniodd Nain rhyw dro nad oedd Mr a Mrs Gruffudd yn disgwyl cael eu bendithio â phlentyn ar ôl bod yn briod cyhyd, ac i'r chwydd ym mol Mrs Gruffudd, a hithau wedi cyrraedd ei deugain, synnu a gwirioni'r ddau. Efallai mai dyna pam eu bod nhw wedi dotio cymaint ar Bet.

Er ei bod hi, i mi, yn hen, roedd rhywbeth anarferol o osgeiddig am Mrs Gruffudd. Fyddai hi byth yn brysio, byth yn llosgi'r cacennau a byth yn colli rheolaeth. Fedrwn i ddim ei dychmygu'n agor ei cheg yn llydan ac yn chwerthin lond ei bol, ond eto fedrwn i ddim ei dychmygu hi'n crio chwaith.

Gwisgai wahanol fersiynau o'r un math o ddillad bob tro y gwelwn hi. Sgert dywyll, syth, a orffennai union hanner ffordd rhwng ei phen-gliniau a'i fferau, blows wen a chardigan dywyll. Gwisgai ei gwallt mewn cyrls byr yn dynn ar ei phen, ac roedd ei hwyneb yn gweddu'n berffaith i'r gweddill ohoni – syth, hafal, difrycheulyd. Llygaid glas clir a gwefusau tewion. Er bod ei gwallt yn britho, ychwanegai hynny at dlysni taclus ei hedrychiad, fel petai'r llwyd a frithai'r brown wedi'i ddewis yn arbennig i fynd gyda'i mwclis arian syml.

Dechreuodd y wledd.

Yn ei dwylo gosgeiddig, daeth Mrs Gruffudd â'r bwyd at y bwrdd. Plât o fara, a menyn yn aur trwchus o grystyn i grystyn. Yn ei ymyl, jar o jam mafon cartref, a'r haul yn disgleirio arni a'i throi'n wydr lliw.

Bwyd penwythnos oedd jam a marmalêd yn ein tŷ ni, a hwnnw'n cael ei daenu'n denau, denau gan Nain. Helpu ein hunain fydden ni yn nhŷ Bet, a hynny gan ddefnyddio llwy yn lle cyllell.

Gosodais y jam ar dafell o fara, a'i daenu efo cefn y llwy nes ei fod bron â bod mor drwchus â'r bara ei hun. Roedd o'n blasu'n anhygoel.

Wedyn, triongl tew o gacen sbwnj, a haen denau o hufen yn ei chanol. Te melys mewn cwpan fach a soser, a hanner afal yr un i orffen, wedi'i dorri'n dafellau tenau fel hanner lleuad.

'Diolch yn fawr, Mrs Gruffudd,' meddwn wedi'r wledd, yn flinedig ar ôl gorfwyta.

Gwenodd hithau arna i. Doedd 'run briwsionyn wedi croesi ei gwefusau.

'Am ferch dda wyt ti, Llanw, byth yn anghofio dweud "os gwelwch yn dda" na "diolch".'

Gwnâi caredigrwydd Mrs Gruffudd i mi deimlo'n gynnes.

'Sut mae dy nain?'

'Da iawn, diolch. Gwell ers i'r tywydd gynhesu.'

'Cryd cymalau wedi bod yn ei phoeni hi eto?'

Croesodd cwmwl o gonsýrn dros wyneb heulog Mrs Gruffudd, ac yswn am gael ei gwên fodlon yn ôl.

'Llawer gwell rŵan, diolch, Mrs Gruffudd.'

Gwenodd mam Bet drachefn, ac ochneidiodd fy enaid.

Gwlychodd Bet ei bys a'i redeg ar hyd y plât i hel y briwsion. Cododd ei bys i'w cheg, a llyfu'r gweddillion ag awch. 'Llanw, ga i ddod i'ch tŷ chi am de fory?'

'Bet!' dwrdiodd ei mam, ond doedd hi ddim yn flin go iawn. 'Paid â bod yn ddigywilydd. Dwyt ti ddim i fod i ofyn am gael dy wahodd.'

'Dwi'n siŵr na fydd ots gan Nain,' meddwn, gan wybod faint o feddwl oedd ganddi o Bet, a chan gofio, hefyd, faint o bleser a gâi Bet o weld ein cartref a'n bwyd syml ni ar ôl moethusrwydd ei haelwyd ei hun.

Roedd te bach mor wahanol adref.

Ar ddyddiau braf, byddai Nain yn lapio crempogau poeth â haen o siwgr mewn papur pobi, a'n hanfon ni allan i'w bwyta ar y traeth. Cyfleustra oedd yn gyfrifol am hyn – sbario cael llestri budron a chrisialau bychain o siwgr ar y bwrdd. Roedd Gorwel a minnau wedi hen arfer.

Cawsai Bet ei swyno gan yr arferiad.

Derbyniai'r pecyn papur yn ei dwylo â'r un gofal ag a roddai rhywun i fabi newydd-anedig. Edrychai i fyw llygaid Nain wrth ddiolch yn dwymgalon. Yna, yn sŵn y tonnau, byddai'n eistedd ar y tywod neu ar un o'r creigiau gwastad mawrion ac yn bwyta'n araf, yn brathu a chnoi corneli bychain o grempog. Yn mwynhau.

'Brysia,' galwn arni'n ddiamynedd, fy nghrempog fy hun wedi'i gorffen o fewn munud, prin wedi'i blasu o gwbl. 'I ni gael mwy o amser i chwarae.'

'Tydi o'n braf cael eistedd y tu allan i fwyta, heb blât na fforc na dim?'

Flynyddoedd yn ddiweddarach, ar ôl i ddyddiau crempogau traeth Nain ddod i ben, cofiais eiriau Bet, a gweld, am y tro cyntaf, ei bod hi yn llygad ei lle. Mor braf fyddai iddi hi gael byw yn rhydd o gonfensiynau cysurus ei chartref ei hun.

'Gwell i mi fynd rŵan,' meddwn wrth Mrs Gruffudd ar ôl i mi dreulio hanner awr yn chwarae â doliau wyneb porslen Bet. 'Diolch yn fawr am y te.'

'Dim o gwbl, unrhyw dro, Llanw fach.'

Trodd Mrs Gruffudd i'm hwynebu, a hithau uwch y stof, ei llaw yn dal yn brysur yn troi rhywbeth mewn sosban. Edrychai'n hyfryd, yn gweddu'n union i daclusrwydd ei chegin lân, ac yn fy meddwl wyth oed, gobeithiwn innau y cawn i, ryw ddydd, ffitio'n berffaith i fy nghynefin fel hi.

Nant y Dechrau

'WATSHA DY HUN!' gwaeddais o'r lan. 'Rhag ofn i ti foddi!'

Plymiodd Gorwel i'r tonnau, yn rhy feddw ar wres yr haf a halen y dyfroedd i gymryd unrhyw sylw o fy mhoeni ailadroddllyd. Ochneidiais wrth i'r nodwyddau gwau yn fy nwylo glecian yn erbyn ei gilydd.

'Tyrd i eistedd efo mi am ychydig,' meddai Nain, a symudais draw o 'ngharreg lefn i'r un isel, fflat yr eisteddai hi arni. Roedd hi'n llyfnach na'r garreg yr arferwn eistedd arni, ac yn dywyllach, fel petai lliw f'un i wedi pylu.

Darnio cynfasau gwely roedd Nain, y nodwydd fach bron yn anweledig rhwng ei bys a'i bawd. Roedd hi wedi taenu un o'r cynfasau dros ei glin, a dawnsiai'r cotwm gwyn fel sgert briodas o'i chwmpas wrth i awel canol haf ei bywiogi.

Eisteddodd y ddwy ohonon ni yno yn dawel am ychydig, a thipian fy nodwyddau gwau ac anadl y môr yn cyfri'r munudau. Bûm wrthi'n trio gwau sgarff ers misoedd, a'r pwythau'n mynnu datod gan adael tyllau mawr yn y gwlân glas nâd-fi'n-angof.

'Mae Bet wedi gorffen ei sgarff hi ers wythnosau, ac mae hi'n berffaith,' cwynais, gan ysgwyd fy mhen yn anobeithiol wrth graffu ar flerwch fy ngwaith a'r gwahaniaeth ym maint y pwythau. Porffor clychau'r gog oedd sgarff Bet, pob pwyth yn ei le. Roedd hi'n rhy hir iddi, ond roedd ganddi ffydd y byddai'n ei ffitio erbyn y byddai arni ei hangen dros y gaeaf.

'Mi ddaw, Llanw. A meddylia mor dlws fydd y sgarff ar ôl i ti ei gorffen.'

Ochneidiais. Doedd dim pwrpas dadlau efo Nain, ond doedd ei geiriau ddim yn cysuro. Yn y dŵr, chwarddai Gorwel yn uchel am rywbeth, chwerthin diniwed, fel chwerthin babi. Rhyw gêm fyddai'n goglais ei synhwyrau fel arfer – fe welai o siarcod a chrocodeilod yn y dŵr clir, a llongau gosgeiddig ar linell noeth y gorwel. Parablai fy mrawd mewn sgwrs unochrog â milwr neu fwystfil anweledig, cyn smalio cael ei saethu, ei law'n seren dros ei galon glwyfus, ac yna syrthio 'nôl i'r dŵr.

'Bydda'n ofalus!' gelwais, gan glywed y tôn cwynfanus yn fy llais fy hun.

Unwaith eto, anwybyddodd fy mrawd ei efell bryderus ac ailafael yn y frwydr â'r gelyn yn ei ddychymyg.

'Mae o'n iawn,' cysurodd Nain.

'Tydi o ddim yn sylweddoli mor beryg ydi'r môr. Wneith o ddim cymryd gofal yn y dŵr.'

Oedodd dwylo crychlyd Nain am ychydig, y nodwydd yn dynn rhwng ei bysedd. 'Mae'n rhaid i ti roi'r gorau i boeni amdano fo, Llanw. Mwynhau ei hun mae dy frawd.'

Atebais i ddim. Teimlwn fel taswn i'n cael stŵr am fod yn ofalus.

'Rwyt ti'n ffasiwn boenwr, Llanw fach. Fel tasa pwysa'r byd ar dy 'sgwydda di. Mi faswn i'n hapusach petaet ti'n medru ymlacio rhyw fymryn. Mwynhau'r byd yn lle bod â'i ofn o.'

Dyna fi'n gollwng pwyth arall. Byddai'n rhaid i mi ddechrau'r llinell eto.

'Gorwel,' galwodd Nain, ac fe wrandawodd o'n syth arni, gan sefyll ar ei union, yr unig beth llonydd yn nhonnau'r môr. 'Dwi am i ti a Llanw fynd i hel priciau tân i fyny Nant y Dechrau.'

Heb oedi i glywed diwedd y frawddeg hyd yn oed, llamodd Gorwel o'r môr, gan godi ei draed yn uchel, uchel wrth gerdded er mwyn i'r dŵr boeri dros bob man. Arhosodd o ddim i'w groen sychu cyn gwisgo amdano; yn hytrach, sychodd ei groen brown yn syth, fel y gwnâi ym mhob tywydd. Roedd ei drowsus byr a'i grys gwyn wedi bod yn aros amdano dan garreg, a thynnodd y dillad amdano'n sydyn, gan gau dim ond dau o fotymau'r crys.

'Ga i aros yma efo chi?' gofynnais i Nain, yn ddigon bodlon yno yng ngwres yr haul. 'Dwi wir eisiau gweithio ar y sgarff.'

'Cer i helpu dy frawd. Mi fydd y priciau'n grimp ar ôl cymaint o haul.'

Codais yn anfoddog a cherdded yn araf a phwdlyd i'r tŷ er mwyn cadw'r chwarter sgarff, y gwlân a'r nodwyddau yn nrôr y ddresel.

Er cymaint y trïais bwdu, pharodd hynny ddim yn hir yng nghwmni Gorwel. Doedd Nant y Dechrau ond rhyw hanner milltir o'r tŷ, a ninnau'n dilyn y nant o'i haber i fyny tua Chwm Maethlon, ac i goedlan fechan. Yn fan'no roedd y coed sych, ac yn fan'no pylai sŵn y môr yn ddim ond sisial pell.

'Rasia fi,' gwenodd Gorwel, yn byw mewn gobaith, er ei fod o'n gwybod yn iawn nad oedd gen i unrhyw ddiddordeb mewn rhedeg. 'Tyrd, Llanw, rasia fi!'

'Na wna i,' atebais, gan gerdded yn ofalus ar hyd glannau'r nant. Roedd y llif yn isel, a dim ond rhuban o ddŵr clir yn adlewyrchu'r awyr las uwchben.

'Be am hyn? Os gwnei di gyrraedd y coed cyn fi, mi garia i'r pricia adra.'

Pwyllais, a sefyll yn stond wrth i mi ei lygadu. Syllodd yntau yn ôl arna i, gwên fach ddireidus yn chwarae ar ei wefusau.

'Pob un?'

'Pob un. Ac os ydw i'n ennill, bydd yn rhaid i tithau wneud yr un fath.'

Ystyriais am eiliad. Roedd Gorwel yn gyflymach na fi, heb os nac oni bai. Roedd o'n dalach, yn gryfach a doedd ganddo ddim sgert i fygwth clymu rhwng ei ben-gliniau a'i faglu. Ond roedd gen i un fantais – y bwtsias trymion ar fy nhraed poeth, a thraed Gorwel yn gwbl noeth. Prin y byddwn i'n gorfod meddwl ble ro'n i'n camu, ond byddai'n rhaid i 'mrawd ddawnsio o gwmpas y priciau a'r cerrig mân a'r ysgall i arbed ei wadnau.

Er mwyn trio'i ddal o ar fyr rybudd, troais yn sydyn a dechrau rhedeg nerth fy nhraed i gyfeiriad y goedlan. Chwarddodd Gorwel mewn syndod, cyn dechrau ar fy ôl.

Roedd hi'n brafiach rhedeg ar wair na thywod, a gwibiais drwy'r glaswellt a'r llygad y dydd dan chwerthin, yn mwynhau'r rhyddid a'r wefr. Clywn Gorwel y tu ôl i mi, yn brysio a neidio ac weithiau'n llamu'r metr yn ôl a blaen dros y nant i dir cliriach yr ochr arall. Ond y tu ôl i mi yr arhosodd o, a fi enillodd y ras.

Syrthiodd y ddau ohonon ni dan gysgod y coed, ein hanadl yn boeth a thrwm a'r gwrid a'r chwys yn sglein ar ein hwynebau. Roedd gorwedd yno mor gyfforddus, ac er yr holl briciau bychain roedd y mwsog yn cynnig meddalwch braf. Gorweddais ar fy mol yn ymyl fy mrawd, a chyffro'r ras yn dal i danio fy ngwythiennau.

'Fi wnaeth ennill,' meddwn mewn syndod, a 'ngwynt yn fy nwrn.

'Doedd gen i ddim sgidia.'

Rholiodd Gorwel o'i fol ar ei gefn, a deigryn o chwys yn rholio i lawr ei dalcen a diflannu i'w wallt. Doedd o ddim yn dadlau go iawn – doedd fawr o ots ganddo pwy fyddai wedi ennill, dim ond iddo gael rhedeg y ras.

'Does gen ti ddim sgert amdanat chwaith,' atebais.

Gorweddodd Gorwel a minnau ar lannau Nant y Dechrau am yn hir, nes i'n hanadl arafu a dychwelyd i'w rhythm arferol.

'Dwi'n licio fan'ma, Gorwel.'

'Wn i.'

'Fy hoff le i.'

Trodd Gorwel ei ben rhyw fymryn i edrych arna i. 'Gwell na'r gadair wrth y lle tân?'

'Yndi.'

Saib.

'Gwell na Siop Shadrach yn y pentre?'

Meddyliais am y siop, a'r ffordd y byddai'r haul yn tywynnu drwy'r jariau da-das.

'Mae'n well gen i fan'ma.'

'Pam?'

Codais ar fy eistedd a lapio 'mreichiau o amgylch fy mhengliniau. 'Fedri di ddim clywed y môr o fan'ma. Wel, dim ond rhyw 'chydig bach, ymhell i ffwrdd. Mae hi'n dawel braf.'

Yn y tŷ, yr ysgol ac yn y pentref, doedd dim dianc rhag anadlu cyson y tonnau. Doedd dim tawelwch yn fy mywyd; roedd y llanw a'r trai yn gyfeiliant cyson i bob dim a wnawn.

'Ond mae'r nant yn gwneud sŵn hefyd, Llanw.'

'Yndi, ond tydi hi ddim yn swnio'n fyw fel y môr, nac'di.'

Chwarddodd Gorwel, chwerthiniad plentyn bach. 'Rwyt ti'n dweud pethau od weithia, sdi.'

'Yndw,' cytunais, yn ymwybodol ers tro 'mod i'n meddwl ac yn dweud pethau digon rhyfedd ar brydiau.

Stryffagliais i dynnu fy mwtsias heb ddatod y creiau, cyn plicio fy sanau'n beli bychain a'u taflu i'r naill ochr. Eisteddais ar lan y nant, fy sgert wedi'i chodi'n uchel, a suddo 'nhraed poeth i'r dŵr oer. Dawnsiodd y llif dros fy modiau, ac ochneidiais.

'Dim ond cyrraedd fy fferau mae'r dŵr,' sylwais, gan bwyso gwadnau fy nhraed yn y cerrig mân ar wely'r nant. 'Mae hi wedi bod mor sych.'

'Sut medri di wirioni gymaint ar ddŵr y nant, a thitha ofn dŵr y môr?' gofynnodd Gorwel wrth gamu i ganol y nant heb edrych i weld a oedd cerrig miniog ar ei gwely.

'Tydi'r ddau beth yn ddim byd tebyg.'

'Dim ond bod y môr yn fwy na'r nant. Ac yn fwy o hwyl.'

'Ac yn fwy peryglus. Dim jest eu maint nhw sy'n wahanol, Gorwel. Mae o fel cymharu'r nos efo'r dydd.'

Troediodd fy mrawd drwy ddŵr y nant y tu hwnt i'r coed, nes i'r heulwen ddod o hyd iddo. Gwyliais ei siâp, yn llonydd am unwaith, yn syllu tua'r môr, tua'r gorwel.

'Sut na fedri di eu gweld nhw, Llanw?' gofynnodd yn daer, heb droi'n ôl ata i. 'Ti'n medru dychmygu gystal â fi. Sut na fedri di weld yr holl bethau dwi'n eu gweld ar y môr?'

Doedd Gorwel ddim i wybod, ond mi welwn bob math o hanesion ar y tonnau, pob drychiolaeth yn waeth na'r un a welswn cynt.

'Gawn ni stori?'

Wedi iddi fachlud, roedd Nain wedi symud o'r traeth i'r tŷ. Plygodd y cynfasau, a phob twll wedi'i drwsio, yn sgwariau bach tyn, gwyn i'w cadw yn y gist fawr. Tro'r sanau oedd hi rŵan, rhai trwchus o wlân caled, a'r tyllau'n llygaid tywyll o boptu'r bodiau.

Yn achlysurol y byddai hi'n adrodd stori – nid fel Mrs Gruffudd, mam Bet. Byddai honno'n eistedd ar erchwyn gwely Bet bob nos yn adrodd stori o lyfr mawr Saesneg cyn i'w merch fynd i gysgu, a dangos y darluniau cywrain o dylwyth teg, hen dderwen gam a phlant bach â bochau coch, crwn fel afalau. Welais i erioed mohoni'n darllen i Bet, wrth gwrs, ond roedd gen i ddarlun egwan yn fy nychymyg. Cynhesrwydd y blancedi, mwynder y llais, arogl sent a bara cartref, a Mrs

Gruffudd yn pwyso dros y gwely i gynnig cusan ola'r dydd i'w merch.

Doedd gan Nain ddim llyfr i ddwyn stori ohono, dim ond ogofâu ei meddwl.

'Gadewch i mi ddweud wrthoch chi am Nant y Dechrau, lle buoch chi heddiw.'

Estynnodd Gorwel ei law dros f'un i, a gwasgu 'mysedd yn fodlon. Gwenais arno, a theimlo math unigryw o lawenydd na fyddai ond yn bodoli o dan yr amgylchiadau hyn. Dyma oedd fy hoff hanner awr – cyn clwydo, mewn coban, y tân yn dawnsio a Gorwel a minnau'n gwasgu'n hunain i un gadair. Bara llaeth wedi'i lowcio, a Nain mewn tymer dda, er bod ei llygaid yn fflachio wrth iddi ddechrau ar ei stori.

Arferai'r byd fod yn hen le sych.

Amser maith yn ôl, doedd dim môr, dim llynnoedd, dim afonydd na nentydd. Roedd y byd yn ehangach yr adeg honno, a thiroedd braf a ffrwythlon lle nad oes ond moroedd erbyn hyn. Gallai dyn gerdded o Feirionnydd i Iwerddon mewn ychydig ddyddiau. Roedd pob man o fewn cyrraedd i bawb, a digon o dir i bobol sicrhau eu teyrnas eu hunain.

Dau gariad o Gwm Maethlon oedd yn gyfrifol am yr holl ddŵr a ddaeth i orlifo dros y ddaear.

Roedd y dyn yn llawn egni, yn llawn tân, ond cymeriad tawel ac addfwyn oedd y ferch. Syrthiodd hi mewn cariad gwirioneddol, cariad bythol, oesol, a chynlluniodd fywydau'r ddau yn nyfnderoedd ei meddwl.

Ond yna, un diwrnod, diflannodd y dyn. Roedd ei galon yn anwadal a'i fryd ar ddod i nabod y byd. Gadawodd ei gariad a'i fro a dadwreiddio'i hun er mwyn chwilio am antur.

Doedd dim cysuro ar y ferch druan. Eisteddai yn ei bwthyn bach, ddydd ar ôl dydd, yn pendroni ac yn hiraethu, gan ymgolli mewn niwl. Doedd chwerwder ddim yn rhan o'i natur, hyd yn oed ar ôl dioddef y ffasiwn loes, ac felly doedd hi'n dymuno dim drwg i'r dyn. Ond eto, roedd yr atgofion yn ormod i'w dioddef, ac un noson dawel yn y cwm, blinodd ei chalon, a llonyddodd. Bu farw, a llifodd y dagrau fel nentydd i lawr ei gruddiau oer.

Er bod ei chorff wedi darfod, ni pheidiodd y dagrau, a chriodd a chriodd y ferch. Claddwyd hi yn ymyl ei thyddyn, a chododd nant o'i dagrau. Llifai drwy'r goedlan ac i lawr i'r dyffryn. Yn araf, tyfodd llyn yng ngwaelod y dyffryn.

Llyn o ddagrau.

Dros yr wythnosau, y misoedd a'r blynyddoedd, tyfodd y llyn yn fôr. Bu'n rhaid i bobol adael eu cartrefi. Gwagiwyd trefi, dinasoedd a gwledydd cyfan wrth iddynt fynd o dan ddŵr a dinistriwyd pob dim gan ddagrau un ferch a gollodd ei chariad.

Daethai'r holl ddŵr hwn o ganlyniad i un galon glwyfus.

Rhaid bod colli cariad yn brifo i'r byw.

'Rŵan, ewch i'ch gwlâu.'

Trodd Nain ei llygaid yn ôl at yr hosan yn ei dwylo, a diflannodd swyn y llais dweud stori.

'Nos dawch, Nain.'

Cododd Gorwel a phlannu sws fach ar foch grychog Nain. Teimlais oerfel y nos yn treiddio drwy fy nghoban lle buodd o'n eistedd, a chodais innau i'w ddilyn.

'Nos dawch, Nain.' Teimlai ei chroen yn feddal dan fy ngwefusau, ac roedd arogl y môr ar ei chnawd.

'Nos dawch. Cysgwch eich gorau.'

Heb wres tân y parlwr, roedd y llofft a'r cynfasau yn oer. Yn y gwely arall, ciciai Gorwel ei goesau i drio'u cynhesu.

Gorweddais yn llonydd, fy meddwl yn troelli fel y gwnâi bob tro wedi i Nain adrodd un o'i straeon. Ar ôl ychydig, llonyddodd Gorwel, a dylyfu gên, cyn tawelu. Doedd o ddim yn debyg i fi: byddwn i'n gorwedd yn effro yn fy ngwely, gan bendroni a phryderu.

'Llanw?' sibrydodd dros lonyddwch y llofft, gan brofi i mi na fedrwn rag-weld yr hyn a wnâi o bob tro. 'Wyt ti'n dal yn effro?'

'Yndw,' sibrydais, yn canfod cysur yn nistawrwydd ei eiriau, yn sibrwd anarferol llais fy mrawd.

'Honna ydi fy hoff stori i. Yr un am Nant y Dechrau.'

'Ia?'

Fe'm synnwyd. Roedd yn hanesyn mor rhamantus, mor brudd, heb elfen o gwffio, brwydro na cholli gwaed i gosi dychymyg Gorwel.

Trodd yn ei wely i fy wynebu. Yn y tywyllwch, fedrwn i ddim gweld manylion ei wedd, dim ond siâp hirgrwn o gnawd gwelw yn gorffwys ar y gobennydd. 'Am honna wna i feddwl pan fydda i ar y môr. Honna wna i gofio pan fydda i 'mhell i ffwrdd, yng nghaban rhyw long.'

Brathais fy ngwefus yn y düwch. Fedrwn i ddim cyfaddef wrth Gorwel mor anodd oedd dychmygu fy mywyd hebddo. Sut gallwn ddioddef yr holl boeni? Yr holl beryglon? Yr holl bethau a allai ei frifo neu ei ladd? Sut byddwn i'n cysgu heb glywed anadl fy efell yn y gwely bach yn fy ymyl, mor sicr â'r llanw?

'A phan fydd pobol yn gofyn i mi ble ces i 'ngeni, mi wna i ateb, "Yn y lle y dechreuodd y môr, yn y cychwyn cynta un." Fedr neb arall ddweud hynny, ddim pobol India, nac Affrica, na phobol Bermo nac Aberdyfi, hyd yn oed. Dim ond ti a fi a Nain sy'n byw yn ymyl Nant y Dechrau.'

Daeth blas cas i 'ngheg, blas hen deimlad milain, dig – blas anghyfarwydd i un oedd yn rhy dawedog, yn rhy ofnus i fod yn flin. Roedd Gorwel mor barod i gario hanesion ein haelwyd ni a'u rhannu nhw â phwy bynnag y byddai'n baglu drostynt ar diroedd estron. Ymddangosai hynny i mi fel pe bai'n bod yn anffyddlon.

'Ddyliet ti ddim coelio pob hanesyn y bydd Nain yn eu hadrodd,' meddwn, gan gasáu'r min yn fy llais. 'Dim ond stori ydi hi.'

Troais fy llygaid at y cwpwrdd dillad mawr, gan ddychmygu'r patrymau sinistr yn y pren. Roedd hi'n rhy dywyll i'w gweld.

'Wyt ti ddim yn ei choelio hi?' gofynnodd Gorwel mewn syndod. 'Am y ferch a dorrodd ei chalon?'

'Fedr corff marw ddim crio,' llyncais, gan deimlo gwres yr euogrwydd yn cripian dros fy nghnawd llugoer. Do'n i ddim eisiau gweld beiau mewn chwedlau, ddim hyd yn oed yn fy meddwl fy hun. Creulondeb oedd codi amheuon ym mhen Gorwel, a hynny oherwydd 'mod i'n eiddigeddus o'i ffydd ddiamheuol ym mhob dim.

Bu tawelwch am gyfnod hir yn y llofft. Dechreuais feddwl tybed a oedd Gorwel wedi syrthio i gysgu, ond yna daeth ei lais drwy'r düwch. 'Fedra i ddim coelio dy fod ti'n meddwl mai clwydda ydi o i gyd!'

Ochneidiais, fy nghalon yn drymio oherwydd y brad.

Daeth y ferch i bydew fy meddwl: y ferch farw, yn dynn mewn pridd dan y ddaear, yn gorwedd yn llonydd yn union fel ro'n i'n gorwedd rŵan. Ei chroen yn welw a llyfn fel carreg glan môr, ei bron yn rhydd o donnau anadl a'i llygaid yn dal yn wlyb.

Roedd fy amheuaeth o'i bodolaeth yn frad iddi hithau.

'Dwi ddim yn meddwl mai clwydda ydi o, Gorwel,' sibrydais yn wan. 'Dwi'n coelio, wir i ti.'

Dyna eiriau olaf y noson honno. Roedd Gorwel un ai'n cysgu neu'n fud yn ei feddyliau. Gorweddais rhwng cwsg ac effro, gan deimlo pwysau'r blancedi cyn drymed â phridd gwlyb ar fy nghorff bach eiddil.

Noa

'MAE 'NA STORM ar y gorwel,' meddai Bet. 'Mi alla i 'i blasu hi yn yr awel.'

Roedd arna i ofn stormydd. Yr un fath ag yr oedd arna i ofn y môr, gwylanod yn nythu, darllen yn uchel yn y dosbarth a'r cwpwrdd dillad mawr yn ystafell wely Gorwel a minnau. Roedd hi'n iawn ar bawb arall. Fyddai dim rhaid i blant eraill redeg mor bell ar eu taith adref drwy'r glaw, gan geisio osgoi'r fflachiadau bygythiol o drydan oedd yn trio'u trywanu.

'Oes,' cytunodd Gorwel, gan edrych i fyny ar liw baw yr awyr.

'Rydach chi'n deud hynny ers pythefnos,' atebais i, er 'mod i'n gwybod eu bod nhw'n dweud y gwir. Roedden ni'n cerdded o dŷ Bet i'r capel, ein dillad dydd Sul yn stiff ac yn crafu ein crwyn poeth. Roedd tywod wedi sleifio'i ffordd i mewn i'm hosan, ac yswn am dynnu 'mwtsias ac ysgwyd y gwlân dros y pafin.

'Coblyn o storm, hefyd,' meddai Gorwel, a hanner gwên ar ei wyneb i ddangos mai tynnu arna i oedd o. 'Beryg y bydd hanner y pentra wedi'i olchi oddi yma. Mi fydd hi fel Cantre'r Gwaelod unwaith eto, a phobol yn clywed clychau Eglwys Sant Pedr yn canu o dan y dŵr.'

Gwenodd Bet, ond estynnodd ei braich amdanaf. 'Paid â phoeni. Bydd yr aer yn clirio wedyn, ac mi fydd hi'n haul braf.'

'Dwi ddim yn poeni,' atebais yn swta, er bod Bet yn gwybod yn well.

Roedd y capel yn oerach na'r stryd, ac eisteddais yn y sêt

rhwng Gorwel a Bet, fy nghoesau'n flinedig ar ôl cerdded yr holl ffordd. Ro'n i'n hoff o'r capel, yn hoff o dawelwch parchus yr ysgol Sul, a chawn fy nghysuro gan y ffordd y byddai'r Parchedig Ifan Ifans yn gallu ateb unrhyw gwestiwn. Eisteddais yn ôl, gan aros i'r plant eraill gyrraedd. Roedd llun Iesu Grist ar y groes yn edrych i lawr arnon ni, ei lygaid yr un glas â'r môr pan fyddai hi'n dywydd rhewllyd.

Fyddai Nain ddim yn mynd i'r capel.

Ar ôl ysgol Sul un tro, ro'n i wedi gofyn iddi pam na fyddai'n mynd. Roedd hi wrthi'n rhannu'r cawl i dair powlen, y tân yn y grât yn taflu lliw pysgodyn aur ar ei hwyneb.

Llonyddodd am eiliad, a throi ei llygaid mawr glas tuag ata i, fel pe na bai'n deall y cwestiwn. Crychodd ei thalcen, cyn ysgwyd ei phen.

'Mae o'n bell i fynd bob dydd Sul.'

'Ond dw i a Gorwel yn mynd.'

'Mae gen i lawer i'w wneud. Paratoi bwyd.'

Ystyriais hyn am eiliad. Roedd Gorwel y tu allan ar y traeth yn chwarae sowldiwrs ar ei ben ei hun. Bob hyn a hyn, clywn 'Piawm piawm!' neu 'Aaa! Wounded, one man down!' yn dod drwy'r drws.

'Mae'r Gweinidog yn deud bod raid i chi dderbyn Iesu i'ch calon cyn i chi fedru mynd i'r nefoedd.'

Trodd Nain yn ôl at y cawl. 'Yndi, mae'n siŵr.'

'Mi holodd amdanoch chi heddiw.'

Llonyddodd Nain eto. 'A be ddwedodd o'n union?'

'Holi sut roeddach chi. A deud bod croeso i chi ddod i'r capel unrhyw bryd.'

Edrychodd Nain i lawr ar ei dwylo. 'Dyna ddwedodd o?'

'Ia.'

Ysgydwodd Nain ei phen gyda gwên, a gosod y cawl ar sil y ffenest i oeri. 'Chwarae teg iddo fo.'

'Mae'r capel yn lle braf, Nain. Mi fasach chi'n licio yno.'

Gwenodd Nain yn annwyl. 'Cer i nôl y llwyau, wnei di, pwt?'

Ufuddheais.

'Ro'n i'n arfer mynd i'r capel, wsti Llanw.'

'Capel ni?'

'Ia. Pan o'n i'n iau.'

Gosodais y llwyau ar y bwrdd, gan drio dychmygu Nain, yn ifanc, yn eistedd mewn sêt yn dweud ei phader. Byddai duwioldeb yn gweddu iddi.

'Doeddach chi ddim yn hoff o'r capel?'

'Oeddwn, weithiau.'

'Pam wnaethoch chi roi'r gorau i fynd?'

'Pob math o resymau, pwt. Gorwel!' galwodd drwy'r drws. 'Tyrd am dy swper!' Daliodd fy llygad eto, ac eistedd ar y gadair yn fy ymyl. 'Llanw, wyt ti'n poeni nad ydw i'n mynd i'r capel?'

Nodiais yn fud.

'Wel, rho'r gorau iddi.' Trodd ei llygaid gleision at y ffenest, ac roedd ei llais yn freuddwydiol. 'Paid â phoeni amdana i. Dwi a Iesu'n dallt ein gilydd yn iawn.'

A dyna pryd y sylweddolais i bod llygaid Nain yr un glas yn union â rhai Iesu Grist yn y llun yn y capel.

'A dyna i chi stori Noa. Stori eich teulu chi. Achos rydan ni i gyd wedi'n cenhedlu o deulu Noa, yn tydan?'

Cymerodd y Parchedig Ifan Ifans gam yn ôl, wedi gorffen ei stori, a phlethu ei fysedd yn ei gilydd. Roedd o'n un gwych am adrodd hanes. Byddai'r plant drwg hyd yn oed yn gwrando'n astud ar ei lais bas yn llenwi parwydydd noethion y capel.

Yn fy ymyl, cododd Gorwel ei law. Nodiodd y gweinidog arno.

'Sut na fyddai'r llewod na'r teigrod wedi bwyta'r anifeiliaid llai yn arch Noa?'

'Am unwaith, Gorwel, roedd holl greaduriaid Duw yn cydweithio i wireddu ei ewyllys Ef.'

Ystyriodd Gorwel yr ateb, cyn codi ei law eto. 'Felly, fe foddodd pawb arall yn y byd? Pawb a phopeth?'

'Pob un nad oedd yn arch Noa.'

'Be am y bobol dda?'

Gwenodd y Parchedig Ifan Ifans yn amyneddgar. Chwarae teg, roedd o'n ddyn clên, a chollodd o erioed mo'i dymer efo Gorwel, er y byddai o'n ei holi'n dwll bob wythnos. 'Roedd y byd, bryd hynny, yn llawn drygioni a…'

'Ond mae'n rhaid bod 'na bobol dda yng nghanol y drwg,' atebodd Gorwel, a dechrau cnoni ar y sedd yn fy ymyl, wedi'i gynhyrfu gan yr holl gwestiynau yn ei feddwl. 'Ambell un, o leia.'

Ystyriodd y gweinidog, cyn nodio'n araf. 'Efallai y bu'n rhaid iddo Ef aberthu rhai er lles y dyfodol.'

Syllodd Gorwel arno'n gegrwth. 'Aberthu pobol dda?'

Aeth si o anniddigrwydd drwy resi'r ysgol Sul.

'Fel yn y rhyfel,' rhesymodd y Parchedig Ifan Ifans. 'Cafodd llawer o'n bechgyn ni eu haberthu er lles y mwyafrif.'

'Ond ro'n i'n meddwl mai'r diafol oedd yn gyfrifol am y rhyfel, a Duw ar ein hochr ni,' meddai un o'r hogiau hŷn. 'Ond Duw ei hun oedd yn gyfrifol am y dilyw.'

Wrth i blant eraill ymuno yn y ddadl, tawelodd Gorwel. Teimlwn ei gorff yn suddo'n llai ac yn llai ar y sedd.

'Wyt ti'n iawn?' gofynnais, ac er iddo ateb 'Yndw', roedd ei wyneb yn welw a'i lygaid yn llydan.

Ar ôl ychydig, tawelodd y ddadl, pob cwestiwn wedi'i ateb yn rhesymol a charedig gan y gweinidog. Ond cododd Gorwel ei law un tro olaf, a gwenodd y Parchedig Ifan Ifans arno.

'Sut un oedd Noa, os gwelwch yn dda?' gofynnodd Gorwel mewn llais isel.

'Gad i mi weld. Roedd o'n ddyn tal, tua hanner pen yn dalach na fi. Gwallt hir a barf, a llygaid mawr glas.'

Syllodd Gorwel ar y gweinidog am ychydig, cyn nodio. Yn anarferol i fy efell, doedd ei lygaid na'i geg ddim yn gwenu.

'Oes rhywbeth arall, Gorwel?'

'Dim byd, diolch.'

Teimlais lygaid Bet yn sgubo drosta i ac yn syllu ar Gorwel. Syllai Iesu Grist i lawr o'i groes, yn siomedig ag amheuaeth ddiflino fy mrawd.

Wedi gadael y capel, trodd Bet at Gorwel a gofyn, 'Pam wnest ti ofyn hynna am Noa? Gofyn sut un oedd o.'

Agorodd Gorwel fotymau uchaf ei grys wrth i ni gerdded i lawr Copperhill Street am y traeth.

'I brofi ei fod o'n dweud celwydd.'

'Noa?' pesychodd Bet mewn syndod.

'Y gweinidog,' atebodd Gorwel, ac roedd hynny'n teimlo'n fwy pechadurus na chyhuddo Noa o'r un drosedd.

'Paid â dweud ffasiwn beth!' dwrdiais.

'Dydi o'n dweud dim gair yn y Beibl sut un oedd Noa. Pan 'dan ni'n gofyn cwestiynau i'r gweinidog, mi fydd o'n ateb bob amser, waeth ydi o'n gwybod yr ateb ai peidio. Sydd yn gelwydd.'

Stopiais yn stond. 'Sut wyt ti'n gwybod nad ydi o'n disgrifio sut olwg sydd ar Noa yn y Beibl?'

'Mi ddarllenais i'r darn yna pan oedd Miss Jenkins yn dysgu'r ysgol Sul, a'r gweinidog ar ei wylia.'

A chyda'r geiriau hynny, fel petasai Duw ei hun yn gwrando, daeth y daran gyntaf i lenwi'r nen.

'Dewch acw am 'chydig,' erfyniodd Bet. 'Mae Mam wedi gwneud bisgedi neithiwr. Mi fydd y storm wedi pasio erbyn i chi adael, a fydd dim ofn cerdded adra ar Llanw.'

Petrusodd Gorwel. Roedd y bisgedi'n swnio'n dda, a byddai Mr a Mrs Gruffudd yn ein croesawu ni'n gynnes bob amser. Ond doedd Gorwel ddim yn teimlo 'run fath â fi am gartref tawel, destlus y teulu. Roedd o'n gweddu'n well o lawer yn ein tŷ oer, ymarferol ni ar lan y môr, yn canfod cysur y tu allan, yn hytrach na thu mewn. Roedd carped, ornaments a meddalwch tŷ Bet fel petaen nhw'n mygu Gorwel.

'Plîs, Gorwel,' erfyniais wrth i'r taranau rolio'n nes. 'Dim ond tan i'r storm beidio.'

Ymhen dim eisteddai Gorwel, Bet a minnau wrth y bwrdd bach yng nghegin Mrs Gruffudd, a Mr Gruffudd yn eistedd yn y gadair freichiau. Dyn clên oedd o, yn debycach i daid na thad. Dyn tal, llydan, yn slicio'i wallt gwyn yn ôl â Brylcreem, a wnâi iddo edrych fel petai'n wlyb bob amser. Gwisgai sbectol gron, ac roedd croen ei wyneb yn welw, fel braster ar gig. Waeth sut roedd y tywydd, gwisgai un o'r cardigans patrymog roedd ei wraig wedi'u gwau iddo. Byddai'n cerdded fymryn yn gam, yn enwedig pan fyddai'r tywydd yn llaith – rhywbeth estron oedd wedi'i blannu ynddo yn ystod y rhyfel, meddai Bet. Weithiau, pan fyddai'n chwerthin, a byddai hynny'n aml, gallwn weld y tebygrwydd rhyngddo a Bet, yn y crychau o amgylch ei lygaid ac yn y geg roedd o mor barod i'w lledaenu i ddangos ei ddannedd. Cawn y teimlad ei fod o'n dotio ar Gorwel. Byddai'n gadael ei lyfrau ac yn dod i eistedd yn y gegin pryd bynnag y byddai 'mrawd yn ymweld â nhw.

'Am be fuoch chi'n sôn yn yr ysgol Sul heddiw?' gofynnodd Mrs Gruffudd, oedd yn tylino bara fel petai'n mwytho rhywun annwyl. Byddai Nain yn cyflawni'r un weithred drwy stido'r toes yn ddidrugaredd.

'Noa,' atebodd Bet, ei cheg yn llawn bara brith.

Chwarddodd ei thad, ei wyneb fel un bachgen bach.

'Amserol iawn,' meddai. Roedd y cymylau llwydion wedi

ffrwydro'n law erbyn hyn, a'r diferion trwchus yn poeri ar y ffenest.

'Mae Gorwel yn meddwl bod y Parchedig Ifan Ifans yn dweud celwydd,' ychwanegodd Bet yn ysgafn, cyn helpu ei hun i fisged arall.

Edrychais i fyny, a gweld yr olwg a ffeiriwyd rhwng Mr a Mrs Gruffudd. Mae'n rhaid bod Gorwel wedi sylwi hefyd, gan iddo ddechrau esbonio'i hun yn syth: y Duw dialgar, a pharodrwydd y gweinidog i liwio'r darnau o'r stori nad oedd y Beibl yn eu crybwyll.

Edrychodd Mr Gruffudd arno'n feddylgar. 'Dim ond trio gwneud y stori'n ddifyr i chi'r plant roedd y gweinidog, yntê.'

'Ond os ydi o'n gwneud hynny efo Noa, falla ei fod o'n gwneud efo hanesion eraill,' atebodd Gorwel.

Ymddangosai fy efell fel petai'n llai hyderus na'r arfer. Efallai fod awyrgylch gwâr tŷ Bet wedi gwlychu mymryn ar ei dân hunangyfiawn.

Gosododd Mrs Gruffudd baned o de ar y bwrdd bach wrth ymyl ei gŵr; gwenodd hwnnw arni'n ddiolchgar.

Pan fydda i'n oedolyn, dw i am briodi dyn fydd yn gwenu fel'na arna i, meddyliais.

Ro'n i'n hanner disgwyl i Mr Gruffudd ddwrdio Gorwel, a 'mrawd wedi bod mor gableddus yn siarad fel y gwnaeth o. Dwrdio clên, wrth gwrs, ond dwrdio 'run fath. Ond wnaeth Mr Gruffudd mo hynny.

'Mae'r Parchedig Ifan Ifans yn ddyn da iawn. Ac eto, rwyt ti'n gwneud pwynt teg. Feddyliais i 'rioed amdano fo o'r blaen.' Cymerodd lymaid o'i de, er mor boeth roedd o'n edrych. 'Mae dy feddwl di'n finiog fel mellten, Gorwel.'

Gwenodd Gorwel yn llydan, wedi'i siomi ar yr ochr orau fod ei amheuon yn cael eu canmol am unwaith.

Rhywle rhwng y bara brith a'r bisgedi, blinodd y storm

ar gylchu cyrion y pentref, a throi i ymosod yn ffiaidd ar Aberdyfi. Gwyddwn fy mod i'n rhy hen i fod ofn y tywydd, ac felly ceisiais lyncu'r panig wrth i'r taranau ysgwyd gwydrau'r ffenestri.

Gorffennwyd y te bach. Roedd hi bron yn hanner awr wedi pump, a gallwn weld bod Gorwel yn anesmwytho. Eisteddais wrth y bwrdd yn ei wylio, gan drio penderfynu ai'r tywydd ynteu ei anniddigrwydd oedd yn fy ngwneud yn fwyaf nerfus. Roedd ei ysfa i adael yn cronni fel storm, ac ar ôl ychydig safodd ar ei draed.

'Diolch yn fawr am y te bach,' meddai, gan wenu'n fonheddig ar Mrs Gruffudd. 'Gwell i mi 'i throi hi rŵan.'

Syllodd Mrs Gruffudd arno'n gegrwth am ychydig. Roedd hi'n brydferth, hyd yn oed yn ei syndod, a'r tu ôl iddi medrwn weld y glaw yn ymosod yn wyllt ar y ffenestri, gan wyrdroi'r olygfa, fel hen wydr talpiog.

'Gwell i ti aros tan i'r gawod fynd heibio,' meddai Mr Gruffudd.

'Does dim ots gen i am y glaw,' atebodd Gorwel yn siriol. 'Wyt ti'n dod, Llanw?'

Daeth taran arall, fel petai'n rhuo ar Gorwel i gallio. 'Plîs arhosa amdana i am 'chydig,' meddwn mewn llais bach, yn casáu gorfod rhesymu â fo o flaen rhieni Bet. 'Dwi ddim eisiau cerdded yn ôl ar fy mhen fy hun.'

'Tyrd rŵan, ta.'

Cododd Gorwel ei ysgwyddau, a theimlais, am y tro cyntaf, ei fod o'n gallu bod yn greulon a didostur ac yntau erioed wedi teimlo ofn.

'Dim ond hanner awr fach arall, a bydd y storm yn siŵr o basio,' rhesymodd Mrs Gruffudd. 'Pam na wnei di aros tan chwech?'

'Diolch, Mrs Gruffudd,' atebodd Gorwel yn bendant. 'Ond

dwi ddim yn licio gadael Nain am fwy nag sy'n rhaid. A deud y gwir, dwi ddim yn meddwl y bydd y storm yma'n ein gadael ni am oriau.'

'Geith Llanw aros efo ni, Mam?' crefodd Bet yn sydyn wrth i'r syniad daro ar ei meddwl. 'Mae 'na hen ddigon o le yn 'y ngwely i.'

Gwelais yr olwg ar wynebau Mr a Mrs Gruffudd: y cwestiwn; y pryder; yr ildio a ddigwyddodd heb gyfnewid 'run gair.

'Os na wnaiff y tywydd glirio, dwi'n meddwl mai dyna fyddai gallaf,' meddai Mr Gruffudd o'r diwedd.

Nodiodd Gorwel, a sylweddolais am y tro cyntaf nad oedd ots ganddo a awn i efo fo ai peidio. Do'n i ddim yn bwysig.

'Weithiau, dwi'n teimlo fel petaet ti'n chwaer i mi,' meddai Bet yn dawel.

Gorweddai'r ddwy ohonon ni yn y gwely, Bet yn plethu 'ngwallt fel petai'r weithred yn dod â chysur iddi, a'r tywyllwch yn gwaedu i mewn i'r llofft ac o dan y llenni. Ro'n i'n teimlo fel rhywun gwahanol – nid Llanw. Pwy fyddwn i taswn i wedi cael fy ngeni i'r teulu yma, yn ferch i Mr a Mrs Gruffudd, yn chwaer i Bet? Byddwn yn cael byw yma, yng nghanol y pentref, a chael troedio'r carped meddal bob dydd. Byddwn i'n rhywun arall. Byddai fy enw, hyd yn oed, yn wahanol. Beth fyddai Mrs Gruffudd wedi galw chwaer Bet? Margaret neu Susan neu Ann. Enw cadarn, go iawn.

'Dwi'n meddwl y byddwn i'n berson hollol wahanol tasa gen i enw go iawn,' sibrydais.

Syllodd Bet arna i.

'Bysat, achos fasa gen ti ddim hanes hyfryd Mam Ni Oll yn enwi dy frawd yn Gorwel a chditha'n Llanw.'

'Ond Bet, be petawn i wedi cael fy ngeni yn efell i ti, a Gorwel yn unig blentyn?'

Trodd Bet ei llygaid at y nenfwd. Roedd 'na ryw olau'n cael ei adlewyrchu'n sglein ar ei hwyneb, er na fedrwn i ddirnad y golau hwnnw mewn ystafell mor dywyll.

'Mi fasat ti'n debycach i Mam nag ydw i,' sibrydodd Bet. Mwythodd fy ngwallt tywyll fel petai'n dedi-bêr.

Beth fyddai fy marn am Nain a Gorwel pe na bawn i'n perthyn iddyn nhw? Yr hen ddynes od 'na a'r bachgen yn byw mewn tŷ ar y tywod. Fyddwn i'n eu pitïo nhw? Yn eiddigeddus o'r ffordd syml roedden nhw'n byw?

Daeth cnoc ysgafn ar y drws, a tharodd Mr Gruffudd ei ben i mewn. 'Ydach chi'n cysgu?'

'Mwy neu lai,' atebodd Bet, a daeth Mr Gruffudd i mewn dan chwerthin. Eisteddodd ar y gwely yn y golau egwan.

'Mae'n hwyr. Fyddwch chi'ch dwy yn dda i ddim yn yr ysgol fory.'

'Jest cael sgwrs fach oeddan ni, cyn cysgu,' atebodd Bet, a medrwn glywed y blinder yn ei llais, fel petai ei meddwl hi'n dechrau llenwi efo tywod.

'Am be oeddach chi'n sgwrsio?' Swniai llais Mr Gruffudd yn wahanol yn y tywyllwch, fel petai'n gostwng y synau caled a chadw dim ond y llafariaid hir, melfedaidd.

'Meddwl sut bydda petha tasa Llanw yn chwaer i mi.'

Cywilyddiais yn dawel bach. Am beth anaeddfed a gwirion i ni fod yn ei drafod. Oedd o'n swnio fel petawn i'n bod yn anffyddlon i Nain a Gorwel?

'Ond petai Llanw'n chwaer i ti, nid Llanw fydda hi, cariad,' esboniodd Mr Gruffudd.

'Na,' cytunais yn frwd. 'Mi fyddach chi wedi rhoi enw go iawn i mi.'

Chwarddodd Mr Gruffudd yn ysgafn. 'Rwyt ti'n cael mwy

nag enw gan dy rieni, yn dwyt? Mae pob rhan ohonat ti'n dod o rywle arall. Efallai i ti gael dy wallt tywyll gan dy fam, a dy groen golau gan dy dad.'

Dychmygais fy nhad, ond doedd gen i ddim syniad sut un oedd o. Y cyfan y medrwn ei weld yn fy meddwl oedd pen tywyll ac wyneb, dim manylion – dim trwyn, ceg na llygaid. Dim ond croen gwelw yn dynn dros benglog.

'A'r petha y tu mewn,' ychwanegodd Bet, ei llais yn llawn anadl. 'Y cymeriad.'

'Ia wir,' cytunodd Mr Gruffudd. 'Efallai fod dy dad yn gymeriad difrifol, fel ti. Efallai y byddai ar dy fam ofn stormydd.'

'Efallai y byddai arni hi ofn y môr, fel ti,' ychwanegodd Bet.

'Na,' anghytunais, a synnu bod fy llais innau'n flinedig hefyd, fy nghorff yn teimlo'n drwm a chysglyd. 'Does ar Mam Ni Oll ddim ofn y dŵr. Mae hi'n byw yn y môr.'

Caeais fy llygaid. Ar ôl ychydig eiliadau, daeth llais Mr Gruffudd yn canu'n isel ac yn llyfn.

'Ar lan y môr mae rhosys cochion…'

Teimlais gyffyrddiad ar fy moch. Agorais fy llygaid. Wrth ganu, roedd Mr Gruffudd yn tynnu cefn ei fys yn ysgafn i lawr fy ngrudd, yn fy mwytho i drwmgwsg. Caeais fy llygaid drachefn, a chysgu'n syth, gan smalio mai dyma fy nghartref, mai dyma fy ngwely ac mai'r dyn addfwyn yma oedd fy nhad.

Petawn i'n medru, byddwn i'n dengyd oddi yma.

Doedd gan Del ddim syniad i ble y byddai'n mynd – dim ond rhyw ddelwedd niwlog yn ei meddwl ar ddiwedd diwrnod anodd. Bryniau, coedwig fach, nant groyw a thŷ cerrig un llawr. Pe gwyddai Del ble i ddod o hyd i'r lle, byddai'n codi Ruth fach o'i chrud ac yn mynd yno'n syth. Dim ots nad oedd dimai goch yn ei phoced. Byddai popeth yn iawn yn y lle pellennig hwnnw, a neb o gwmpas i lygru'r tawelwch.

Ailddechreuodd y gweiddi drws nesaf. Roedden nhw'n feddw unwaith eto, a hyfdra'r alcohol yn caniatáu iddyn nhw floeddio'r gwir. Roedden nhw'n casáu ei gilydd, pob un ohonyn nhw, y rhieni a'r plant, a doedd pob tawelwch yn ddim ond saib rhwng poeri gwenwyn. Roedd hen gariad afiach yn eu clymu nhw hefyd – cariad dyletswydd. Rywsut, roedd hynny'n waeth na chasineb pur, ond fel yna y byddai pobol y dyddiau hynny yn byw gyda'i gilydd. Roedd cyfraith neu grefydd yn eu clymu mor dynn, fedren nhw ddim cofio yr hyn a ddaethai â nhw at ei gilydd yn y lle cyntaf.

Byddai Del wedi codi'r baban ac wedi'i lapio ar ei bron, a cherdded oddi yno, ond doedd cerdded y strydoedd yn y nos ddim yn saff. Byddai wedi canu cân, ond roedd peryg i hynny wylltio'i chymdogion. Ar ôl glanhau a thacluso, doedd gan Del ddim ar ôl i'w gyflawni.

Y noson honno, dechreuodd hi lawio.

Nid dilyw na dim byd mor ddramatig â hynny. Doedd o ddim fel llifddorau'r nef yn agor, a chawson nhw ddim mellt na tharanau i nodi dechrau cyfnod newydd. Smwclaw, dafnau mân, mân nad oedden nhw'n edrych fawr mwy na niwl o'u gwylio drwy'r ffenest. Wrth gyffwrdd to cartref Del a Ruth yn y nos, wnaeth o fawr o sŵn o gwbl, dim curo mawr, dim ond anadlu, fel sŵn llanw.

Roedd o'n boen i gychwyn. Doedd dim posib sychu dillad na mynd am dro, nac anfon y plant allan i chwarae, ond ar ôl wythnos o law di-dor roedd y lôn yn afon fechan a phawb yn dechrau pryderu.

Sleifiodd y dŵr dan ddrws y gegin. Safodd Del yn ei wylio – haen dawel, araf yn archwilio'r llawr. Symudodd y bwyd o'r cwpwrdd a'i roi yn y grogloftt, a chariodd grud Ruth o'i le wrth y tân. Wedi setlo'r baban am y noson, eisteddodd Del ar y grisiau, yn gwylio'r lle'n boddi. Roedd synau mudo'n cael eu gweiddi mewn panig dros ochenaid y glaw – pobol yn gadael, yn symud i lecyn uwch. *Pam mae ffasiwn ots ganddyn nhw?* meddyliodd Del. *Dydyn nhw ddim wedi mwynhau eu bywydau cyn hyn beth*

bynnag. Pam y fflyd o boendod meddwl rŵan bod eu bywydau yn
cael eu bygwth?

Wedyn, daeth tawelwch. Roedd pawb wedi ymadael. Dim ond Del a Ruth oedd ar ôl, ac ochenaid y glaw. Mwynhaodd Del y llonyddwch. Roedd Ruth mewn hwyliau da, a doedd dim sŵn dadlau yn llifo drwy'r parwydydd i ddeffro'r ddwy yn ystod yr oriau mân. Am ddyddiau, ymhyfrydodd Del yng nghwmni ei merch. Dotiodd at ei gwên ddiddannedd, plannodd ei hwyneb ym mhlygion ei gwddf a meddwi ar ei harogl baban bach. Dim ond pan gyrhaeddodd y dŵr dop y grisiau y sylweddolodd Del ei bod hi'n mynd i farw.

Goroesodd am ychydig gyda'i thraed yn y dŵr, ond wedyn bu'n rhaid iddi ddianc i'r to, ac eistedd ar y simnai gyda'r baban yn dynn mewn blancedi yn ei chôl. Ochneidiai'r smwclaw ar y môr newydd oedd wedi ymddangos o'i chwmpas, y dŵr llwyd yn chwyddo fel panig o'i chwmpas.

Gwlychodd blancedi Ruth, ac fe aeth y baban yn drymach ym mreichiau ei mam. Wnâi hi ddim crio, ddim o gwbl. Syllodd Del ar yr wyneb bach crwn yn edrych i fyny ar y nefoedd lwyd, a dafnau o law yn cydio yn ei hamrannau.

Sylweddolodd Del erioed cyn hynny gymaint roedd hi'n caru ei baban. Doedd dim ots ganddi farw ei hun – byddai gorffwys yn braf – ond ni allai oddef ystyried methu gallu gweld Ruth byth eto. Byddai hynny'n ormod.

Dyna pryd yr ymddangosodd y llong. Un anferth, yn bren sgleiniog yn torri drwy'r dŵr gyda cheinder a llyfnder hyfryd. Welodd Del erioed unrhyw beth mor hardd, mor osgeiddig.

'Help!' gwaeddodd Del, ei llais yn hollti'r heddwch. 'Helpwch ni!'

Ymddangosodd wyneb dros ochr y llong. Hen ddyn a chanddo wallt hir a barf, a llygaid syndod o las mewn byd mor llwyd. Wnaeth o ddim chwifio na gwenu.

'Help!' gwaeddodd Del unwaith eto, gan sylweddoli â sicrwydd anesboniadwy nad oedd y dyn yn mynd i'w hachub nhw. Daliodd Del y swp gwlyb o'i blaen a chynnig ei phlentyn i'r dieithryn.

'Ewch â hi!' bloeddiodd, â'r fath angerdd na chlywsai erioed yn ei llais cyn hynny. 'Ewch â Ruth! Dwi'n erfyn arnoch chi. Achubwch y baban!'

Syllodd y dyn yn fud, a gwelodd Del oleuni rhyfedd yn ei lygaid wrth i'r llong barhau â'i thaith. Fel petai Duw ei hun yn edrych arni, ac wedi hwylio heibio a gadael iddi farw.

Chwibanu

Y GAEAF. YN nhai pobol eraill, byddai'n amser clyd, cynnes. Dyddiau o swatio. Ond nid felly fyddai hi i'r rhai oedd yn byw mewn tŷ ar y tywod.

Chwythai'r gwynt oer yn erbyn y drws ffrynt, yn trio fy rhwystro rhag ei agor a dengyd ar hyd y traeth i'r ysgol. Roedd natur fel petai'n trio'n caethiwo ni'n tri, Nain, Gorwel a minnau, yn y tŷ diarffordd, yn ein cadw ni rhag ein rhyddid yn nannedd y gwynt.

Byddai'r môr yn ffiaidd yn y gaeaf. Hyd yn oed pan fyddai'r tywydd yn llonydd a'r tonnau'n gymedrol hyd at y gorwel, byddai'r oerfel yn llafnau anweledig o fis Hydref tan fis Mawrth, a cherdded i unrhyw le yn uffern. Mewn tywydd stormus, a'r glaw a'r gwynt yn dial ar y byd, byddai arna i ofn tymer wyllt y dyfroedd.

Roedd y glaw yn ddigon drwg. Poer blin yn bwrw'i fysedd main ar Gorwel a minnau, yn ein gwlychu ni drwy'n cotiau duon, ein siwmperi a'n dillad isaf. Erbyn i ni gyrraedd yr ysgol, bydden ni'n dau yn cario'n pwysau mewn defnydd gwlyb. Fyddai Miss Jenkins ddim yn dweud gair, dim ond ein hanfon ni i'r tai allan â dillad sbâr sych o dan ein breichiau, yna rhoi ein dillad gwlyb i sychu uwch stof y sgwlrwm.

Doedd athrawon y County School yn Nhywyn ddim mor dawedog, ac roedd hi'n ffordd hirach i ni gerdded i fan'no hefyd – i'r gogledd ar hyd y traeth, troi ar ôl tŷ bordio crand Neptune Hall a heibio Miss James's School for Girls (*finishing school* i ferched Saesneg crand). Yna dros bont trên bach yr Aber, ac i'r chwith i'r County School.

Yn ystod ein tymor cyntaf yno, cyrhaeddodd Gorwel a minnau Ysgol Tywyn yn wlyb at ein crwyn fwy nag unwaith, â chymysgedd o law a'r chwys poeth afiach hwnnw sydd ddim ond yn ymddangos mewn dillad gwlyb. Yn lle mynd i wneud ein *lessons*, byddai'r ddau ohonon ni'n cael ein hanfon at y *school nurse*. Dynes denau oedd hi, yn arogli fel baco, rhyw olwg arni fel petai wastad ar y ffordd i rywle arall. Gwnâi i ni dynnu'n dillad yn llwyr cyn rhwbio tywel drosom, fel petai'n flin efo ni am y tywydd. Ar y trydydd achlysur, gadawodd hi Gorwel a minnau yn dripian pyllau o ddŵr ar lawr yr ystafell feddygol, ac aeth i nôl y prifathro. Syllodd y ddau arnon ni, y prifathro fel clamp o dderyn du yn ei glogyn lliw'r nos.

'It's a wonder they've survived this long,' cyfarthodd y nyrs, oedd yn medru Cymraeg yn iawn, ond mai Saesneg oedd iaith yr ysgol. 'They could catch a cold, or influenza or fever… Even pneumonia. This cannot be allowed to continue.'

'These are the children that were previously discussed,' atebodd y prifathro. 'I told you about them…'

'I know that. But I would not be doing my duty if I were not to inform you that I am seriously concerned about their well-being.'

'The thing is…' Pwyllodd y prifathro, fel petai'n ansicr beth oedd 'the thing'.

'Dwi'n poeni am eu lles a'u hiechyd nhw.' Ildiodd y nyrs i'w mamiaith, ac achosodd hynny i'r prifathro bwyllo.

'I shall arrange that they have spare uniforms here for such occasions. Make sure that they are given some bread and butter and warm milk if they turn up to school weather-beaten.'

'Cook's going to *love* that,' oedd yr ateb coeglyd.

'I shall speak to her.'

Suddodd y prifathro i'w gwrcwd. Roedd yn rhaid i Gorwel a minnau edrych i lawr arno.

'Os bydd angen unrhyw beth arnoch chi, dewch ata i. Ydach chi'n dallt?' Nodiodd y ddau ohonom. 'A pheidiwch â dweud wrth eich nain 'mod i'n dweud.'

Dyna'r unig dro i'r prifathro siarad yn uniongyrchol â ni, a'r unig dro i mi ei glywed yn siarad Cymraeg. Wnes i ddim mynd ar ei ofyn o erioed, er i mi deimlo'n freintiedig ei fod o mor warchodol o Gorwel a minnau.

Er y dillad gwlybion a'r gwallt llaith, roedd hi'n ganwaith gwell gen i'r glaw na'r gwynt. Os nad oedd hi wedi bwrw, a'r tywod yn sych grimp, byddai cerdded ar hyd y traeth i Aberdyfi neu i Dywyn yn uffern ar y ddaear. Y tywod fel pinnau bach yn pigo'n crwyn gannoedd ar filoedd o weithiau, yn setlo yn ein bwtsias ac o dan ein dillad. Byddai'n rhaid i ni gau ein llygaid bron iawn yr holl ffordd, hwd yn dynn dros ein pennau, a dim ond ei gilagor bob hyn a hyn i wneud yn siŵr ein bod ni'n ddigon pell o'r môr. Tywod yn ein clustiau, yn ein trwynau, yn ein cegau, yn sychu a chracio'n gwefusau. Creodd Gorwel ryfeddod ymhlith ein cyfoedion un bore, wedi iddo chwydu cyfuniad o ddŵr a thywod dros sgwariau hopsgotsh iard yr ysgol. Roedd yntau wrth ei fodd yn cael y fath sylw.

Diolch byth, rhoddwyd Gorwel, Bet a minnau yn yr un dosbarth yn y County School (1B – disgyblion canolig ein gallu, ddim yn glyfar ond heb fod yn ddigon twp i fod yn ddiddorol chwaith). Roedd Gorwel yn un o'r hogiau ffodus hynny a fyddai'n boblogaidd gan bawb – y swots, y plant drwg, y criw pêl-droed, y merched del a'r haen o ddisgyblion anweledig oedd yn cynnal y cyfan. Roedd hyd yn oed yr athrawon yn hoff ohono. Roedd Bet bron â bod yr un fath, er y byddai hi'n cael rhyw edrychiadau snobyddlyd gan rai o'r merched del, a cherydd rhwystredig gan ambell athro. Do'n i'n ddim byd tebyg iddyn nhw – fyddwn i ddim eisiau cael fy ngweld, ddim eisiau derbyn cydnabyddiaeth. Byddwn yn suddo mewn môr o wynebau, yn anniddorol a di-fflach. Flynyddoedd yn ddiweddarach, ar ôl i ni adael yr ysgol, byddai rhai o 'nghyd-ddisgyblion – rhai a fu yn yr un dosbarth â mi hyd yn oed – yn fy mhasio ar y stryd heb fy nghyfarch. Doedden nhw ddim yn fy nabod o gwbl. Nid dihidrwydd oedd yn gyfrifol am hyn, na natur gas, ond rhyw gydnabod nad oedd fy wyneb yn werth ei gofio am na wnes i ddim byd cofiadwy.

Ro'n i wedi dibynnu ar Bet am gwmni ers dechrau'r ysgol fach, a chwarae teg iddi, wnaeth ei ffyddlondeb ddim torri, ddim o gwbl. Byddai hynny'n digwydd yn aml ymhlith y merched eraill, a ffrind yn cweryla â chyfeilles gydol oes am resymau y tu hwnt i ddirnadaeth – steil gwallt gwirion, neu ddamwain fach ar y cae hoci. Yna byddai'r ffrind druenus yn cael ei gadael ar ei phen ei hun tan i rywun newydd ei phitïo neu i grŵp o ferched adael iddi ymuno â nhw.

Wnaeth Bet erioed mo hynny i mi. Byddai'r ffasiwn greulondeb yn wrthun iddi. Ro'n innau, yn fy nhro, yn dioddef ei thueddiadau anhrefnus, chwit-chwat – yn aros amdani pan fyddai hi'n hwyr i wersi ac yn esbonio gwaith pan na fyddai hi'n ei ddeall. Ro'n i hefyd yn osgoi gwneud fy ngorau, yn dawel bach, er mwyn cael aros yn y ffrwd ganolig efo hi. Bob tro y cawn 'Well done!' neu 'Excellent work, Llanw' mewn beiro goch ar frig un o 'nhraethodau neu gasgliad o sŷms, gwnawn yn siŵr na fyddai'r gwaith nesaf mor *well done* heb sôn am fod yn *excellent*.

Yng ngwanwyn Form One, gwnaeth Bet y ffafr fwyaf oll â mi. Fedrwn i ddim meddwl am y digwyddiad wedyn heb wrido mewn gwerthfawrogiad.

Master Smith oedd yr athro Biology, a fo oedd y dyn mwyaf golygus i mi ei weld erioed. Ac yntau'n dal, a cherddediad milwr ganddo, mae'n rhaid nad oedd o lawer hŷn na phump ar hugain. Gwallt tywyll, sgleiniog, aeliau trwchus, du a cheg lydan, goch oedd ganddo ac roedd o'n ddyn gwirioneddol flewog. Codai'r blew o goler ei grys fel petai anifail yn ceisio dengyd oddi yno ac roedd ei ddwylo'n drwch hyd at ei fysedd.

Fel petai ei natur yn trio cydbwyso ei harddwch, roedd Master Smith yn gythraul mewn croen. Roedd ganddo dymer ffiaidd a fyddai'n poethi ar ddim, heb unrhyw rybudd nac esboniad. Un tro, gwelais o'n gwallgofi'n afresymol gydag un o'r merched yn fy nosbarth, Jennie o Lanegryn. Wn i ddim beth wnaeth o iddi ar ôl ysgol mewn *detention*, ond bu Jennie yn crynu mewn gwersi Biology byth wedi hynny.

Yn Form One, roedd ein gwersi Biology yn cael eu cynnal cyn cinio ar ddydd Mawrth. Am hanner awr wedi hanner dydd un prynhawn braf o fis Mai, cyfarthodd Master Smith, 'Lanoo and Elizabeth, stay behind and clean out the goldfish bowl. It's filthy.' Gadawodd yr ystafell ddosbarth, ac wrth i'n cyd-ddisgyblion adael i gael eu cinio, syllodd Bet ar y bowlen pysgod aur.

'Dwi'n mynd i fethu'r gêm hoci,' meddai'n fflat.

'Nag wyt. Cer allan, mi wna i hyn.'

Goleuodd llygaid Bet. 'Wyt ti'n siŵr?'

'Ti'n gwybod faint dwi'n casáu gwylio hoci. Wela i di wedyn.'

Gwenodd Bet yn llydan, gan ddangos rhes o ddannedd cam. 'Ti ydi'r ffrind gora yn y byd, Llanw.' Rhuthrodd o'r ystafell gyda'i bag ar ei chefn, a galw dros ei hysgwydd, 'Mi bryna i fag o Turkish Delight i ti o Siop Shadrach.'

Roedd pedwar pysgodyn aur yn y fowlen. Penderfynais gymryd fy amser a golchi'r bowlen yn drylwyr. Roedd arna i ofn cael fy nwrdio gan Master Smith pe na bawn yn ei glanhau nes ei bod yn sgleinio, a dychmygais mor hyfryd fyddai ei glywed o'n dweud rhywbeth clên am unwaith – 'Well done!' neu 'Good job.'

Wedi i mi gael y pysgod o'r dŵr ac i mewn i jwg fawr, gwagiais y dŵr budr yn y sinc cefn. Yna, sgrwbio'r gwydr â brwsh bach, a rhoi chwistrelliad o hylif glanhau er mwyn gwella'r sglein.

Erbyn i'r pysgod ddychwelyd i'r fowlen, roedd y dŵr mor glir â dŵr Nant y Dechrau, a minnau'n falch i mi wneud joban mor dda o'r glanhau.

Y prynhawn hwnnw yn y wers History, daeth cnoc ar y drws ac ymddangosodd bachgen o Form Four.

'Yes?' gofynnodd Miss Wyn.

'Master Smith is asking to see Llanw Pritchard and Elizabeth Gruffudd.'

Tynhaodd pob cyhyr yn fy nghorff. Teimlai fel petai pob diferyn o 'ngwaed wedi anweddu i'r aer.

'They're in the middle of an important lesson,' meddai Miss Wyn gan edrych dros ei sbectol ar y bachgen o Form Four.

'Master Smith seemed quite desperate to see them,' meddai'r bachgen ar ôl ennyd. Roedd golwg ddigon desbret arno fo, yn gorfod wynebu un ai gwylltio Miss Wyn drwy fynnu ein bod ni'n mynd efo fo neu wynebu tymer ddrwg Master Smith pe bai o'n dychwelyd i'r dosbarth heb Bet na minnau.

Ochneidiodd Miss Wyn. 'All right. Llanw, Elizabeth, you may go.'

Daeth llais o gefn y dosbarth. 'And me, please, Miss Wyn.'

Roedd Gorwel yn welw, yn amlwg wedi'i ddychryn gan yr hyn a allasai ddigwydd yn y labordy Biology.

'Calm down, Gorwel,' ochneidiodd Miss Wyn. 'I'm sure the girls will survive without you.'

Cododd Bet a minnau ar ein hunion a chlirio'n llyfrau a'n pensiliau i'n bagiau. Gallwn deimlo llygaid y dosbarth wedi'u hoelio arnon ni.

'Make sure you copy the notes from a classmate,' meddai Miss Wyn wrth i ni basio, cyn ychwanegu dan ei gwynt, 'Duw a'ch helpo chi, wir.'

Profiad rhyfedd oedd cerdded drwy goridorau'r ysgol yn ystod gwers. Roedd eco od i sŵn ein traed, a'r lleisiau o ddosbarthiadau eraill yn swnio'n bell, fel petai byddin o ysbrydion yn trio siarad efo ni. Cerddai'r bachgen Form Four o'n blaenau, ond doedd o ddim yn troedio'n hyderus fel y byddai bechgyn ei oed o'n arfer gwneud. Byddai'n troi i edrych ar Bet a minnau bob hyn a hyn.

Wrth agosáu at labordy Master Smith, meddai dan ei wynt, 'Beth bynnag fydd o'n gwneud, byddwch yn dawel. Peidiwch â chrio na gweiddi, bydd hynny'n ei wylltio fo'n fwy.'

Ro'n i'n teimlo'n hollol wag, fel petai hyn yn digwydd i rywun arall mewn stori, ac nid i mi.

Safai'r athro o flaen y dosbarth, ei freichiau wedi'u plygu ar draws ei frest. Roedd o'n chwibanu – alaw beryglus, heb rythm – a thawodd pan welodd fod ei brae wedi cyrraedd. Dychwelodd y bachgen i'w stôl, a throdd y rhan fwyaf o'r disgyblion i edrych arnon ni. Cadwodd y gweddill eu llygaid ar Master Smith. Gwenodd hwnnw wên dawel, beryglus, ac er ei fod o'n ogoneddus o ddel, fu arna i erioed gymaint o ofn unrhyw un yn fy mywyd.

'Pritchard. Gruffudd,' meddai, yn dal i wenu. Edrychai ei aeliau'n dywyllach, yn fwy trwchus, yn is nag y gwelswn i nhw cyn hynny. 'Come to the front of the class.'

Cerddodd Bet a minnau i'r tu blaen – Bet yn fwy pendant, tra bod fy nghamau i'n llipa. Bu tawelwch wrth i bawb syllu arnom am ychydig.

'I gave you a task to complete today,' meddai Master Smith mewn llais oedd yn beryglus o dawel. 'Did you complete it?'

'Yes, sir,' atebodd Bet.

Wyddwn i ddim o ble y daeth ei llais. Ro'n i wedi 'nharo'n gwbl fud.

Gwenodd Master Smith yn llydan. Cawsai ei blesio gan ateb pendant Bet. 'And do you think that you did a good job?'

Petrusodd Bet am eiliad, cyn ateb, 'We did our very best, sir.'

Yng nghefn y dosbarth, gwenai rhai o'r bechgyn. Chwarddodd Master Smith, a theimlwn i'n benysgafn, fel petawn mewn breuddwyd.

'Imagine my surprise when I returned to the laboratory this afternoon to find this.'

Diflannodd i'w ystordy, cyn dychwelyd â'r fowlen bysgod aur yn ei freichiau. Gosododd hi ar y ddesg o'n blaenau.

Roedd y dŵr yn glir a'r fowlen yn sgleinio, a phedwar pysgodyn aur yn gorwedd yn farw ar wyneb y dŵr, eu llygaid marblis yn syllu'n ddall ar y nenfwd.

Ebychais yn ysgafn. Fedrwn i ddim rheoli fy hun. Chwarddodd rhai o'r bechgyn yng nghefn y dosbarth wrth glywed fy ymateb.

'Those poor fish, whom I have nurtured since their birth. Cruelly murdered.'

Troais i edrych ar Bet, fy ngheg fymryn yn agored a 'nhafod yn sych fel tywod. Syllodd hithau yn ôl arna i, ond doedd hi ddim yn edrych yn wan.

'The bowl stinks of cleaning fluid.' Dechreuodd rhywbeth lithro drwy lais Master Smith, fel llafn yn torri'n araf drwy'r ffug garedigrwydd. 'Cleaning fluid! Can you imagine the effect it had on the fish?'

Caeais fy llygaid am eiliad, a theimlo fy nghroen yn troi'n llaith. Roedd y chwys yn annhebyg i unrhyw chwys arall, fel olew, fel croen pysgodyn.

'Because cleaning fluid is poisonous, as you would have known were you not complete and utter imbeciles.'

Gwenwyn. Ro'n i wedi gwenwyno'r pysgod, wedi'u lladd yn araf bach. Dychmygais eu cegau'n agor a chau, eu hesgyll yn brysio, eu llygaid yn dechrau cymylu. Cyrff y pysgod bychain lliw tân yn codi fesul un i wyneb y dŵr. Yn marw yn fan'no. Nid yn y dŵr nac mewn awyr iach, ond hanner ffordd rhwng y ddau fyd.

Camodd Master Smith yn nes, a sefyll o flaen Bet a minnau. Teimlwn y gwres yn dod o'i gorff, fel petawn i'n sefyll yn llygad yr haul. Er mai syllu ar lawr fyddai orau, roedd o mor ofnadwy o ddel, a daliodd fy llygaid ar y perlau o chwys oedd yn britho'i dalcen. Rholiodd un fel deigryn i lawr ei foch, gan greu llwybr drwy'r blewiach du oedd yn gysgod ar ei wyneb.

Roedd o wedi eillio'n lân bore 'ma, sylwais. Mor sydyn roedd y blew yna wedi tyfu. Tybed a fyddai o'n eillio bob bore a nos, neu ddim ond yn y bore cyn dod i'r ysgol?

'It would have been a torturous death. How would you like to drink cleaning fluid?'

Medrwn ei arogli – Brylcreem a smôcs a chwys. Roedd arogl chwys y rhan fwyaf o bobol yn afiach, ond nid un Master Smith. Roedd ei chwys o'n felys ac yn hallt.

'Well?' gwaeddodd, a neidiodd Bet a minnau. 'How about it? Would you like to drink cleaning fluid?'

'No thank you, sir,' atebodd Bet mewn llais clir, cadarn.

Ailadroddais innau'r geiriau mewn hanner sibrwd crynedig.

'Is that all you have to say?' gofynnodd Master Smith, a phoethodd yr ystafell yn sydyn, fel petai o wedi gollwng gafael ar ei hunanreolaeth yn llwyr.

'We're very sorry, sir,' atebodd Bet, a gwyddwn mai dyma'r amser i mi ddweud nad Bet oedd ar fai, mai fi oedd wedi lladd y pysgod aur, bod degau o ddisgyblion i dystio iddi fod ar y cae hoci ar y pryd.

Estynnodd Master Smith y botel o hylif glanhau. Agorodd y caead, a llonyddodd y dosbarth. Gorchuddiodd un o ferched Form Four ei llygaid â'i dwylo.

'How sorry?' gofynnodd Master Smith, a'i lais yn isel fel taranau pell.

'It was my idea to wash the bowl with cleaning fluid,' meddai Bet yn bwyllog. 'It had nothing to do with Llanw.'

Edrychais arni'n gegrwth. Bu bron i mi ebychu 'Na!', ond pa ddaioni wnâi hynny? Byddai Bet yn cael ei chosbi am ddweud celwydd.

Fedrwn i wneud dim byd.

'What touching loyalty,' ysgyrnygodd Master Smith. 'I expected as much.'

Estynnodd ei law allan a chynnig y botel o hylif glanhau i Bet. Derbyniodd hithau hi heb bwyllo. Yna, bu eiliadau hirion, poeth wrth i'r athro a'r disgybl syllu ar ei gilydd dros y gwenwyn.

Roedd Bet yn glyfrach na fi wrth drin pobol.

Petai hi'n yfed y gwenwyn, byddai Master Smith mewn trwbwl go iawn. Doedd ganddo ddim bwriad ei ladd hi, na'i gwenwyno. Roedd o wedi disgwyl y byddai'n swp o ddagrau erbyn hyn, yn erfyn am faddeuant, ond rhoddodd diffyg emosiwn Bet y farwol i'w gynlluniau, ac roedd hynny'n hogi mwy ar ei dymer.

Yn dilyn y tawelwch, Bet oedd gyntaf i siarad. 'I am very sorry. It was an accident.'

Roedd ei thôn rhesymol yn ormod i Master Smith. Mewn un symudiad cyflym, cydiodd yn y fowlen bysgod a thaflu'r cynnwys dros Bet. Yna cododd y fowlen wag uwch ei ben a'i thaflu ar y llawr pren. Chwalodd y gwydr gan greu cannoedd o adlewyrchiadau bach disglair, fel haul ar y môr. Rhuthrodd o'r labordy, gan roi cic i stôl wag yn ei rwystredigaeth, nes iddi gwympo ar ei hochr yn swnllyd.

Safodd Bet yn llonydd, arogl pysgod y dŵr yn dripian yn ei gwallt a thrwy ei gwisg ysgol. O boptu ei thraed, gorweddai'r pysgod meirwon, fel aberth i'r frwydr. Roedd y dosbarth yn dawel, a neb yn gwenu rŵan.

Dechreuais grio, ond dim ond troi a gwenu'n llydan arna i wnaeth Bet. Ar hynny, dechreuodd plant Form Four gymeradwyo, a dyrchafwyd Bet o fod yn ferch fach ddi-ddim i fod yn arwres.

Roedd mam Buddug yn fud.

Bellach, roedd pawb wedi dod i arfer â hynny. Sioc oedd wedi'i achosi o, medden nhw, a hithau wedi mynd i'r arfer o beidio â dweud gair. Doedd dim rhyfedd, a dweud y gwir. Doedd y geiriau priodol ddim yn bodoli, mae'n siŵr, ar ôl colli gŵr mewn storm ar y môr fel yna. Ac er mai babi oedd Buddug ar y pryd, roedd hi'n bymtheg oed rŵan, ac yn medru parablu gystal ag unrhyw un.

Doedd dim ots gan neb, bellach, am fudandod mam Buddug. Neb heblaw Buddug. Roedd y tawelwch wedi dechrau crafu ar ei nerfau, y ffaith ei bod hi'n byw mewn tŷ lle na chlywai ddim ond ei llais ei hun. Byddai ei mam yn ymateb i bob hwyl neu newyddion da â gwên dawel. Fyddai Buddug byth yn cael ei dwrdio am gamfihafio, dim ond gorfod wynebu cerydd tawel, pwdlyd. Credai Buddug mai gwneud hen ffys wirion roedd ei mam, ymhyfrydu yn ei phrofedigaeth.

Felly y teimlai wrth eistedd ar y grisiau'r prynhawn hwnnw pan ddaeth Mr Edwards i'r tŷ i gwyno amdani. Gwrandawodd ar synau tawel ei mam yn hwylio paned, ac wedyn ar sŵn llais Mr Edwards, yn barchus o feddal wrth gofio distawrwydd ei mam.

'Buddug sydd wedi bod fymryn yn... wel, yn camfihafio, braidd,' esboniodd yr ysgolfeistr.

Allan o olwg pawb, ysgydwodd Buddug ei phen. Cythraul cas oedd Mr Edwards fel arfer, a'i dafod yn finiog. Ond fel hyn y byddai pawb yn siarad efo mam Buddug, fel petaen nhw wedi dod i gydymdeimlo, er bod tad Buddug wedi marw ers cyhyd.

'Mae hi wedi bod yn dengyd o'r ysgol.'

Gwenodd Buddug wrth gofio'r atgof. Trodd ei phen i edrych drwy ffenest y landin, a gweld y traeth yn ymestyn ymhell, ac aber afon Dyfi yn ddim byd ond rhuban pan fyddai'r trai ar ei bellaf.

'Wedi bod yn mynd i'r traeth efo Dicw Evans,' esboniodd yr ysgolfeistr, mewn llais fel petai'n ymddiheuro. 'Tydi o ddim yn *bropor*, Mrs Jones.'

Doedd dim ymateb. Ochneidiodd Mr Edwards ar ôl saib, a chlywodd Buddug ei gwpan yn dychwelyd i'r soser. Daeth siffrwd ei ddillad wrth iddo godi, a sŵn yr ystyllod dan ei draed. 'Ro'n i'n meddwl y dylech chi gael gwybod.'

Ar ôl iddo adael, arhosodd Buddug ar y gris, yn meddwl am gorff Dicw â dafnau bychain o'r môr yn disgleirio arno, ei wallt wedi'i dywyllu gan wlybaniaeth.

Ymddangosodd mam Buddug ar waelod y grisiau, a syllodd ar ei merch yn ddig.

'Be?' gofynnodd Buddug yn bowld.

Ysgydwodd ei mam ei phen.

Cododd Buddug ar ei thraed. 'Roedd hi mor braf, Mam. Yn bnawn rhy boeth i fod yn pydru yn yr ysgol.' Daeth i lawr y grisiau ati. 'A Dicw mor glên. A phan mae o'n cydio ynof fi, mae ei freichia mor gynnes, mor gyhyrog...'

Mewn un symudiad cyflym, trawodd ei mam gledr ei llaw ar foch Buddug. Roedd y boen yn boeth, fel llosg haul.

'Pam na waeddwch chi arna i, Mam?' gofynnodd Buddug, a chaledwch yn ei llais. 'Pam na ddwedwch chi'r drefn? Yn lle gadael y geiria i gyd i mi.'

Syllodd y ddwy ar ei gilydd. Am ychydig, am lai nag eiliad, credodd Buddug fod ei mam ar fin yngan gair. Ond trodd i ffwrdd, mor dawel ag erioed.

Ychydig ddyddiau'n ddiweddarach, daeth Buddug adref

o'r ysgol yn y prynhawn i ganfod y tŷ yn wag. Roedd hynny'n anarferol, ond a hithau'n ddiwrnod clir a braf, rhesymodd efallai fod ei mam wedi mynd am dro.

Crwydrodd Buddug y tŷ am ychydig. Gwnaeth ei gwaith cartref, a hwylio brechdan iddi hi ei hun. Aeth oriau heibio, ond nid ymddangosodd ei mam.

Mae'r tŷ mor dawel hebddi, meddyliodd Buddug, cyn chwerthin ar dwpdra ei myfyrdodau ei hun. Roedd y tŷ fel y bedd pan fyddai ei mam yma. Doedd ei habsenoldeb ddim yn gwneud unrhyw wahaniaeth.

Aeth amser te heibio ond wnaeth ei mam ddim ymddangos, a phenderfynodd Buddug gerdded i lawr at lan y môr i chwilio amdani. Roedd unrhyw beth yn well nag aros yn y tŷ. Wedi cyrraedd y môr, bwriadai gerdded i'r pentref ar hyd ymyl y dŵr a dweud wrth athro, neu'r meddyg efallai, bod ei mam ar goll. Gallai ddychmygu'r olwg bryderus fyddai'n cymylu eu hwynebau, yr arswyd o gael eu tynnu'n rhan o bennod newydd yn hanes torcalonnus ei theulu.

Ond ni fu'n rhaid i Buddug gerdded i'r pentref. Pan gyrhaeddodd y llwybr i'r traeth, camodd allan o'r coed a gweld ei mam ar lan y dŵr. Safai'n hollol lonydd, ei chefn at afon Dyfi, yn syllu allan i'r môr.

'Mam,' gwaeddodd Buddug, 'Mam!'

Ond ni symudodd ei mam. Mae'n rhaid ei bod hi wedi clywed – doedd hi ddim ymhell i ffwrdd. Rhuthrodd Buddug tuag ati dros y tywod, ond cafodd ei llonyddu gan y sŵn.

'Mam?' galwodd, yn rhy dawel i'w mam fedru clywed y tro yma. Doedd hi ddim yn gwrando p'run bynnag.

Roedd hi'n chwibanu.

Un nodyn, yn cael ei ailadrodd drosodd a thro. Crynodd Buddug drosti. Edrychai'r holl beth yn aflan: llonyddwch ei mam, mwynder y prynhawn, a'r sŵn, o'r diwedd, o enau a fu'n fud ers cyn cof.

Dydi hyn ddim yn iawn, meddyliodd Buddug, er na allai esbonio pam.

Chwythai'r storm fel mewn stori o'r Beibl. Taenwyd y düwch

fel blanced dros noson braf wrth i'r cymylau blin lusgo eu ffordd o'r gorwel, eu boliau tew yn llawn glaw. *Fydd y tywydd ddim yn newid mor sydyn â hyn*, meddyliodd Buddug, gan weld y mellt yn fforchio o'r cymylau. Yna trodd ei llygaid at ei mam, a wyliai'r dinistr yn agosáu gan ddal ati i chwibanu.

'Rhowch y gorau iddi,' gwaeddodd Buddug. 'Byddwch dawel. Chi sy'n hel y storm, yntê?'

Greddf Buddug oedd rhedeg at ei mam a'i hachub hi, ond ymatebodd y tywydd yn gynt na hi.

'Mam!' sgrechiodd wrth i'r taranau foddi'r sŵn chwibanu, a'r tro hwn, trodd ei mam yn araf a syllu ar ei merch. Cododd ei breichiau fel Iesu Grist ar y groes, a chau ei llygaid wrth i'r cymylau duon ei llyncu, sŵn y gwynt yn chwibanu dros y dyfroedd.

Y Llanw a'r Gorwel

YN YSTOD FY mhymthegfed haf, dechreuais wisgo 'ngwallt mewn pelen ar gefn fy mhen, gan ffarwelio â'r blethen a fu'n crogi fel rhaff i lawr fy nghefn drwy gydol fy mhlentyndod. Ar fy more Llun olaf yn yr ysgol, sefais o flaen y drych yn y llofft fach, y smotiau brown ar y gwydr yn britho fy adlewyrchiad gwelw. Cribais fy ngwallt hir, gan ddatod y caglau.

Llyncais fy siom wrth sylweddoli, yn ddiamheuol ac am y tro cyntaf, na fyddwn i byth yn brydferth. Teimlwn fod tlysni yn bwysicach i mi nag unrhyw beth bryd hynny, a doedd gen i ddim rheolaeth drosto.

Gwallt tywyll. Llygaid gleision, ond yn llwydlas a budr fel y môr ar ddiwrnod cymylog. Gwefusau di-liw, anniddorol eu siâp. Trwyn syth, wyneb llyfn, esgyrn cryfion. Ddim yn hyll, ond yn waeth na hynny, yn blaen ac yn anweledig.

Y tu ôl i mi yn yr adlewyrchiad, syllai'r cwpwrdd dillad dros fy ysgwydd â'i lygaid bwlyn drws, y cerfiadau yn y pren yn llunio wyneb llawn sarhad. Estynnais fy nwylo am drwch fy ngwallt a'i droi'n belen ar gefn fy mhen.

Roedd Bet yn hyll hyfryd. Fedrwn i ddim gwadu'r peth i mi fy hun, er y byddwn i'n dadlau'n groch efo hi ei bod hi'n ddel ac yn gain. Llygaid bychain a thrwyn smwt, a'i dannedd cam fel hen gerrig beddi. Cwynai am ei gwallt yn dragywydd, gan ei dorri mewn bòb bach, un llinell o glust i glust. Byddai ei mam yn erfyn arni i adael iddo dyfu: 'Bydd o'n haws i'w gadw yn ei le efo mymryn o bwysau ynddo fo.' Ond byddai Bet yn anesmwytho pan fyddai'r blew tywyll yn dechrau cyrraedd ei gwddf, yn cwyno ei fod o yn y ffordd.

Ond o leiaf roedd rhywbeth yn ddifyr yng ngwedd Bet, gan

fod ei hamherffeithrwydd diddorol yn llawn cymeriad. Yn ei hylltra roedd ei swyn. Fyddai hi byth yn pylu i'r cefndir, yn diflannu mewn criw.

Trywanais y belen o wallt â herpins bychain.

Nid fy edrychiad plaen oedd yr unig beth oedd yn fy mhoeni chwaith. Roedd genod eraill yn y pentref yn ddigon di-ddim o ran eu hedrychiad, ond bod rhywbeth arall amdanyn nhw i gyd: llais meddal, cerddediad talsyth neu chwerthiniad cynnes. Doedd gen i ddim un peth difyr yn perthyn i mi. Dim byd.

Ar ôl gosod y pìn gwallt olaf yn ei le cyn llonyddu, edrychais i weld sut un o'n i heb y blethen.

Ro'n i'n edrych fel dynes. Yn wahanol. Fel rhywun arall, ac eto yn dal yn fi fy hun. Doedd hon a syllai 'nôl arna i o'r gwydr ddim gwell nac, yn wir, ddim gwaeth na'r ferch a safai yma ddoe yn clymu ei phlethen. Ond doedd hi ddim yr un un chwaith.

Daliais fy llygaid fy hun, a'u gorfodi i syllu i mewn i ddüwch y canhwyllau bychain: dau ddarn o'r nos yn fy llygaid dŵr budr. Ro'n i'n un wael am sbïo i mewn i lygaid person arall, gan gasáu'r ffordd y byddai golygon di-dor pobol eraill fel petaen nhw'n treiddio i mewn i fy meddwl ac yn archwilio pob cornel dywyll ohono.

Roedd hi'n anodd i mi ddal fy llygaid fy hun, hyd yn oed, ond mynnwn fy mod i'n gwneud. Syllu a syllu, ond heb gael unrhyw gysur yn yr hyn a welwn i.

Nid fi oedd honna.

Nid fi oedd yr un welw, brudd yr olwg, a phelen o wallt fel carreg glan y môr yn dynn ar ei phen. Nid fi oedd yn sefyll mewn llofft fechan, oer yn gwylio'i hun mewn drych oedd yn frith o frychni oed. Nid fi a syllai i'r llygaid di-ddim, yn dyfal chwilio am rywbeth nad oedd yno.

Dyna'r tro cyntaf i mi ei feddwl o. Dyna pryd y gwawriodd

yr hyn y dychwelais ato dro ar ôl tro drwy gydol fy mywyd. Dyna pryd y sylweddolais i, â'm gwallt wedi'i glymu'n wahanol i'r arfer, bod fy meddwl yn drech na'm corff.

Tynnais fy llygaid oddi ar yr adlewyrchiad a phwyso am ennyd ar sil y ffenest yn gwylio'r môr. Roedd anniddigrwydd yn y tonnau, a phennau gwyn yr ewyn i'w gweld yma ac acw. Y tu allan, yn beryglus o agos at lan y dŵr, safai Gorwel, ei gefn ata i a'i holl sylw ar y cefnfor.

Roedd o mor llonydd â'r tir.

Dim ond yn ddiweddar y dechreuais sylwi ar y newidiadau bychain ynddo – yr arwyddion lleiaf o'r newidiadau mwyaf. Byddai'n dawelach nag arfer, a golwg bell yn ei lygaid, fel petai ganddo gyfrinachau – cynlluniau cudd, efallai.

Roedd o'n mynd yn debycach i mi. Gwnâi hynny i mi boeni'n arw amdano.

Petawn i wedi sefyll yn yr un fan flwyddyn ynghynt, yn yr un llofft, a syllu drwy'r un ffenest fach ddrafftiog, byddai Gorwel wedi bod yn storm o symud. Yn taflu cerrig i'r dŵr, neu'n adeiladu wal, neu'n llunio cerflun cymhleth o'r tywod gwlyb. Byddai trywydd ei galon ar ei wyneb, gan greu pantiau yn ei dalcen pan fyddai unrhyw gymhlethdod, a fflachiai ei ddannedd mewn gwên pan âi pethau'n iawn. Petawn i wedi codi'n hwyr, neu fod yn rhwystredig o araf wrth baratoi, byddai wedi troi at y tŷ gan chwifio'i freichiau mewn un symudiad mawr a gweiddi, 'Wel, tyrd ta!'

O fewn blwyddyn, roedd y bachgen wedi toddi a diflannu, gan adael dyn yn sefyll yn llonydd fel delw ar fin y tonnau. Peth braf fyddai cyfnewid cymeriadau. Petawn i ond wedi medru meddu ar fymryn o egni ei blentyndod ef, ac yntau, yn ei dro, wedi dwyn y min oddi ar fy nifrifoldeb a'm meddylgarwch i. Ond na, ni ddaeth unrhyw ysbryd direidi i mi wrth i mi baratoi i ffarwelio â'm dyddiau ysgol.

Ychydig ddyddiau ynghynt, a Gorwel a minnau newydd ddychwelyd o'r ysgol, safai Nain ar y traeth yn syllu i gyfeiriad Aberdyfi. Roedd hi'n gaeth i ddwy ffon erbyn hynny, ac awyr hallt y môr fel petai'n breuo'i hesgyrn yn yr un modd ag y gwnâi i bren y ffenestri a drysau'r tŷ. Gadawai ei ffyn olion yn ddwfn yn y tywod ble bynnag yr âi, yn gylchoedd du fel llygaid deryn bach.

'Be sy'n bod, Nain?' gofynnais, gan bryderu mai rhyw boen oedd wedi'i harafu.

'Hoel eich traed chi, Gorwel a thitha.'

Defnyddiodd ei ffon i bwyntio tuag at lwybr ein traed, ddwy neu dair metr ar wahân, fel dwy blethen yn y tywod.

'Ia?' holais, gan fethu deall. Byddai Gorwel a minnau'n gadael olion ein traed yn y tywod bob dydd.

'Ro'n i'n arfer sbïo arnyn nhw ar ôl i chi fynd i'r ysgol. Dotio atyn nhw, rhyfeddu atyn nhw a dweud y gwir. Dy gamau gofalus di, mewn llinell syth bob amser, yn nes at y porfeydd nag at y môr, ac anhrefn olion Gorwel wedyn, fel tasa ganddo fo ddim syniad i ble roedd o'n mynd. At y môr, at y borfa, yn ôl tuag at y tŷ. Cylchoedd o olion traed, olion ei archwaeth o am fywyd.'

Dilynais ei golygon ar hyd yr olion traed tywyll yn y tywod.

'Mae o'n cerdded mewn llinellau syth rŵan,' sylwais yn dawel.

'Ydi, ac mae traed Gorwel yn cerdded fymryn yn agosach at y môr bob dydd.'

Troais yn ôl ati, ac aros am esboniad pellach, ond tawelu wnaeth Nain. Oedodd am funud, cyn troi a chychwyn yn ôl am y tŷ, ei ffyn yn suddo i'r tywod anwadal.

Cofiais am eiriau tawel Nain wrth i mi syllu ar fy efell drwy'r ffenest fach. Safai Gorwel yn agos iawn at fin y dyfroedd. Un don, dyna'r oll y byddai'n ei gymryd. Un don yn codi uwchben y gweddill, un don benderfynol a byddai Gorwel wedi diflannu am byth at y pysgod a'r creigiau miniog a Mam Ni Oll. Fyddai dim ar ôl ohono heblaw olion traed yn y tywod, yn ymestyn yn syth ac yn hir fel rhaff llong neu blethen merch fach.

Cynhesodd y diwrnod wrth i'r haul godi'n ddigywilydd o lachar mewn awyr las. Cau hen glymau yn ein haddysg oedd diben yr wythnos olaf yn Ysgol Tywyn – gorffen paentio hen lun y dechreuwyd arno chwe mis ynghynt; glynu'r rhifau cymysglyd o ganol tabl tri ar ddeg yn eu lle yn ein meddyliau; casglu'r holl wersi pwysig a fyddai, efallai, o ddefnydd i ni ryw ddydd.

Aethai Miss Wyn yn ddigon od yn ystod yr wythnos honno. Yng nghanol gwersi arferol, gwawriai golwg feddylgar dros ei hwyneb main, hagr, a syllai i mewn i'r gwacter drwy ei sbectol. Yn ddieithriad, byddwn wedyn yn rhoi cic fach i Bet o dan y bwrdd, cyn nodio i gyfeiriad wyneb meddylgar Miss Wyn. Arhosai'r ddwy ohonon ni am ddatganiad.

'Peidiwch da chi â gwyro oddi ar lwybr Duw.'

'Cadwch eich calon ynghudd o dan eich bron. Peidiwch â'i gwisgo ar eich llawes.'

Yng nghanol y dweud mawr, deuai ambell berl oedd ychydig yn llai difrifol.

'Does dim staen na all finag ei ddileu.'

'Chwiliwch yn eich blawd am bryfaid cyn mynd ati i bobi.'

O'r dwys i'r ysgafn, bu'n rhaid i Bet a minnau blannu'n hewinedd i mewn i gledrau'n dwylo a brathu'n gwefusau rhag chwerthin ar y cynghorion munud olaf hyn. Y cyfuniad fyddai'n miniogi'r doniolwch. Wyneb pell Miss Wyn a'r geiriau araf, wedi'u pwyso a'u mesur yn ofalus, am mai heddiw fyddai diwrnod olaf ein plentyndod, a diwedd ein gyrfa yn yr ysgol.

'Honna oedd yr orau!' chwarddodd Bet wedi gadael yr ysgol wrth i ni'n dwy stryffaglu i fyny Bryn y Celwyddau, ar ôl dioddef taith fyglyd y bws o Dywyn i Aberdyfi. Chwythai'r awel dros uchelfannau'r pentref, gan fygwth tynnu fy ngwallt o'i phelen daclus. Awel boeth oedd hi, anarferol o boeth, hyd yn oed am fis Gorffennaf, ac fe deimlwn fy nillad isaf yn llaith o chwys.

'Pa un?'

Oedodd Bet am eiliad, ei gwallt fel twmpath gwair ar ei phen. Tynnodd ei cheg yn gryman bach crychlyd, ac edrych arna i â llygaid amheus. Ew, roedd hi'n un dda am ddynwared – sbectol fach gron a chap henffasiwn, ac mi fyddai fel Miss Wyn yn union.

'"Wrth ofalu am glaf, gochelwch ei fod yn yfed mymryn o ddŵr bob awr. Gall dyn fyw yn hir heb fwyd, ond nid heb ddŵr." Welaist ti be wnaeth hi wedyn? Cymryd llond ceg o fisged, fel tasa hi wedi anghofio'i hun cyn ei bod hi wedi gorffen y frawddeg.'

Chwarddodd y ddwy ohonon ni wrth gofio, a gwyliais wyneb Bet yn ymlacio wedi'i dynwarediad, gan ddychwelyd at ei gwên hawddgar hi ei hun. Roedd hithau'n chwysu ar ôl dringo'r allt, a sglein dros frychni ei hwyneb. Gwisgai sgert a orffennai rhwng ei fferau a'i phen-gliniau, a chrys gwyn, yn union fel y gwisgwn i bob dydd i fynd i'r ysgol. Byddai ei mam yn smwddio crys glân iddi bob bore, gan fynnu ei bod hi'n cael ei wisgo ar gefn Bet tra bod y cotwm yn dal yn gynnes wedi iddo fod o dan yr haearn chwilboeth. Druan o Mrs Gruffudd. Waeth pa mor ofalus y byddai hi'n gwasgu'r plygion yn llyfn o'r cotwm gwyn, byddai Bet wedi ychwanegu degau o rai newydd erbyn amser egwyl y bore. Llwyddai Bet i edrych yn flêr ar bob achlysur ac roedd o'n un o'r pethau hynny a anwylai bobol ati.

Wedi cyrraedd copa Bryn y Celwyddau, eisteddodd Bet a minnau ochr yn ochr ymhlith yr eithin, ein hanadl yn fyr ar ôl y dringo. Ers rhai blynyddoedd, dyma'n llecyn ni. Byddai pawb arall yn cael eu denu at y dŵr, at fwrlwm y pentref ar lannau'r tywod. Yn wir, dyna lle y buon ninnau'n dwy'n treulio'r cyfnod rhwng diwedd yr ysgol ac amser te pan oedden ni'n iau. Ond wrth i ni symud o fod yn genod bach i fod yn ferched ifanc, wrth i gêmau droi'n sgyrsiau maith a meddylgar, wrth i gwlwm ein cyfeillgarwch ni dynhau gyda'r tymhorau, teimlai Bet a minnau bod angen i ni gael llonydd oddi wrth weddill y pentref. Llonydd i sgwrsio heb bryderu bod pobol yn gwrando, rhywle y medren ni agor botymau uchaf ein blowsys a thynnu'n teits ar ddiwrnod crasboeth heb gael cerydd.

Dyna fu'r drefn heddiw. Tynnu'r sgidiau a'r sanau trwchus a gadael i'r glaswellt oglais ein traed. Agorodd Bet dri botwm ar ei blows ac agorais innau fotwm fy sgert, oedd yn rhy dynn i gorff oedd yn prysur droi o fod yn onglau i fod yn fryniau esmwyth.

'Dwi'n mynd yn dew,' cwynais, gan ochneidio mewn rhyddhad o gael llacio sgert oedd mor ofnadwy o dynn o gwmpas fy nghanol.

'Paid â siarad lol. Troi'n ddynes wyt ti, a chael gwast a bronnau. Nid fel fi.' Gwgodd Bet wrth edrych i lawr ar ei bronnau gwastad. Roedd hi mor braff a chyhyrog ag erioed. 'Does dim byd o gwbl yma. Mae 'na hogiau tew 'sgin fronnau mwy na fi. Mi fydd y genod yn yr ysgol newydd yn siŵr o wneud hwyl ar fy mhen i.'

Ciledrychais ar Bet, ar y mymryn o densiwn a grychai'r cnawd rhwng ei haeliau. Doedd hi ddim yn un am boeni, ac roedd y ffaith ei bod hi wedi crybwyll ei hysgol newydd wrtha i yn anarferol.

Ofn oedd wrth wraidd y diffyg trafod rhyngon ni am Miss James's School for Girls, er nad o'n i'n ddigon hen na doeth i weld hynny ar y pryd. Y cyfan wyddwn i oedd bod fy llwnc yn tynhau rhyw fymryn wrth feddwl mai i'r ysgol grand yn Nhywyn yr âi Bet ar ôl yr haf, a minnau i helpu Nain yn y tŷ, neu i chwilio am waith. Bydden ni'n dwy ar wahân – hi ar antur newydd, a chanddi ffrindiau newydd a bywyd newydd, tra byddai 'mywyd innau'n culhau.

Roedd arna i ofn ei cholli hi.

Doedd Bet ddim fel fi. Fyddai dim chwithdod wrth iddi ymwneud â phobol eraill, dim swildod, dim ofn o gwbl. Roedd pawb yn ei hoffi, a minnau'n ymwybodol erioed mor lwcus o'n i fod Bet wedi 'newis i fel ei ffrind gorau. Byddai'n siŵr o ddod o hyd i rywun arall yn Miss James's School for Girls, rhywun tebyg iddi hi, â gwên gynnes i bawb a rhyw hyder annatod a'i gwnâi hi'n gwmni da.

'Fydd neb yn gwneud hwyl am dy ben di, Bet,' mentrais dorri ar y tawelwch. 'Byddan nhw'n gwirioni arnat ti, fatha pawb arall.'

Syllais ar yr olygfa er mwyn osgoi ei llygaid. Do'n i ddim am iddi weld y pryder ar fy wyneb.

Lle braf oedd Bryn y Celwyddau, a'r olygfa'n ymestyn o Fro Ddyfi i lawr i Fae Ceredigion ar y naill ochr, ac i draethau tywod euraid i'r cyfeiriad arall. Ar ddiwrnod clir, fel heddiw, gallwn weld Ynys Enlli a Sir Benfro ar gyrion y gorwel.

'Fyddi di'n dal i ddod i fyny fan hyn efo fi, Llanw?' gofynnodd Bet mewn llais bach. 'Ar ôl i mi ddechra yn yr ysgol newydd?'

Troais ati, a synnu o weld pryder yng ngwrid ei hwyneb. Brathais fy ngwefus isaf.

'Fyddi di ddim eisiau dod yma efo fi.' Swniai fy llais yn bwdlyd a phlentynnaidd. Ro'n i'n casáu fy hun.

'Llanw!' ebychodd Bet wrth glosio ata i dros y glaswellt. 'Chdi fydd fy ffrind gora i am byth!'

Llyncais droeon, yn methu rhoi llais i 'mhryderon.

'Tydw i ddim *isio* mynd i Miss James's School for Girls. Mi fyddai'n well gen i gael rhyddid, fel ti. Llanw, dw i wedi gweld genod yr ysgol yna, yn daclus ac yn berffaith a byth, byth yn gwenu. Cha i ddim mynd allan heb i mi wisgo *boater* ar fy mhen! Fedri di ddychmygu'r ffasiwn beth?'

'Byddi di'n grêt, Bet. Rwyt ti'n ffitio'n berffaith i ble bynnag rwyt ti'n mynd.'

Y gwrthwyneb llwyr i mi. Doedd dim rhaid i mi ddweud hynny – roedd Bet yn deall.

'Dwi ddim *isio* ffitio mewn lle fel yna. Dwi ddim isio dysgu bod *ladies* ddim yn rhedeg yn droednoeth ar y tywod, ac na cha i agor botwm ucha 'mlows waeth pa mor boeth ydi hi, a 'mod i ddim i fod i agor fy ngheg i chwerthin.'

Tynnais fy mhen-gliniau at fy mrest a lapio 'mreichiau o gwmpas fy nghoesau. Feddyliais i erioed mor anodd i Bet fyddai mynd i ysgol newydd, dim ond ystyried cymaint y byddwn i'n hiraethu amdani.

'Wyt ti wedi dweud wrth dy fam nad wyt ti eisiau mynd?' gofynnais.

'Fedra i ddim, Llanw.' Croesodd Bet ei choesau fel teiliwr o'i blaen, a phigo darnau bychain o laswellt rhwng ei bysedd, ei meddwl ymhell. 'Mae hi mor frwd am yr holl beth, ac mi fedra i ddallt pam. Mae hi'n gwneud ei gorau glas i 'ngwneud i'n fwy… Wel, yn fwy fel hi.'

Meddyliais am Mrs Gruffudd annwyl. Byddai ei chefn yn syth a'i dillad yn berffaith bob amser, ni fyddai byth yn codi ei llais, byth yn chwyrnu na hwtian chwerthin fel Bet. Roedd yna lif cynnil, tawel i'w symudiadau, yn wahanol i egni mawreddog ei merch.

'Mae dy fam mor glên, Bet. Fyddai hi ddim am i ti fynd tasa ti'n anhapus. Na dy dad chwaith.'

Ochneidiodd Bet, a phigo llygaid y dydd rhwng ei bys a'i bawd. Roedd cryman brown o faw dan ei hewinedd. 'Mi wn i hynny. Taswn i'n crybwyll 'mod i ddim isio mynd…' Gwenodd Bet yn drist.

'Deuda wrthyn nhw,' erfyniais, a llygedyn bach o obaith yn dechrau ymddangos na fyddai'n rhaid i mi golli fy unig ffrind.

'Na,' atebodd Bet, yn anarferol o bendant. 'Na,' meddai eto, yn fwynach y tro hwn. 'Y gwir ydi, mi fydd dysgu sut i fod yn "lady" yn gwneud lles i mi. Mi fedra i fod fwy fel Mam, ac mi fydd mwy o gyfle i mi ddod o hyd i ŵr.'

Syllais arni'n gegrwth.

'Paid â sbïo arna i fel'na, Llanw.'

'Gŵr?'

'Rwyt ti'n iawn. Yn dawel, yn ufudd ac mi fyddi di'n wraig dda i rywun. Ond bydd hi'n cymryd blynyddoedd i mi droi' n ddynes gwerth ei phriodi. Mae'n rhaid i mi ddechrau meddwl am y pethau yma rŵan.'

Ysgydwais fy mhen. 'Pwy sydd wedi dweud hyn i gyd wrthat ti?'

'Neb…' Tynnodd Bet ei bys dros betalau bychain y llygad y dydd, fel petai'n mwytho anifail bach. 'Wedi bod yn pendroni ydw i.'

Flynyddoedd yn ddiweddarach, a minnau'n hel atgofion am yr hen sgyrsiau hyn ar Fryn y Celwyddau, ceryddais fy hun am beidio â dadlau gyda'm ffrind annwyl. Pam na ddywedais wrthi mor berffaith oedd hi? Pam na leisiais i'r hyn oedd yn fy meddwl, bod ganddi rywbeth na fedrai neb ei ddysgu mewn ysgol na choleg, ac mai trosedd fyddai trio esmwytho'r crychau hyfryd o'i chymeriad hoffus?

Ddywedais i ddim byd wrthi. Frwydrais i ddim i'w chadw, a minnau'r unig un yn y byd a wyddai am ei phryderon, yr unig un a fedrai ei chynghori.

Ond pan oedd y ddwy ohonom yn hŷn, bûm yn pendroni am yr hyn a ddywedodd hi amdana i – tawel ac ufudd, yn gwneud gwell gwraig na hi. Beth a olygai hi wrth hynny? 'Mod i'n hawdd fy mhlygu, yn llifo i ba bynnag gyfeiriad oedd hwylusaf? Er fy ansicrwydd tywyll a'm hedmygedd di-ben-draw o Bet, derbyniais y safbwynt hwnnw'n ddigwestiwn. Byddwn, mi fyddwn i'n well gwraig na hi. Byddai gŵr yn ei chael hi'n anodd rheoli Bet. Ar y pryd, feddyliodd yr un o'r ddwy ohonon ni nad ufudd-dod a thawelwch a wnâi gymar da: bod rhyw ddyn yn bodoli a fyddai'n ymhyfrydu yn chwerthin rhydd ac anwyldeb ansoffistigedig Bet.

Wrth gerdded adref ar hyd y tywod yn hwyr y prynhawn hwnnw, troediodd Gorwel mor agos at y llanw ag y medrai heb wlychu ei fwtsias. Ers i Nain sôn, ro'n i'n boenus o ymwybodol o'i lwybr syth, diwyro, ac o'r tawelwch o'i gwmpas, oedd yn ddychrynllyd o anarferol.

'Wyt ti'n iawn?' gofynnais, a bysedd cyfarwydd pryder yn cydio'n dynn yn fy nghalon. Sut na wnes i sylwi ar y newid ynddo cyn hyn? Sut y daeth cymeriad newydd i berchenogi corff fy mrawd heb yn wybod i mi, a minnau'n hanner arall iddo, wedi tyfu yn yr un groth ac wedi cysgu yng nghwmni ei anadlu dibynadwy ers i ni ddechrau bodoli?

Stopiodd Gorwel yn stond, a throi i edrych arna i. Disgleiriai'r môr yn fil o dlysau y tu ôl iddo, yn dwyllodrus o dlws. Synnwyd fy efell gan y cwestiwn. Fyddwn i ddim yn ei holi fel arfer, heblaw ei fod o newydd ddisgyn, neu dorri ei fys ar gragen finiog, neu ei fod wedi cael gronyn o dywod yn sglein ei lygad.

'Yndw, siŵr,' gwenodd Gorwel, a chwyddodd fy mhryder. Roedd ganddo wên mor annwyl, mor gyfarwydd, mor hawdd. Ro'n i'n adnabod y wên honno'n well na fy llawenydd fy hun, ac yn sydyn, sylweddolais ei gwerth. 'Pam wyt ti'n gofyn?' Trodd ei lygaid at y traeth, a phlygu ar ei gwrcwd, cyn crafu fy enw yn y tywod. Gwenodd arna i'n fuddugoliaethus wedyn, fel petai o wedi gwneud rhywbeth clyfar iawn wrth ddwyn fy arferiad plentynnaidd oddi arna i.

Ysgydwais fy mhen a thynnu fy llygaid oddi arno, yn gwrthod ac yn methu esbonio'n iawn, fel y dylwn i. 'Mae dy feddwl di'n bell,' oedd y pellaf y medrwn i fentro.

Dechreuodd Gorwel gerdded eto, a dilynais innau ei arweiniad, fel y gwnawn bob dydd. Edrychai fy mrawd ar ei orau yn y golau llachar, cynnes ar ddiwedd dydd o haf – ei wallt, ei gnawd, ei wefusau main yn haul arall, a phopeth amdano'n euraid a gwerthfawr. 'Meddwl ydw i, 'te, be wna i ar ôl gadael ysgol.'

Llyncais fy mhoer droeon, gan obeithio, dan wres Gorffennaf, y deuai barrug i rewi pob dim yn union fel roedd o heddiw.

'Wyt ti wedi meddwl, Llanw?'

Nodiais, cyn i mi gofio nad oedd o'n fy wynebu i, na fedrai o mo 'ngweld i. 'Do. Maen nhw'n chwilio am bobol i weithio yn y Corbett. Efallai a' i i holi yn fan'no.'

Trodd Gorwel tuag ata i'n ddi-wên, cyn ysgwyd ei ben. 'Rwyt ti'n rhy dda i slafio ar y bobol fawr mewn ryw westy la-di-da. Does 'na ddim byd arall wyt ti isio'i wneud? Nyrsio? Mi faset ti'n gwneud nyrs arbennig, a chditha mor ofalus.'

'Mae'n rhaid mynd i'r coleg i fod yn nyrs,' atebais, yn ddigon sydyn i ddatgelu 'mod i wedi ystyried y peth cyn hyn. Dychmygwn fy hun, yn daclus os nad yn dlws mewn gwisg nyrs, yn rhwymo briwiau, yn dal thermomedr yn amyneddgar dan dafodau tewion, yn tynnu cadachau oer dros dalcenni chwilboeth. Byddwn, mi fyddwn yn gwneud nyrs dda a byddai rhyw werth yn deillio o 'nghymeriad tawel, di-fflach.

Wfftiodd Gorwel, a chwifio'i law o flaen ei wyneb fel petai pry bach yn ei boenydio. 'Rwyt ti am adael i hynny dy ddal di 'nôl? Rwyt ti am weithio mewn swydd wnei di mo'i mwynhau am fod gen ti ofn gadael Aberdyfi?'

'Dim ofn...' mentrais, yn wan o gelwyddog.

'Ofn!' mynnodd Gorwel, ei dalcen yn crychu. 'Mae o'n esgus gwael dros beidio â gwneud unrhyw beth. Unwaith rwyt ti'n byw ar y ddaear yma, Llanw. Mae'n rhaid i ti ddilyn dy reddf, a pheidio difaru.'

Fy nhro i oedd hi i stopio mewn syndod, wedi fy llorio gan fyfyrdodau cymhleth fy efell. Siaradodd o erioed â fi fel hyn o'r blaen; wyddwn i ddim bod y ffasiwn feddyliau yn bodoli oddi mewn iddo, yn corddi yn ei ben.

'Does gen i ddim bwriad difaru,' galwodd Gorwel, yn brasgamu tuag adref. Gadawodd olion ei draed mawrion yn llyfnder meddal y tywod – olion traed dyn.

Roedd Gorwel yn swnio'n gandryll efo fi. Yn sydyn iawn, ro'n i'n ansicr o'm brawd, ddim yn siŵr o'r hyn roedd o'n ei feddwl. Ddylwn i ymddiheuro? Ac os felly, am beth? Oedd hi'n bosib i ddau fel ni golli nabod ar ein gilydd? Tyfu'n ddiarth? Roedd Gorwel yn rhwygo'i hun oddi wrtha i yn ei ruthr i berthyn i'r byd.

Dihangodd dagrau o fy llygaid ac i lawr fy wyneb, a'u blas mor hallt â'r môr.

Parhaodd Gorwel i gerdded yn fras oddi wrthyf, gan leihau â phob cam. Allan ar y cefnfor, roedd niwl yn agosáu o bell, gan fygwth oerfel heno a chawod ben bore yfory. Collwyd llinell y gorwel yn y llwydni, a fedrwn i ddim dweud lle roedd yr awyr yn dechrau a'r môr yn gorffen.

Prynhawn dydd Llun ym mis Chwefror oedd hi, ac oerfel rhewllyd yn gwrthod ildio i'r gwanwyn. Ei bol yn drwm a chaled, a'r baban oddi mewn yn poenydio ei pherfeddion. Ceisiodd Mam ganfod cysur mewn gorwedd, mewn eistedd wrth y tân, mewn pwyso dros y bwrdd, ond na, roedd yr anesmwythyd yn araf droi'n boen.

'Fyddi di ddim yn hir,' cysurodd Nain, wrth fwydo coedyn praff i'r stof yn y gegin, a llygadu ei merch. Roedd Nain yn dalsyth, yn llyfn ei hwyneb ac yn gwisgo'i gwallt mewn plethen hir i lawr ei hysgwydd. 'Pam na ei di am dro bach i fyny i Nant y Dechrau? Bydd yr awyr iach yn gwneud lles, a bydd cerdded rhyw fymryn yn siŵr o fod yn help.'

'Mae'r meddyg yn dweud y dyliwn i orwedd.'

Rhwbiodd Mam ei bysedd ym mhant isaf ei chefn a phwyso'i gwefusau at ei gilydd mewn anesmwythyd.

'Tydi'r meddyg ddim wedi geni plentyn,' atebodd Nain. 'Yn enwedig un mor fawr â sydd gen ti yn fan'na.'

Mwythodd Mam ei dwylo am y belen o gnawd caled oedd yn chwyddo o dan ei bronnau, mor grwn â lleuad lawn. Roedd hi'n anarferol o fawr, yn ddigri o anferthol.

Doedd o ddim yn edrych yn iawn rywsut.

A dwy siôl am ei hysgwyddau main, crwydrodd fy mam yn anghyfforddus o araf ar hyd glannau Nant y Dechrau. Gwyddai y dylai deimlo'n oer. Chwythai gwynt main o'r gorllewin, gan lyfu tonnau ewynnog o'r môr a chreu niwl o dywod yn gwmwl ar hyd yr arfordir. Ond roedd llafn y boen yn gwasgu, gan iro'i thalcen â chwys.

Y goedlan oedd ei nod – petai'n cyrraedd y coed, byddai pethau'n well. Byddai sisial y nant rhwng y coed yn cynnig heddwch a chysur iddi. Byddai'n haws iddi anadlu, a gallai osgoi gadael i'r anadl ruthro o'i cheg mewn chwa o banig. Stryffagliodd. Ei dwylo'n dynn am ei bol, fel petai ar fin cwympo oddi arni, ei phen-gliniau ar led wrth iddi gerdded, a'r boen yn drech na'i hurddas.

Roedd o'n bell – yn hanner milltir o frwydro.

Wrth iddi gyrraedd cysgod y goedlan, daeth ton arall o boen, yn ddigon cryf i dynnu ebychiad cyntefig o waelodion ei henaid. Pwysodd ei breichiau yn erbyn ffawydden, ei phen-ôl yn gwyro 'nôl, ei choesau ar led. Pwysodd ei hwyneb yn erbyn croen tywyll, llugoer y boncyff, a meddwl, am y tro cyntaf, na fyddai hi'n medru cyflawni hyn – y byddai'n sicr o farw wrth eni'r plentyn.

Wrth i'r boen gyrraedd ei llafn miniocaf, daeth yr hylif yn llanw o berfedd Mam. Llif ohono o dan ei sgert i sgleinio'i bwtsias duon a dros y dail crin dan draed. Crwydrodd yn wythïen glir i mewn i Nant y Dechrau, gan blethu rhwng dagrau'r Ddynes Fu Farw o Dorcalon, ac ynghyd fe lifodd yr hylifau at y môr.

Yn gynnar y bore wedyn, i lwydni niwl a anadlodd i'r tir o'r gorllewin, ganed bachgen, yn fochgoch ac yn swnllyd, ei ddyrnau wedi cau fel petai o'n barod i gwffio. Cydiodd Mam yn ei phlentyn cyntaf, ei llygaid yn serennu wrth iddi feddwi ar wrid ei gnawd a gwawr gochlyd ei wallt.

'Mae o'n dal yn brifo,' ochneidiodd rhyw bum munud yn ddiweddarach, ofn yn cymylu ei hwyneb.

Daliodd lygad ei mam – fy nain – dros y gwely, a brathodd Nain ei gwefus.

'Mae 'na un arall.'

'Ond... un babi ddwedodd y meddyg!'

Ond gwyddai wrth ddweud mai Nain oedd yn iawn. Pwysai fy mhen i lawr yn filain ar y briwiau a rwygwyd gan Gorwel.

Y noson honno, a'r niwl wedi clirio a haul di-wres yn suddo tua'r gorwel, mynnodd Mam godi o'i gwely a mynd i sefyll ar dywod y traeth o flaen y tŷ, un babi ar bob braich. Dwrdiodd Nain hi'n dôn gron. Roedd hi'n rhy fuan i Mam godi ar ei thraed, ac yn sicr yn rhy oer i fynd â'r rhai bach allan i ddannedd yr awel aeafol. Roedd peryg i Mam ddisgyn, neu ollwng un o'r efeilliaid. Ond cerddodd Mam yn llawn nerth at y tywod, gan herio poen y cleisiau rhwng ei choesau.

'Mae gen i enwau iddyn nhw,' meddai'n dawel wrth Nain, a safai led braich y tu ôl iddi.

Arhosodd Nain.

'Gorwel fydd y bachgen, gan mai dyna ydw i wedi'i weld

gyntaf bob bore wrth agor fy llenni. Llanw fydd enw'r ferch, gan fod y llanw'n ffyddlon ac yn dawel ond yn bwerus. Llanw a Gorwel. Maen nhw ar wahân, ond ynghyd o hyd, yn union fel y bydd y ddau yma.'

Pen Adele

NEWIDIODD FY MYWYD, ond arhosodd y byd yr un fath. Byddai 'mrawd a minnau'n dal i gerdded i'r pentref bob bore, y tywod yn mynnu ei ffordd i draed ein sanau. Rywsut, roedd gwybod y byddai pen draw ein teithiau yn mynd â ni i wahanol lefydd yn newid y siwrnai.

Fi oedd gyntaf i droi oddi ar y traeth, gan ddilyn llwybr bach drwy'r twyni mawrion a'u talcenni llyfn tuag at y Corbett Arms Hotel. 'Wela i di wedyn, ta,' galwai Gorwel yn feunyddiol, gan godi'i law a gwenu'n gynnes. Er na wnaeth adennill ei grwydro bachgennaidd o boptu'r traeth, doedd o ddim mor feddylgar na thawel ag y bu. Gwyddwn yn iawn beth oedd wrth wraidd hynny – roedd Gorwel yn hapus wrth ei waith.

Wythnos wedi i'r tymor ysgol orffen, rhedodd fy mrawd adref ar hyd y tywod wedi diwrnod yn y pentref ymysg y cychod. Ro'n i'n hel y dillad o'r lein wedi i'r haul sychu dau lwyth o olch y diwrnod hwnnw, a'r fasged frwyn yn llachar o gynfasau gwyn crimp.

'Nain,' gelwais drwy ddrws agored y gegin, wrth weld fy mrawd yn agosáu fel ton dros y traeth.

Ymddangosodd Nain yn ffrâm y drws, a phwyso ar y pren. Ro'n i wedi gobeithio y byddai'r haf gwresog wedi lleddfu ei chymalau ac wedi sythu ei chefn a'i bysedd, a blygai fel gwreiddiau hen dderwen. Ond na, doedd tywydd braf ddim yn ddigon i'w gwneud hi'n ifanc unwaith eto. Edrychai'n flinedig, y crychau o gwmpas ei llygaid yn drwm dros y cylchoedd glas, fel petai ei chnawd yn bygwth llyncu ei golwg.

Syllodd y ddwy ohonon ni ar Gorwel yn nesáu. Rhedai fel

dyn, yn dalsyth ac yn gyhyrog. Wedi iddo gyrraedd o fewn pellter gweiddi i'r tŷ, pwyllodd, a phlygu i gael ei wynt ato.

Hyd yn oed o bellter, medrwn weld sglein y chwys ar ei dalcen.

'Ydi popeth yn iawn?' gofynnodd Nain, ei llais pryderus yn uwch nag arfer.

'Newyddion da,' galwodd Gorwel, gan sythu ei gefn a cherdded yn araf tuag atom. 'Mi ddois i'n syth bìn, i gael dweud wrthoch chi.'

Gwenodd fy mrawd, gwên go iawn a wnaeth i mi weld yr hogyn bach yn wyneb golygus y dyn – traed brain o boptu ei lygaid, a'r dannedd i gyd yn y golwg. Sychodd ei dalcen â'i lawes, ac arddangos staen o chwys yn tywyllu cesail ei grys.

'Capten Lewis wedi cynnig gwaith i mi.'

Peth od ydi haul crasboeth. Er cymaint mae rhywun yn medru gwirioni ar gyffyrddiad ysgafn ei fysedd ar gnawd gwelw, mae o'n medru troi, mor gyflym â'r gwynt, yn gur pen.

'Yn gwneud be?' gofynnais, fy llais yn gyhuddgar heb i mi fwriadu iddo fod. Meddyliais am yr hen gapten, yn fusgrell ar fwrdd hen ysbryd o long, ei feddwl yn boddi mewn ddoe. Pa fath o waith y medrai dyn fel fo ei gynnig i fachgen ifanc egnïol fel Gorwel? Beryg na fyddai o'n talu mwy na phris crystyn. Oedd Gorwel wedi trafod pres, hyd yn oed?

'Mae o eisiau adnewyddu'r *Sarah*. Yn iawn y tro yma, nid gwaith patsho. Hwyliau newydd sbon, ail-drin y pren, ei chodi o'r dŵr a'i phaentio hi.'

Disgleiriai Gorwel.

'I be?' gofynnodd Nain. 'Cwch hwylio ydi'r *Sarah*. Tydi cwch hwylio'n dda i ddim. Peth henffasiwn ydi hi...'

'Yn union,' atebodd Gorwel, ei wên a'i lygaid yn dân o lawenydd a brwdfrydedd. 'Mae pobol yn hiraethu am longau hwylio, yn gwirioni o weld y *Sarah* yn yr harbwr pan ddôn nhw ar eu gwyliau i Aberdyfi. Pan fydd hi'n dymor pobol ddŵad, mae tyrrau'n dod i edmygu'r llong, sgwrsio efo'r Capten, hel atgofion am hen regatas a phetha felly...'

'A?' gofynnodd Nain, yn anesmwytho ar ôl bod ar ei thraed cyhyd. 'Tydi hiraeth ddim yn talu cyflog.'

'Dyna'r darn clyfar,' atebodd Gorwel, gan fflachio heulyn o wên i gyfeiriad Nain. 'Erbyn haf nesa, bydd y *Sarah* mewn cyflwr digon da i fynd â'r bobol ddŵad ar dripiau bach sidêt ar y môr, a chodi pris go lew am docyn. Te bach ar fwrdd y llong, canu siantis, y math yna o beth.'

'Fyddi di ddim yn gorfod mynd oddi yma, ta?' gofynnais, gan roi fy ysfa i ymddangos yn ddi-hid o'r neilltu am unwaith. 'Fyddi di ddim yn mynd i ffwrdd?'

Daliodd Gorwel fy llygaid, cyn i chwerthiniad hoffus ddianc o'i berfedd. Llamodd draw ata i mewn un symudiad chwim, a chydio ynof fi, ei gyhyrau'n dynn amdana i. Roedd o'n dal, a theimlwn fel merch fach yn ei freichiau praff.

Ganed ni'n gyfartal, yr un taldra, yr un maint, yr un siâp. Doedd dim tebygrwydd rhwng y ddau ohonon ni bellach. Gorwel a Llanw; heulwen a lloer; dydd a nos.

Pan ollyngodd Gorwel fi'n rhydd, gadawodd haen denau o chwys yn boeth ar fy nillad.

'Dwi am fynd i nofio'n sydyn cyn te,' meddai, cyn cychwyn i lawr am y tonnau. 'Fydda i ddim yn hir.'

O'i lle yn y drws, nodiodd Nain yn dawel iddi hi ei hun, fel petai'n deall bod mwy na hyn yn digwydd o dan y don. Edrychodd arnaf, a chynnig hanner gwên.

'Bydd o'n fodlon ar hynny. Wel, am ryw hyd, beth bynnag. Mae gen ti a minnau le i ddiolch i Capten Lewis, ddeudwn i.'

Trodd ei chefn, a stryffaglu yn ôl i mewn i'r tŷ, gan bwyso ar ddodrefn tan iddi gyrraedd ei chadair.

Wrth godi'r mynydd o olch, gwyliais ben Gorwel yn gwibio yn y dŵr, ei freichiau a'i goesau'n creu tonnau bychain newydd cyn i'r rheiny gael eu llyncu'n ddim gan y môr. 'Am ryw hyd.' Dyna ddywedodd Nain, fel petai cynllun Gorwel a Capten Lewis yn ddim ond hoe cyn i 'mrawd ddianc i rywle gwell, rhywle pellach. Ond doedd Nain ddim yn gwybod pob dim, a phenderfynais yn bendant na fyddwn i'n caniatáu i hynny fy mhoeni. Y *Sarah* oedd obsesiwn Gorwel, a'r *Sarah* oedd ei gariad. Fyddai dim byd arall yn gallu cynnig digon i'w hudo ymaith.

Roedd y Corbett Arms Hotel yn f'atgoffa i o dŷ Bet.

Doedd dim llawer yn debyg rhwng y ddau le mewn gwirionedd. Cynigiai cartref Bet glydwch yn ei daclusrwydd glân, ei greiriau bychain, ei arogl pobi. Doedd dim byd yn glyd am y Corbett. Ac eto, carwn y ddau le'r un fath, a chael yr un teimlad wrth gerdded i mewn i bortsh bach Mrs Gruffudd ag y cawn wrth gamu i dderbynfa fahogani fawreddog y Corbett. Roedd rhyw dawelwch parchus yn perthyn i'r ddau le, a siaradwn dan fy ngwynt neu sibrwd.

Yn annisgwyl, gwirionais ar weithio yno.

'General maid' oedd teitl fy swydd. Cychwyn ar waelod yr ysgol, a phob un o'r staff yn medru galw arnaf i wneud y pethau nad oedden nhw'n ffansïo'u gwneud. Dim ond y mwyaf ansoffistigedig o dasgau gawn i, fel gwagio'r potiau piso. Er bod toiledau newydd sbon yn y gwesty, byddai'r bobol fawr yn rhy ddiog i gerdded i'r tŷ bach ganol nos. Fi fyddai'n clirio llestri unrhyw swper hwyr a gariwyd i'r ystafelloedd y noson cynt, ac arwain cŵn y bobol fawr allan i gefn y gwesty i wneud eu busnes, a'r rheiny'n aml yn faleisus am eu bod nhw wedi'u sbwylio. Roedd arna i ofn cŵn, ond roedd arna i fwy o ofn dweud 'na' wrth fy nghyflogwyr. Byddwn yn cael fy ngalw i gynnau ambell dân, neu blicio tatws os oedd hi'n brysur, neu nôl y meddyg pan fyddai un o'r bobol fawr yn meddwl eu bod nhw wedi dal *sniffle*. Wyddwn i ddim beth oedd *sniffle*, ond chlywais i erioed am rywun yn marw ohono.

Fi oedd yr un anweledig, yr un a gâi weld pob cornel o'r gwesty, yn hytrach na chael fy nghyfyngu i'r gegin neu'r llofftydd. A minnau wedi arfer trio diflannu i'r cefndir, deuai priodweddau morwyn dda yn naturiol i mi. Cerddwn ar hyd waliau'r ystafelloedd, nid dros y carped yn y canol. Fyddwn i byth yn dal llygaid y bobol fawr, byth yn cael fy nhynnu i sgwrsio â nhw. Fyddwn i ddim yn cwyno am unrhyw beth, ddim hyd yn oed yn ystod y cyfnodau prysur pan ddechreuwn fy niwrnod am wyth y bore a dychwelyd adref am hanner nos. Cwynai Nain ym mwrllwch ein cegin pan gyrhaeddwn yn ôl i'r tŷ ym mherfeddion nos. 'Ydyn nhw'n gwybod dy fod ti'n cerdded adref ar hyd y traeth yn y tywyllwch, a hithau'n ganol nos, a thitha heb olau o gwbl?'

Doedd y gwaith ddim yn anodd. Ni fyddai'n rhaid i mi feddwl, dim ond gwneud, a dilyn cyfarwyddiadau. Oedd, roedd fy nyddiau'n perthyn i'r Corbett rŵan, ac roedden nhw'n fy ngweithio i nes bod fy nghyhyrau'n brifo a 'nghefn i'n griddfan. Ond fi oedd piau fy meddwl, a dyna lle y treuliwn fy holl amser, gan blygu'r ffiniau rhwng dychymyg a bywyd go iawn.

Gwirionais yn lân ar y lle. Adeilad mawr crand wedi'i baentio'n llachar o wyn, a'r pren ar y ffenestri a'r drysau yn ddu polish. Syllai'r ffenestri mawrion dros y twyni ac aber afon Dyfi at Ynys-las, cyn i'r gorwel dynnu llinell syth yr holl ffordd dros Fae Ceredigion at Ynys Enlli. Ar un ochr, sbeciai ffenestri bychain llety'r staff dros hen iard adeiladu cychod, gan wgu'n snobyddlyd ar y rhaffau gwlybion a'r hwyliau pydredig a sathrwyd yn faw gan y tywydd.

I gyfeiriad Tywyn – cyfeiriad ein tŷ ni – estynnai'r twyni a'r morfa'n daclus, wedi'u twtio gan ddyfodiad y cwrs golff newydd. Dyma oedd un o atyniadau mwyaf y Corbett, a deuai pobol o bob rhan o Gymru a Lloegr am rownd o golff, eu bagiau lledr smart yn llawn ffyn sgleiniog, fel tasen nhw'n hen farchogion yn mynd i ryfel.

Fedrwn i ddim peidio â'u hedmygu. Dynion dwylo meddal oedd â'r amser i chwarae gêm blentynnaidd fel tasa hi'n ffordd werth chweil o dreulio diwrnod.

Byddai'r pentrefwyr, bron yn ddiamod, yn arddangos eu gwawd tuag at snobyddiaeth y golffwyr hyn, a Gorwel yn arbennig yn uchel ei gerydd. 'Taro pêl i dwll. Dynion crand yn eu hoed a'u hamser yn treulio oriau yn taro pêl o dwll i dwll.' Ysgydwai ei ben mewn anobaith. 'Tydyn nhw ddim yn *chwysu* hyd yn oed!'

Ond ro'n i'n dotio arnyn nhw, a'u harferion pobol fawr. Byddai'r dynion yn mynnu brecwast anferthol cyn rownd o golff: cig moch a selsig, tost a thomatos, a llond potyn o de. Yna, byddent yn gadael fesul tri neu bedwar, pob un â pherson llai pwysig i gario'r bag, ac i ffwrdd â nhw. Byddin o ddynion.

Byddai holl gywair y Corbett yn newid wedi i'r dynion droi eu cefnau ar eu gwragedd. Eisteddai'r merched yn y *day room*, a'r goleuni nefolaidd o'r ffenestri mawrion yn goleuo'u hwynebau lliw plu. Rywsut, byddai'r ystafell yn ochneidio, fel petai pawb yn cael anadlu'n rhydd, rhoi'r gorau i ddal cyhyrau eu stumog i mewn, tynnu'r mygydau am nad oedd y dynion yno. Siaradent yn dawel a chwerthin yn ysgafn. Ro'n i wrth fy modd yn cael gweini arnyn nhw yn y cyfnodau heddychlon hynny – cario te a bisgedi bychain, neu nôl rhyw lyfr neu bapur newydd y byddai un ohonyn nhw wedi'i adael yn ei hystafell. Weithiau, byddai un o'r merched hynny'n edrych arna i a chynnig gwên fach, a hyd yn oed yn sibrwd 'Thank you.'

Dyna'r adegau hyfrytaf. Byddai Gorwel yn fy ngheryddu am fod mor bathetig o werthfawrogol, felly rhoddais y gorau i adrodd yr hanesion wrtho. Ond wrth gerdded adref ambell noson lonydd, sibrydwn y geiriau i mi fy hun, yr holl ffyrdd roedd hi'n bosib dweud 'Thank you', 'Thank you', 'Thank you'.

Yna byddai'r egni'n dychwelyd, a chalon y Corbett yn cyflymu unwaith eto wrth i'r dynion ddychwelyd wedi chwarae golff. Byddai'r merched, yn eu tro, yn eistedd â'u cefnau'n sythach, eu llygaid yn fywiocach, a'r ffasiwn angerdd yn eu cwestiynau fel na fedrwn benderfynu oedden nhw'n actio neu beidio. 'Did you win?' 'Who got a birdie?' 'Oh, my sweet, have you put your shoulder out *again*?' Byddai'r dynion yn cerdded â'u hysgwyddau wedi sgwario; yn wir, byddai rhyw osgo arwrol yn perthyn iddyn nhw, fel 'taen nhw wedi cyflawni rhyw orchest enfawr, yn hytrach na dim ond cerdded llai na hanner y pellter a wnawn i bob dydd. Yn y bar, a'r cwrw oer yn eu cynhesu, byddai rhywbeth hyfryd am dynnu coes uchel ei gloch y dynion.

Byddai rhywun yn y gwesty yn dal edau fy nychymyg o hyd – rhyw westai difyr, rhyw gymeriad bachog. Byddwn yn eu cipio nhw i gof, yn arsylwi ar y ffyrdd y bydden nhw'n dal cyllell a fforc ac osgo eu hwynebau wrth iddyn nhw ddarllen y fwydlen, yn ystyried beth roedden nhw am ei archebu. Wedyn, byddwn yn eu gollwng yn rhydd, gan greu bywyd arall iddyn nhw yn fy mhen.

Mrs Cecil Hough oedd un o'r cyntaf i ddal fy nychymyg, ac nid anghofiais hi byth wedyn. Clywais ei henw cyn ei gweld.

Alaw o enw i'm clustiau, wedi'i weiddi dros y *dining room* gan ei gŵr hanner meddw. 'Adele! Did you forget the cigarettes upstairs again?'

Ro'n i'n sefyll wrth y cwpwrdd diodydd yn sychu'r llwch oddi ar botel o win ro'n i newydd ei nôl o'r seler. Fel hanner y bobol yn yr ystafell, troais yn reddfol i weld ymateb Adele. Gwridodd hithau, ei gruddiau hufen top-y-botel yn cochi, a chwifiodd law hir, dlos ar ei gŵr, i'w geryddu heb yngan gair am iddo weiddi arni mor groch.

Brathais fy ngwefus. Welais i neb mor dlws â hon ers i Mam Ni Oll gael ei dwyn gan y don, er nad oeddwn i'n gwybod sut roedd hi'n edrych, ddim go iawn. A hithau'n dal ac yn denau, gwisgai Adele ei gwallt yn uchel ar ei phen, gan arddangos ei gwddf hir, main. Gwallt tywyll, ond ddim yn rhy dywyll chwaith. Llygaid hirion, llydan, yr un lliw â'r coffi cryf y byddai'n ei yfed yn lle cymryd brecwast. Gwisgai ffrogiau syml bob amser – dim les na ffriliau, dim blodau bychain yn blaster dros bob dim fel oedd yn ffasiynol bryd hynny ymhlith y bobol fawr. Na, ffrogiau llawes hir, syml a wisgai Adele, ond byth yn rhai syber eu lliw. Hufen fydden nhw un diwrnod, yna glas golau ar ddiwrnod arall, lliw menyn dro arall. Adele. Adroddais ei henw drosodd a throsodd i'r tywyllwch wrth gerdded adre'r noson honno. Adele. Adele. Trodd yn ebychiad, A! Del! Gwenais i mi fy hun am fod mor glyfar.

Penderfynais yn syth nad oedd Mr Cecil Hough yn ddigon da iddi, er bod y siarad ymysg y staff yn brolio'i gefndir a'i sefyllfa ariannol. Pa ddefnydd oedd bod yn Member of Parliament, a chanddo fol cwrw'n dechrau crymu'n araf dros ei drowsus ac yntau ddim wedi cyrraedd ei ddeg ar hugain? Pa ffortiwn oedd yn ddigon i fodloni merch a ymddangosai'n anfodlon?

Broliai staff y gegin bod Mr Cecil Hough yn ddyn del. Taswn

i wedi bod y math o ferch fyddai'n torri gair yn ddiangen, byddwn wedi dadlau'n gryf mai dyn plaen oedd o. Naci, dyn hyll. Roedd yn dal ac yn dywyll, ac roedd rhywbeth bygythiol yng nghryman ei aeliau trwchus a rhywbeth merchetaidd yn ei wefusau tewion. Doedd o ac Adele ddim yn gweddu o gwbl. Dychmygwn ei fysedd trwsgl ar ei gwar, a...

Na. Roedd hi'n haeddu gwell. Felly mi ddyfeisiais well bywyd iddi, a gwell stori. Roedd dynes fel Adele yn haeddu chwedl.

Parhaodd fy ffantasi drwy'r wythnos. Roedd o'n fwy real i mi na 'mywyd go iawn. Chwaraeais ffilm yr hanes drosodd a throsodd yn fy meddwl, gan newid ambell fanylyn bach bob tro nes 'mod i'n hollol hapus i mi gyrraedd perffeithrwydd. Roedd dynes fel Adele yn haeddu perffeithrwydd.

Mae hi'n ganol nos yn y Corbett, ac mae Adele yn effro. Yn y gwely wrth ei hymyl, a'r wisgi wedi twchu ei anadl, mae Cecil yn chwyrnu.

Mae Adele yn codi ar ei heistedd, gan ymestyn ei choesau main dros ochr y gwely. Er bod cotwm ei choban wen yn denau, tydi hi ddim yn oer. Mae Cecil yn chwysu yn ei fedd-dod.

Mae rhyw anniddigrwydd yn perthyn i Adele o hyd, a rhyw olwg fel tasa hi ar fin codi a rhedeg i ffwrdd arni. Ond rŵan, heno, mae'r pigo anfodlon yn gyrru tonnau o egni drwy ei chorff. Heno, a gwres yr haf ar fin ildio'n llwyr i'r hydref llugoer, tydi o ddim yn ddigon bod yn wraig i ddyn pwysig. Tydi o ddim yn ddigon eistedd yn sidêt yn y *day room* gyda merched eraill, yn trafod y ffasiynau diweddaraf a phwy sy'n canlyn pwy. A tydi o ddim yn ddigon, a hithau mor ifanc ac mor hardd, i fod yn gymar i rywun sydd ddim yn teimlo'n ffodus o'i chael hi.

Cwyd Adele ar ei thraed yn araf, yn bwyllog. Mae'r carped drud fel mwsog o dan ei gwadnau meddal.

Tydi hi ddim yn gwneud ymdrech i fod yn dawel wrth adael yr

ystafell. Fyddai corn niwl ddim yn ddigon i ddeffro Cecil o'i fedd-dod, a ph'run bynnag, does fawr o ots gan Adele. Y cyfan mae hi'n ei wybod ydi ei bod hi angen dianc o'r byd meddal, cyfforddus yma, rhag y bobol a'r dillad trymion a'r maldod.

Mae hi'n hwyr, a does neb wrth y dderbynfa, er y dylai rhywun fod yno drwy'r nos. Rhaid bod Hugh Jones wedi piciad i'r cefn am smôc a gêm o Blackjack efo un o'r hogia sy'n gweithio yn y gegin. Mae Adele yn gadael y Corbett drwy'r drws ffrynt heb i'r un enaid byw ei gweld.

Er ei bod yn dywydd digon mwyn, mae olion yr heulwen wedi gadael Aberdyfi bellach a hen niwl rhewllyd wedi crwydro fel ysbryd o'r môr. Dan ei choban, mae Adele yn groen gŵydd i gyd. Wrth iddi groesi'r *drive* mawr i gyfeiriad y traeth, mae'r cerrig mân yn brathu'n filain i mewn i'r cnawd ar wadnau ei thraed. Tydyn nhw ddim wedi'u caledu gan flynyddoedd o gerdded yn droednoeth – bydd Adele wastad yn gwisgo slipars. Ond er yr oerfel, er y boen, dal i gerdded mae Adele, a rhyw gnewyllyn anifeilaidd, cyntefig oddi mewn iddi'n mwynhau'r dioddef. Mae'r pethau esmwyth bron yn ddigon i'w mygu hi weithiau.

Wedi cyrraedd y traeth, saif Adele a gadael i'r tonnau lyfu ei thraed yn dawel. Does dim lleuad i gadw cwmni iddi, na sêr i'w chysuro. Mae pob man yn dywyll fel gwacter, ac Adele welw, dlos fel rhith ar fin y môr.

Cyn heno, theimlodd hi erioed yn drist. Mymryn yn anfodlon, weithiau, fel petai wedi gobeithio am fwy mewn bywyd. Ond yn sydyn, mae'n gwybod nad ydi'r bywyd hwn yn ddigon. Fydd o ddim yn ei bodloni.

Gobeithia Adele weld un don arbennig, ton fawr garedig, yn dod a golchi drosti. Dychmyga'r teimlad hyfryd o gael dŵr y môr i'w chario oddi yma. Gobeithio am ffawd Mam Ni Oll mae Adele, wrth gwrs, ond ŵyr hi mo hynny. Tydi hi ddim wedi clywed am Mam Ni Oll, nac yn deall dim amdani.

Ni ddaw'r un don glên i'w hebrwng hi ymaith.

Felly rhaid i Adele gerdded allan i'r dŵr mor bell fel na all deimlo llawr y môr. Mae oerfel y tonnau fel pibonwy yn ei thrywanu ac eithafion y teimladau yn rhoi mwynhad iddi. Wrth i wadnau clwyfedig ei thraed ffarwelio â'r tywod am y tro olaf, nid yw'n brwydro yn erbyn rhythmau'r môr. Na, mae'n gorwedd ar ei chefn yn y dyfroedd, ac mae gwên fach ar ei hwyneb. Yma, yn nŵr rhewllyd y môr, mae'n cysgu yn dawelach nag y gwnaethai erioed yng ngwely plu ei gŵr.

Fydd neb yn gweld Adele byth eto.

Y diwrnod wedyn, mae'r gwesty'n bla o bobol. Yr heddlu a dynion lleol wedi dod i roi help llaw gyda'r chwilio; y gwesteion, wedi'u dychryn ond yn hanner mwynhau bod yn rhan o sgandal ac yn sibrwd y tu ôl i'w dwylo. Mae Mr Ingalls, rheolwr y gwesty, yn gwneud ei orau i gadw popeth mor normal â phosib, ond mae ei fwstash yn dawnsio wrth i'w geg anesmwytho dan bwysau'r bore.

Tydi Cecil Hough ddim yn symud o'r llofft.

Mae ganddo gur pen annioddefol ar ochr chwith ei ben, ac o brofiad mae'n ymwybodol mai dim ond prynhawn o gwsg gaiff wared arno. Ond tydi hi ddim yn teimlo'n briodol, rywsut, i ofyn i'r heddwas gwledig a Henry, ei ffrind gorau (ac enillydd gêm golff y diwrnod cynt, y cythraul lwcus iddo fo...) adael er mwyn iddo fo gael cysgu. Ddim ag Adele wedi diflannu.

Erbyn y prynhawn, mae'r cur pen yn ei anterth a thymer Cecil yn dechrau miniogi wrth i'w bryder am ei wraig gynyddu. Drwy ffenestri mawrion yr ystafell wely, gwêl ddynion yn chwilio'r traeth amdani, a chychod yn crwydro'n araf i fyny ac i lawr afon Dyfi.

Sylweddola'n sydyn eu bod nhw'n chwilio am ei chorff.

'I don't know why they're looking there!' Mae'n pwyso ar bren y ffenest, a goslef ei lais yn ddig. 'She's not in the sea, for goodness' sake...' Mae'n troi at Henry, sy'n eistedd mewn cadair bren wrth y bwrdd te. 'Where the bloody hell is she?'

'Are you certain there was no argument? Something that would have upset her, or...'

Ysgwyd ei ben wnaeth Cecil, heb ateb y cwestiwn, ond dengys ansicrwydd llwyr. 'I can't remember much after supper,' cyfaddefa wedyn.

Edrycha'r heddwas ifanc ar ei draed, gan drio cuddio'i ragfarn.

'I think I would remember if there had been anything. We rarely argue, she's so placid. But I can't be certain...'

Mae'n troi'n ôl at y ffenest, yn sythu rhyw fymryn wrth weld llong na welsai o'r blaen yn hwylio o'r môr i gyfeiriad afon Dyfi. 'It's a sailing ship,' meddai'n dawel, ac mae Henry'n codi i gael gweld. 'A good, old-fashioned one.'

Mae'r ddau'n sefyll mewn tawelwch wrth i'r sgwner hwylio heibio trwyn Ynys-las a phlethu drwy'r cychod sy'n edrych am gorff. Caiff y dynion eu swyno, a daliant ati i wylio nes i'r llong ddiflannu y tu hwnt i'w golwg ar ei ffordd i harbwr Aberdyfi.

Maen nhw'n rhy bell i weld enw'r llong, yn rhy bell i sylwi ar y ddelw o ben derw cerfiedig sy'n ei harwain, ei llygaid ar ben y daith.

Hen griw sydd ar fwrdd y sgwner, *Adele*, a hen gapten. Does dim un ohonyn nhw'n fodlon sôn o ble y daethon nhw nac i ble maen nhw'n mynd. Mae'r wyneb sydd wedi'i gerfio ar flaen y llong yn iau na'r un ohonyn nhw, ac yn dlws o real – llygaid hirion, llydan; cnawd hufen top-y-botel a gwddf hir, main.

Wrth gwrs, pan ddychwelais i'r Corbett ar gyfer y shifft foreol, bu bron i mi deimlo'n siomedig nad oedd y traeth yn bla o ddynion yn chwilio am gorff. Doedd dim heddlu yn y dderbynfa, ac wrth i mi gario mwy o ddŵr poeth mewn tebot bach arian i fwrdd 16, fe welais Adele a Cecil Hough yn eistedd mewn cornel dawel, ei bysedd hirion hi'n anwesu clust cwpaned o goffi, ac yntau'n bochio llond plât o *kedgeree*. Arafodd fy nghamau am rai eiliadau, fy mhen wedi ymgolli yn y stori. Bron nad oedd pen Adele yn edrych allan o'i le ar ysgwyddau cain, yn hytrach nag yn arwain llong hwylio ar y cefnfor.

Byddai Bet wedi gwirioni ar weithio yn y Corbett. Byddai'n ffrind i holl aelodau'r staff o fewn wythnos, ac wedi llenwi'r gegin efo'i chwerthin. Ond na, i Miss James's School for

Girls yr âi Bet bob bore Llun, ac yno y byddai tan brynhawn Gwener.

O'n tŷ ni, medrwn weld talcen yr ysgol dros y filltir a hanner o draeth oedd yn ein gwahanu. Dim ond y mymryn lleiaf o frics coch a thriongl o lechi porffor y to a welwn, ond roedd o'n ddigon i wneud i mi bwyllo, weithiau, a meddwl: beth mae Bet yn ei wneud rŵan? Oes ganddi hiraeth am ei thŷ trefnus a'i rhieni gofalus? Ydi hi'n meddwl amdana i?

Fyddai hi ddim yn sôn llawer am y lle pan ddôi adref ar benwythnosau. Gan fy mod i'n gweithio ar y Sul, cawn fy Sadyrnau'n rhydd, a byddai'r rheiny'n cynnwys o leiaf fore neu brynhawn yng nghwmni Bet. Byddai rhywun wedi disgwyl, a ninnau'n croesi'r trothwy rhwng bod yn blant a bod yn oedolion, y byddai'r ddwy ohonon ni'n ysu am gael crwydro ymhell. Byddai ambell un o'r merched a fu yn ein dosbarth ni'n swnian ar eu rhieni am gael mynd i'r Drill Hall yn Nhywyn, neu i'r pictiwrs. Ond na, roedd gadael yr ysgol wedi bod yn ddigon o newid i ni, a glynem ein dwy at hen lwybrau ein plentyndod.

'Maen nhw'n genod digon clên,' myfyriodd Bet un amser cinio, ryw chwe wythnos ar ôl iddi gychwyn yn Miss James's School for Girls. Eisteddem ein dwy ymysg y cregyn dan y jeti yn harbwr Aberdyfi, yn trio ymochel rhag y glaw a bigai'n nodwyddau bychain ar hyd arwyneb y môr. Wrth ein hymyl, roedd fy enw wedi'i grafu yn y tywod â darn o froc môr, hen arferiad na fedrwn roi'r gorau iddo. Faint o weithiau y golchwyd fy enw ymaith gan y tonnau?

Ymhellach ar hyd yr harbwr, yn dywyll a llonydd, roedd corff mawr y *Sarah*, ac ar fwrdd honno roedd Gorwel yn siŵr o fod wrthi'n ddyfal yn gwneud rhywbeth pwysig, ei dalcen wedi crychu wrth iddo ganolbwyntio.

'Ydyn nhw fel genod Aberdyfi?' gofynnais, gan ddethol

darn o Turkish Delight yn ofalus o'r bag papur yn fy llaw.

Cnodd Bet yn ddyfal ar ddarn o licris cyn ateb. Symudodd ryw fymryn fel ei bod hi'n medru cyrraedd fy ngwallt. Tynnodd y pinnau bach ohono a'i gribo'n rhydd â'i bysedd, cyn dechrau ei blethu.

'Nac ydyn, Saeson ydi'r rhan fwya ohonyn nhw. Tydyn nhw ddim yn siarad fel ni.'

'Ydyn nhw'n *posh*?'

Ro'n i wedi clywed acenion main ysgolion bonedd ar dafodau ymwelwyr y gwesty, ac wedi eiddigeddu at y ffordd roedd eu hiaith yn llifo'n hawdd o'u genau. Baglu dros sillafau fyddwn i, a rhyw ddiffyg rhythm yn y dweud.

'Ydyn. Mae Miss James yn dweud mai dyna'r peth cynta a'r peth pwysica sydd angen ei newid. Dwi'n swnio'n rhy Gymraeg.'

'Ond Cymraes wyt ti, Bet.'

'Wn i. Mi ddeudodd Miss James wythnos dwytha, "Good grief, Elizabeth! Your vowels! You sound far too provincial."'

Ystyriais hyn am ychydig. Dynes geiniog a dimai yn barnu hogan wych fel Bet am rywbeth mor bitw ag acen!

'Hen jadan,' meddwn yn flin. 'Be ydi ystyr *provincial*, Bet?'

'Dim syniad. Ond y ffordd dywedodd hi'r gair, dwi ddim yn meddwl ei fod o'n beth da.'

Eisteddodd y ddwy ohonon ni am ychydig, yn cnoi, a bysedd prysur Bet yn fy ngwallt. Cerddodd rhywun dros y jeti uwch ein pennau, sŵn traed araf, pwyllog, trwm. Un o hen gapteiniaid y pentref, mae'n siŵr, ar ei ffordd drwy'r glaw i edmygu'r *Sarah*.

'Bet, wyt ti'n meddwl y dylian ni fod yn smocio erbyn hyn?'

Llonyddodd dwylo Bet yng nghanol plethu 'ngwallt i, a throdd ei llygaid bywiog tuag ata i.

'Ych a fi! Pam?'

'Falla ein bod ni'n rhy hen i fod yn gwario'n pres ar dda-das rŵan. Mae gweddill merched y Corbett yn prynu *cigarettes* o Siop Shadrach ac yn mynd i'r twyni i smocio ar y slei.' Llyfais siwgr eisin oddi ar fy mysedd. 'Dwi'n meddwl mai smocio ydi'r ffasiwn rŵan.'

Cnodd Bet yn feddylgar. Cnoi araf, anodd, a'r licris fel tar rhwng ei dannedd. Ar ôl iddi lyncu, gofynnodd yn ddifrifol, 'Wyt ti isio smocio, Llanw?'

Ysgydwais fy mhen yn bendant. 'Mae'r ogla'n gwneud i mi fod isio cyfogi. A fyddwn i ddim yn medru fforddio smocio *a* phrynu da-das, beth bynnag.'

'Wel, dyna ti, ta.'

Flynyddoedd yn ddiweddarach, wedi'r prynhawn glawog, melys hwnnw o dan y jeti, byddwn yn troi fy meddwl yn ôl at y sgwrs fach ddifeddwl yna. Mor wahanol oedd Bet a minnau. Feddyliais i ddim am fy ngreddf fy hun, dim ond am yr hyn roedd disgwyl i mi fod yn ei wneud. Roedd ffordd Bet mor syml. Byddai hi'n ymddiried yn llwyr yn ei gallu ei hun i wneud penderfyniadau.

Rhai Fel Ni

'DID YOU ASK to see me, sir?'

'Yes, yes, come in, Lanoo, and shut the door behind you, please.'

Ufuddheais, gan deimlo curiad fy nghalon yn cadw rhythm â thipian y cloc mahogani yn swyddfa Mr Ingalls, rheolwr y Corbett.

Wyddwn i ddim beth ro'n i wedi'i wneud o'i le, ond yn ystod y flwyddyn y bûm i'n gweithio yma chefais i erioed orchymyn i'w swyddfa cyn hyn. Dyn teg oedd o, a pha gamwedd bynnag y credai fy mod yn euog ohono, doedd gen i ddim amheuaeth mai fo oedd yn iawn. Roedd cymaint y gallaswn fod wedi'i wneud o'i le ym mhrysurdeb shifft. Taswn i'n medru arafu fy meddwl a phori drwy'r atgofion, mae'n siŵr y medrwn lunio rhestr o gamgymeriadau.

'Please sit, Lanoo,' meddai Mr Ingalls, gan fy llygadu drwy ei sbectol hanner lleuad o'r tu draw i'r ddesg. Roedd popeth amdano yn daclus, yn drefnus, ac ni fyddai byth yn cynhyrfu na cholli rheolaeth, er mor brysur y gallai hi fod yn y gwesty ar hafau poeth fel hyn. Doedd ganddo ddim gwraig, er ei fod o'n nesáu at ei hanner cant. Roedd ganddo slic o wallt tywyll, a llinell cyn sythed â'r gorwel yn haneru'r blew. Uwch ei wefusau syth roedd mwstash nas gwelais erioed mo'i debyg, yn cyrlio rhyw fymryn ar yr ochrau, fel pysgodyn mewn padell ffrio.

Eisteddais yn y gadair, yn teimlo'n chwithig.

'Would you like a cup of tea, Lanoo?' gofynnodd yn ei acen Seisnig grand.

Ysgydwais fy mhen yn ansicr. Roedd hyn yn ffordd ryfedd ar y naw o 'ngheryddu, ac eto, feiddiwn i ddim gobeithio mai ar berwyl arall roedd Mr Ingalls.

'Very well. And please, don't look so anxious. Why do you look so very afraid?'

Oedais am ychydig, yn siŵr 'mod i am roi'r ateb anghywir. 'I thought I may be in trouble, sir.'

'Really?' Cododd ei aeliau'n chwilfrydig y tu ôl i'w sbectol. 'And what might you be in trouble for?'

'I don't know, sir.'

Chwaraeai gwên fach o dan ei fwstash taclus. 'Let me put your mind at rest, dear girl. You're not in any trouble. Quite the opposite, in fact. Don't imagine that I am unaware of your hard work here.'

Dechreuodd y cloc dipian yn arafach, a sythodd onglau simsan yr ystafell. Roedd o'n glên. Ochneidiais yn dawel, dawel.

'You haven't had a single day off in a year, not even with illness. You walk in every day, even when the tide is high and the weather is stormy. I am most impressed, Lanoo.'

'Thank you, sir,' hanner sibrydais, yn hollol ansicr sut y dylwn ymateb i'w garedigrwydd pan oedd fy nychymyg wedi 'mharatoi ar gyfer cerydd.

Chwarddodd Mr Ingalls.

'And still you look terrified! All right, I'll come to the point. There's no sense in prolonging a meeting which you find difficult.' Ochneidiodd, a phan ddechreuodd siarad eto roedd ei eiriau'n arafach. 'I wanted you to be aware that, should you feel inclined, a room has become available in the staff quarters. One of the chambermaids is to be married in a fortnight, and will, naturally, be living with her husband.'

Crychodd fy nhalcen rhyw fymryn, fy mhenbleth yn

gryfach na fy ofn. 'Thank you, but I live with my brother and grandmother…'

'Yes.' Trodd Mr Ingalls ei lygaid oddi arna i am y tro cyntaf, a sythodd rhyw bapurau ar ei ddesg oedd yn berffaith syth yn barod. 'I have been made aware of your grandmother's recent ill health. I'm afraid to say I may have been a little insensitive, a little premature in speaking with you today, but…' Cododd ei lygaid at fy rhai i. 'I wanted you to be aware that, whatever fate may bring, you have options.'

Bu saib hir. Dyma'r saib, meddyliais, lle y dylwn i golli dagrau a dadebru, cyfaddef pob manylyn anodd i galon glên Mr Ingalls. Eisteddais yno'n llonydd. Doedd gen i ddim byd i'w ddweud.

Yn y diwedd, tynnodd y rheolwr ei sbectol. Rhwbiodd ei lygaid ac ochneidio'n dawel, cyn dweud, 'Very well, Lanoo. You may go. But please keep in mind that my office door is always open, should you ever wish to speak with me.'

'Thank you, sir.'

Dihangais o'r swyddfa, ac arhosodd arogl polish ei ddesg fawr gyda mi drwy'r dydd.

Roedd angen wyau arnon ni er mwyn i mi wneud crempogau i de, felly cerddais i'r pentref pan ddaeth fy shifft i ben am bedwar. Dim ond hanner diwrnod a weithiwn ar ddyddiau Iau, er bod hanner diwrnod yn ymestyn o wyth y bore tan bedwar y prynhawn.

Roedd Aberdyfi'n bla o ymwelwyr. Mis Awst crasboeth, ac awel y môr yn fwyn. Deuai pobol yma o bell. Pobol fawr, wrth gwrs – dynion mewn siwtiau lliw golau, a merched yn cario ymbarelau, o bob dim, uwch eu pennau i'w gwarchod rhag yr haul. Yn y Corbett y byddai'r rhan fwyaf yn aros, ac ro'n i wedi gweini ar bron bob un ohonynt, ond doedden nhw ddim yn fy nghofio wrth fy mhasio ar y stryd, wrth gwrs. Rhan o ddodrefn y gwesty o'n i, wyneb nad oedd yn haeddu cael ei gofio – yn blaen a chadarn, fel un o gadeiriau'r ystafell fwyta. Ro'n i'n falch. Sut byddai rhywun fel fi'n ymateb i gyfarchiad fel 'Girl! Don't I know you?' gan un o'r bobol fawr?

Troediais ar ymylon y palmentydd, yn symud o ffordd pawb a ddeuai i'm cwrdd, cyn llithro allan o'r haul ac i mewn i Siop Shadrach.

Roedd hi'n dawel yno. Fyddai ymwelwyr byth yn dod i siopa mewn siop groser. Safai Mr Pryce y tu ôl i'w gownter, yn frych hir o ddyn, yn gosod tuniau *pilchards* fel rhes o filwyr ar y silff. Trodd wrth glywed y drws.

'Pnawn da, Llanw.'

'Pnawn da, Mr Pryce.'

'Ydi hi'n brysur ar y stryd?'

'Fel ffair.'

Rhegodd Mr Pryce dan ei wynt. 'Fel y bedd yma, wrth gwrs. Wyt ti wedi dod i mofyn da-da i'w chnoi ar y ffordd adref?'

Gwridais, yn cywilyddio ei fod yn adnabod fy chwaeth. 'Hanner dwsin o wyau, os gwelwch yn dda.'

Nodiodd Mr Pryce, a didoli'r wyau i focs. Y tu ôl iddo, winciai'r Turkish Delight fel enfys yn y jar. 'Sut mae dy nain, Llanw fach?'

Atebais fel ro'n i wedi'i wneud lawer gwaith o'r blaen, heb oedi i ystyried. 'Yn gwella, diolch i chi.'

Edrychodd Mr Pryce arna i dros y cownter fel pe bai'n fy amau, ond ddywedodd o ddim gair. Doedd dim rhaid iddo. Ro'n i'n gwybod yn iawn beth oedd ar ei feddwl.

Fy mhitïo i oedd o. Yn teimlo bechod drosta i 'mod i'n ystyried bod gwellhad yn bosib i un mor hen a musgrell â Nain.

Yn yr oriau wedyn, wrth gerdded adref ar hyd y tywod poeth ac wrth hwylio crempogau i de, gadewais i 'nychymyg wneud fel â fynno fo i Shadrach Pryce Siop. Dychmygais i mi godi'r wyau fesul un a'u lluchio i wyneb main y siopwr nes bod y melynwy'n diferu fel machlud i lawr ei ên. Dychmygais i mi ddringo dros y cownter a thynnu'r holl duniau a'r jariau oddi ar y silffoedd nes bod y llawr yn flawd a thriog a da-das i gyd. Dychmygais sefyll yn agos iawn at yr wyneb lliw papur, a sgrechian y geiriau gwaethaf a wyddwn, fy anadl yn boeth ar ei ruddiau main. Dychmygais weld y syndod ar ei wyneb. Dychmygais y saib ar ôl y sŵn.

Y cyfan wnes i go iawn oedd sefyll yno'n gwrtais, talu fy mhres a diolch iddo cyn gadael.

Roedd cryn dorf wedi ymgasglu yn heulwen yr harbwr. Ond yn wahanol i sŵn arferol strydoedd Aberdyfi yn yr haf – sŵn sgwrsio, chwerthin, murmur pobol – roedd y dorf yn gwrando'n dawel.

Cefais hanner eiliad o bryder trydanol. Beth oedd yn ddigon trychinebus i dewi sgwrsio'r bobol fawr? Ac yna, clywais y gân, a chofio.

Y *Sarah* oedd yn dychwelyd i'r harbwr ar ôl ei siwrnai, a'r sain oedd y delyn yn cyfeilio i lais ifanc, peraidd yn canu 'Y Gwydr Glas' ar fwrdd yr hen long.

Plethais drwy'r dorf i gael gweld y *Sarah* yn cyrraedd. Waeth faint o weithiau y gwelswn hi'n ufuddhau i gyffyrddiad ysgafn fy mrawd ar y llyw, fyddwn i byth yn blino ei gwylio. Fel dau gariad, roedd Gorwel a'r *Sarah* yn ymateb i bob symudiad bach yng nghyrff ei gilydd.

Syniad Gorwel oedd y delynores. Mair oedd ei henw, dynes ddwy ar hugain oed o Fryncrug, oedd yn teimlo'n drybeilig o hen i mi ar y pryd. Gorwel oedd wedi'i gweld yn perfformio mewn cyngerdd yn Nhywyn cyn y Nadolig, a'i bysedd yn symud yn brysur dros ei thelyn fach. Doedd gen i fawr i'w ddweud wrth gyngherddau, a beth bynnag, mi fyddwn i wedi bod yn gweithio'r noson honno. Ond roedd fflach o frwdfrydedd yn llygaid Gorwel pan ddychwelodd adref, ac yntau'n cerdded yn ôl ac ymlaen ar hyd llechi'r parlwr.

'Os na wnei di eistedd, mi fyddi di'n deffro Nain,' meddwn wrth drafod efo fo yn hwyr y nos, gan orffwys ar fy nglin y llyfr y bûm i'n ei ddarllen. Ers tro, ro'n i wedi mynnu bod Nain yn cael fy ngwely i gyda'r nos, gan obeithio, yn groes i natur, y byddai gorffwys yn ei gwella. Cysgwn innau yn ei chadair wrth y tân. Ro'n i wedi trio cysgu yn ei gwely hi, ond roedd y llofft gefn mor llaith, a'r staeniau du yn cripian i fyny'r parwydydd. Ufuddhaodd Gorwel, ac eistedd yn y gadair arall. Gwenodd arna i, a gallwn weld y bachgen yn ei wyneb sgwâr, golygus.

'Roedd 'na delynores, Llanw. Mair Richards, o Fryncrug. Glywaist ti amdani?' Arhosodd o ddim am ateb. 'Roedd hi'n canu pob math o ganeuon gwerin, "Ddoi Di Dei?" ac "Y Gwydr Glas", y rhai cyfarwydd i gyd. Ac mi dw i wedi cael syniad.' Rhedodd ei fysedd drwy ei wallt. 'Mae'r ymwelwyr yn gwirioni ar y pethau Cymraeg... Maen nhw'n dotio wrth fy nghlywed i'n siarad Cymraeg, ac wrth eu boddau'n fy nghlywed i'n adrodd hen straeon y morwyr, a chwedlau bach Nain am y môr.'

Nodiais, gan gofio cymaint roedd y bobol fawr yn mwynhau pan fyddai un o'r hen gapteiniaid yn dod i'r bar yn y gwesty, ac yn gadael i ramant droi'n ddagrau pan fyddai'r pianydd yn chwarae 'Clychau Aberdyfi'.

'Felly dw i am ofyn iddi ddod ar fwrdd y *Sarah* efo'i thelyn fach bob hyn a hyn, a chanu'r hen ganeuon gwerin. Bydd yr ymwelwyr wedi gwirioni, ac yn fodlon talu crocbris.'

Roedd o'n syniad campus. Byddai'r bobol fawr yn aml yn dychwelyd i'r Corbett yn wên o glust i glust ar ôl mordaith ar y *Sarah*, ac yn llawn edmygedd o'r 'charming young captain with the strong accent'. Byddai merch ifanc â'i llais peraidd a'i thelyn yn eu swyno nhw'n llwyr.

'Sut olwg sydd arni?' gofynnais yn fyfyriol wrth lunio darlun yn fy mhen.

'Be?' Roedd Gorwel mewn penbleth. 'Pa ots sut mae hi'n edrych?'

Syllais arno heb ddweud gair, fy llygaid yn mynnu ateb.

'Bychan. Eiddil. Pryd golau,' meddai o'r diwedd.

'Pa liw llygaid?'

'Iesgob annwyl, am gwestiwn. 'Sgin i ddim syniad.'

Fedrai hi ddim bod yn dlws iawn os na sylwodd Gorwel ar liw ei llygaid hyd yn oed.

'Be wyt ti'n feddwl, Llanw? Ydi o'n syniad da?'

Mwythais dudalennau'r llyfr ar fy nglin am ychydig, y papur yn llyfn dan flaenau fy mysedd. 'Gwell i ti ofyn i Capten Lewis gynta.'

Âi'r capten ar y fordaith weithiau, gan eistedd ar stôl deircoes ar fwrdd y llong, yr ymwelwyr yn cadw pellter parchus oddi wrtho. Chwarae teg, fe dreuliodd fisoedd ar y *Sarah* gyda Gorwel, yn dangos iddo'n union sut roedd hwylio'r llong, gan droi breuddwyd plentyndod fy mrawd yn realiti.

Eleni, a gaeaf caled wedi crymu ychydig mwy ar ei gefn a phlygu ei fysedd yn gam, fyddai o ddim yn cadw cwmni i Gorwel ar fwrdd y *Sarah* yn aml. Ond hyd yn oed ar y dyddiau oeraf, yn y glaw mileiniaf, byddai'r capten i'w weld yn ffenest ei dŷ bychan ar y promenâd yn gwylio'r *Sarah*, yn gwylio Gorwel ifanc, ystwyth yn gofalu am yr hen long gydag addfwynder ac yn llawn cariad.

'Wrth gwrs 'mod i am ofyn i Capten Lewis. Ond dw i am

wybod dy farn di, Llanw. Mi wyddost ti'n well na neb be sy'n mynd â bryd y Saeson. Ydi o'n werth i mi ofyn i Mair?'

'Mae'n syniad a hanner. Bydd y bobol fawr wrth eu boddau.'

Ac oedden, mi oedden nhw. Byddai Mair yn eistedd ar fwrdd y *Sarah* mewn gwisg Gymreig drom, y delyn fechan ar ei glin, ac unwaith i Gorwel godi angor, byddai ei bysedd main yn dechrau tynnu'r tannau. Roedd ganddi lais ysgafn, swynol, yn hytrach na'r lleisiau mawrion, crynedig oedd yn ffasiynol y dyddiau hynny. Weithiau, pan fyddwn i'n ddigon ffodus i fod yn hongian dillad ar y lein hir y tu ôl i'r gwesty, neu'n cario diodydd i westeion ar y *verandah*, byddwn yn clywed yr hen alawon yn dod dros y twyni gyda'r awel wrth i'r *Sarah* hwylio heibio. 'A Ei Di'r Deryn Du?', 'Lisa Lân' ac 'Ar Lan y Môr'.

Codwn fy wyneb tua'r awyr yn ystod yr adegau hynny, yn clustfeinio am bob gair. Roedd Gorwel wedi gwneud rhywbeth arbennig iawn, sylweddolais. Creodd awyrgylch yr hen alawon ar draeth Aberdyfi, creu emosiwn ac arafu pob rhuthr, gan wneud i bobol bwyllo a breuddwydio.

Wrth i'r *Sarah* lonyddu yn yr harbwr, deffrais innau o 'mreuddwyd wrth i Mair orffen y gân. Cymeradwyodd y bobol fawr a safai'n gwylio, a gwenodd y rhai ar fwrdd y *Sarah* yn foddhaus am mai nhw oedd y rhai ffodus a gawsai hwylio ar y ffasiwn long. Wrth iddyn nhw ddechrau gadael ar hyd y bompren, ysgwydai'r dynion law Gorwel, a gwasgu mymryn o bres ychwanegol ynddi. Roedd fy efell wedi swyno pob un a fu ar y fordaith, gan gynnwys – os nad o'n i'n camddarllen y llygaid llo bach a'r wên swil – y delynores ifanc ar fwrdd y llong.

Llyncais fy mhoer. Welais i erioed mo unrhyw un yn syllu ar Gorwel fel'na o'r blaen.

'Be mae o'n feddwl?' gofynnodd llais o'r tu ôl i mi, a

chynhyrfodd fy mherfedd wrth i mi edrych dros fy ysgwydd a gweld mai siarad efo fi roedd y dyn ifanc. Yn un peth, do'n i ddim wedi arfer siarad efo dieithriaid y tu hwnt i furiau'r Corbett, yn enwedig rhai gwrywaidd, tal. Yn ogystal â hynny, at beth roedd o'n cyfeirio? Yr edrychiad cariadus a roddai Mair i'm brawd? O'n i wedi bod yn gwgu arni'n ddifeddwl yng ngŵydd holl lygaid y pentref?

'Mae'n ddrwg gen i?' gofynnais, â'm llais yn gryg.

Dechreuodd y dorf wasgaru'n araf wrth i bobol grwydro ymaith.

'"Y Gwydr Glas". Be mae'r geiria yn 'i feddwl? Tydw i 'rioed wedi deall y gân.'

Roedd o'n gwenu'n glên, ac er mor chwithig y teimlwn, roedd cynhesrwydd a charedigrwydd yn ei lygaid a dynnodd y min oddi ar fy ofnau. Ac yntau'n dal ac yn dywyll ei bryd, roedd y dyn yn ymylu ar fod yn llond ei groen. Ac eto, roedd o'n ddeniadol, ei frest yn fawr ac yn sgwâr, ei gnawd yn welw, ei aeliau a'i lygaid yn dywyll fel rhai sipsi. Gwisgai grys gwyn a throwsus brown, a bwtsias mawr trwm ar ei draed.

'Ym… Mae'n gân am ferch sy'n gorfod gadael ei chariad yn erbyn ei hewyllys i briodi rhywun arall. Dwi'n meddwl.'

Roeddwn i'n mwynhau ei daldra. Y ffaith bod yn rhaid iddo edrych i lawr arna i wrth siarad, y ffaith y byddwn i'n ffitio'n gyfan gwbl i mewn yn ei gysgod o.

'Wn i hynny, ond pam mae'r gwydr yn las? Be ydi ystyr hynny?'

Cyfarfu ein llygaid wrth i mi grychu fy nhalcen mewn penbleth. Ystyr? Oedd angen hynny?

Fedrwn i ddim rhoi'r ateb yna i ddyn dieithr, felly arhosais yn fud. Gwyliodd yntau fy wyneb, ac yna chwerthin yn ysgafn.

'Roedd hwnna'n gwestiwn gwirion, yn doedd? Mae'n

ddrwg gen i. Dai Huws. Dwi'n gweithio efo Mr Huws Seafor Terrace. Mae o'n ewythr i mi.'

Cymerais gip chwarter eiliad ar y dwylo geirwon. Hawdd oedd coelio mai adeiladu oedd gwaith rhywun mor ifanc â chledrau mor galed.

'Llanw ydach chi, yntê?'

Troais fy llygaid yn ôl at ei wyneb, wedi fy synnu.

'Mi wnaethoch basio fy ewythr a minnau ar y stryd ychydig ddyddiau'n ôl, a llond eich breichiau o fara o'r becws. Mi holais i pwy oeddach chi.'

'Roedd y gwesty'n brin o fara amser cinio. Ces i'n anfon i nôl mwy.' Cofiais i mi frysio, ar orchymyn y cogydd, ac ambell linyn o wallt yn dianc o'r belen ar fy mhen. Cofiais i mi godi llaw swil ar Capten Lewis drwy ffenest ei dŷ fel yr eisteddai yn ei gadair yn gwylio'r harbwr. Cofiais ddeigryn o chwys yn ymlwybro i lawr fy ngwar a chosi llwybr rhwng fy mronnau, a minnau'n gorfod ymolchi ar ôl dychwelyd i'r Corbett…

Roedd rhywun wedi bod yn fy ngwylio i. Gwridais, yn boeth ac yn hunanymwybodol, ac eto, roedd min o rywbeth arall ynghlwm wrth y teimlad yna hefyd.

'Roedd dy feddwl di'n bell.'

Gwenodd Dai yn lletach, ond roedd rhywbeth mwy na chynhesrwydd yn ei lygaid erbyn hyn. Rhywbeth oedd bron yn boeth.

'Llanw!'

Torrodd y floedd ar yr edrychiad rhwng Dai a minnau, a throesom ein llygaid at y *Sarah*. Safai Gorwel ar fwrdd y llong, yn codi ei law yn orawyddus. Roedd ei lawes wedi'i rholio'n uchel, gan ddangos cyhyrau a'r rheiny wedi brownio yn yr haul.

Ar y jeti yn ymyl y *Sarah*, a'i hysgwyddau'n stiff, safai Mair, y delynores. Doedd 'na ddim golwg mynd adref arni, er bod y llong wedi llonyddu am y diwrnod. Cofleidiai ei thelyn fechan fel plentyn yn ei chôl.

'Arhosa chwarter awr i mi dynnu'r hwyliau, Llanw, ac mi gerdda i adra efo ti.' Wrth iddo weiddi, daliai Gorwel ei law uwch ei lygaid i warchod ei olygon rhag yr haul. Y tu ôl iddo, disgleiriai'r holl belydrau fel trysor ar bob ton.

'Iawn,' atebais, fy llais yn ysgafnach na'r awel.

Trodd Gorwel i edrych ar y dyn a safai wrth fy ymyl am eiliad fer. Dim ond am yr ennyd lleiaf, ac er nad o'n i'n deall pam yn iawn, ro'n i'n falch iddo wneud hynny.

'Gwell i ti fynd,' gwenodd Dai arna i. 'Mi wela i di eto. Falle byddi di wedi meddwl am arwyddocâd y gwydr glas erbyn hynny.'

Trodd ei gefn a cherdded yn araf, hamddenol, â'i ddwylo yn ei bocedi. Roedd ei osgo'n ddigon i wneud i gyhyrau fy stumog galedu a thynhau, a brathais y tu mewn i 'ngwefus.

'Be ydi ystyr "Y Gwydr Glas"?' gofynnais, gan fagu 'nghôt yn fy nghôl. Wedi i ni adael llygaid y pentref y tu ôl i ni, agorodd Gorwel fotymau uchaf ei grys a gadael i awel yr haf sychu sglein ei chwys.

'Y gân?' gofynnodd Gorwel. 'Rhywbeth am ferch yn gorfod gadael ei chariad i briodi rhywun arall, ia?'

'Ond pam "gwydr glas"?' erfyniais, yn gwybod y byddai'r cwestiwn yn crafu fel brigyn ar du mewn fy meddwl nes i mi ganfod ateb a fyddai'n fy modloni. 'Pam mae'r gwydr yn las?'

Cododd Gorwel ei ysgwyddau, heb wybod yr ateb. Doedd ei anwybodaeth yn poeni dim arno. 'Mae hi'n gân hyfryd, yn tydi? A Mair yn ei chanu hi'n dda.'

Syllais draw ar Gorwel wrth gerdded, a chwilio am arwydd

o rywbeth cudd rhwng ei eiriau. Siffrwd o serch yn sŵn y tonnau rhwng y sillafau. Dim byd.

'Mae Mair wrth ei bodd efo ti.'

Trodd Gorwel, a syllu arna i cyn chwerthin. 'Paid â siarad drwy dy het.'

'Mi welais i'r ffordd roedd hi'n sbïo arnat ti.'

Ysgydwodd Gorwel ei ben. 'Hei, sôn am hynny, hefo pwy oeddat ti'n siarad yn yr harbwr gynna?'

Gwridais a throi i ffwrdd, gan gofio cerddediad hawddgar Dai a'r gwres yn ei lygaid.

Chwarddodd Gorwel, wrth ei fodd wedi iddo sylwi ar y cochni ar fy ngruddiau. 'Llanw, sbïa arnat ti!'

'Nai Mr Huws Seafor Terrace. Mae o'n gweithio efo fo.'

'Adeiladwr. Wel, falla y bydd o'n medru adeiladu tŷ bach twt i chi'ch dau…'

Ysgydwais fy mhen, ac ochneidio, ond daria Gorwel, roedd o wedi rhoi'r darlun yn fy mhen rŵan. Gwyddwn y byddwn yn adeiladu'r tŷ bach twt hwnnw yn fy meddwl, yn dychmygu Dai yn codi waliau, yn cau fy llygaid ac yn gweld y chwys ar ei war wrth iddo osod seiliau a chodi cerrig.

'Mi ges i ffortiwn mewn cildyrnau gan y bobol fawr heddiw, Llanw,' gwenodd Gorwel ar ôl saib. 'Dwi am fynd i Siop Shadrach fory i nôl da-da i Nain. Ac i titha, os byddi di'n lwcus. Maen nhw wastad yn rhoi llawer o bres pan a' i i hwyl yn adrodd stori Cantre'r Gwaelod.' Chwarddodd, fel petai o'n methu'n lân â chredu twpdra pobol. 'Maen nhw'n coelio pob gair, Llanw. Ac weithia, os bydd Mair yn chwarae "Clychau Aberdyfi" ar y delyn tra bydda i'n adrodd y stori, mi fydd ambell un o'r *ladies* dan deimlad.'

Chlywais i erioed mo Gorwel yn adrodd hanes Cantre'r Gwaelod. Byddwn wedi bod wrth fy modd yn medru diosg fy ofnau am y dŵr a chamu ar fwrdd y *Sarah* i brofi'r daith a'r hanesion.

'Maen nhw'n holi hen gwestiyna gwirion, hefyd, i feddwl eu bod nhw wedi cael ffasiwn addysg ddrud. Mi ofynnodd ryw *lady* ganol oed i mi ddoe a o'n *i* wedi clywed clychau Cantre'r Gwaelod yn canu o dan y dŵr!'

'Tydi hynny ddim yn gwestiwn gwirion,' atebais yn bwdlyd, er 'mod i'n gwybod y byddai'n ennyn cerydd ysgafn gan fy mrawd.

'Llanw fach,' meddai Gorwel, a'r heulwen gynnes yn goleuo pob rhan o'i wyneb. 'Rwyt ti'n coelio pob dim.'

Fyddwn i ddim yn cyfaddef wrth Gorwel na neb arall, ond doedd hanes hynafol y Brenin Gwyddno a thwpdra Seithennyn ddim yn cosi fy nychymyg o gwbl. Do'n i ddim yn canfod rhamant mewn stori am ddynion meddw, er 'mod i'n coelio â'm holl enaid ei bod hi'n wir. Na, yng nghefn dosbarth Miss Jenkins yn yr ysgol, a ninnau wedi cael y dasg o ysgrifennu hanes Cantre'r Gwaelod yn ein geiriau ein hunain, daethai hen stori newydd i mi am y wlad o dan y dŵr, a byth ers hynny ro'n i'n teimlo bod mwy na thir yr hen frenin wedi'i golli dan y moroedd.

Roedd y storm wedi bod yn hel lliwiau blin ers dyddiau. Brown, llwyd, oren, porffor a fioled, i gyd yn drwm yn yr awyr, yn crogi'n agos at y tir, fel blanced yn bygwth mygu'r byd.

Mewn tyddyn ar waelod powlen cwm yng Nghantre'r Gwaelod, eisteddai dynes ifanc ar garreg ei drws â babi bach ar ei bron. Yng ngardd fechan y tyddyn, roedd ei gŵr yn hogi bwyell â charreg lwyd. Dan y goeden, chwaraeai eu bachgen bach teirblwydd oed, gan wneud siapiau yn y pridd â cherrig mân.

'Mae'r cymylau'n duo,' meddai'r ddynes yn betrus, ond dim ond ebychiad gafodd hi yn ateb gan ei gŵr. 'Wyt ti'n meddwl y bydd y storm yn torri heno?'

'Wn i ddim,' oedd yr ateb, nid yn swta ond yn onest.

Roedd olion blinder ar y ddau riant, y ddynes â'i gwallt wedi'i glymu'n flêr, heb ei dacluso ers y noson cynt, a'r dyn â chysgod ar ei ên, yntau heb eillio ers deuddydd. Roedd y tywydd yn rhy glòs a thrymaidd, a doedd y babi ddim yn cysgu.

'Mi fydd hi'n storm a hanner,' griddfanodd y ddynes wrth i'r fechan dynnu ar ei theth â chig ei dannedd, cyn iddi ei throi a'i gosod ar y fron arall. 'Wyt ti'n meddwl y byddai'n well i ni...?' Gadawodd i weddill y cwestiwn hedfan yn y gwres, yn gwybod i sicrwydd beth fyddai ymateb ei gŵr.

'Fedran ni ddim dianc i'r mynyddoedd bob tro bydd 'na gawod o law. Os bydd hi'n ofnadwy, mi awn ni i'r tir uchel. Tan hynny...'

Nodiodd y ddynes, gan gysuro'i hun â gwên fach. Byddai popeth yn iawn, fel y bu popeth yn iawn y troeon cynt. Ac ar ôl y storm, byddai'r awel yn lân ac yn ysgafn, a'r ofn unwaith eto'n pylu wrth i'r awyr las ddychwelyd rhwng brigau main y coed.

Am y tro cyntaf ers dyddiau, cysgodd yr un fach yn drwm y noson honno, ei bawd yn dynn yn ei cheg. Yn nhawelwch perfeddion y nos, suddodd ei rhieni i drwmgwsg yn eu lludded, y gwres trymaidd fel blanced amdanynt.

Cysgon nhw drwy'r taranau cyntaf, a dim ond ochenaid o'r twrw yn cyrraedd eu breuddwydion pell. Y ddynes ddeffrodd gyntaf, wrth i law fechan, yn llaith o chwys, fwytho'i thalcen.

'Mam,' hanner sibrydodd y bachgen bach ar erchwyn y gwely, gan wybod bod yn rhaid iddo wneud ei orau i drio peidio â deffro'i chwaer. 'Mam.'

Ailymddangosodd y ddynes o fyd ei breuddwydion yn llofft fach y tyddyn, ei llygaid yn dal amlinelliad ei mab yn y düwch. Daeth taran arall, a sŵn fel petai'r awyr yn felfed du yn cael ei rwygo mewn tymer. Torrodd golau mellten trwy drwch y llenni, gan oleuo wyneb pryderus ei mab.

'Tyrd yma, pwt.' Agorodd y ddynes ei breichiau, ac mewn dim roedd y bachgen yn ei chôl. 'Paid â phoeni. Bydd popeth yn iawn erbyn y wawr.'

Trodd y storm yn gandryll wyllt, a'r mellt fel petaen nhw'n chwilio am ffordd i ddod i mewn i'r tŷ. Roedd ar y ddynes ofn, ofn gwirioneddol a fu yno ers i'r cymylau ddechrau hel. Ond teimlai y câi gysur addfwyn, hyfryd o gael y bychan yn ei breichiau. Curai calonnau'r ddau yn gyflym, yn rasio'i gilydd, fron wrth fron. Cofiodd y ddynes fel yr arferai'r bachgen droi tin-dros-ben yn ei chroth, gan ddod â rhyw deimlad estron, cyffrous i'w bol.

Taran arall, a'r ffenestri'n crynu.

Deffrodd y gŵr, yn dweud dim, ond eisteddodd i fyny yn y gwely. Gobeithiai'r ddynes am air o gysur ganddo: 'Paid â phoeni', 'Bydd popeth yn iawn' neu gelwydd, hyd yn oed, wrth ddweud, 'Mae'n swnio fel petai hi'n tawelu rŵan.'

Fel y daeth y glaw yn don o ddicter dros y to, deffrodd y babi a sgrechian. Cododd y dyn a phwyso dros y crud, gan hel y ferch fach yn ei freichiau cryfion.

Mellten arall, yn goleuo'r tad a'i ferch, ac yn yr eiliadau hynny peidiodd y glaw yn gyfan gwbl. Tawelwch. A sŵn, ymhell ond yn glir, ac yn llawer rhy dlws ac ystyried ei arwyddocâd dychrynllyd.

Sŵn cloch.

'Tyrd,' meddai'r dyn yn syth. 'Côt a bwtsias amdanat ti a'r plant.'

Ufuddhaodd, a'i dwylo'n crynu. Dychrynodd y bachgen bach o weld ei rieni'n symud mor chwim ganol nos, a dechreuodd wylo'n dawel.

Yn reddfol, symudodd ei fam i'w gysuro, ond cyrhaeddodd ei dad, a'i godi yn ei freichiau. 'Cymer di'r babi,' gorchmynnodd, a llafn o banig yn ei lais na chlywsai ei wraig erioed o'r blaen. 'Rhaid i ni adael, rŵan.'

Dychwelodd y glaw i stido'r teulu fel nodwyddau wrth iddyn nhw frysio drwy'r düwch, y plant yn crio a'r rhieni'n anadlu'n drwm. Doedd y fam ddim wedi blasu'r awyr fel hyn o'r blaen, yn drwchus a thrymaidd, fel triog yn llenwi ei hysgyfaint. Roedd y llwybr yn llithrig, a nentydd bychain yn llifo lle na bu nentydd cyn hynny.

Llithrodd y tad yn y mwd, a disgynnodd ei fab ac yntau. Heb orffwys, cododd cyn cydio yn y truan gwlyb a'i lapio yn ei freichiau unwaith eto. 'Paid ag aros amdanon ni,' gwaeddodd ar ei wraig, a'i lais yn biwis. 'Rhed!'

Ac felly rhedodd. Weithiau byddai'n llithro, a baglu'n gas nes bron â gwasgu'r baban bach o dan bwysau ei chorff, ond cododd dro ar ôl tro, a'r fechan yn dal i sgrechian. Am ychydig, roedd yn ymwybodol o'i gŵr yn cydredeg efo hi ar y llwybr, a chlywai'r bachgen bach yn crio yn ei freichiau. Weithiau byddai y tu ôl iddi, weithiau o'i blaen. Wedyn, toedden nhw ddim yno rhagor, a doedd hi ddim yn siŵr ai nhw adawodd hi ar ôl ynteu ai hi oedd ar y blaen.

Tybed ym mha ran o wal y môr yr oedd y twll? Dychmygai chwydfa o lif gwyn yn dod drwy gerrig mawrion y wal, un rhaeadr o fôr fel dwrn, y twll yn tyfu a thyfu. Teuluoedd yn sgrechian. Pobol yn gweiddi. Y llif yn rhuo drwy bentrefi. Gwŷr a gwragedd yn syllu ar ei gilydd am y tro olaf, yn gwybod nad oedd dengyd rhag hyn.

Rhedeg. Rhedeg. Sgrechiai y babi dan y blanced, ac roedd traed y fam yn socian yn ei bwtsias. Weithiau, swniai'r glaw a'r taranau fel llif o ddŵr ar ruthr, ac weithiau ofnai'r fam fod y dyfroedd ar fin cyrraedd ei sodlau. Ond throdd hi ddim yn ôl i edrych. Daliai i redeg ar goesau gwan, yn union fel y gorchmynnodd ei gŵr iddi wneud.

O'r diwedd, cyrhaeddodd y man gwastad ar yr ucheldir. Ehangder o foelni heblaw am ambell goeden, a rhesi o fryniau fel dannedd llif yn y pellter. Allai hi wneud dim ond plygu'n swp gwlyb ar y llawr, gan ddal yn dynn yn ei merch fach mewn ymdrech i gael ei gwynt ati. Arhosodd yno am yn hir, a chysgu, neu, yn wir, efallai iddi lewygu.

Ciliodd y glaw wrth i'r storm dawelu, a chododd yr haul unwaith eto gan ddod â lliw i'r byd.

Trodd ei llygaid at Gantre'r Gwaelod, a'r babi'n dawel ar ei bron.

Roedd y gorwel wedi symud.

Doedd dim wal yn y pellter. Dim dyffrynnoedd na chaeau gwyrddion bro ei mebyd. Roedd rhai o'r pentrefi wedi diflannu'n llwyr dan y llanw llwyd, a'r lleill yn brwydro am eu hanadl olaf wrth i lif y dŵr lyncu'r toeau, dail y coed ac ambell fryncyn.

Mae'r cyfan wedi mynd, meddyliodd y ddynes, a'i hanadl yn drwm dan deimlad. Cododd ar ei thraed, gan syllu o'i chwmpas, yn chwilio'r tir uchel, saff am ei gŵr a'i mab. Doedd dim un creadur byw i'w weld. Roedd golau'r dydd yn dal yn wan – doedd yr haul ddim wedi ymddangos eto, er bod digon o olau llwyd y wawr i fedru dangos mai dim ond dwy wnaeth oroesi.

Eisteddodd drachefn, am nad oedd ganddi unrhyw le i fynd, a gwylio arwyddion olaf y storm yn gadael a'r haul yn sbecian yn chwareus dros y bryniau. Eisteddodd yno am oriau, tan i'r dydd sychu ei dillad a'i phlethen flêr, tan i ddail olaf coed uchaf Cantre'r Gwaelod ddiflannu o dan y dŵr.

Ar hyd ei bywyd maith, dros flynyddoedd caled, hirion, dros nosweithiau di-rif o dawelwch ac unigedd, wnaeth y ddynes ddim wylo dros ei gŵr a'i mab colledig. Roedd arni ofn y byddai un deigryn yn troi'n filoedd, ac y byddai twll bychan yn wal ei chryfder yn ddigon i'w dymchwel yn llwyr. Ofnai y byddai'n wylo am dragwyddoldeb, yn creu môr arall o ddagrau hallt.

Tyfodd y baban yn ddynes, a bu'r ddwy'n byw mewn bwthyn ger y dŵr, yn yr union fan lle gwyliodd y ddynes yr haul yn codi dros ddyfroedd bro ei mebyd. Yn ei glasoed, clywodd y ferch, a fu unwaith yn faban cwynfanllyd mewn storm, ei hanes ei hun. A golau'r lloer yn adlewyrchu'n llinellau cam ar y tonnau, cafodd ei hudo gan ei stori ei hun.

'Ond dim ond am Seithennyn maen nhw'n sôn, ac am y dywysoges Mererid... Pam? Pam nad ydan ni'n rhan o'r stori?'

'Am nad ydi hanes byth yn cofio rhai fel ni.'

Llifodd deigryn i lawr grudd y ferch ifanc, a brysiodd ei mam i'w sychu.

'Dim dagrau,' mynnodd yn dawel. 'Mae hen ddigon o ddiferion hallt yn y stori yma, pwt.'

Wnaeth hi ddim sôn wrth ei merch am yr atgofion. Doedd hi ddim am rannu'r galar na'r boen a fyddai'n llafn yn ei pherfedd ar ambell noson dywyll. Ond yn ystod y nosweithiau hynny, nid hen hanes oedd stori Cantre'r Gwaelod, nid chwedlau am wylwyr diofal a brenhinoedd mawreddog. Hiraeth oedd o, mor finiog â mellten. Yr wyneb heb ei eillio ers dyddiau. Llaw fach chwyslyd ar ei thalcen yng nghanol y nos. Mam a mab yn dynn yn ei gilydd, a chalonnau'r ddau yn curo'n gyflym, yn rasio'i gilydd, fron wrth fron.

Y noson honno, breuddwydiais am lygaid duon y tu ôl i wydr glas, a sŵn rhyw delyn yn gefndir i 'nghwsg. Deffrais yng nghadair Nain a'm cefn yn gwegian. Gwthiodd yr haul cynnar y cysgodion yn ôl wrth iddi wawrio, a cheryddais fy hun am feddwl cymaint am rywun do'n i ddim ond wedi'i gyfarfod unwaith.

Arhosais i Gorwel godi, ei frys mor ddibynadwy â chloc bob bore. Arhosais am sŵn ei draed yn rhythm ar y llawr pren uwchben, am ymddangosiad ei wallt gwyllt yn y drws, yn awchu am frecwast.

Sŵn ei wely'n gwegian. Dwy droed ar y llawr. Saib. Ambell gam arall.

Doedd dim brys ar Gorwel heddiw, ac ochneidiais wrth gau fy llygaid ar y bore. Ysgydwais fy mhen yn araf, yn dymuno deffro unwaith eto, cael un tro arall ar ddechrau'r diwrnod, oherwydd roedd arafwch fy mrawd yn ddigon o rybudd i mi.

Daeth ei draed i lawr y grisiau yn araf, pob cam yn drwm fel yr awyr cyn storm. Agorais fy llygaid a throi i edrych arno. Ro'n i'n gwybod.

Doedd Gorwel ddim yn blentyn mwyach, sylweddolais gyda mymryn o syndod. Dyn oedd yn sefyll ar waelod y grisiau, nid bachgen. Mae'n rhaid 'mod innau, felly, yn oedolyn.

'Llanw.'

Ochneidiais yn araf, a throi fy mhen am ennyd. Ddywedodd o ddim gair arall, a doedd dim rhaid iddo.

Codais o gadair Nain, a gwthio heibio 'mrawd. Clywais sŵn ei draed yn fy nilyn i fyny'r grisiau, ac wrth i mi sefyll ar y landin a phwyllo am ychydig eiliadau cyn mentro i mewn i'r ystafell wely, gosododd Gorwel gledr ei law ar fy nghefn. Petawn i wedi medru, byddwn wedi sefyll yno am byth, ar drothwy newid byd, a'i gyffyrddiad tyner ar fy nghefn.

Mae'n rhaid bod Nain wedi marw yn fuan ar ôl iddi

noswylio. Roedd ei chorff wedi hen oeri, a'r gwaed wedi llonyddu. Edrychai'n wag, yn gragen.

Eisteddais ar erchwyn ei gwely. Roedd ei cheg yn llydan agored, fel ceg dynes y lleuad, a'i gruddiau mor welw â'r cynfasau o'i chwmpas. Plygais y flanced yn ôl, a dal ei llaw. Roedd hi'n oer, er mor gynnes oedd awel yr Iwerydd.

Eisteddodd Gorwel ochr draw'r gwely, gan ddal ei llaw arall. Syllodd y cwpwrdd mawr arnon ni'n dau, heb dosturi o gwbl yn ei lygaid.

'Be ddigwyddodd neithiwr? Pan roist ti hi yn ei gwely?' gofynnodd fy efell yn gryg.

'Dim byd gwahanol i'r arfer. Roedd hi'n ei chael hi'n anodd dringo'r grisiau, felly mi rois help llaw iddi. Cribo'i gwallt, a'i blethu. Ei helpu i wisgo'i dillad nos.'

Cofiais am ei chorff main, ei hesgyrn brau dan orchudd o groen crychlyd, melyn. Smaliais nad o'n i wedi sylwi ar y bronnau, bellach yn ddim ond cnawd gwag, a'r bol a fu'n llyfn a chyhyrog un tro rŵan fel ffedog o groen yn crogi oddi arni.

'Mi drodd hi yn ei gwely i wynebu'r ffenest. Roedd hi newydd fachlud, a'r awyr yn dal yn binc a glas. Wnes i ddim tynnu'r llenni am ei bod hi'n medru dy weld di'n smotyn bach yn y dŵr, yn nofio yn y môr.'

Mwythodd Gorwel ei llaw farw, fel tasa hi'n medru teimlo'i gyffyrddiad cynnes.

'Ac mi rois i sws fach iddi, a dweud, "Nos dawch, Nain, cysgwch eich gora," ac mi atebodd hitha, "Nos dawch, fy llanw i."'

Eisteddodd Gorwel a minnau mewn tawelwch am ryw hanner awr, fel tasen ni'n disgwyl am rywbeth: ton fawr, storm o'r môr neu sŵn cloch yn atseinio o rywle pell. Ond codi wnaeth yr haul, ac anadlu wnaeth y tonnau, ac ni wnaeth yr un o'r hen chwedlau atgyfodi i greu diweddglo i hanes Nain.

Gwydr Glas, Gwydr Du

Haf Bach Mihangel, a hwnnw cyn fwyned â chanol Awst. Baglu byw oedd Gorwel a minnau bryd hynny, yn dod o hyd i batrwm newydd i'n dyddiau heb Nain. Y gwirionedd tristaf oedd nad oedd llawer o newid o gwbl. A dweud y gwir, roedd llai o faich arna i, er na fyddwn i'n ddigon anffyddlon i gyfaddef hynny wrth unrhyw un. Doedd gen i ddim hen wreigan fusgrell i'w chodi, ei gwisgo ben bore na'i hebrwng i lawr y grisiau culion. Fyddai dim rhaid i mi baratoi cinio ysgafn a'i adael wrth y bwrdd bach. Fyddai dim gofyn i mi frysio adref i hwylio te na gwagio'r pot piso. Fyddwn i ddim yn cysgu yn y gadair mwyach.

Doedd gen i neb i ofalu amdano.

Gwnes fy ngorau i orfodi Gorwel i'r bwlch anghenus roedd Nain wedi'i adael, ond brwydrodd yntau i gadw'i annibyniaeth.

'Gad i mi 'i wneud o,' cwynodd un prynhawn wrth i mi daenu menyn ar ddarn o fara iddo. 'Mi dwi'n ddigon tebol i wneud brechdan, myn diawl i!'

Roedd hiraeth arno yntau hefyd. Weithiau byddwn yn cael cip arno'n syllu ar hen gadair freichiau Nain, a honno mor wag â chragen. Gofynnwyd cwestiynau newydd, pethau na fu'n bwysig o'r blaen.

'Wnaeth hi sôn wrthat ti am ei gŵr erioed?'

'Wnest ti 'rioed ofyn iddi be oedd enw go iawn Mam?'

'Wyt ti'n gwybod o ble roedd hi wedi symud cyn iddi gyrraedd fan'ma? Be am Dad?'

Atebwyd pob cwestiwn drwy ysgwyd pen yn siomedig, a sylweddoli bod ein hanes ni wedi marw yn fy ngwely bach ganol haf.

Roedd y dail wedi dechrau crebachu a chrino pan ddaeth yr Haf Bach Mihangel yn awel gynnes o'r môr. Ffarwél bach olaf i haf hir. Prysurodd y Corbett unwaith eto. Gwelodd Gorwel ei gyfle, a threfnodd fwy o fordeithiau ar y *Sarah* wrth i'r ymwelwyr ddal i heidio i Aberdyfi.

Roedd o wedi gadael yn gynnar y bore hwnnw i gael hysbysu'r gwestai a'r tai bordio y byddai tair mordaith, nid dwy, y diwrnod hwnnw, ac i ddweud wrth y bobol fawr am ddod mewn da bryd os nad oedden nhw am gael eu siomi. Ro'n i'n dal yn fy nghoban wrth iddo redeg drwy'r drws, yn gweiddi cerydd ar ei ôl am iddo adael y tŷ heb frecwast. Dwn i ddim pam, chwaith. Roedd staff cegin pob gwesty wedi gwirioni ar egni fy mrawd, a byddai'n siŵr o gael cynnig brecwast cynnes yn rhywle.

Gwisgais amdanaf. Roedd hi'n gynnes yn barod, a choler startsh crwn fy ngwisg gwaith yn crafu fy ngwar. Yr un fyddai fy mhatrwm boreol bob diwrnod gwaith. Ar ôl tacluso 'ngwallt a diodde'r siom feunyddiol o weld mai'r un wyneb plaen oedd wedi'i adlewyrchu yn y drych, awn i lawr i'r gegin. Griddfanai'r grisiau wrth dderbyn fy mhwysau cyfarwydd.

Ysgydwais fy mhen o weld bod Gorwel wedi gadael y drws ffrynt ar agor unwaith eto, a bod chwa o awel wedi hebrwng mymryn o dywod dros y trothwy. Ar ôl defnyddio'r hen ysgub i sgubo'r dafnau bychain yn ôl i'r traeth, caeais y drws yn glep.

Ochneidiodd y môr.

Yn y gegin gefn, estynnais am ddwy gacen geirch a sgwaryn o gaws mewn papur pobi. Cododd arogl sur y caws wrth i mi dorri darn tenau ohono, mor felyn â llygad Ebrill. Bwyteais fy mrecwast yn sefyll wrth ffenest fechan y gegin gefn.

Dyma oedd fy hoff olygfa. Edrychai dros y gwastatir i fyny at Nant y Dechrau ac yn bellach hyd at fryniau gwyrddion Cwm Maethlon. Gwelwn ambell dyddyn, ambell ffermdy, a dychmygwn eu trigolion yn sbïo drwy eu ffenestri hwythau, yn gweld ein tŷ bychan ni ar lan y dŵr. Weithiau, byddai Gorwel yn cael cip arna i yma, yn synfyfyrio ar yr olygfa, a byddai'n tynnu coes.

'Meddwl rhedeg i ffwrdd i'r bryniau, Llanw? Pam nad edrychi di drwy'r drws ffrynt? Mae'r môr yn drybeilig o dlws heddiw.'

Ond fy ngolygfa *i* oedd hon – y tir, y coed, y blodau a'r creigiau. Fy ffenest i.

Brathais y gacen geirch, ac fel dwrn i dorri ar heddwch y bore, hedfanodd cawr o wylan i mewn i fy ffenest, a'i hadenydd ar led. Torrodd y gwydr yn deilchion, gan setlo fel tlysau dros fy mrecwast, dros sil y ffenest a thros borffor stormus y llechen ar lawr y gegin gefn. Cwympodd yr wylan glwyfus ar sil y ffenest, agor ei phig a syllu arna i â'i llygaid melyn creulon. Ceisiodd hedfan, ond roedd wedi brifo'i hadenydd, a'r cyfan wnaeth y symudiad oedd ei throi o sil y ffenest i'r gwair tywodlyd oddi tano.

Roedd arna i ofn gwylanod.

Wnes i ddim sgrechian na gweiddi. Wnes i ddim ebychu hyd yn oed. Yn araf, symudais i nôl cadach ac ysgub, a dechrau glanhau'r gwydr. Roedd mymryn ar fy mlows, yn llwch tryloyw, a brwsiais o oddi yno â chefn fy llaw. Ymhen deng munud, roedd pob tamaid o wydr wedi'i sgubo, a chrogai hen flanced o ffrâm y ffenest i gadw'r creaduriaid i ffwrdd. Er mor braf oedd hi'r tu allan, ychydig iawn o heulwen a waedai drwy'r flanced, a llonyddodd y gegin gefn mewn cyfnos annaturiol.

'Llanw?'

Neidiais wrth glywed fy enw'n cael ei alw o gôl y twyni, er nad dyma'r tro cyntaf iddo fod yn aros amdana i ar ôl gwaith. Yn reddfol, cododd fy llaw at fy mrest. Roedd o wedi rhoi sioc i mi.

'Mae'n ddrwg gen i. Mi wnes dy ddychryn di, yn do?'

Camodd Dai draw ataf, ei gerddediad hamddenol a hawddgar mor nodweddiadol ohono. Roedd hi'n dywyll, a'r lleuad ar ei hanner. Prin y medrwn weld mwy nag amlinelliad o Dai, ac yn y tywyllwch roedd hi'n saff i mi wenu. Fyddai o ddim yn medru gweld mor falch o'n i o'i weld.

Cerddon ni'n dau gyda'n gilydd dros y tywod. Doedd o ddim wedi cyffwrdd ynof i erioed, ond ro'n i'n aflonyddu wrth gael ei gorff mor agos ata i. Teimlwn y cynhesrwydd yn codi fel stêm oddi ar ei ddillad.

Oedais am eiliad i grafu fy enw yn y tywod. Chwarddodd Dai, yn gyfarwydd bellach â fy arferiad o adael fy hoel ar y traeth, fy llawysgrifen yn torri ar y llyfnder.

Yswn am gael cyffwrdd ynddo.

Ar yr adegau rhyfeddaf, yn ystod munudau mwyaf anniddorol fy nyddiau, deuai'r delweddau i'm dychymyg, fel fflachiadau mellt oedd yn ddigon cryf i gyflymu fy anadl.

Wrth newid cynfasau un o wlâu'r Corbett, deuai llun o Dai i fy meddwl. Sut y byddai ei groen llyfn, a hwnnw'n frown ar ôl gweithio yn yr haul, yn edrych rhwng y cynfasau cotwm gwynion.

Wrth dylino bara yn gynnar yn y bore, troai'r toes yn gnawd dan fysedd fy nychymyg. Tynnwn flaen fy mawd drosto'n ysgafn, yn araf, a dychmygu sut olwg fyddai ar wyneb Dai 'tai o'n teimlo hynny.

Wrth ddeffro yn y bore, a minnau'n dal yn glyd mewn hanner breuddwyd, sythai fy nghorff wrth ddychmygu ei ddwylo geirwon oer ar fy nghroen cynnes. Byddai'n rhaid i mi lyncu ebychiad bryd hynny, rhag ofn i Gorwel fy nghlywed.

Cerddodd y ddau ohonom i gyfeiriad fy nghartref. Fyddai Dai byth yn aros gyda mi'n hir, ac ni fyddai llawer o sgwrs rhyngon ni. Ond roedd rhyw awyrgylch trydanol hyfryd rhwng y ddau gorff nad o'n i wedi'i deimlo erioed cyn hynny, yn llawn cyffro cynnil.

Dywedodd Dai ambell beth am ei ddiwrnod yn y gwaith. Roedd ei ewythr ac yntau'n adeiladu cytiau newydd ar y tywod, llecynnau bach preifat i'r bobol fawr gael newid cyn mynd i drochi yn y môr. 'Maen nhw'n cwyno ei bod hi'n dywyll yn y cytiau, ond tydyn nhw ddim am gael ffenestri rhag ofn i bobol sbecian arnyn nhw'n newid.'

Chwarddodd Dai yn dawel, ond crafodd ei eiriau rhyw atgof yn fy meddwl, ac ebychais yn dawel.

'Be?' gofynnodd Dai drwy'r tywyllwch.

'Wedi anghofio o'n i… Ddaru 'na wylan hedfan drwy ffenest y gegin gefn bore 'ma, a'i malu hi'n deilchion. Ro'n i am holi un o ddynion cynnal a chadw'r Corbett a fydden nhw'n fodlon gosod gwydr newydd ynddi.'

'Paid â bod yn wirion. Mi wna i hynny i ti.'

Pwyllais. 'Diolch, Dai, ond fedra i ddim gadael i ti…'

'A fedra inna ddim gadael i ti wrthod. Os gweli di'n dda, gad i mi helpu, Llanw. Rydw i *isio* dy helpu di ar yr amser anodd yma.'

Chwarae teg i Dai. Ar ôl marwolaeth Nain, cerddodd yr holl ffordd i'r tŷ ac eistedd yn chwithig yn y parlwr, yn cynhesu ei ddwylo ar baned. Wyddai o ddim sut roedd cydymdeimlo ond, mewn difrif, pwy oedd yn gwybod? Wrth iddo eistedd yno, sylweddolais gymaint yn iau na Gorwel yr ymddangosai, er ei fod o bron bum mlynedd yn hŷn na ni.

'Gad i mi dy dalu di, o leia,' crefais i sŵn y tonnau. 'Mae hi'n ffordd mor bell i ti ddod, a gwydr mor ddrud…'

'Gymra i 'run geiniog gen ti, Llanw.'

'Wel… Does 'na ddim brys, cofia. Pan gei di gyfle ta. Os gwnei di gofio.'

Chwarddodd Dai yn ysgafn, er nad esboniodd pam. 'Mi wna i o fory, pan fyddi di a Gorwel yn y gwaith.'

Bu saib, a minnau'n teimlo'n chwithig, gan nad o'n i wedi arfer derbyn ffafrau. Efallai 'mod i'n gwneud rhywbeth o'i le. Efallai nad oedd hi'n iawn i ferched ifanc dderbyn cymorth di-dâl gan ddynion nad oedden nhw'n perthyn iddi.

'Diolch i ti, Dai.'

Gyda hynny, teimlais ei law yn cydio yn fy llaw innau yn y tywyllwch, a chydgerddon ni law yn llaw am ychydig, fel dau gariad. Drymiai fy nghalon fel sŵn rhyfel pell yn yr awel fwyn.

Wedi ffarwelio, ein lleisiau fymryn yn gryg, yn fwy swil nag arfer, cerddais yn araf am adref, yn meddwl amdano yn cerdded i'r cyfeiriad arall. Oedd o'n meddwl am yr un pethau â fi? Oedd ganddo'r un breuddwydion, yr un teimladau, yr un chwantau?

Gwyddwn cyn gynted ag y cymerodd Dai fy llaw y byddwn wedi gadael iddo wneud unrhyw beth i mi'r noson honno. Petai o wedi gafael yn fy ngwasg yn lle fy llaw, petai o wedi fy nhynnu i'n agos, ei anadl yn boeth ar fy wyneb, petai o wedi gwthio fy sgert i fyny yn blygion o gwmpas fy nghluniau, fyddwn i ddim wedi'i rwystro. Na, yn fwy na hynny, byddwn wedi gwirioni, wedi gwneud y synau iawn i gyd yng nghrud y twyni.

Y diwrnod canlynol, a minnau wedi gorfod dechrau ar fy

ngwaith am chwech y bore, ces fynd adref erbyn chwech y nos. Roedd yr Haf Bach Mihangel yn dal ei dir, ac roedd hi'n braf medru cerdded yn ôl yng ngolau dydd. Meddyliais am Dai – tybed oedd o wedi cael cyfle i drwsio'r ffenest? Dychmygais ei gorff tal, praff ar ei ben ei hun yn fy nghartref, yn gweld fy mhethau i gyd. Efallai i chwilfrydedd ei gario i fyny'r grisiau, iddo eistedd ar fy ngwely, codi fy ngobennydd at ei wyneb i'w synhwyro.

'Llanw!'

Edrychais draw at y dŵr, a gweld Gorwel yn sefyll yn y dyfroedd, y tonnau'n llyfu ei fol noeth. Cododd ei law arna i, a gwên lydan ar ei wyneb. Arhosais amdano wrth iddo adael y dŵr, ei drowsus byrion yn dripian dafnau o'r môr i lawr ei goesau.

Cododd ei ddillad o'r tywod a thynnu crys dros ei ben, er nad oedd ei gorff yn sych. Heb roi ei fwtsias am ei draed na gwisgo'i drowsus, dechreuodd gydgerdded y chwarter milltir olaf adref gyda mi.

'Ydi'r dŵr ddim yn oer?' gofynnais.

Ysgydwodd ei ben, ei wallt yn sgleinio. 'Mi leciwn i tasat ti'n cael gwared ar yr hen ofn 'ma sydd gen ti o'r môr, Llanw, a dod i nofio efo fi. Mi fyddat ti wrth dy fodd. Mae'r dŵr yn cynnal dy bwysau di, wsti – yn dy ddal di. Mae o fel hedfan.'

Fedrwn i ddim dychmygu'r peth. Edrychai'r môr yn drwm i mi, yn bwysau i wasgu rhywun i lawr, y gwrthwyneb i'r hyn a ddisgrifiodd Gorwel. Roedd Dai wedi awgrymu, yn hanner tynnu coes, y byddai'n fy nysgu i i nofio, ac ro'n innau wedi dychryn a thyngu na fyddwn i byth yn gwneud y ffasiwn beth, er bod rhyw gryndod y tu mewn i mi pan feddyliwn am sefyll mewn dillad nofio o flaen Dai, a hanner awydd gadael iddo fy hudo i'r dyfroedd dychrynllyd.

Sgwrsiodd Gorwel a minnau am bethau dibwys am

ychydig. Helyntion gwesteion ffwdanllyd y Corbett a ffrae rhwng dau o'r bobol fawr ar fwrdd y *Sarah* dros ryw fusnes yn ôl yn Llundain. Wedi i ni droi'r gornel olaf ar y traeth, ac wrth i dalcen y tyddyn ddod i'r golwg, estynnais fy mraich allan i atal Gorwel. Tawelodd yntau, a dilyn fy ngolygon at y dŵr.

Yn y môr ger y tŷ, safai ffigwr unig â'i chefn tuag atom, ei llygaid ar y gorwel a'r tonnau'n cyrraedd topiau ei choesau. Roedd hi'n llonydd am ychydig, cyn iddi droi i'n hwynebu, ei hwyneb yn ddagrau hallt.

Bet.

Heb betruso, gollyngodd Gorwel y dillad a'r bwtsias a gariai yn ei gôl a rhuthro'n gyflym a phendant i'w chyfeiriad. Phwyllodd o ddim wrth i'w draed gyrraedd y dŵr, a chyn gynted ag y cyrhaeddodd Bet, lapiodd ei freichiau am ei chorff llonydd, ei chodi ryw fymryn a'i chusanu â holl fwynder diwrnod o haf. Cododd Bet un llaw a'i gosod ar wyneb fy mrawd, a sylweddolais nad o'n i'n anadlu. Gwahanodd gwefusau'r ddau, a'u llygaid ynghlwm. Estynnodd Gorwel law fawr a chyffwrdd Bet â phen ei fawd â thynerwch ac addfwynder na wyddwn ei fod yn meddu arnynt – ei grudd, ei thalcen, ei gên a'i gwefusau.

Ochneidiais yn benysgafn ac eistedd yn y tywod, fy nghorff yn drwm. Pigai'r cregyn miniog fy nghnawd drwy fy nillad.

Dywedodd Gorwel rywbeth yn dawel wrth Bet, ac atebodd hithau. Roedd eu geiriau y tu hwnt i 'nghlyw. Cusanodd y ddau eto, cusan fer ond llawn angerdd.

Daeth Gorwel a Bet o'r môr law yn llaw, eu dillad yn dripian dagrau i mewn i'r tywod sych.

Cyn iddi hi sefyll o 'mlaen i ar y traeth, wyddwn i ddim a fyddwn i'n dal i fedru caru Bet fel cynt ar ôl iddi fwytho fy mrawd fel y gwnaeth hi. Safodd yno, â'i sgert ysgol yn dripian, ei blows wen yn grychau i gyd a rhimyn ei llygaid yn goch gan olion dagrau.

Codais ar fy nhraed.

'Mae'n ddrwg gen i am gusanu dy frawd,' meddai'n wan, gan golli deigryn tawel arall.

Gollyngodd Gorwel ei llaw.

'Wyt ti'n iawn?' gofynnais yn ansicr.

Ochneidiodd Bet, ac edrych i lawr ar ei sgidiau. 'Maen nhw am i mi aros yn yr ysgol. Fel gofalwraig. Fi fydd yn edrych ar ôl y merched pan fyddan nhw'n hiraethu am adref ac yn gwneud yn siŵr eu bod nhw'n bwyta'u huwd i gyd yn y bore ac yn eistedd efo nhw pan fyddan nhw'n sâl. Maen nhw'n deud 'mod i'n "homely, like a big sister – ideal for the job".'

Crychais fy nhalcen. 'Ond mae hynny'n beth da, dydi o ddim?'

'Mae'r lle yna wedi hanner fy lladd i, Llanw,' oedd ei hateb syml.

Estynnais fy llaw i ddal ei llaw wlyb hi, a maddau'n syth iddi am gusanu Gorwel.

Ymlwybron ni'n tri yn ôl at y tŷ. Y tu allan, eisteddodd Bet a minnau ar garreg lefn fawr, yr un yr arferai Nain orffwys arni erstalwm i wau neu i ddarnio sanau.

'Mi a' i i newid fy nillad,' meddai Gorwel, cyn diflannu at y tŷ. Gadawodd olion ei draed yn y tywod.

'Wyddwn i ddim dy fod ti'n anhapus,' meddwn yn dawel. 'Dyliwn i fod wedi dyfalu.'

'Do'n i ddim am i ti boeni,' atebodd hithau, a gorweddodd y ddwy ohonon ni yn ôl ar y garreg, yr awyr las uwch ein pennau yn fwy na'r môr.

'Does dim rhaid i ti aros. Mi fedri di wrthod y swydd.'

'Anodd pan does 'na 'run llwybr arall. Mae'n rhaid i mi dderbyn, Llanw. Bydd Mam a Dad mor falch.'

Trodd Bet ar ei hochr, a theimlwn ei llygaid arna i. Arhosais iddi ddweud rhywbeth, ond ddaeth dim gair pellach, dim byd ond tawelwch.

'Wyt ti a Gorwel wedi cusanu o'r blaen?' gofynnais, yn lleisio'r cwestiwn cyn i mi golli 'mhlwc.

'Naddo, erioed.' Roedd ei llais yn dawel, yn ansicr. 'Wyt ti'n flin efo fi?'

Ysgydwais fy mhen, er nad o'n i eto'n deall y cwlwm cymhleth, caled a deimlais yn fy mherfedd wrth ei gweld hi ym mreichiau cyhyrog fy mrawd.

'Dwi wedi meddwl amdano fo ers y dechrau un,' cyfaddefodd Bet, gan godi ar ei heistedd a magu ei phengliniau'n agos at ei bron.

Doedd blynyddoedd ei glasoed ddim wedi sythu ei dannedd na thacluso ei gwallt. Er nad oedd hi'n dew, roedd rhywbeth yn fawr amdani, fel tasa ei hesgyrn yn fwy trwchus na rhai pobol eraill. A Miss James's School for Girls? Lwyddodd y profiad hwnnw wneud dim iddi ond ei phylu. Cerddai'n dal ac yn gefnsyth rŵan, ei breichiau a'i choesau'n stiff. Welais i mohoni'n rhedeg ers misoedd. Caeai ei cheg wrth chwerthin, a byddai'n bwyta ei bwyd mewn tameidiau bychain, taclus, fel petai dangos boddhad yn erbyn y rheolau.

'O leia byddi di'n ddigon agos yn Miss James's School for Girls.' Codais innau ar fy eistedd, yn ei chysgod hi. Heb feddwl, ymestynnais i wneud plethau bychain yn ei gwallt trwchus. 'Mi gei di gerdded yma i weld Gorwel.'

Trodd Bet ata i, ac er nad o'n i'n ei hwynebu, teimlwn y pryder yn ei hymateb. 'A ti, Llanw. Ga i dal i ddod i dy weld ti, yn caf?'

'Cei, siŵr,' cysurais gan wenu, ond fedrai hi ddim gweld fy wyneb.

'Wyt ti'n meddwl bod y gusan yn y dŵr… wyt ti'n meddwl ei bod hi'n golygu bod Gorwel a minnau'n canlyn rŵan?'

Roedd y ffasiwn anwyldeb yn ei chwestiwn nes i mi chwerthin yn ysgafn.

'Be?' gofynnodd hithau.

'Tydi o ddim yn arferiad gan Gorwel gusanu genod, Bet. Mae'r delynores fach dlws 'na ar y *Sarah* wedi bod yn gwneud ll'gada bach arno fo ers misoedd, ond tydi o ddim wedi sylwi.'

'Fedra i ddim dallt y peth o gwbl. Ma hi gymaint yn dlysach na fi.'

'Nac ydi, siŵr,' mynnais, er ein bod ni'n dwy yn gwybod 'mod i'n dweud celwydd. Byddai Gorwel a Mair, y delynores, wedi edrych yn berffaith gyda'i gilydd. Yn gwpl del, deniadol. Yn ffitio. Gwyddwn yn syth y byddai pobol yn siarad y tu ôl i'w bysedd petaen nhw'n dod i wybod am garwriaeth Gorwel a Bet. 'Tydi o'n ddyn golygus i roi ei fryd ar hogan mor blaen? Wn i ddim be fydd rhieni Bet yn ei ddeud chwaith. Roeddan nhw wedi gobeithio am berson mwy sybstansial fel cymar i'w lodes na breuddwydiwr fel fo, a'i ben o'n llawn o longau.'

Tybed a oedd Gorwel wedi bod yn meddwl amdani wrth orwedd yn y gwely bach yn ymyl f'un i ym mhydew'r nos? Oedd bysedd ei ddychymyg wedi ymestyn dan ei blows tra bod fy rhai innau'n agor botymau crys Dai?

'Bet, paid â deud wrth Gorwel…'

Roeddwn i ar fin rhannu hanesyn y dal dwylo a fu rhwng Dai a minnau efo hi, ar fin trafod a datod yr union eiriau a fu rhyngon ni neithiwr, pan waeddodd Gorwel o'r tyddyn, 'Llanw, tyrd i weld!'

Codais yn syth, wedi arfer ufuddhau. Ysgydwais fy mhen yn ffug ddiamynedd, ond gwenu arna i wnaeth Bet, gan wybod nad oedd ots gen i fod fy mrawd yn galw. 'Mi wna i nôl diod o ddŵr i ni tra dwi yno. Mae gen i ychydig o sgons caws hefyd, os nad ydi Gorwel wedi'u claddu nhw'n barod.'

Cymerodd ychydig eiliadau i'm llygaid ddod i arfer â thywyllwch y tŷ. Yn araf, caledodd siapiau niwlog y lle – y ddresel, y bwrdd dan y ffenest a chadair wag Nain. Yng nghefn y parlwr, fy mrawd, yn dal a chyhyrog yn ffrâm drws y gegin gefn, yn edrych fel rhywun diarth.

'Mae dy ddyn ffenestri di wedi bod,' gwenodd, a staen chwerthin ar ei lais.

Gwthiais heibio'i gorff i'r gegin gefn.

Roedd popeth yn las. Y wal wen, y llestri taclus ar y silff. Y gwydr yn y ffenest. Y tir fflat y tu draw i'r gwydr, y cymylau yn yr awyr, bryniau Cwm Maethlon a choedlan Nant y Dechrau.

'Gwydr glas,' meddwn yn dawel, fy llais mor feddal â'r llanw. 'Mi roddodd Dai wydr glas yn y ffenest.'

Crwydrodd Gorwel yn ôl allan at Bet, gan deimlo, efallai, ei fod o'n amharu ar ennyd preifat. Neu efallai i mi feddwl gormod. Efallai mai eisiau dychwelyd at Bet oedd o, manteisio ar fy absenoldeb i gydio ynddi unwaith eto.

Gyda dwylo crynedig, estynnais am dair cwpan a'u llenwi efo dŵr o'r jwg, cyn gosod tair sgon ar blât. Ond bu'n rhaid i mi oedi a phwyso ar y llechen.

Roedd popeth yn wahanol dan oleuni'r gwydr glas. Sŵn y llestri'n cyffwrdd yn dawelach, yn llai persain. Fy anadl yn uwch, fy nillad yn drymach ar fy nghorff. Codais fy nwylo o flaen fy wyneb; roedden nhw'n las, yn anghyfarwydd, fel dwylo rhywun wedi marw.

Ai fel hyn roedd hi'n edrych o dan y môr?

O'r tu allan, daeth rhuban o alaw drwy'r drysau agored – Gorwel i ddechrau, a llais Bet yn ymuno'n fuan wedyn. Roedd yr haf yn eu lleisiau, ac er na fedrai'r un ohonyn nhw ganu'n swynol iawn, wrth ganu gyda'i gilydd roedd rhywbeth yn dorcalonnus o hyfryd am y sain.

Os daw fy nghariad i yma heno
I guro'r gwydr glas,
Rhowch ateb gweddus iddo
A d'wedwch, ddim yn gas,
Nad yw y ferch hon gartref,
Mae'i h'wyllys dan y tir,
Llanc ifanc o'r plwyf arall,
Llanc ifanc o'r plwyf arall
Sydd wedi mynd â hi.

Doedd Selwyn ddim yn deall rhyw lawer am Dduw, y Beibl na Iesu Grist, nac rhyw bethau felly. Byddai'n rhegi gyda'r gorau, ei drafod yn drwch o gabledd. Byddai'n meddwi yn y Raven bob nos Wener, yn gadael i'w wraig wneud y gwaith tŷ ar y Saboth a doedd y teulu byth yn dweud eu pader cyn bwyta, heblaw ar yr adegau hynny pan fyddai pobol y capel yn ymweld â nhw.

Er hyn, roedd Selwyn yn gapelwr ffyddlon. Ers ei fod yn fachgen, yn y dyddiau pan fyddai Duw yn ddialgar ac yn codi ofn ar bawb, byddai wrth ei fodd yn mynd i'r capel. Doedd Capel Bethel ddim yn fawr, ond roedd rhywbeth am yr adeilad ei hun a fyddai'n ddigon i gynnal ffydd Selwyn yn Nuw. Roedd rhyw dawelwch annatod i'r lle, hyd yn oed pan fyddai'r pregethwr ar ei anterth neu'r emyn ar ei fwyaf angerddol. Fyddai sŵn byth yn llenwi'r lle.

Doedd dim ffenestri mawrion, crand yng Nghapel Bethel, dim ond tair ffenest las, hir, stribedi o oleuni. Dyma oedd hoff bethau Selwyn am y capel. Ei atgof cyntaf erioed oedd eistedd ar lin ei fam yn un o'r seti, ei fawd yn ei geg a'i lygaid wedi'u swyno gan y ffenestri hirion a roddai oleuni lliwgar. Roedd yr atgof yn rhyfeddol o real. Gallai gofio pob manylyn. Sgidiau rhy dynn am ei draed bychain, a hen oerfel yn cosi ei gnawd. Llaw ei fam yn addfwyn daro curiadau cysurlon ar ei gefn. Ei siwt wlân hi, hoel dannedd y grib yn ei gwallt golau, yr olwg bell ar ei hwyneb main wrth iddi syllu ar y pregethwr. Arogl ei gwddf wrth i Selwyn gyffwrdd ei drwyn yn y cnawd meddal.

Hyd heddiw, byddai'r gwydr glas yn y capel yn plesio Selwyn. Yn aml, pan fyddai'r pregethwr yn mynd ar gyfeiliorn ac yn dechrau traethu am bethau nad oedd Selwyn yn eu deall, byddai'n troi i sbïo ar y capelwyr eraill, y rhai a eisteddai yng ngoleuni'r ffenestri, ac yn dotio at effaith y glesni. Byddai crwyn pawb yn welw, fel croen wedi marw, a'u gwalltiau brith yn las golau, glas canol haf a nefi-blŵ, gan wneud pawb yn dlws.

Un prynhawn, ac yntau'n traethu am hanes y Môr Coch yn agor, trodd y pregethwr yntau at y ffenestri gleision, a phwyntio â'i fys hir, cyhuddgar. 'A'r moroedd fel wal bob ochr iddyn nhw, fel y gwydr glas yma. Fedrwch chi ddychmygu'r ffasiwn beth? Llwybr drwy'r dŵr, a hwnnw'n sych grimp i'r cyfiawn, a'r môr yn ildio i ewyllys Duw.'

Roedd Selwyn yn ddigon cyfarwydd â'r hanes i wybod mai boddi'r anghyfiawn wnaeth y môr yn y diwedd, a byth wedi hynny byddai'n dychmygu'r ffenestri gleision yn toddi yn ôl yn ddŵr, a'r capel yn llenwi â dyfroedd hallt yn llawn cyrff wedi boddi. Bron na fedrai weld eu dillad capel yn chwyddo'n llawn dŵr.

Y noson honno, meddwodd Selwyn a phenderfynu mynd am dro ganol nos gyda photelaid o gwrw yn ei law. Roedd y ddiod wedi gwneud ei feddwl yn araf fel triog, ac wrth iddo gyrraedd y traeth bu bron iddo faglu.

Llyncodd lond ysgyfaint o awyr iach, a phoeri. Biti nad ydi'r hen bregethwr yma rŵan, meddyliodd, er mwyn iddo fo gael gweld y môr liw nos. Doedd dim arlliw o las ar ei gyfyl o. Du sgleiniog oedd o, fel olew, yn llarpio'r glannau. Cododd Selwyn y botel wag o gwrw at ei geg, a gwelodd y gymhariaeth – y môr yn ddu fel gwydr tywyll ei botel gwrw. Chwarddodd Selwyn a thaflu'r botel i'r dŵr. 'Ia,' penderfynodd ei feddwl lluddedig, 'boed y gwydr yn ddu neu'n las, doedd o'n adlewyrchu dim ar y lliwiau go iawn.'

Anadl

BYDDWN WEDI RHOI'R cyfan i gadw Gorwel yma: y tyddyn ar lan y môr; y dyddiau ym moethusrwydd meddal y Corbett; cyfeillgarwch cynnes Bet, a'i hymweliadau dros y tywod o Miss James's School for Girls; Turkish Delight Siop Shadrach a'r llwch siwgr melys a lynai wrth fy mysedd; y tir; y môr; a Dai a holl ddyddiau mwyn yr haf. Y cyfan.

Fedrwn i ddim dychmygu bodoli hebddo.

'Llanw,' meddai Gorwel un noson ar ôl hebrwng Bet ar hyd y traeth i Dywyn.

Roedd hi'n ddiwrnod olaf mis Hydref, a'r nos yn dechrau dwyn oriau'r dydd. Erbyn i Gorwel ddychwelyd adref, ro'n i'n hepian o flaen y tân, wedi cau fy llygaid am ennyd dros fy ngwau. Daliwn i geisio gwau'r un sgarff lliw nâd-fi'n-angof y dechreuais arni yn ysgol y pentref, ond daliwn i wneud rhyw gamgymeriad gyda phob ymgais.

Daethai'r broses yn rhan o'm ffarwél i'r haf. Estyn y gwlân a'r nodwyddau o gefn y cwpwrdd, eistedd yng ngolau olaf y tymor, mynnu mai eleni fyddai'r flwyddyn y câi'r sgarff gynhesu fy ngwddf dros y gaeaf. Ymgeisio a methu, cyn datod y cwbl, ei rolio 'nôl yn belen a'i gladdu yn nhywyllwch cwpwrdd y ddresel tan y flwyddyn nesaf.

Gwisgai Bet ei sgarff bob blwyddyn. Chymerodd hi ddim mis i'w chwblhau yn berffaith, a hithau wedi cychwyn arni'r un pryd â fi. Porffor oedd ei sgarff hi, nid glas, ac erbyn y noson honno roedd Bet wedi ei hestyn i'w gwisgo dros y gaeaf. Clymodd hi am ei gwddf, yr un lliw â chlais.

Deffrais wrth glywed sŵn cliced y drws, ac eistedd yn

sythach yng nghadair Nain. Do'n i ddim am i Gorwel wybod i mi fod yn pendwmpian. Brysiodd fy mrawd at y stof i gynhesu ei ddwylo, a'i ddannedd yn clecian.

'Wedi bod yn cysgu wyt ti?' gofynnodd.

'Trio gwau hon. Dwi am wneud fy ngorau glas eleni. Mae'n ofnadwy bod dynes o f'oed i'n methu gwau sgarff.'

'Mi wnaeth Bet wau sgarff i ti'n anrheg Dolig y llynedd. I be wyt ti angen un arall?'

'Dwi am brofi i mi fy hun 'mod i'n medru ei gwneud hi.'

'Dwêd ti,' gwenodd Gorwel yn ddireidus, a fedrwn i ddim peidio â gwenu'n ôl.

Roedd y sgarff lliw mwsog ges i gan Bet y llynedd yn feddal a chynnes, a'r lliw'n gweddu i 'nghroen gwelw i. Ond fynnwn i ddim llaesu dwylo ar fy sgarff nâd-fi'n-angof. Roedd hi wedi mynd yn frwydr rhyngof fi a'r gwlân meddal.

'Wyt ti eisiau paned i dy g'nesu di cyn clwydo?' cynigiais. 'Mae 'na fymryn o ddŵr poeth ar ôl.'

'Dim rŵan,' atebodd Gorwel, ei lais yn isel ac yn swnio'n rhyfedd braidd. Eisteddodd yn y gadair yr ochr arall i'r aelwyd, ac edrych i lawr ar ei sgidiau. 'Angen sgwrs fach, Llanw.'

Mae o'n mynd i briodi Bet, meddyliais.

'Wyddost ti mor dda, mor brysur, ydi pethau wedi bod ar y *Sarah* dros yr haf. Dwi a'r hen gapten yn gwneud yn dda.'

Roedd tymor yr ymwelwyr yn dirwyn i ben am flwyddyn arall. Welai neb fawr o hwyl mewn eistedd ar fwrdd hen long yng ngwyntoedd rhewllyd yr Iwerydd wedi i'r gwres ffoi am y gaeaf.

'Wsti am y rhyfel, Llanw?'

Rhewodd rhywbeth y tu mewn i mi.

'Na.'

'Wel gwyddost siŵr.' Edrychodd fy mrawd arna i mewn syndod. 'Ddoe ddwytha roeddan ni'n sôn…'

'Na, chei di ddim mynd i ryfel. Dwi wedi clywed amdano fo, wrth gwrs. Ond fedri di ddim, Gorwel.'

Edrychodd Gorwel arna i am ychydig, cyn troi ei lygaid yn ôl at ei draed. 'Mi ga i fynd ar y môr.'

'Mi gei di dy ladd ar y môr. Wyt ti ddim yn cofio'r holl straeon am y rhyfel arall? Yr holl ddynion o'r pentre wnaeth ddim dod yn ôl – yr holl enwa ar y gofeb…'

Y diwrnod y dechreuodd y rhyfel newydd yma, cydiasai egni newydd yn y Corbett wrth i'r ymwelwyr a'r staff ymgasglu o gwmpas weirlas y *day room* i glywed rhyw ddyn na chlywswn i amdano erioed o'r blaen yn dweud ein bod ni, bellach, yn rhyfela yn erbyn yr Almaen. Wyddwn i ddim fod 'na 'ni' cyn hynny. Gwelais y lliw yn gwaedu o wynebau rhai o'r bobol fawr, a chefais wrando ar eu sgwrs wrth i mi hwylio paneidiau yn y gornel.

'Another bloody war.'

'Won't last. It's only Germany, for goodness' sake. We'll have them sorted out in a few months. And someone has to do something about Hitler.'

Wyddwn i ddim pwy na beth oedd Hitler, na beth roedd yr Almaenwyr wedi'i wneud i ennyn rhyfel arall yn eu herbyn. Doedden nhw ddim wedi gwneud dim yn fy erbyn i, na Gorwel, na Dai, felly doedd gen i ddim rheswm i'w casáu nhw. Do'n i na neb arall ro'n i'n eu nabod yn darllen papurau newydd. I be? Roedden nhw'n llawn newyddion Llundain. Yn perthyn dim i mi.

Ond ro'n i'n cofio'r sôn am ryfel arall, pan o'n i'n fach. Cofio Nain yn disgrifio'r llonyddwch ar y stryd pan fyddai newyddion wedi cyrraedd am farwolaeth un arall o hogiau'r pentref.

Medrwn ei ddychmygu o rŵan. 'Ydach chi wedi clywed? Gorwel wedi mynd wchi. Do, wedi'i golli ar y môr. Tydi o'n dorcalonnus, dwedwch? Bachgen ifanc fel fo, yn llawn bywyd.'

'Llanw,' meddai Gorwel yn bendant, fel petai o'n codi o farw'n fyw o flaen fy llygaid. 'Dwi'n mynd i ymuno â'r llynges y peth cynta bore fory. Dwi'n gwybod dy fod ti am i mi aros yma am byth, ond fedra i ddim. Mae'r pentre yn 'y mygu i. Dwi am weld petha hollol newydd.'

'Ond fel hyn? I ryfel?'

'Dyma 'nghyfle i. Bydd y rhyfel ar ben mewn ychydig fisoedd, ac wedyn mi ga i gyfle i drafaelio efo'r llynges a fydd dim rhaid i ti boeni.'

Eisteddais yn llonydd, yn dawel, ei eiriau'n llosgi'n boeth rhyngon ni. 'Wyt ti'n casáu'n bywyd ni gymaint â hynny?' gofynnais ar ôl saib, a chlywais i erioed y fath wenwyn yn fy llais fy hun.

'Dim "ein bywyd ni", Llanw. Ein bywydau ni. Dau fywyd, dim un.' Ochneidiodd Gorwel. 'Mae'n iawn i ti. Rwyt ti'n fodlon ar hyn – Aberdyfi, a'r Corbett, a'r llwybr yma rwyt ti wedi dewis 'i ddilyn. Ond fedra i ddim bod fel ti. Mae'r byd mor fach, a'n rhan ni ynddo fo mor ddibwys.'

Codais ar fy nhraed a gadael i'r sgarff gwympo i'r llawr, y nodwyddau'n pwyntio'n gyhuddgar at fy efell.

Am y tro cyntaf erioed, yswn am gael chwalu rhywbeth. Llestr, drych neu wydr glas. Fedrwn i ddim peidio â ffurfio dyrnau wrth gerdded yn ôl a blaen ar hyd llechi cyfarwydd fy nghartref.

'Paid ti â… Paid ti…'

'Be?' gofynnodd Gorwel, a syllu mewn penbleth wirioneddol ar wres fy nhymer.

'Paid â gwneud i mi swnio mor fach!'

'Wnes i ddim.'

'Am 'mod i'n fodlon efo pethau cyfarwydd. Am 'mod i'n hapus i beidio gweld be sydd ym mhen draw'r môr. Paid â gwneud i mi swnio fel person sy wedi methu.'

'Wnes i ddim!' Tarodd Gorwel gledr ei law ym mraich y gadair, ac yntau hefyd wedi gwylltio bellach. Cododd ar ei draed. 'Rydan ni'n dau'n wahanol. Dyna i gyd. Pam na fedri di dderbyn hynny? Tydw i ddim isio byw fel hyn am byth.'

'Dwyt ti ddim isio byw efo *fi* am byth,' cywirais yn biwis, gan gael rhyw fwynhad o weld arwyddion anghyfarwydd ei dymer – smotiau cochion ar ei ruddiau, ei lygaid yn llydan a'i geg yn llinell dynn.

'Ti'n iawn. Tydw i ddim! A beth bynnag, mae gen ti Dai rŵan.'

'Dai!' Poerais yr enw fel rheg, fel petai'n golygu dim i mi, ac ysgydwodd Gorwel ei ben, yn ffieiddio ata i. 'A be am Bet? Ti'n hapus i'w gadael hi?'

'Ddim am byth!' Gwaeddai Gorwel erbyn hyn, ei lais yn llenwi'r tŷ.

Roedd arna i fymryn o'i ofn o, a chnewyllyn o fwynhad afiach yn yr ofn hwnnw.

'Bydd popeth yr un fath pan ddo i'n ôl.'

'Fydd dim byd yr un fath,' gwaeddais innau, yn synnu fy hun 'mod i'n gallu gwneud y ffasiwn dwrw. 'Bydd popeth yn wahanol os ei di.'

'Dyna rwyt ti isio, ia?' ysgyrnygodd Gorwel. ''Mod i'n aros yma efo ti am byth, er 'mod i eisiau gadael? Aberthu fy hun o ran dyletswydd i ti? Dy warchod di am weddill fy nyddiau, a theimlo'n chwerw am orfod gwneud?'

Cyrhaeddodd ei eiriau fel stid. Anadlais yn ddwfn wrth eu llyncu, un sill ar y tro, un llafn miniog ar ôl y llall.

Dyletswydd. Dyna o'n i.

Estynnodd y saib fel marwolaeth rhyngon ni. Teimlwn mor ofnadwy o flinedig, mor glwyfus. Anadlai Gorwel a minnau'n drwm, ein gwynt yn fyr ar ôl cwffio â geiriau.

Cydiais yng nghefn y gadair, yn teimlo'n wan.

'Mae'n ddrwg gen i,' hanner sibrydais yn fflat. Ddim am y gweiddi, na'r pwdu, na'r ffrwydrad o deimladau, mor amrwd â chig, ond am mai dyletswydd a'i cadwodd wrth fy ymyl cyhyd. Ddywedais i mo hynny. Dwn i ddim a wnaeth o ddeall.

'Llanw.'

'Wir. Mae'n ddrwg gen i. Sioc, dyna i gyd.'

Eisteddais yn y gadair eto, a chodi fy sgarff a'r nodwyddau o'r llawr.

'Do'n i ddim yn golygu… Wnes i ddim meddwl dweud…,' dechreuodd Gorwel.

Yn hwyrach y noson honno, ac ar lawer noson wedyn, ystyriais y frawddeg honno. 'Do'n i ddim yn golygu… Wnes i ddim meddwl dweud…' Pa un o'r ddau hanner brawddeg oedd wedi dod o'i galon? Nad oedd o'n golygu'r geiriau a ddaeth o'i enau yn nhân ein ffrae grasboeth? Ynteu nad oedd o wedi bwriadu eu mynegi nhw?

Roedd arna i ofn 'mod i'n gwybod yr ateb.

'Paid â phoeni,' cysurais o, gan ailgydio yn y gwau, er bod dagrau yn meddwi 'ngolwg. 'Mae o'n syniad da, a dweud y gwir. Ac mae pawb yn dweud na fydd y rhyfel yn para. Ti wastad wedi bod â dy fryd ar fynd.'

'Mi ddo i'n ôl,' addawodd Gorwel, yn erfyn arnaf i'w gredu. 'Atat ti, ac at Bet. Tydw i ddim yn dy adael di, Llanw. Ddim go iawn.'

Arhosodd Gorwel ar ei draed yn hwyr y noson honno, yn eistedd wrth y tân, yn meddwl yn dawel am oriau. Es innau i 'ngwely wedi'r ffrae, yn chwithig, am y tro cyntaf, yng nghwmni fy mrawd, yn sicr bod y clymau rhyngon ni wedi'u torri am byth.

Ochneidiodd y gwely wrth i mi lithro rhwng y cynfasau, a meddyliais yn dawel, fy mhwysau i sy'n achosi'r sŵn yna. Do'n i ddim yn dal fel Gorwel nac yn braff fel Bet, ond ro'n i'n dal yn bwysau, ac mae'n siŵr 'mod i'n teimlo'n dunnell o faich ar ysgwyddau Gorwel ers cyn cof.

Ceisiais fygu fy nychymyg. Ceisiais lwytho fy meddwl â phethau eraill: gwaith tŷ, oriau yn y Corbett, a Dai. Yn nüwch y nos, a fy meddyliau yn mynnu dychmygu Gorwel yn farw dan donnau môr dieithr, ceisiais feddwl am Dai, ei gorff mawr, caled, a'i lygaid duon.

Doedd dim yn tycio. Pa faint bynnag y ceisiwn ddychmygu dwylo mawrion fy nghariad, dyfalu blas ei groen, roedd anadl Gorwel yn y gwely yn swnio'n uwch nag y gwnaethai erioed o'r blaen.

Closiodd Dai ata i, yn synhwyro rhyw anesmwythyd. Deuai i'r Corbett bob dydd ar ôl fy shifft, a chynhesodd ei wên wrth i'r flwyddyn oeri. Cydiodd yn fy llaw. Aeth â fi i gartref ei ewythr a'i fodryb i gael te.

Dyna'r noson y ces i 'nghusan gyntaf.

Wedi eistedd dros de bach yn nhŷ Mr a Mrs Huws, yn gwrido wrth ateb eu cwestiynau poléit amdana i a Gorwel a'r Corbett, mynnodd Dai fy hebrwng yr holl ffordd adref ar hyd y tywod, a hithau'n noson dywyll.

'Does dim angen i ti ddod yr holl ffordd,' meddwn, fy nhafod wedi llacio rhyw fymryn dros y misoedd y buon ni'n dau'n cadw cwmni i'n gilydd. 'Mae hi'n drai. Mi fydda i'n iawn.'

Gwasgodd Dai fy llaw rhyw ychydig, a gwasgais innau fy ngwefusau'n dynn at ei gilydd, yn ysu am fwy gan ei fysedd.

'Dwi am wneud yn siŵr dy fod ti'n cyrraedd yn saff. Dwi'n poeni amdanat ti'n cerdded yn ôl ac ymlaen rhwng y pentre a'r tŷ mor aml, a neb i dy hebrwng di.'

'Dwi wedi hen arfer, siŵr.'

Roedd hi'n rhy dywyll i Dai weld y wên a fwythai fy wyneb wrth i mi gael fy atgoffa ei fod o'n gofidio amdana i, hyd yn oed pan nad o'n i yno.

'Mi fydda i'n poeni mwy eto pan fydd Gorwel wedi ymuno, a thitha ar dy ben dy hun yn y tŷ. Ydi o'n gwybod pryd yn union bydd o'n mynd?'

'Tachwedd y deunawfed.'

Teimlais y wên yn oeri ar fy wyneb, y dyddiad wedi'i grafu'n graith ar fy meddwl ers i Gorwel ei ddatgelu dros de neithiwr. Tair wythnos. Roedd gen i dair wythnos ar ôl yng nghwmni fy mrawd.

Cerddodd y ddau ohonon ni mewn tawelwch am y rhan fwyaf o'r daith. Un wael o'n i am glebran, ond byddai Dai yn un da am ddweud hanesion, a fo fyddai'r un a'n cadwai rhag seibiau hirion fel arfer. Efallai y dylwn i fod wedi pryderu mwy am dawelwch Dai'r noson honno, ond ymadawiad Gorwel oedd yr unig beth a'm poenai bryd hynny. Doedd dim lle i unrhyw beth arall.

'Mi wna i baned,' meddwn wrth i ni agosáu at y tŷ, 'i dy gynhesu di cyn mynd adre. Mae Gorwel a Bet wedi bod i'r pictiwrs yn Nhywyn, ond mi fydd Gorwel adref erbyn hyn…'

'Na… Na… Aros eiliad.'

Roedd min o ddifrifoldeb isel ei dôn yn llais Dai a dorrodd drwydda i fel llafn a'm gwneud yn amrwd i gyd. Tynnodd Dai fy llaw a fy arwain i gefn y tŷ. Man tywyllaf lle tywyll, cefn y cefnfor. Roedd y mymryn lleiaf o olau yn treiddio drwy ddrws y parlwr i'r gegin gefn, ac allan ar y borfa mewn hirsgwar egwan drwy'r gwydr glas.

Tynnodd Dai fy nghorff blinedig, oer i'w freichiau cynnes. Pwysodd ei wyneb at fy wyneb i, ac yng ngolau'r gwydr glas edrychai fel ysbryd. Agorodd ei geg rhyw fymryn cyn i'n gwefusau gyfarfod. Aroglai ei anadl yn felys, fel blodau gwylltion.

Pwysodd ei wefusau yn erbyn fy rhai i, yn feddal i ddechrau, ac yna'n galetach. Symudodd ei geg yn araf, fel petai o'n fy mwyta i'n fyw.

Cusanais o, yn llwgu amdano ac yn pigo drosof.

Cyflymodd fy anadl. Gwahanodd ein gwefusau, plethodd ein hochneidiau trwm yn donnau yn y golau glas.

Pwysais ymlaen i'w gusanu unwaith eto. Symudodd fy llaw i'w war, y fan lle roedd ei gnawd yn cyffwrdd coler ei gôt. Arhosais iddo yntau ymestyn llaw amdana i – fy mhen, fy ngwasg, fy wyneb. Ond wnaeth o ddim.

Tynnais yn ôl o'r gusan, yn chwil o chwant.

Eiliadau o dawelwch, i gael ein gwynt atom yn y tywyllwch. Rhannu gwên fach, yr anwylaf, y gynhesaf a fu rhyngon ni erioed.

'Tyrd i'r tŷ i gael te,' gorchmynnais yn dawel, fy llais yn is na'r arfer.

'Wna i ddim heno. Does dim angen cynhesu arna i rŵan!'

I ffwrdd â fo o'r goleuni egwan glas, a diflannu'n syth i ddüwch y nos. Cerddais yn araf o gwmpas y tŷ, ond wnes i ddim brysio i mewn. Troediais dros y tywod, gan deimlo 'nhraed yn suddo rhyw fymryn gyda phob cam – y tir yn ildio i'm pwysau.

Er mor ddu oedd y nos, gallwn weld yn glir y fan lle safai llinell wen y llanw ar rythm y tonnau. Sefais yno, yn anarferol o agos at y dŵr, yn dychmygu corff Dai dan ei ddillad. Yn dychmygu'r gusan yna ar fy ngwefusau unwaith eto, ar fy ngwddf, ar fy mol ac ar fy nghoesau.

Ro'n i'n teimlo'n sâl.

'Paid â phacio cymaint,' dwrdiodd Gorwel, gan dynnu

dau o'r pedwar crys ro'n i newydd eu gosod yn ofalus yn y cês bach brown. 'Mi ga i iwnifform pan fydda i yno.'

'Well i ti fynd â digon, rhag ofn…' Gwasgais dair pelen o sanau i gornel y cês.

'Tydw i ddim angen pedwar crys.'

'Mi wyddost ti mor sydyn mae dy grysau di'n gwisgo ar y penelin…'

'Mi wna i eu patsho nhw yno.'

Troais i'w wynebu yn y llofft fach. 'Wyt ti'n medru patsho?' gofynnais mewn syndod.

'Wn i ddim. Ches i 'rioed gyfle i drio.'

Gwenodd Gorwel yn llydan, ei ddannedd mor wyn â'r muriau. Chwyddodd y düwch ynof, yr un a fu'n fy mygwth ers wythnosau. Petawn i'n gadael iddo dyfu'n fwy, byddai'n fy llyncu'n gyfan gwbl, a byddwn yn diflannu.

Diwrnod olaf Gorwel a minnau.

Mi ddylwn i fod yn ei drin fel y gwnawn bob dydd arall. Glynu wrth normalrwydd, dal ati fel tasa dim o'i le. Ond na, gofynnais i Mr Ingalls am ddiwrnod rhydd o'r gwaith, ac es ati i baratoi. Cig a llysiau yn y stof ers ben bore, y dillad wedi'u startsho a'u smwddio, ei fwtsias yn sgleinio fel plisgyn bom. Llenwodd y pethau hynny'r oriau tan amser cinio, ac ar ôl golchi'r llestri doedd dim i'w wneud ond pacio'r cês a lladd amser tan iddo adael.

'Dwi wedi rhoi dillad ar gyfer fory i'r naill ochr,' meddwn dros y gwely bach.

Gorffwysai'r cês fel ceg agored ar gotwm gwyn y gwely, a safai'r cwpwrdd dillad mor dywyll â thristwch yng nghornel yr ystafell.

'Mi fyddwn i wedi medru gwneud hyn i gyd fy hun.'

'Dwi isio'i wneud o. Dwi isio gwneud rhywbeth…'

Nodiodd Gorwel, fel petai o'n deall yn well nag ro'n i. Bu

tawelwch, yna ochneidiodd fy mrawd ac eistedd ar erchwyn ei wely. Eisteddais innau ar fy ngwely, y dagrau yn dal i fygwth.

'Mi fyddi di'n iawn, yn byddi, Llanw?'

Gwasgais fy ngwefusau at ei gilydd, yn trio peidio crio. Ro'n i'n wirion o werthfawrogol ei fod o'n pryderu amdanaf.

'Bydda. Wrth gwrs. Dwi wastad yn iawn.'

'Wyt ti?' Cododd Gorwel ei lygaid tywyll at fy rhai i, a syllu arna i gyda difrifoldeb a dwyster na welswn o'r blaen. Daliais fy anadl, yn synnu bod fy mrawd yn medru edrych fel'na a minnau ddim yn gwybod cyn hyn. 'Fel arfer dwi'n medru dy ddarllen a dy ddeall di. Mi fedra i weld be sy'n digwydd yn dy feddwl di yn ôl siâp dy geg, yr olwg yn dy lygaid. Ond weithiau, mae dy feddwl di mor bell, a dim ond dy gragen di sy yma. Ac mae gen i ofn y bydd dy feddwl di'n codi ac yn rhedeg i ffwrdd.'

Llifodd deigryn i lawr fy ngrudd. Doedd Gorwel ddim yn un am siarad mewn rhigymau. Feddyliais i erioed iddo sylwi cymaint arna i.

'Dwi ddim isio i ti fynd,' sibrydais, yn casáu fy hun am fod mor onest.

'Mi ddo i yn fy ôl.'

'Tydw i 'rioed wedi bod hebot ti. Dwi ddim yn gwybod pwy ydw i os nad ydw i'n hanner o rywun arall.'

'Llanw.' Estynnodd Gorwel ei law dros f'un i. 'Dwyt ti erioed wedi bod, a fyddi di byth, yn hanner neb. Rwyt ti'n gyfa.'

Y noson honno, daeth Bet a Dai draw am de bach – ffarwél dawel i Gorwel, er ei fod o'n mynnu na châi hi fynd yn noson ddagreuol. Cyrhaeddodd Bet yn gyntaf, yn wrid o oerfel ar ôl cerdded o Dywyn.

'Ew! Ti wnaeth hon, Llanw?' Llygadodd y gacen ffrwythau gron ar y bwrdd wrth gynhesu ei dwylo dros y tân.

'Ia. Ro'n i'n meddwl y medrai Gorwel fynd â'i hanner hi efo fo. Doedd gen i ddim llawer o siwgr, ond chwarae teg i staff cegin y Corbett, mi ges bron i hanner pwys ganddyn nhw. Mi wna i becyn bwyd iddo fo yn y bore. Mi fydd hi'n braf iddo fo gael rhywbeth melys a hithau'n siwrnai mor hir.'

Gwenodd Bet, ond medrwn weld y tyndra yn ei gwên. Roedd rhywbeth am y gacen, neu yn y geiriau, wedi'i hatgoffa ei bod hi ar fin colli ei chariad am fisoedd.

'Mi fydda i'n dew erbyn y ca i wynebu'r *Hun*,' meddai Gorwel yn gellweirus. 'Bydd y llong yn siŵr o suddo efo fi ar ei bwrdd hi.'

'Paid â dweud y ffasiwn beth,' dwrdiodd Bet, ond roedd yr ias wedi mynd, a chwarddodd y tri ohonon ni dros hen jôcs a hanesion gwirion nes i Dai gyrraedd.

Doedd 'na fawr o flas ar y gacen – ro'n i wedi bwydo gormod o siwgr iddi, a ddim wedi ystyried y byddai'r ffrwythau sych yn ddigon melys. Wnaeth neb sôn am hynny chwaith, dim ond bod yn glên.

'Oes 'na rywun am fwy o de?' gofynnais, gan dollti mwy o ddŵr berw o'r tegell i'r tebot. 'Neu mae 'na fwy o fara yn y gegin gefn, a 'chydig mwy o gaws.'

'Ew! Cacan, bara a the!' Pwysodd Gorwel yn ôl yn ei gadair, ei ddwylo ar ei stumog.

'Hyfryd iawn, diolch.' Estynnodd Dai ei gwpan i gymryd mwy o de. Daliais ei lygad wrth ei arllwys, ac aeth cryndod hyfryd dan fy nillad.

Wedi tollti paned ffres i ni'n pedwar, eisteddais wrth y bwrdd bach gan deimlo'n flinedig yn sydyn, er 'mod i wedi cael diwrnod llawer tawelach nag y byddwn i wedi'i gael yn y gwaith. Cyn bo hir byddai'n amser i Dai a Bet fynd, ac yna byddai noson olaf Gorwel a minnau'n diflannu fesul munud, fel tywod mewn dwrn.

Bu saib anghysurus. Nid fi oedd yr unig un oedd yn meddwl am yfory.

'Mi fydda i'n disgwyl te bach gystal â hwn pan ddo i adre,' meddai Gorwel i drio llenwi'r tawelwch.

'Ond mi fydd hi'n braf erbyn hynny. Mi gawn ni ddiod oer yn lle te…' Gwenodd Bet yn drist.

'Dŵr o'r nant. Ac mi gawn ni fwyta y tu allan.'

Rholiais fy llygaid, gan drio ymuno yn yr hwyl. 'Mi fydd dy fwyd di'n union fel rwyt ti'n 'i licio fo, Gorwel, yn llawn tywod…'

Chwarddodd pawb, ond medrwn weld mai gorfodi ein hunain i fynd i hwyl oedd y pedwar ohonon ni. Bu saib arall, ac ochneidiodd y tonnau'n brudd y tu allan.

'Mi leciwn i tasat ti wedi derbyn cynnig Mr Ingalls, a mynd i letya yn y Corbett.' Edrychodd Gorwel arna i, ei wallt golau'n adlewyrchu golau'r lamp mewn stribedi oren. 'Mi fydda i'n pryderu amdanat ti pan fydda i ar y môr.'

'Dim hanner cymaint ag y bydda i'n pryderu amdanat ti,' brathais, yn ddig ei fod o'n sôn am hyn o flaen Bet a Dai. 'Fedra i ddim gadael y tŷ yn wag. Dirywio wnaiff o.'

'Mi fedri di dreulio'r hafau yma a'r gaeaf yn y gwesty. Yn lle bod rhaid i ti gerdded yn ôl a blaen dros y traeth yn yr eira a'r rhew.'

'Mi fydda i'n iawn.'

Pesychodd Dai ryw fymryn, a throdd pawb eu llygaid ato. 'Mi wna i'n saff ei bod hi'n iawn, Gorwel.'

Gwenodd fy mrawd rhyw fymryn, a nodio. 'Mi wnei di dy ora, Dai, mi wn i hynny. Ond mi laset titha ymuno â'r fyddin.'

Ysgydwodd Dai ei ben yn bendant. 'Na. Cha i ddim mynd i ryfel. Rhywbeth ar y *chest*…'

Edrychais arno'n syn. 'Wyddwn i ddim bod gen ti wendid ar dy frest, Dai.'

Gwridodd yntau. 'Wel, ches i 'run *asthma attack* ers 'rysgol. Ond efo'r *gas* a ballu… Mi fyddwn yn fwy o drafferth na 'ngwerth yn erbyn y Jyrmans. A beth bynnag, dim amharch i ti, Gorwel, ond fyddwn i'n dda i ddim. Fedrwn i ddim lladd unrhyw un.'

Edrychodd Gorwel ar ei draed am ychydig, cyn dweud, 'Ei gweld hi'n beth peryg ydw i, bod merch ifanc fel Llanw yn byw ar ei phen ei hun yng nghanol nunlle.'

Tynhaodd fy nwylo yn ddyrnau caled, a theimlwn fy hun yn dechrau poethi. Ei benderfyniad o oedd mynd. Fo oedd yn gyfrifol am y ffaith y byddwn i ar fy mhen fy hun.

'Wel… Mae 'na rywbeth…' dechreuodd Dai, cyn gosod ei gwpan i'r naill ochr. 'Do'n i ddim am sôn tan i Llanw a minna gael amser ar ein pennau ein hunain, ond falla y bydd o'n lleddfu poen meddwl Gorwel os…'

Cododd ei lygaid o'r llawr at fy rhai i, a chofiais fel roedd ei wefusau'n feddal ac yn galed ar yr un pryd.

'Meddwl o'n i, Llanw… Mi wyddost gymaint o feddwl sydd gen i… Wel, meddwl o'n i… fyddat ti'n cysidro 'mhriodi i?' Ysgydwodd ei ben, ac edrych i lawr eto. 'Ddyliwn i ddim fod wedi gofyn fel hyn.'

Miniogodd manylion bach yr ystafell, ac yn sydyn teimlwn yn ymwybodol iawn o sŵn fy anadl. Edrychais draw at Gorwel a Bet yn eistedd gyda'i gilydd wrth y stof. Roedd llygaid y ddau yn llydan ac yn sgleiniog.

Gorwel. Byddai Gorwel yn fy ngadael yfory.

'Mi fedran ni brynu hen dŷ Thomas Williams ym Mhenhelyg. Mae o'n mynd i fyw at deulu ei fab am fod y grisiau wedi mynd yn ormod iddo fo. Wedyn, fydd hi ddim yn bell i ti gerdded i'r pentref i nôl neges, ac mi edrycha i ar dy ôl di… Os ca i, ac os mai dyna rwyt ti isio. Does dim rhaid i ti roi ateb rŵan, Llanw. Mi gei di amser i feddwl am y peth.'

Bu saib arall, a minnau'n teimlo'n feddw. Meddyliais am y bywyd newydd yma'n ymestyn yn flynyddoedd o'm blaen – tŷ bychan ym Mhenhelyg, ochr grand Aberdyfi, yn edrych dros aber lydan afon Dyfi am Ynys-las ac i fyny at gopaon bryniau Ceredigion. Bod yn wraig i Dai, a golchi ei ddillad, paratoi ei fwyd. Gwneud yr union bethau a wnawn i Gorwel rŵan, ond i Dai. Byddwn yn gwneud mwy na hynny hefyd, yn gorwedd yn ei wely, ac arogl cynfasau glân yn ein hanwesu ni'n dau. Teimlo'r gwefusau meddal, caled arna i. Gadael i'w fysedd grwydro i'r llefydd tywyll, cynnes… A deffro, nid i dŷ gwag, oer ar fin y môr milain, ond wrth ymyl corff cynnes, croesawgar a fyddai'n rhannu fy ngwely.

'Mi wna i dy briodi di.'

Gwenodd Dai, a llyncwyd fi gan dwrw bloeddiadau Gorwel a Bet, nes i mi deimlo nad o'n i yno rywsut. Do'n i ddim yn rhan o'r darlun. Estynnodd Dai ei freichiau amdanaf, ei wyneb yn disgleirio fel goleudy.

Roedd atig y Corbett yn llwch i gyd. Gwnaeth i mi disian droeon wrth i mi dyrchu drwy'r cistiau mawrion.

Byddai Gorwel ar ei ffordd erbyn hyn. Roedd o wedi cychwyn ben bore, ei gês yn ei law a sglein cyffro plentynnaidd ar ei wyneb. Sefais ar garreg y drws, yn mynnu na fyddwn i'n crio. Wnes i ddim chwaith, ddim wrth weld ei gefn yn diflannu ar hyd cryman y traeth, wrth gweirio ei wely nac wrth olchi ei olion oddi ar y llestri brecwast. Gwisgais fy nghôt a cherdded am y Corbett, fy mhen wedi'i ostwng i 'ngwarchod rhag y tywod, a wnâi ei orau i geisio fy nallu. Wnes i ddim crio chwaith wrth weld y llythrennau breision roedd o wedi'u crafu yn y tywod, yn rhyw fath o anrheg fach i mi – Llanw, yn flêr mewn llawysgrifen traed brain.

Cyneuais y tanau yn yr ystafelloedd brecwast. Cariais bowlennaid o uwd hallt i ystafell un o'r gwesteion oedd yn hel annwyd. Dringais y grisiau cul i'r atig, dan gyfarwyddiadau pendant i ddod o hyd i flancedi gwlân tartan yr oedd angen eu golchi a'u sychu erbyn i westai arbennig gyrraedd dros y penwythnos. Byddai'n dod bob blwyddyn, a'i acen Albanaidd yn cyfarth drwy'r gwesty.

Agorais gist arall, a dechrau tyrchu drwy'r blancedi.

Ro'n i wedi dyweddïo.

Roedd Gorwel wedi mynd.

Clymodd y ddau beth yn fy meddwl – y llawen a'r lleddf, y dechrau newydd a'r gorffen terfynol. Dylwn fod yn llawn cyffro yn hel meddyliau am y briodas, am gael gwneud cartref newydd sbon ac am yr holl gyffyrddiadau ysgafn a chaled fyddai rhwng Dai a minnau. Ond heddiw, ar ddiwrnod llwyd a'r gorwel ar goll mewn hen niwl, teimlai fy ngholled yn drech na'r hyn a enillais, ac eisteddais ar lawr yr atig, fy sgert yn llwch i gyd, a chrio nes 'mod i'n brifo drosof.

Teimlai Gwyn fel petai'r aer o'i gwmpas yn twchu. Er ei fod wedi byw yn yr un pentref erioed, roedd rhywbeth wedi newid yn ddiweddar.

'Ydi hi'n teimlo'n glòs i ti?' gofynnodd i Magi, ei chwaer, un noson ar ôl gwaith.

Crychodd hithau ei thalcen.

'Be haru ti? Mae 'na awel ffres, braf. Stedda, mae dy de di'n barod.'

Ufuddhaodd yntau. 'Synhwyro storm ydw i.'

Rhoddodd Magi lond powlen o botes iddo, cyn eistedd wrth y bwrdd. Byddai hi'n ei wylio'n bwyta bob pryd, yn chwilio am arwyddion o foddhad.

Llaciodd Gwyn ei goler.

'Rwyt ti'n chwysu chwartiau,' sylwodd Magi, a diflannodd ei gwên. 'Falle dy fod ti'n hel am salwch. Mi gynhesa i fintys mewn llaeth i ti...' Cododd ar ei thraed.

'Paid,' atebodd Gwyn, er y gwyddai na fyddai Magi'n gwrando arno. Efallai ei bod hi'n iawn, meddyliodd, efallai 'mod i'n gwaelu. Salwch ar ei ysgyfaint o bosib – roedd anadlu'n sicr yn fwy o straen nag y bu.

Wnaeth llaeth mintys Magi ddim gwahaniaeth. Dros y dyddiau nesaf, aeth anadlu Gwyn yn fwy a mwy llafurus. Bob tro y byddai'n deffro yn ei wely, gwelai ei chwaer yn syllu arno'n llawn pryder, a phob tro y dôi hi â diod arall iddo, a phob tro y gofynnai iddo a oedd o'n iawn, teimlai Gwyn fel petai rhan arall o'i ysgyfaint yn methu.

'Dwi am nôl y meddyg,' meddai Magi un bore, ei llais yn sigledig.

'Na,' mynnodd Gwyn.

'Ond y chwys, mae o'n llifo.'

Cyffyrddodd Magi yn ei dalcen, a hwnnw'n llaith ac yn boeth.

'Dwi'n mynd i nofio.'

Tynnodd Gwyn ei grys a'i drowsus yn y gegin, a'u gadael ar lawr.

'Ond... Fedri di ddim. Be os cei di dy weld yn dy ddillad isa? Mae'r gwres yn dy ddrysu di...'

Cerddodd Gwyn o'r tŷ, a chroesi'r stryd tuag at y traeth. Roedd hi'n fore o hydref, a'r pentref yn brysur. Stopiodd pawb i syllu arno'n cerdded o'i dŷ yn ei drôns, a Magi ei chwaer yn ei ddilyn yn wridog.

'Tyrd yn ôl i'r tŷ,' erfyniodd Magi arno. 'Mi fedra i redeg bàth oer i ti.'

'Paid â hefru,' atebodd Gwyn yn bendant. 'Fydda i ddim yn hir.'

Plymiodd i'r môr heb feddwl ddwywaith. Roedd y tymheredd yn berffaith, a'r dŵr yn glir. Nofiodd Gwyn o dan y dŵr gan syllu ar y cerrig mân ar wely'r môr. Teimlai'n well nag y gwnaethai ers wythnosau.

Cododd i gymryd ei anadl, a sefyll yn y dŵr. Roedd o wedi nofio ymhell. Edrychodd yn ôl ar Magi. Safai ei chwaer yn y tonnau ar y lan, y dŵr yn cyrraedd at ei phen-gliniau a'i sgert yn chwifio wrth i'r llanw dynnu ar y cotwm.

'Paid â mynd â 'ngadael i, Gwyn,' llefodd, ei bochau'n wlyb a'i llygaid a'i thrwyn yn goch hyll. Y tu ôl iddi, roedd y pentrefwyr yn sefyll mewn rhes, yn gwylio'r sioe.

Plymiodd Gwyn eto, a nofio ymhellach. Daeth yn amser iddo godi i anadlu, ond doedd o ddim eisiau llenwi ei ysgyfaint â'r aer trwchus. Yn reddfol, anadlodd Gwyn o dan y dŵr, a theimlo rhyddhad hyfryd.

'Dwi'n gallu anadlu o dan y dŵr,' meddai, a gwirioni wrth glywed sŵn ei lais o dan y môr, fel llais ysbryd. Gwyddai Gwyn na fyddai o byth eto eisiau anadlu'r aer trymaidd ac na fyddai chwaith eisiau clywed synau aflafar y tir. Gwyddai hefyd na fyddai'n rhaid iddo ddioddef sychder cwmni ei chwaer, ac o'r diwedd roedd o'n teimlo'n well.

Y Nawfed Don

'BYDDAI HEDDIW'N DDIWRNOD da i gael babi,' meddai Gorwel, yn tynnu'r rhaffau praff â holl nerth ei freichiau. 'Gwna dy orau, Llanw.'

Sefais ar ystyllod derw'r jeti yn ei wylio'n troedio bwrdd y *Sarah*, yn tynhau'r rhaffau ac yn clirio'r tryblith oddi ar y pren. Ar ôl haf crasboeth – anghyfforddus i mi, baich y bêl a chwyddai o'm croth yn pwyso'n drwm – roedd ei groen wedi brownio a'i wallt wedi goleuo.

'Tyrd i nôl hwn,' gorchmynnais yn ddiamynedd, gan gynnig y pecyn papur iddo. 'Mae'n rhaid i mi eistedd.'

Edrychodd i fyny tuag ata i, cyn dringo o fwrdd y *Sarah* at yr harbwr. Roedd hi'n ddiwrnod oer, a'r hydref wedi hen gyrraedd y fro, ond er bod Gorwel mewn crys cotwm tenau, doedd o ddim yn crynu yn awel finiog y bore.

'Mi leciwn i tasat ti'n gwisgo rhywbeth call.'

Ro'n i'n swnio'n gwynfanllyd, hyd yn oed i'm clustiau fy hun, ac ysgydwodd Gorwel ei ben yn ddiamynedd.

'Paid â ffysian.'

Derbyniodd y pecyn papur o'm dwylo, a'i agor yn ofalus. Roedd y grempog yn un lydan, drwchus, wedi'i rholio, a chig moch a chaws ynddi, ond llowciodd Gorwel y brecwast mewn pedair cegaid. Rhoddodd y papur yn ôl i mi, a phlygais i o'n drionglau cyn ei osod ym mhoced fy nghôt.

'Mi fydd hi dipyn yn haws arnat ti ar ôl i mi fynd,' gwenodd Gorwel drwy'r bwyd yn ei geg. 'Llai o goginio a golchi.' Sychodd ei geg â chefn ei law, a difrifoli. 'Does dim rhaid i ti wneud popeth drosta i, wsti. Dwi'n ddigon tebol.'

Fedrwn i ddim dod o hyd i'r geiriau iawn i esbonio. Roedd yn rhaid i mi edrych ar ei ôl o, fedrwn i ddim diffodd yr ysfa i ofalu amdano. Pan ddychwelodd am gyfnod byr, a dod â phelydrau olaf yr haf efo fo, methais gysgu am nosweithiau wrth feddwl amdano yn ein tŷ ni ar y traeth ar ei ben ei hun, y môr yn dal i sibrwd yn beryglus o agos at garreg y drws, fel y gwnaethai erioed. Gwnes bopeth a fedrwn i sicrhau ei fod o'n teimlo iddo gael croeso. Byddwn yn cynnau'r stof, gadael llwyth o lobsgóws yn swper iddo, codi llwch a newid cynfasau ei wely. Ond ro'n i'n methu aros yno. Efo Dai roedd fy lle i bellach.

Fu dim rhaid iddo godi bys. Awn bob yn eilddydd a gadael bwyd ar y stof, hel y dillad budron i'w hebrwng adref i'w golchi. Dros ei wythnos a hanner o *leave*, gwnes y cyfan. Ro'n i wedi ymlâdd.

Ac eto, roedd hyn yn well na'r hyn fyddai'n fy wynebu pan âi Gorwel yn ôl i'r rhyfel. Gwrthodai sôn am unrhyw beth a ddigwyddodd iddo ar y môr, er nad oedd ei brofiadau fel petaent wedi'i greithio, chwaith. Yr un Gorwel oedd o, waeth be welodd o. Yn wahanol i fi. Treiddiodd y rhyfel i mewn i'm hanfod. Ro'n i'n teimlo bygythiad ei effeithiau arnaf bob dydd. Byddwn ar goll pan adawai Gorwel unwaith eto.

'Rwyt ti'n gwneud gormod,' meddai Gorwel, gan neidio 'nôl ar fwrdd y *Sarah*, ei archwaeth am fwyd wedi'i ddigoni. 'Pan ddo i yn fy ôl, dwi ddim am i bethau fod fel hyn, cofia.'

'Mae hi'n haws rŵan 'mod i ddim yn gweithio.'

Gosodais fy llaw ar fy mol, gan drio lleddfu'r gwingo oddi mewn.

'Mae merched beichiog i fod i ymlacio,' rhesymodd Gorwel. 'Ac mi fydd gen ti fabi bach pan ddo i 'nôl.'

'Bydd hi'n braf cerdded ar hyd y traeth i'n tŷ ni efo babi bach,' gwenais, gan ddychmygu un bach bochgoch ar y traeth o flaen y tŷ.

'Llanw... dwi'n dy werthfawrogi di, ond... Dwi'n teimlo'n euog. Rwyt ti a Dai yn briod ers blwyddyn, bron, ac yn dechrau teulu. Fedri di ddim bod yn bopeth i bawb. Mae dy le di yn y tŷ ym Mhenhelyg.'

Nodiais yn araf, yn gwybod ei fod o'n dweud y gwir ond yn gwybod hefyd na fedrwn i rwystro fy hun rhag trio bod yn Fam Ni Oll.

'Ddoi di acw am de heno, yn gwnei?' gofynnais, yn awyddus i osgoi sgwrs fawr, gymhleth. 'Neu wela i mohonot ti cyn i ti fynd.'

'Gwnaf. Bydd Bet yn dod i'r tŷ yn hwyrach heno... Ond gwnaf, wrth gwrs.'

Dechreuodd fy mol dynhau wrth i mi osod y llestri te ar fwrdd y parlwr bach, y bêl yn troi'n galed, galed fel dur o dan fy ffrog. Oedais am eiliad, a phwyso ar gefn y gadair.

'Llanw?' gofynnodd Dai, oedd yn chwythu'r fegin i'r tân yn y stof. 'Wyt ti'n iawn?'

Ochneidiais yn dawel, cyn troi i edrych arno gyda gwên fach. 'Yndw. Pam?'

'Llonyddu wnest ti am eiliad rŵan. Meddwl o'n i, tybed...'

'Trio meddwl be dwi wedi'i anghofio. Sgons, brechdanau, afalau, caws.'

Nodiodd Dai gyda gwên fach siomedig, a throi'n ôl at y tân. Efallai y dylwn i fod wedi dweud wrtho am y newid yn fy mol. Byddai wedi cyffroi'n lân. Yn ei ffordd dawel ei hun, roedd wedi gwirioni ar y babi ymhell cyn iddo gyrraedd. Byddwn yn ei weld yn hanner gwenu wrth wylio'r chwydd dan fy ffrog, a minnau'n hwylio brecwast neu sgubo'r llawr. Mynnai gario'r coed trwm at y tân, a gwisgai olwg bryderus pan fyddwn i wedi ymlâdd ar ôl golchi, coginio a gwneud y gwaith tŷ.

Ro'n i'n gwybod ei fod o'n credu 'mod i'n gwneud gormod dros Gorwel, er na ddywedodd o air, chwarae teg. Roedd o'n gwybod na fedrai o byth ennill y ddadl honno, ac felly fuodd o ddim yn ddigon dewr i'w mentro hi.

Ar ôl i Gorwel gyrraedd, a minnau'n arllwys y te, tynhaodd fy mol unwaith eto, a rhyw rimyn o boen ynghlwm â fo y tro hwn, fel cwlwm yn cael ei dynnu'n belen yng ngwaelod fy mherfedd. Gwasgais fy ngwefusau'n dynn, ond daliai fy llaw yn sad wrth i mi arllwys y te. Pylodd y boen, ac eisteddais gyda 'mrawd a'm gŵr, cnoi darn o fara brith a gwrando ar eu sgwrsio.

'Wyt ti'n gwybod i ble byddi di'n mynd yn union tro 'ma?' gofynnodd Dai.

'Dim syniad. Dim ond 'mod i'n cyrraedd y camp erbyn un o'r gloch pnawn fory, ac wedyn mi ga i fy hebrwng i ryw harbwr yn rhywle, mae'n siŵr.' Syllodd Gorwel i mewn i'w gwpan ei hun ar y mymryn o de oedd ar ôl yn ei gwaelod. 'Ac wedyn, pwy a ŵyr? Bydd pethau'n haws ar ôl y rhyfel 'ma... mi fydda i'n siŵr o gael mynd i drafaelio.' Gwenodd fy mrawd yn freuddwydiol.

Dychwelodd y boen a'r tynhau, cyn pylu unwaith eto. Roedd o'n dechrau yn union fel roedd y fydwraig wedi rhag-weld – fel tonnau, neu lanw a thrai.

Anadlais yn ddwfn wrth i Gorwel a Dai sgwrsio am diroedd pell na chawn i byth eu gweld. Mae'n rhaid bod y babi ar ei ffordd, penderfynais, gan lyncu 'mhoer.

Roedd arna i ofn.

Er nad oedd y rhan fwyaf o ferched y pentref yn fodlon trafod geni plentyn ymhellach na dweud, 'Mae o'n werth y boen yn y diwedd,' roedd ambell un wedi gadael i'w mygydau lithro ac ro'n i wedi gweld y boen yn eu llygaid wrth iddyn nhw gofio. Roedd un ddynes a fu yn yr ysgol gyda Bet a minnau ac a oedd bellach yn fam i ferch fach chwe mis oed wedi oedi am sgwrs yn y pentref ychydig ddyddiau ynghynt, wrth i'r ymwelwyr blethu o'n hamgylch ar y palmant.

'Does gen ti ddim yn hir i fynd,' gwenodd yn garedig arna i, a sylwais ar y blinder yn ei llygaid. Teimlwn yn chwithig yn siarad â hi. Fuon ni fawr o ffrindiau yn yr ysgol, a medrwn ei chofio hi'n chwerthin wrth lafarganu gyda'i ffrindiau: 'Llanw ofn y llanw! Llanw ofn y llanw!'

Peth rhyfedd ei bod hi wedi anghofio mor ddigri oedd fy ofn o'r môr, a hithau rŵan yn ddynes.

'Unrhyw bryd rŵan, gobeithio,' atebais yn swil.

'Mae'n siŵr dy fod ti'n ei chael hi'n anodd yn y gwres.'

'Mae hi'n dechrau oeri rŵan.' Edrychais ar y fechan mewn trwmgwsg yn y pram, yn dlws ac yn dew. 'Mae hi'n hyfryd.'

'Yndi… Mi leciwn i tasa hi'n cysgu gystal yn y nos ag y bydd hi'n ei wneud yn y dydd.' Gwenodd, ond roedd rhywbeth trist yn y wên. 'Wyt ti'n nerfus?' Trodd ei llygaid ata i, ac i lawr at fy mol.

'Am y geni, yn fwy na dim,' cyfaddefais, yn anarferol o onest.

Syllodd i fyw fy llygaid am rai eiliadau, fel tasa hi'n penderfynu beth oedd gallaf i'w ddweud. Yn y diwedd, estynnodd ei llaw a'i gosod ar fy mraich. 'Tydi o ddim yn para am byth, Llanw.'

Treuliais y noson honno'n effro yn fy ngwely, ofn yn fy nghadw rhag cysgu. Nid geiriau'r fam ifanc oedd wedi 'nychryn, ond tynerwch ei chyffyrddiad ar fy mraich. Roedd o fel cyffyrddiad ar lawes rhywun oedd yn gadael i fynd i ryfel.

'Gwell i mi feddwl am ei throi hi,' meddai Gorwel. 'Mae Bet yn dod acw i'r tŷ am baned fach. Mi fydd hi'n cyrraedd tŷ gwag os na wna i frysio.'

Gwenodd Dai yn slei. 'Ydi hi ddim yn bryd i ti roi rhimyn

o aur am ei bys i'w hatgoffa hi ohonot ti pan fyddi di ar y môr?'

Gwenodd Gorwel yntau, ond yn anghyfforddus. 'Gawn ni weld.'

'Wel, paid ag aros yn rhy hir, rhag ofn iddi gael llond bol yn aros amdanat ti.'

Edrychodd Gorwel i fyny, ac edrych i fyw fy llygaid. Doedd o ddim yn gwenu mwyach.

'Be?' Ro'n i'n gwybod y dylwn i aros nes ein bod ni ar ein pennau'n hunain, ond yn gwybod na fyddai'r cyfle hwnnw'n dod am gyfnod hir. Roedd Gorwel yn gadael ben bore yfory.

Taflodd Gorwel gip draw at Dai, a phenderfynu ei fod o'n fodlon siarad yn rhydd o'i flaen. 'Wel, mi *hoffwn* i briodi Bet, ond… Tydi o ddim yn syml.'

'Pam?' gofynnais.

Ro'n i wedi dychmygu'r peth sawl gwaith. Bet a Gorwel yn penderfynu priodi, yn torri'r newyddion yn wên i gyd. Gallai hi fyw yn y tŷ ar y traeth gyda Gorwel. Byddai wrth ei bodd yn fan'no, yn rhydd o'i gwaith yn Miss James's School for Girls. Ac fe fyddai priodi yn siŵr o gadw Gorwel oddi ar y môr, unwaith y byddai'r rhyfel yma'n dod i ben. Byddai'n rhaid iddo aros gartref gyda'i wraig, ac efallai y byddai'n ailddarganfod ei wreiddiau gyda'i blant, pe deuai rhai.

'Dwi ddim… Dwi ddim yn ddigon da i Bet.'

Syllais arno mewn syndod. Fi oedd yr efell dihyder. Fi oedd yn amau fy hun. 'Paid â siarad lol. Mae hi wedi gwirioni arnat ti. Mae'n aros i ti ofyn iddi dy briodi di.'

Sythodd Gorwel rhyw fymryn yn ei gadair. 'Wyt ti'n gwybod hynny? Ydi hi wedi dweud?'

'Does dim rhaid iddi.'

Roedd o'n wir. Bu'r ddwy ohonon ni'n eistedd yn y twyni droeon dros yr haf yn ystod cyfnod maith gwyliau ysgol Bet. Roedd cymaint wedi newid, ac eto doedden ni'n dwy ddim gwahanol. Do'n i ddim yn teimlo fel oedolyn, ddim hyd yn oed â'r fodrwy briodas ar fy mys a'r chwydd yn fy mol.

'Mi leciwn i taswn i'n medru mynd efo fo i ryfel,' synfyfyriodd Bet, heb drafferthu defnyddio enw Gorwel. Doedd dim angen iddi wneud. Prin iawn y byddai ein sgwrs yn troi at unrhyw bwnc arall. 'Dwi'n meddwl ac yn poeni amdano fo gymaint, waeth i mi fod efo fo ddim. Wsti, roedd o'n sôn yn y papur y diwrnod o'r blaen…'

'Na, na, paid. Dwi ddim eisiau gwybod.'

Byddwn yn osgoi'r newyddion ers i mi sylweddoli bod Gorwel mewn peryg go iawn o gael ei ladd yn y rhyfel. Roedd pawb arall fel pe baen nhw'n ysu am glywed y newyddion yn sydyn iawn, hyd yn oed y rhai hynny oedd wedi byw eu bywydau yn osgoi malio am y byd mawr y tu hwnt i Aberdyfi. Fedrwn i ddim dioddef meddwl am y peth. Do'n i erioed wedi darllen papurau newydd, a doedd dim rhaid i mi wrando ar sgyrsiau pwysig am y newyddion rhwng y bobol fawr yn y Corbett mwyach. Weithiau, byddai rhywun yn sôn ar y stryd, 'Glywsoch chi am Dic Dovey View? Mae ei fam o, druan, wedi torri ar ôl clywed…' Ond doedd Gorwel ddim fel y dynion eraill. Roedd angen mwy na rhyfel i'w ddiffodd o.

'Wn i ddim sut y medra i wneud hebddo fo. Tydw i ddim yn cysgu pan fydd o i ffwrdd. Dwi'n cau fy llygaid ac yn gweld pethau ofnadwy…'

Roedd llais Bet yn ysgafn a'i geiriau'n drwm. Anadlais yn araf gan ddilyn rhythmau'r tonnau.

Doedd hi ddim wedi cyfaddef, cyn hynny, mor galed y byddai hi'n brwydro yn erbyn yr hiraeth oedd yn bygwth ei boddi. O ran ei natur, byddai'n mynnu gweld y gorau bob tro, a'i hanian yn berwi yn llawn gobaith yn ystod y dyddiau duaf. Dadansoddai'r llythyron a gâi oddi wrth Gorwel, a chymharu'r hanesion yn ei lythyron iddi hi â'r rhai a anfonai ata i. Ond wnaeth hi ddim gadael i'w mwgwd lithro, ddim hyd yn oed pan âi wythnosau heibio heb i mi na hithau glywed gair gan fy mrawd. Ddim tan y diwrnod hwnnw yng nghôl y twyni.

'Paid â meddwl am y peth. Mi fydd o yn ei ôl. Ac mae'n rhaid i ni werthfawrogi'r amser efo fo pan ddaw o ar *leave*.'

'Ond prin y medra i fwynhau, a minnau'n gwybod ei fod o'n mynd i ffwrdd wedyn.' Cadwodd Bet ei llygaid ar y môr, yn edrych i gyfeiriad Enlli. 'Dwi'n treulio fy amser i gyd yn aros amdano fo, a phan mae o adre, dw i'n dal i aros…'

'Aros am be?'

Ochneidiodd Bet, ac edrych ar ei sgidiau. 'Mi hoffwn i tasa fo'n gwneud rhyw addewid i mi, Llanw. Faint o flynyddoedd mae o'n bwriadu aros ar y môr ar ôl y rhyfel yma? Fel y medra i weld y diwedd… I mi fedru gwybod…'

Estynnais am ei llaw, a gosod ei chledr ar y chwydd a godai dan fy ffrog, gan gadw fy llaw ar ei llaw hi. Pwniodd y babi, llonyddu am eiliad, ac yna troi drosodd. Teimlai fy mherfedd fel petai o'n perthyn i fyd arall.

Gwenodd Bet, a throi ei llygaid at fy mol. 'Tybed be sydd wedi'i ddeffro fo?'

'Sŵn y môr, falla. Mae o wastad fel tasa fo'n cyffroi o fod yn agos at y dŵr.'

'Sut mae o'n teimlo, Llanw, i gael babi yn dy groth?'

Ystyriais am ychydig. 'Fel taswn i ddim yn fi mwyach. Fel taswn i wedi colli pob rheolaeth.'

Nodiodd Bet, a thynnu ei llaw ymaith. Gorweddodd yn ôl ar y tywod. Roedd ei gwallt wedi dod yn rhydd o'r bêl ar gefn ei phen, a'i hwyneb yn wrid o liw haul. Ro'n i'n meddwl y byd ohoni ac wrth fy modd â'r ffaith ei bod hi'n gorwedd yno, heb falio dim a fyddai tywod yn ei gwallt.

'Bet, wnei di mo 'ngadael i, na wnei?'

Gwenodd Bet yn llydan. 'Paid â malu. Fyddwn i'n methu d'adael di hyd yn oed taswn i isio gwneud.'

'Pam na ofynni di iddi dy briodi di heno? Ac mi gewch chi wasanaeth pan ddoi di adre?'

Rhedodd Gorwel ei fysedd drwy ei wallt, y pryder yn lledu i'w lygaid. 'Mae 'na lawer o resymau… Ei rhieni hi'n un.'

Syllais arno mewn penbleth, a symudodd fy llygaid at y pentwr o siwmperi a chardigans gwlân roedd Mrs Gruffudd wedi'u gwau i'r babi, y lliwiau'n feddal a thawel.

'Mae Mrs a Mrs Gruffudd yn bobol annwyl,' meddai Dai, yn methu deall.

'Ydyn,' nodiodd Gorwel yn frwd. 'A hyfryd iawn. Maen nhw'n meddwl y byd o Bet, a hithau ohonyn nhw. Mae'r ddau mor falch iddi gael lle'n gweithio yn Miss James's School for Girls…'

'Ac mae ganddyn nhw feddwl mawr ohonat ti,' ychwanegais, gan gofio i Mrs Gruffudd glodfori mentergarwch Gorwel gyda'r *Sarah* y tro diwethaf i mi fod draw yn eu tŷ yn cael te efo Bet.

Ymdawelodd Gorwel.

'Gorwel, maen nhw'n meddwl y byd ohonat ti, siŵr,' wfftiais.

'Ydyn, maen nhw'n hoff ohona i. Ond nid fel gŵr i Bet.'

Syllais arno mewn syndod. 'Ond rwyt ti wedi bod yno am de. Rydach chi'n canlyn ers hydoedd.'

'Tydyn nhw ddim wedi dweud gair. Maen nhw'n llawer rhy garedig i wneud hynny. Ond mi fedra i weld yn eu llygaid nhw. Roeddan nhw wedi gobeithio am fwy na hyn i'w merch...'

Ysgydwais fy mhen ond, yn araf, dechreuais sylweddoli efallai fod Gorwel yn iawn: y tŷ mawr ar y promenâd; yr addysg ddrud yn Miss James's School for Girls; taclusrwydd a pherffeithrwydd Mrs Gruffudd. Doedd Bet ddim fel Gorwel a minnau. Roedd y byd yn disgwyl mwy ganddi hi na dim ond goroesi.

'Maen nhw eisiau i Bet fod yn hapus,' meddwn, yn llai tanllyd. 'A *ti* fyddai'n gwneud Bet yn hapus.'

'Dyna mae hi'n ei feddwl rŵan. Ond ar ôl ychydig flynyddoedd, tasa 'na blant bach, a minnau i ffwrdd ar y môr...'

'Fyddai dim rhaid i ti fynd i ffwrdd. Tasat ti'n priodi, mi fyddai'n braf i ti gael setlo i lawr ar ôl y rhyfel yma... cael gwaith mwy sefydlog.'

'Mae'r chwarel wastad yn chwilio am ddynion,' ychwanegodd Dai.

Edrychodd Gorwel o'r naill wyneb i'r llall.

'Na,' meddai'n syml.

'Na?' gofynnais.

'Na. Morwr ydw i.'

'Ond Bet...'

'Dwi'n caru Bet, Llanw. Ond ro i mo'r gorau i'r môr.'

Estynnodd yn saib hir, a minnau'n trio cuddio'r boen a wasgai fy mol.

'Os felly, mi wela i bod gen ti dipyn o ddilema,' meddai Dai. 'Efallai nad ydi o'n deg gofyn i rywun fod yn wraig i ti os na fyddi di yma i edrych ar ei hôl hi.'

Nodiodd Gorwel, a'r digalondid yn crychu ei dalcen. 'Mi fasa'n haws ar Bet taswn i ddim yn dod yn ôl o gwbl.'

Caeais fy llygaid, yn digio at y cymhlethdod ychwanegol

yma. Petai Gorwel yn torri calon Bet… Petai Gorwel yn aros ar y môr… Petawn i'n gorfod dioddef cyfnod y rhyfel, yn gwybod nad oedd o'n bwriadu dod adref…

Fel llanw, llifodd rhaeadr o hylif ohona i, gan wlychu fy sgert a dripian yn ddagrau ar y llawr llechi.

Edrychodd Gorwel i lawr wrth glywed y dŵr yn taro'r garreg, ac agorodd ei geg rhyw fymryn. 'Llanw!'

'Be?' gofynnodd Dai.

'Mae 'nŵr i wedi torri,' meddwn yn dawel ac yn ysgafn, a chodi ar fy nhraed. 'Gwell i mi sychu'r llawr cyn i rywun lithro.'

Syllodd y dynion yn gegrwth, wedi'u rhewi wrth i mi nôl cadach. Ond doedd dim diben i mi – daliai'r dŵr i lifo, gan fy nilyn yn llinell dywyll, wlyb o le i le. Ochneidiais mewn rhwystredigaeth, ac ar hynny, gwasgodd y boen yn boeth o gwmpas fy nghanol, fy mol, fy nghefn a rhwng fy nghoesau. Yn llawer, llawer gwaeth nag o'r blaen, ac ebychais, wedi fy synnu gan ei chryfder.

Cododd Gorwel a Dai yn syth, a rhuthrodd y ddau ata i. Symudais innau i ffwrdd i bwyso ar y ddresel, fy nghorff yn ffieiddio at y syniad o gael fy nghyffwrdd.

'Mi garia i ti i'r llofft.' Roedd wyneb Dai yn sglein o banig wrth i mi gael fy ngwynt ataf. 'Tydw i ddim am i ti ei eni fo ar lawr y gegin.'

'Bydd 'na oriau tan hynny, siŵr. Mi gerdda i i'r llofft. Rho funud bach i mi gynta.'

'Ac mi alwa inna ar y fydwraig ar y ffordd adre,' meddai Gorwel, gan edrych arna i fel petai o'n ansicr faint y dylai o bryderu amdana i. 'Gobeithio na fydd y babi'n hir cyn cyrraedd, Llanw.'

'Os daw o cyn bo hir, mi gei di ddod i'w weld o yn y bore, cyn i ti adael.'

Gwenodd fy mrawd a minnau ar ein gilydd, ac roedd rhywbeth yn y wên honno a f'atgoffodd i o fod yn blentyn bach, bach, yn gwneud patrymau o gerrig efo'n gilydd ar y traeth. Doedd neb yn deall ei gilydd cystal â Gorwel a minnau.

'Mi ofynnodd Bet i mi,' meddai Gorwel, '"Sut wyt ti'n teimlo wrth feddwl am Llanw'n dod yn fam?" Ac mi atebais innau, "Mae hi'n fam ers ei geni – yn fam i mi, yn fam i Nain tua'r diwedd, ac yn fam i Dai rŵan. Mae o yn ei natur hi."'

'Fel Mam Ni Oll,' meddwn i.

Crychodd Gorwel ei dalcen, fel petai'n anfodlon â'r gymhariaeth. Cododd ei law a'i gosod hi ar fy mraich. Gweithred fach, ond un fawr dan law Gorwel. 'Cofia di fod angen gofal arnat titha hefyd.' Gwenodd yn ddireidus. 'Hei! Wst ti be maen nhw'n 'i ddeud, pan mae 'na lawer o ddŵr yn y groth, mae'r môr yng ngwaed y babi. Morwr, Llanw!'

Sefais yn y ffenest yn gwylio Gorwel yn gadael, ac aros am y boen nesaf.

'Nos dawch, Gorwel. Cysga dy ora,' meddwn, er na fedrai o 'nghlywed i.

Wedi iddo droi'r gornel yn y ffordd a diflannu, troais at dywyllwch y tŷ, a gwasgodd dwrn o artaith yn dynn amdanaf.

Miniogodd y boen wrth i'r dydd bylu'n ddüwch, a mynnais innau lonydd. Roedd y fydwraig yn byw yn y stryd nesaf, ac addewais y byddwn i'n anfon Dai i'w nôl pan fyddai'r ysfa'n dod i wthio'r babi. Bob hyn a hyn, byddai Dai yn dringo'r grisiau i gynnig paned neu fymryn o fwyd i mi, a byddai'n rhaid i mi frathu 'nhafod rhag rhegi arno i fynd oddi yno.

'Cer i gysgu yn y llofft fach,' crefais. 'Mi wna i dy ddeffro di os bydd angen unrhyw beth arna i.'

Ond wnaeth o ddim. Medrwn glywed ei draed o'n cerdded

yn ôl a blaen dros lechi llawr y parlwr drwy'r nos. Clywn ochenaid y gadair, weithiau, dan bwysau ei gorff.

Teimlais y boen yn fy newid i.

Mewn tonnau, wrth gwrs. Roedd pob saib rhwng y boen yn ddigon i f'atgoffa mai fel hyn roedd pethau i fod, mai dyma oedd yn naturiol. Ond wrth i'r oriau gropian heibio, yn drwchus a thrwm fel tywod gwlyb, yr unig beth y medrwn ei ddeall yn y cyfnodau rhwng y poenau oedd ofn. Roedd o'n dod tuag ata i fel dwrn yn hedfan, a fedrwn i wneud dim i'w rwystro.

Rhoddais gynfasau rhwng fy nannedd i drio rhwystro fy hun rhag gweiddi. Gwasgais fy ewinedd i mewn i'm cledrau, gan adael siapiau hanner lleuad yn fy nwylo gwynion. Yng nghornel yr ystafell, syllai llygaid bwlyn drws y cwpwrdd dillad mawr arna i – y cwpwrdd a ddaethai efo mi o dŷ Nain. Edrychai mor ddig ac mor aflan ag erioed.

Gwawriodd yr haul. Diflannodd y sêr. Syllais drwy'r ffenest am ychydig, ac ymddangosai popeth a fu'n dlws yn afiach. Roedd y wawr fel gwaedlif, y mynyddoedd yn bigau miniog a llinell y gorwel yn llafn cyllell.

Oedd Gorwel wedi gadael eto?

Daeth meddyliau rhyfedd, fel hunllefau byw – hen atgofion fel lluniau o'm gorffennol. Wyneb dig yr athrawes yn yr ysgol pan fyddai hi'n ein dwrdio. Storm o fellt yn greithiau ar y cefnfor. Dwylo llonydd Nain ar ôl iddi farw.

Agorais ddrws y llofft a galw, 'Cer i nôl y fydwraig, Dai!'

Ymhen eiliadau, roedd ei draed wedi brysio drwy'r gegin ac allan i'r stryd, a chlywn sŵn rhedeg ar y pafin.

'Dwi isio Nain,' meddwn yn dawel, gan orwedd yn ôl ar y gwely, y boen nesaf yn closio. 'Dwi isio mynd adre.'

Bu Sara'n byw ar gyrion y môr am flynyddoedd cyn iddi sylwi. Credai ei bod yn adnabod y dyfroedd, y llanw a'r trai, yr arwyddion o law neu dywydd braf. Weithiau, byddai Sara'n caru'r môr, dro arall byddai arni hi ei ofn.

Ei phlentyn a ddangosodd y patrwm iddi. Bachgen bach, ond nid fel y bechgyn eraill. Fe welai o batrymau ym mhob dim. Byddai'n trefnu ei deganau yn rhesi perffaith, yn trio tacluso'r traeth trwy wneud grwpiau o wahanol gerrig a chregyn, tebyg at ei debyg. Gwnâi'r plant eraill gestyll tywod, gan faeddu eu dillad â mwd a dŵr y môr, ond nid felly fab Sara.

Pan oedd o'n saith, galwodd Sara arno drwy'r ffenest fod ei de'n barod. Eisteddai ei mab ar y wal wrth y môr, fel pe na bai o wedi clywed llais ei fam. Galwodd Sara unwaith eto, ond ni chafodd ateb. Yn y diwedd, croesodd y lôn a rhoi ei llaw ar ysgwydd y bachgen.

'Glywaist ti mohona i'n galw? Mae dy grempog di'n oeri.'

Syllodd y bachgen ar y tonnau'n torri ar y traeth islaw. 'Naw,' meddai, heb edrych i fyny ar ei fam.

'Naw?' ailadroddodd Sara, gyda'r hen deimlad creulon, cyfarwydd yn gwasgu ar ei meddwl. *Tydi fy machgen i ddim fel y lleill.*

'Y nawfed don,' esboniodd y bachgen yn ei lais fflat. 'Mae'r nawfed don yn gryfach na'r lleill.'

Ysgydwodd Sara ei phen. 'Nac ydi, pwt. Does 'na ddim patrwm.'

'Gwyliwch.'

Er ei bod hi'n dechrau colli amynedd, trodd Sara ei golygon at y tonnau.

'Dyna chi,' meddai'r bachgen wrth i don fawr dorri. Cyfrodd y tonnau eraill yn dawel, pob un yn fychan. Ond roedd y nawfed don yn gryfach, yn fwy na'r gweddill.

'Cyd-ddigwyddiad,' meddai Sara, ond eisteddodd yn ymyl ei mab ar y wal a dechrau cyfri'r tonnau. Unwaith eto, ildiodd y nawfed don i'r patrwm. Y nawfed, y ddeunawfed, y seithfed ar hugain... Arhosodd Sara a'i mab yno tan i don wyth deg un brofi i Sara, unwaith ac am byth, fod rhyw batrwm i bob anhrefn.

Wedi hynny, bu Sara'n chwilio am batrymau ym mhob man. Nid yn unig yn y tonnau ond yn ehediad yr adar mân, yn ffurf y cymylau ac yn sŵn y glaw. Er iddi golli rhyw ryddid yn ei meddwl, daeth y nawfed don â thawelwch newydd iddi, fel petai modd esbonio pob dim, a phopeth yn gwneud synnwyr.

Gydag ochenaid fel ton uchaf y penllanw, ganed fy mab fel roedd y pentref yn deffro.

Ro'n i'n wlyb a chwyslyd, fel petawn i wedi bod yn y môr. Gwenodd y fydwraig arna i wrth iddi sychu ei gorff bach yn lân, y tywel yn troi'n stribedi o waed wrth gyffwrdd ei groen.

'Bachgen bach i chi, Llanw. Pob bys a bawd yn ei le, a chithau wedi bod yn ddewr iawn.' Lapiodd y babi mewn blanced, a'i roi i mi.

Roedd ei bwysau yn fy mreichiau yn faich hyfryd. Syllais i mewn i'w lygaid duon, yn gul yn y goleuni, a theimlo pob cyfyngder yn cael ei chwalu. Roedd y byd i gyd yn llydan agored i hwn.

'Dwi'n fam,' sibrydais yn dawel mewn rhyw fath o syndod.

Chwarddodd y fydwraig, oedd yn prysur olchi fy ngwaed oddi ar ei dwylo.

'Mae 'na lawer o ferched yn dweud hynny ar ôl geni. Mae o wastad yn gwneud i mi chwerthin.'

'Fel Mam Ni Oll,' sibrydais, ond wnaeth hi ddim ymateb. Doedd hi ddim wedi clywed y stori.

Tynnais fy mys dros ei foch, dros ei dalcen, dros y blew golau, mor fain â gwe pry cop, ar ei gorun. Peth bach mor dlws, mor brydferth.

'Cofiwch olchi'ch briwiau bob dydd,' cynghorodd y fydwraig, gan godi ei bag lledr oddi ar y gadair. 'Ac os gwnaiff y boen rhwng eich coesau waethygu, bydd yn rhaid i chi weld y meddyg yn syth bìn. Bwydwch y bychan pan fydd o'n crio, a chofiwch wneud yn siŵr nad oes lleithder yn agos at lle bydd o'n cysgu.' Ysgydwodd ei phen yn drist. 'Y diciâu, 'da chi'n dallt.' Trodd ata i a'r babi wedyn, a gwenu. 'Mi anfona i'ch gŵr i fyny ar fy ffordd allan.'

Doedd Dai ddim wedi bwriadu aros gartref o'i waith, ond roedd ei ewythr wedi mynnu na fyddai o'n dda i ddim, p'run bynnag, ac yntau heb gael llygedyn o gwsg. Gwrandawais ar ei gamau cyflym, brwd yn rhuthro i fyny'r grisiau wedi i'r fydwraig ymadael, a gwyliais ei wyneb wrth iddo sefyll yn ffrâm y drws, yn syllu arna i a'r babi yn y gwely.

'Llanw,' hanner sibrydodd, ei lais yn cracio, a chraciodd rhywbeth ynof fi hefyd, rhyw deimlad brau, bregus y bûm i'n gwrthod ei wynebu. Fflachiodd y syniad yn fy mhen heb i mi ystyried tristwch y peth – wnaeth Dai erioed edrych arna i fel yna o'r blaen. Efallai y bydd o'n fy ngharu i rŵan fel dw i'n ei garu o.

Cerddodd at y gwely yn araf, ei fwtsias yn drwm ar y derw. Eisteddodd ar yr erchwyn, ei lygaid yn dynn ar y babi, a gwyliais wrth iddo ddod wyneb yn wyneb â'i blentyn am y tro cyntaf. Ei lygaid tywyll yn llydan ac wedi'u hudo. Ei wefusau trwchus yn llonydd dan y swyn. Mymryn o arogl hyfryd ei chwys ar ôl iddo dreulio cyhyd yn poeni. Roedd Dai'n dlws – yn rhy dlws i rywun plaen fel fi – a fedrwn i ddim peidio â'i garu o.

'Bachgen bach,' sibrydais, gan mai sibrwd oedd yn teimlo'n weddus yn y foment sanctaidd hon.

Nodiodd Dai. 'Mi ddwedodd y fydwraig wrtha i. Mi fuest ti mor ddewr, Llanw.' Thynnodd o mo'i lygaid oddi ar y babi.

'Faset ti'n lecio'i ddal o?' gofynnais, ond ysgwyd ei ben wnaeth Dai.

'Mae o'n edrych yn fodlon lle mae o. Wedyn… Mi wna i ddal o wedyn. Bydd rhaid i ti 'nysgu i sut mae gwneud.'

Yn bwyllog, a fymryn yn nerfus, estynnodd Dai ei law, a

chyffwrdd boch y babi yn dyner â blaen ei fys. Trodd hwnnw ei ben, ei geg yn chwilio am deth, a gwenodd Dai fel bachgen bach.

'Ew! Mae o'n un da, tydi?'

'Fel ei dad yn union,' meddwn yn dawel, gan wrido. 'Bydd yn rhaid iddo fo gael enw.'

'Bydd.'

'Meddwl o'n i... Tybed a fyddan ni'n medru 'i alw fo'n Gorwel?'

Diflannodd gwên Dai yn syth. Tynnodd ei law yn ôl oddi ar foch ein mab, a theimlwn fy wyneb yn poethi o weld ei ymateb. Doedd Dai a minnau erioed wedi ffraeo. Anghytuno weithiau, ond welais i mo'r goleuni'n diffodd yn ei lygaid cyn hynny.

'Na.'

Roedd ei lais yn dawel ac yn gadarn, a fedrwn i mo'i ddarllen o. Teimlwn fel taswn i wedi gwneud rhywbeth mawr o'i le, wedi torri rhyw reol na wyddwn i amdani. Ond fy mabi i oedd o. A doedd dim enw oedd yn fy mhlesio yr un fath. Doedd dim ond un enw. Gorwel.

'Meddylia am y peth, Dai. Mae o'n enw mor...'

'Na, Llanw.' Trodd Dai oddi wrtha i. Ar gefn ei drowsus roedd un bluen wen, wedi dengyd o'r gobennydd mae'n siŵr. Cerddodd at y drws a dweud cyn gadael, 'Tydi o ddim yn *iawn*.'

Er i mi bori dros y geiriau yna droeon dros y blynyddoedd, fûm i erioed yn ddigon dewr i ofyn i Dai beth oedd arwyddocâd y frawddeg.

Gwylanod

Annwyl Llanw,

Gair bach i ddweud 'mod i'n iawn, ac i dy atgoffa di i beidio
â phoeni amdana i. Dwi'n anfon hwn atat ti o Portsmouth, ond
mi fydda i allan ar y môr eto yfory.

Cawsom ein dal mewn storm ar y ffordd yn ôl yma, y
waethaf i mi ei gweld erioed. Roedd sŵn y taranau mor uchel
nes fy mod i'n meddwl yn siŵr mai'r Almaenwyr oedd wedi
gollwng bomiau arnon ni. Doedd dim i'w wneud ond eistedd, a
gobeithio y byddai'r llong yn dod drwyddi. Roedd rhai o'r criw
yn adrodd eu pader yn uchel. Mae'n rhyfedd meddwl mor debyg
ydi storm i ryfel, Llanw – yr un fflachiadau, a'r un sŵn mawr.
Dwi ddim yn meddwl y bydda i'n medru mwynhau mellt a
tharanau eto fel byddwn i pan o'n i'n fachgen.

Ond wyddost ti beth oedd ar fy meddwl i? Ti a fi a Nain ar
lan y môr y tu allan i'r tŷ erstalwm, a phob dydd fel tasa fo'n
heulog, a'r tri ohonon ni'n gwenu drwy'r amser. Mi gofiais y
ffordd roeddat ti'n arfer crafu dy enw yn y tywod, a thithau'n
gwybod yn iawn y byddai'r llanw yn mynd â fo.

Cofion at Dai a Dewi bach. Ac atat ti.

Dof adref cyn bo hir, Llanw.

Dy frawd,
Gorwel

Roedd o'n teimlo fel ffarwél. Fel petai o'n dweud pethau
cysurlon rhag ofn na châi o sgwennu 'run llythyr arall.

Cedwais y llythyr yn fy mhoced am wythnosau, fy nghalon
yn oeri bob tro y teimlwn yr amlen wen yng nghotwm du

fy sgert. Criais wrth ei ddarllen y tro cyntaf, nid oherwydd anwyldeb y geiriau na'r arwyddion amlwg o hiraeth y medrwn i eu darllen yn y gwagle rhyngddyn nhw, ond am na fedrwn i ddychmygu Gorwel yn ysgrifennu'r ffasiwn lythyr.

Er i mi chwilio a chwilio yn ei lawysgrifen flêr, fedrwn i ddim dod o hyd i lais fy efell yn y geiriau. Ac wedi'r llythyr hwnnw, tawelwch llethol. Dim gair ganddo.

Roedd hi'n fis Mawrth, a'r gaeaf yn gyndyn o ollwng gafael eleni. Chwythai'r gwynt o'r môr yn ddigon miniog i drywanu drwy 'nillad. Er bod y stof yn cynhesu'r parlwr, roedd gweddill y tŷ yn fferru, a gwisgai Dewi het a chôt a menig yn ei grud.

Roedd 'na hen oerfel arall hefyd, hen farrug llithrig a wrthodai ddadmer yn fy mhen. Fedrwn i ddim deall y peth na'i esbonio, ond roedd y teimlad yn ddigon cryf, weithiau, i godi ton o ddigalondid.

Doedd pethau ddim yn iawn.

Dyna'r unig ffordd y medrwn i feddwl am y teimlad, a dyna'r unig eiriau oedd yn ei gyfleu. Fel petai hen niwl wedi crwydro'n drwch o'r cefnfor ac wedi mynnu aros, yn un anadl hir dros y pentref, a minnau'n byw fy mywyd yn baglu o'r naill dasg i'r llall. Byddwn yn siŵr o gwympo; ro'n i'n sicr y byddai'r düwch yma y tu mewn i mi'n agor yn dwll mawr tywyll yn y llwybr o'm blaen.

Fyddwn i byth yn crio – doedd o ddim yn teimlo 'run fath â thristwch. Ro'n i'n hesb, yn graig o ddynes, a fyddai'r teimladau a'r llawenydd byth yn treiddio i gnewyllyn fy anian. Weithiau, pan fyddai Dewi'n cysgu yn y pnawn, fedrwn i wneud dim ond eistedd yn y gadair yn syllu ar y pared – rhoi'r gorau i actio rôl mam am awran fach, a chael bod yn llonydd.

'Gest ti lythyr gan Gorwel?' gofynnais i Bet un prynhawn Sul, ar ôl i ni'n dwy olchi'r llestri cinio ac i Dai adael i ymweld â'i ewythr. Dyma fyddai ein patrwm ers geni Dewi. Cinio i ni'n tri ar ôl capel, a'r bychan yn ymuno â ni yn ddiweddar, gan gnoi ar ddarn meddal o foron neu dalp o stwffin. Roedd y sgwrs dros ginio yn hawdd ac yn ysgafn, a Bet yn parablu am y merched ifanc yn ei gofal yn yr ysgol, neu Dai'n sôn am ryw dro trwstan ddigwyddodd iddo wrth ei waith. Ond prin y byddai enw Gorwel yn cael ei grybwyll tan i fwtsias Dai ymlwybro i lawr y stryd, fel petai ofnau a phryder Bet a minnau yn bethau i fod â chywilydd ohonyn nhw.

'Naddo,' atebodd Bet, gan gadw ei llygaid ar Dewi, oedd yn fodlon ei fyd ar ei glin. Roedd hi wedi bod yn gwneud iddo wenu, yn tynnu wynebau hyll ac yn chwarae pi-po, ond difrifolodd ei hwyneb yn syth wrth iddi sôn am Gorwel. 'Mi ga i lythyr yr wythnos nesa, falla.'

Anesmwythais. Roedd hi wedi bod yn rhy hir. Arferai Bet a minnau gymharu ein llythyron oddi wrth Gorwel, ac yntau'n ysgrifennu mor aml â phosib, llythyron byrion a blêr. Weithiau, prin fyddai'r gwahaniaeth rhyngddynt; yn wir, byddai'n copïo ambell frawddeg, air am air, i ni'n dwy. Ond chafodd Bet ddim llythyr yn sôn am y storm, a chyrhaeddodd dim gair ers dros fis. Byddwn yn chwarae efo'r syniad, weithiau, y byddai Bet yn derbyn llythyron gan fy mrawd ac yn eu cuddio. Efallai fod eu natur nhw wedi mynd yn rhy bersonol i'w dangos i mi. Geiriau dau gariad fyddai rhwng Bet a Gorwel, felly doedd gen i ddim hawl arnyn nhw.

'Dwi'n poeni amdano fo,' meddwn i, gan estyn i'm poced am y llythyr. Cymerais Dewi i'm breichiau. Roedd o wedi estyn am y llythyr diwethaf droeon, wedi bygwth ei blygu yn ei ddwrn a'i godi i'w geg. 'Mae hi'n chwe wythnos ers i mi dderbyn y llythyr yma.'

'Mae o ar y môr, Llanw. Fedr o ddim postio o fan'no.'

'Ond mae Moi fyny'r lôn ar y môr hefyd, ac mae 'i fam o'n

cael llythyr bob pythefnos o leia. Meddwl ydw i... Wel, mae
'na gymaint o newyddion drwg...'

'Llanw,' meddai Bet yn chwyrn.

'Ond petai 'na rywbeth wedi digwydd... Ai ti neu fi fyddai'n
cael y telegram?'

Syllodd Bet i fyw fy llygaid, a wyddwn i ddim ai meddwl
am ateb oedd hi ynteu ddigalonni wrth ystyried bod tawelwch
Gorwel yn golygu bod rhywbeth ofnadwy wedi digwydd iddo.

'Mae'n dibynnu enw pwy mae o wedi'i sgwennu ar 'i
ffurflen, am wn i,' atebodd yn dawel. 'Ti, mae'n siŵr. Ti ydi'r
next of kin.'

'Ond rwyt ti gystal â gwraig...'

Edrychodd Bet i lawr wedyn. Roedd meddwl am hynny yn
ormod iddi.

'O, Bet, mae gen i deimlad ofnadwy ym mêr fy esgyrn. Mae
arna i ofn bod rhywbeth wedi digwydd iddo fo...'

'A finna,' sibrydodd Bet dros y gegin. 'Dw inna wedi bod yn
teimlo fel yna ers wythnosa. Rhyw deimlad cas nad ydi o'n...
nad ydi o'n *bod.*'

Llenwodd ei llygaid â dagrau, newidiodd lliw ei hwyneb yn
binc a choch, a chwyddodd ei thrwyn hyd yn oed. Doedd crio
ddim yn siwtio Bet. Byddai'n gwneud ei llygaid, oedd eisoes
yn fychan, yn llai fyth. Fedrwn i ddim cofio'r tro diwethaf i mi
grio. Yr adeg honno yn atig y Corbett, efallai, pan adawodd
Gorwel am y tro cyntaf. Ro'n i'n teimlo erbyn hyn nad oedd
dagrau ynof fi, bod fy nhu mewn wedi sychu'n grimp ac yn
galed. Byddwn wedi hoffi medru dweud wrth Bet am y teimlad
yma, am yr hen gaddug oedd yn teimlo fel petai'n aros ei gyfle
i'm llorio mewn digalondid. Efallai y byddai Bet yn medru
deall yr anobaith llwm, y teimlad o edrych i 'nyfodol a gweld
dim byd ond niwl llwyd ar y gorwel.

Syllodd y ddwy ohonon ni i mewn i lygaid ein gilydd,

a'r holl ofal a chariad tuag at Gorwel, y mwyaf gorffwyll o'r dynion i gyd, yn gwlwm.

Weithiau, teimlwn yn hollol sicr y dylwn i fod yn unig. Ro'n i, fel y bûm i erioed, ar fy mhen fy hun yn llwyr, er na fyddwn i byth heb gwmni. Rŵan yn fwy nag erioed, byddai Dewi'n gysgod i mi, yn gwmni parhaol, a'i ofynion yn llywio fy oriau, ei batrymau'n trefnu pob diwrnod.

Ac roedd gen i Bet, wrth gwrs, i sgwrsio dros baned a gwyntyllu manion ein bywydau. Ond ers i Gorwel roi'r gorau i sgwennu, roedd pellter wedi agor rhwng y ddwy ohonon ni. Gagendor o ofn. Roedden ni'n rhy agos, dyna oedd y drwg. Fedrwn i ddim rhannu unrhyw bryderon gyda hi, a minnau'n gwybod y byddai'n ysgwyddo fy mhoenau ac y byddent yn faich arni. Mae'n siŵr ei bod hithau'n teimlo'r un fath amdana innau, ac felly digon ysgafn oedd ein sgwrs, a'r difrifoldeb wedi pylu o'n sgyrsiau. Unwaith y byddai Gorwel yn dychwelyd, penderfynais, byddai perthynas Bet a minnau fel yr arferai fod, a byddem yn dweud pob dim wrth ein gilydd eto.

Ac roedd Dai, wrth gwrs.

Anaml y byddwn i'n caniatáu i mi fy hun feddwl mewn difrif am berthynas Dai a minnau. Roedd ystyried ein priodas yn gwneud i mi deimlo fel methiant llwyr, fel petawn i'n hanner dynes, yn smalio bod yn wraig.

Doedd dim ond un casgliad y gallwn ddod iddo. Doedd Dai ddim yn fy ngharu i. Roedd yn hoff ohona i, y rhan fwyaf o'r amser, oedd, ond dotiai ar Dewi. Byddai pethau wedi bod gymaint yn haws, efallai, pe byddai Dai yn ŵr gwael. Yn ddyn drwg, hyd yn oed. Ond doedd o ddim. Na, roedd o'n feddylgar, yn garedig ac yn barchus.

Ond doedd o ddim yn fy *ngweld* i.

Pan ddychwelai adref o'r gwaith, rhoddai wên yn syth i'r bychan yn fy mreichiau, ei lais yn lliwgar blentynnaidd. 'A be mae bachgian Dad wedi bod yn 'i wneud heddiw?' Ni fyddai byth yn codi ei lygaid at fy rhai i, byth yn rhannu'r wên fach gyfrin y bûm i'n breuddwydio cymaint amdani yn ystod y shifftiau hir yn y Corbett cyn priodi. Yswn am ei gyffyrddiad, ond roedd o'n gyndyn o'i roi. Ers y dechrau, cyn Dewi, hyd yn oed, âi wythnosau'n fisoedd ac yntau ddim yn troi i fy wynebu yn y gwely.

Roedd yn rhaid bod rhywbeth o'i le arna i'n awchu am ei gnawd drwy'r amser. Doedd y weithred ddim yn fy nigoni chwaith – ei bwysau'n drwm ar fy nghorff ym mwrllwch y gwely, ei lygaid ynghau. Am beth fyddai o'n meddwl? Doedd o ddim efo fi. Byddai'r cyfan yn dod i ben mewn gwres o dawelwch a chwithdod, a minnau'n hanner noeth ac yn wag fel cragen.

'Dwi'n dy garu di,' sibrydwn weithiau ar ôl iddo droi ei gefn, a'r tawelwch yn drymach na phwysau ei gorff wrth fy ymyl. Weithiau, chawn i ddim ateb o gwbl, a bryd arall, 'Nos dawch', fel petai o am roi atalnod llawn ar y profiad.

Gorweddwn yno am yn hir, yn syllu ar ei gefn, fel wal yn ein gwely. Teimlwn y cywilydd o gael fy ngwrthod drosodd a throsodd, wastad yn brifo fel petai'n digwydd am y tro cyntaf. Hen deimlad llosg, afiach oedd o, fel petai 'mherfedd yn ffrwydro gwaed poeth i ferwi dan fy nghroen. Roedd fy awch amdano'n annaturiol, mae'n rhaid, yn anifeilaidd a chyntefig.

Weithiau, ar y dyddiau duaf, a minnau'n troelli yn fy meddwl fy hun yn amlach nag o'n i yn y byd go iawn, twyllwn fy hun i feddwl y byddai popeth yn gwella pe bai Gorwel yn dychwelyd. Mai fo oedd y cwmni yr yswn am ei gael go iawn. Nid Dai na Bet, na Dewi bach, hyd yn oed. Gorwel fuodd yno ers i mi ddechrau, yn fflach fach o fywyd yn nüwch croth ein mam. Petai Gorwel yn dychwelyd, byddwn yn medru dioddef oerfel Dai. Wnes i ddim caniatáu i mi fy hun feddwl na fyddai Gorwel a minnau'n digoni'n gilydd, na chydnabod ein bod ni'n rhy agos, efallai, iddo fedru lleddfu'r briwiau, wrth i mi garu dyn nad oedd yn fy ngharu i.

Dydd Iau ar drothwy Mai, a chaledi rhewllyd y gaeaf wedi ildio'i le, o'r diwedd, i feddalwch mwyn y gwanwyn. Daeth rhyw egni gyda'r gwres, a minnau'n ceisio 'ngorau i wneud fy nyletswydd yn y tŷ: glanhau'r lloriau â brwsh caled; codi'r llwch o'r silff ben tân; tynnu'r gwe pry cop o'r nenfwd, a hwnnw'n hel yn rhubanau o ysbrydion ar blu'r dystar. Eisteddai Dewi ar wrthban gwlân ar y llawr llechi, yn cnoi llwy bren neu'n chwifio hen degan meddal a wnaed o hen hosan dyllog.

Er mai mewn tawelwch yr arferwn fod erioed, byddwn i'n ymwybodol, rŵan, o ddistawrwydd y dyddiau yng nghwmni fy mabi bach. Felly gorfodais fy hun i ddod i'r arfer o sgwrsio, adrodd straeon ac, weithiau, canu'r hen ganeuon yr arferai Nain eu canu wrth wau. Gwnâi Dewi ei orau i ymateb hefyd, yn rholio'i dafod o amgylch llafariad a chytseiniaid nad oedden nhw'n golygu dim i neb. Weithiau, byddai ei wyneb bach crwn mor annwyl wrth iddo drio sgwrsio, a byddwn yn ei godi yn fy mreichiau, yn arogli'r perarogl melys ym mhlygion ei wddf a theimlo llyfnder sidanaidd ei wallt ar fy ngwefusau. Bryd arall, wrth ei wylio'n cysgu yn ei grud, ei fochau'n goch, llyncwn ebychiad greddfol o gariad. Roedd o mor berffaith, fy machgen i, a minnau'n annheilwng.

Wrth grogi'r dillad ar y lein fach y tu ôl i'r tŷ ar y dydd Iau hwnnw, dyna pryd y sylweddolais i. Ro'n i wedi rhoi Dewi i chwarae yn y cowt, ac yntau'n estyn am flodau dant y llew cyn eu malurio nhw'n felyn brith dros ei wyneb a'i ddillad.

'Mae Mam yn rhoi'r dillad ar y lein rŵan, 'ngwas i, ac mi fyddan nhw'n sych grimp erbyn cinio. Gwell i mi wneud golch arall, a…'

Oedais, a llonyddu yn adlewyrchiad llachar y blancedi a'r crysau. Do'n i ddim wedi gwaedu ers misoedd. Rhaid 'mod i'n feichiog.

Cyn gynted ag y daeth y syniad i'm pen, gwyddwn ei fod yn wir. Roedd fy chwant am fwyd wedi pylu'n ddiweddar, a minnau'n teimlo'n flinedig drwy'r amser. Er bod fy mol yn dal yn wastad, roedd fy mlowsys yn dynn o gwmpas fy mronnau.

Cododd y llawenydd fel aer poeth yng ngwres mis Mai. Freuddwydiais i ddim y byddai'n bosib cenhedlu eto, gan fod nifer y cyffyrddiadau a gawn gan Dai mor brin, mor gyflym ac mor ddi-serch. Fedrai'r ffasiwn weithred amhersonol o garu heb wenu, heb sibrwd, heb fwytho, greu bywyd?

Eisteddais ar garreg y drws cefn wedyn, yn gwylio Dewi'n cropian dros y cerrig i gyfeiriad dau neu dri o flodau llygad y dydd eraill. Babi bach arall. Ai crio ynteu chwerthin ddylwn i wneud? Fyddai ei fysedd bach cynnes yn ddigon i lenwi'r gofod mawr gwag oedd yn bygwth fy mhwyll? Roedd Dai'n dotio ar Dewi. Efallai y byddai babi bach arall yn ddigon i wneud iddo…

Daeth curiad yn drwm ar ddrws y tŷ – pedair cnoc, fel curiad calon.

'Arhosa di yn y fan hyn tra eith Mam i weld pwy sy 'na,' meddwn wrth godi.

Estynnodd Dewi fys tew i ganol llygad y dydd, fel petai'n fotwm i'w wasgu.

'Llythyrau i chi,' meddai Wil Post wedi i mi agor y drws. Gwthiodd yr amlenni i'm llaw a diflannu cyn i mi gael cyfle i ddiolch iddo. Edrychais drwy'r post yn sydyn. Bil a llythyr i Dai gan ei fam. Dim byd arall. Dim byd i dorri ar y misoedd o dawelwch gan Gorwel. Dim llawysgrifen traed brain, dim staeniau inc. Ac yn lle dychmygu Gorwel yn farw, neu'n cwffio, neu'n gaeth mewn gwersyll rhyfel, fedrwn i ddim ond ei weld â'i ysgrifbin yn hofran uwch y papur, cyn rhoi'r cyfan i un ochr a phenderfynu peidio.

Roedd popeth am yr amlenni yn dwt, yn hafal, fel llafn yn torri drwydda i. Dim gair gan Gorwel. Dim gair.

Goronwy oedd ei enw, gŵr yn ei bumdegau hwyr a weithiai yn y banc. Dyn llwyd, dyn cyffredin fel pob un arall, mor blaen ag amlen. Roedd o a'i wraig fach dawel, Doris, wedi byw mewn tŷ teras bach ger y dŵr, rhif 12, ers degawdau, wedi magu eu plant yno ac wedi llyncu'r gwacter yn ôl wrth eu gwylio'n gadael y nyth. Pobol dawel, ond ddim yn fusneslyd. Pobol oedd yn falch o gael ildio i fyw'r bywyd oedd yn ddisgwyliedig ohonyn nhw.

Ond roedd Goronwy wedi dechrau mynd yn od.

Dechreuodd yr helynt pan ososdd Doris lond plât o gacennau cri ar sil y ffenest i oeri, cyn i wylan blymio i lawr yn bowld a dwyn un, gan droi'r plât a gadael y cacennau yn gylchoedd ar y pafin.

'Maen nhw'n gwaethygu,' sgyrnygodd Goronwy yn ddig. Cawsai ddiwrnod caled yn y banc, a chacen gri oedd ei hoff gacen yn y byd.

Nodiodd Doris yn fud, cyn mynd â phadell a brws allan i'r stryd i lanhau'r llanast.

Y bore canlynol, roedd Goronwy wrthi'n cerdded i'r gwaith pan gwympodd sbloetsh gwyn o faw gwylan ar ei lapel. Nid yn unig hynny, ond ar y bathodyn enw smart y byddai Doris yn ei sgleinio â chadach bob nos – *Goronwy*, mewn ysgrifen daclus, grand. 'Mae o'n un peth iddyn nhw sarnu fy siwt,' mwmialodd Goronwy wedi iddo frysio adref i newid. 'Ond i… i… ollwng baw ar fy mathodyn i! Ar fy enw i! Mae o fel petaen nhw'n fy ngwawdio i.'

Nodiodd Doris, cyn nôl y sebon a'r *chamois* at y bathodyn.

Er iddo fyw ar lan y môr erioed, doedd Goronwy ddim wedi sylwi cyn hynny ar dra-arglwyddiaeth y gwylanod dros y pentref.

Yn sydyn, roedd o'n eu gweld nhw ym mhob man. Yn llafnau gwynion yn torri'r awyr las yn ei hanner; yn sefyll ar y toeau, yn busnesu'n bowld ar bawb ac yn aros eu cyfle wrth chwilio am fwyd. Yn sydyn, dechreuodd Goronwy glywed y bonllefau dolefus a fu yno yn y cefndir erioed.

'Maen nhw fel pla,' meddai un noson wrth syllu drwy'r ffenest ar wylan yn sefyll ar y wal gyferbyn â'r tŷ. 'Fel llygod mawr.' Ond na, penderfynodd yn syth, roedd gwylanod yn waeth na llygod mawr. O leiaf roedd gan lygod mawr y parchedig ofn at ddyn a olygai eu bod nhw'n cuddio a chadw i'r tywyllwch. Byddai gwylanod yn dangos eu hunain yn eu plu gwyn, yn dwyn bwyd heb gywilydd yn y byd. A'r llygaid yna! Yn graff ac yn glyfar. Fel petaen nhw'n deall.

Bythefnos ar ôl i'r wylan honno ddwyn y gacen gri o sil ffenest cartref Goronwy a Doris, dechreuodd Goronwy golli gafael ar ei synhwyrau. Byddai'n deffro bob bore yn gandryll o glywed sŵn y gwylanod gwynion drwy'r ffenest. Treuliai ddyddiau yn syllu drwy ffenest y banc ar yr adar mawr gwyn a'u hadenydd mor finiog â gwydr. Byddai'n troi a throsi yn ei wely gyda'r nos, ei ben yn llawn gwylanod, eu cyrff mawr yn glyd yn eu nythod a'u llygaid craff yn torri drwy'r tywyllwch.

Un bore, deffrodd Goronwy, codi, ymolchi a gwisgo amdano, bwyta'i frecwast a ffarwelio â'i wraig, cyn camu dros y trothwy.

Roedd gwylan yn ei wylio o'r wal gyferbyn â'r tŷ. Teimlai Goronwy wres ei dymer yn torri'n chwys dan ei siwt. Symudodd yr wylan ei phen ryw fymryn, ond ni thynnodd ei llygaid oddi ar wyneb Goronwy.

Cododd Goronwy garreg fechan o'r pafin a'i thaflu at yr aderyn. Rhoddodd fwy o egni yn y tafliad nag a roddodd mewn dim ers blynyddoedd, ond cododd yr wylan ymhell cyn i'r garreg ei chyrraedd. Brysiodd Goronwy i'r gwaith, ei galon yn drymio mewn tymer.

Y diwrnod hwnnw, roedd ganddo egni newydd – egni casineb. Roedd bod yn danllyd yn brofiad hyfryd. Doedd o ddim wedi teimlo mor ifanc, mor bwerus, mor flin erstalwm. Doedd o ddim wedi teimlo unrhyw beth erstalwm.

Pan adawodd Goronwy'r banc ar ddiwedd y prynhawn, arhosai tair gwylan amdano ar y pafin. Petai'r pentref wedi bod yn dawelach, a neb i dystio i'w dymer ffiaidd, byddai Goronwy wedi cicio'r cythraul bethau. Ond cerddodd adref, a'r adar yn ei ddilyn.

'Chân nhw mo'r gora arna i,' meddai Goronwy'r noson honno, wrth lwytho'r gwn yr arferai ei dad ei ddefnyddio ar gyfer saethu cwningod. 'Mi ga i'r diawliaid.'

Nodiodd Doris yn fud, er ei bod hi'n dechrau pryderu am y sglein gwallgof yn llygaid ei gŵr.

Doedd Goronwy ddim wedi defnyddio gwn ers pan oedd o'n hogyn, a doedd ganddo mo'r llygaid craff na'r llaw gyflym yr oedd eu hangen ar saethwr da. Er iddo eistedd yn ffenest y llofft gefn a thanio dwsinau o fwledi, dim ond dwy wylan y llwyddodd i'w lladd. Ond roedd y teimlad yna, y wefr o dorri taith yr aderyn, o weld cryman y llwybr lle bu'n hedfan yn troi'n flerwch o adenydd cam a phlu yn plymio, yn wefreiddiol.

Cysgodd Goronwy fel babi bach. Gorweddai Doris yn ei ymyl, yn effro yn y tywyllwch, yn poeni am ei gŵr. *Efallai y dylwn i ddweud rhywbeth wrtho*, meddyliodd. *Dwi'n eitha hoff o wylanod.*

Roedd degau o'r adar yn aros ar y wal gyferbyn â'r tŷ y bore wedyn. Byddin ohonyn nhw. Pwyllodd Goronwy ar garreg y drws, gan deimlo, am y tro cyntaf, bod rhywbeth mawr o'i le. Safai ei gymdogion yng nghysgodion eu cartrefi yn syllu ar yr adar.

Cerddodd Goronwy heibio'r gwylanod ac i gyfeiriad ei waith, gan deimlo ofn a chynddaredd yn cyfuno'n hyfryd yn ei waed. Cafodd lonydd gan yr adar, er iddyn nhw syllu arno drwy eu llygaid bach melyn.

Gwibiodd y gyntaf amdano pan oedd Goronwy ar ei ffordd adref o'r gwaith yn hwyr y prynhawn hwnnw. Roedd o wedi hanner disgwyl y byddai byddin o wylanod yn aros amdano y tu allan i'r banc, ond roedd y stryd yn wag tan i'r gyntaf wibio i lawr a hedfan yn syth am ei wyneb. Chwifiodd Goronwy ei gês papurau i drio taro'r aderyn, ond dihangodd.

Safodd Goronwy am eiliad i gael ei wynt ato. *Y cythreuliaid!*

Mi ddo i â 'ngwn i'r gwaith fory. Dyna pryd y dechreuodd yr adar ymosod o ddifri.

Ni welodd neb unrhyw beth tebyg i hyn. Degau, efallai cymaint â chant o wylanod yn plymio drwy'r awyr i bigo'r dyn byr, crwn mewn siwt lwyd. Rhwygwyd ei wallt o'i ben a thorrwyd tyllau yn siaced ei siwt. Pan holwyd trigolion y pentref yn ddiweddarach gan yr heddlu, ac yna'r gohebydd o'r *Cambrian News*, soniodd pawb am yr un peth – y sŵn. Dim bonllefau hirion gwylanod yn wylo, ond y clecian boddhaus wrth i'r adar chwerthin, a llais tenor Goronwy yn erfyn, 'Plîs, peidiwch. Na... Na!'

Trawiad ar y galon laddodd o, meddai'r gwybodusion. Ond wedi i'r gwylanod adael llonydd iddo, o'r diwedd, ac yntau'n ddim ond corff celain ar y pafin, doedd hi ddim yn ymddangos fel petai wedi dioddef o unrhyw gyflwr meddygol. Edrychai fel petai angylion wedi disgyn o'r nef i roi cweir iddo, a'i adael o'n waed ac yn blu gwynion drosto.

Ychydig ddyddiau ar ôl yr angladd, roedd Doris yn tynnu llwch yn y llofft gefn pan dynnwyd ei sylw at do un o'r tai yn y stryd gefn. Roedd dwy wylan fach lwyd yno, yn dew yn nhrwch eu plu, a safai'r ddwy ar y llechi yn edrych yn hunanymwybodol rywsut.

Dyna pam i'r adar wylltio efo Goronwy, meddyliodd Doris. Roedd o wedi saethu at y nyth, ac at y cywion ynddi. Fedrai hi ddim gweld bai arnyn nhw am dalu'r pwyth yn ôl. Byddai hithau wedi gwneud yr un fath, penderfynodd, petai rhywun wedi bygwth ei phlant pan oedden nhw'n fach. Eisteddodd Doris ar y gwely er mwyn gwylio'r cywion ar y to. Bob hyn a hyn, byddai'r naill neu'r llall yn lledaenu ei hadenydd ac yn ceisio hedfan, ond doedd yr un o'r ddwy'n barod. Cofiodd Doris am ei phlant ei hun yn dysgu cerdded, ac amdanynt yn cwympo ar eu penolau yn aml cyn llwyddo.

Meddyliodd Doris am yr holl gacennau cri, y bara brith a'r *Victoria sponge* oedd yn weddill wedi'r te angladd, a chododd ar ei hunion i fynd i lawr y grisiau ac i'r gegin. Briwsionodd y cacennau â'i bysedd a'u rhoi ar un o'i phlatiau gorau, cyn mentro i'r ardd gefn. Bloeddiodd gwylan uwch ei phen.

'Dyma chi,' meddai Doris wrth daenu'r briwsion ar do'r cwt glo. 'Bwytwch chi'r rhain rŵan.'

Yn ôl ym mwrllwch y gegin, edrychodd Doris drwy'r ffenest, gan wylio'r gwylanod yn mentro i lawr ac yna'n esgyn â llond pig o de angladd Goronwy. *Maen nhw'n hardd iawn*, meddyliodd Doris gan edmygu'r plu angylaidd. *Dydan ni ddim yn rhyfeddu atyn nhw am fod cymaint ohonyn nhw. Ond tasa ni ddim wedi gweld gwylan o'r blaen, mi fydden ni'n gwirioni'n lân.*

Bob dydd o'i bywyd ar ôl y diwrnod hwnnw, bu Doris yn bwydo'r gwylanod angylaidd a laddodd ei gŵr.

Rhan II

Dros y Dŵr i Ynys-las

DECHREUAIS GLOSIO AT y môr.
Fedrwn i ddim deall y peth fy hun, ar ôl yr holl flynyddoedd o gilio rhag y dŵr, o gadw fy nhraed rhag y tonnau. Ac eto, rŵan bod gen i rai oriau o dawelwch tra byddai'r plant yn yr ysgol, y llanw oedd yn fy ngalw, nid y bryniau.

Roedd y niwl wedi cropian o'r môr ganol nos, a glynu ym mhentref Aberdyfi drwy'r bore, yn goflaid lwyd drwy'r strydoedd. Y math o niwl sy'n addo bod awyr las yn llechu'n rhywle y tu ôl iddo, y math o lwyd sy'n caniatáu digon o haul i gynnig gobaith.

Ro'n i wedi cael hunllef arall, a'r atgofion yn drwm o 'nghwmpas. Yn fy nychymyg, ro'n i wedi bod yn cerdded strydoedd Aberdyfi, a hithau'n nos. Doedd neb o gwmpas, pawb yn dynn dan eu blancedi a minnau'n anadlu stêm.

Cerddai Gorwel o'm blaen.

'Gorwel!' gwaeddais, gan dorri ar ddistawrwydd canol nos. Fedrwn i ddim gweld ei wyneb, ond ro'n i'n nabod fy mrawd. Er 'mod i'n dri deg pump yn y freuddwyd, fel ro'n i go iawn, plentyn oedd Gorwel, bachgen deg oed.

Anwybyddodd Gorwel fy ngweiddi, a symud yn gyflym oddi wrtha i. Brysiais ar ei ôl nes 'mod i'n rhedeg, ond ro'n i'n methu dal i fyny efo fo, er nad oedd o'n brysio. Aeth i lawr at y prom, i fyny Copperhill Street, at yr eglwys ac i fyny Butcher Row, un o'r strydoedd cefn, ac yna diflannu. Yno, safai Bet, oedd yr un oed â fi yn fy mreuddwyd.

'Lle mae o?' Ro'n i'n fyr fy anadl.

'Pwy?' gofynnodd, er ei bod hi'n gwybod yn iawn.

'Gorwel. Roedd o yma.'

'Mi fuodd o farw yn y rhyfel. Flynyddoedd yn ôl.'

'Naddo. Ti'n 'i guddio fo.'

'Tydi o ddim isio bod efo ti, Llanw.'

A gwenodd Bet wedyn, gwên greulon, afiach oedd fel hen oleuni hyll ganol nos.

Cymylodd yr hunllef fy more, ond sylwodd neb ar fy nhawelwch wrth i mi baratoi'r uwd. Ffraeai'r plant dros y bwrdd bach, ac ysgydwodd Dai ei ben wrth eu clywed â golwg flinedig ar ei wyneb gwelw. Byddai Dewi a Mari'n ffraeo drwy'r amser, a fedrwn i mo'u deall nhw. Fyddai Gorwel a minnau'n arfer ffraeo fel'na? Fedrwn i ddim cofio unrhyw binsio na thynnu gwallt na'r cecru beunyddiol oedd wedi datblygu ar fy aelwyd. Roedd Dewi'n bymtheg rŵan, a Mari'n dair ar ddeg, a'r ddau'n ymddwyn fel petaen nhw'n casáu ei gilydd.

Efallai fod hynny'n beth da, penderfynais. Yn beth iach. Efallai nad oedd brawd a chwaer i fod i garu'i gilydd.

Pan oedd Mari'n faban bach a Dewi'n fachgen, byddai'r ddau mewn cylch diddiwedd o garu a chasáu. Weithiau, byddai Dewi'n ffieiddio at ei chwaer newydd, yn sgrechian arni, yn ei gwthio hyd yn oed. Byddai ei phresenoldeb yn ddigon i'w gythruddo, hyd yn oed pan fyddai hi'n eistedd yn dawel neu'n cysgu yn ei chrud. Bu'n rhaid i mi ddwrdio a dweud y drefn, ac anfon fy machgen bach i'r llofft. Ond waeth pa mor greulon oedd bryntni Dewi, byddai Mari'n gwenu arno bob tro yr ymddangosai ei wyneb dros ochr ei chrud. Ac yna, rhwng cwsg ac effro, roedd Dewi'n caru ei chwaer – cysgai â'i law yn ymestyn o'i wely at ei chrud, a'i dwrn hithau'n dynn am ei fys.

Wedi golchi'r llestri a pharatoi'r lobsgóws i swper, penderfynais fynd am dro, er bod digon ar ôl i'w wneud. Roedd angen pobi bara erbyn yfory, a phiciad i'r siop i brynu creiau newydd i fwtsias Dewi, ond byddai digon o amser i wneud popeth ar ôl cinio.

Tynnais gardigan yn dynn amdana i, a gadael y tŷ. Roedd y stryd yn dawel, a llwydni'r niwl yn closio pawb at gynhesrwydd eu haelwydydd. Bu bron iawn i minnau droi 'nôl hefyd, ar ôl i mi deimlo ias a lleithder y niwl yn ymestyn ei fysedd dan fy nillad. Ond na, byddai'n dawel wrth y dŵr, a fyddai'r hen lôn Rufeinig yn perthyn i neb arall ond fi ar fore fel hwn. Roedd oerfel yn bris bach i'w dalu am lonyddwch.

Heibio cwt y bad achub a'r Penhelyg Arms yr es i, ac yna'r tai mawr gwyn, a'u talcennau eang yn wynebu'r môr yn falch. Y tai mawr crand a adeiladodd Dai a'i ewythr ddwy flynedd ynghynt oedden nhw, cyn i'w ewythr ymddeol. Sylwais ar ambell gwch pysgota yn y bae, yn araf ddawnsio ar donnau'r llanw uchel. Troediais heibio'r tai ac yn beryglus o agos at y lan, nes i'r pentref ddiflannu yn nhro'r llwybr, a dim byd ond y creigiau llithrig dan fy nhraed i 'nghadw i rhag bod yn un â'r môr.

Oedais am ychydig, ac wynebu'r dŵr. Roedd y niwl yn cymylu popeth. Petai'r llwybr yma'n ddieithr, byddai'n hawdd coelio bod y môr yn ymestyn tua'r gorwel ar fore fel hwn, heb unrhyw ben draw iddo. Ond na, gwyddwn fod traeth Ynys-las gwta filltir dros y dŵr, a thu hwnt i hwnnw y Borth ac Aberystwyth a gweddill y byd...

Ro'n i'n methu gweld yr ochr arall, ond gwyddwn ei fod o yno.

Wythnos diwethaf, daethai Mari adref o'r ysgol a chanddi waith cartref, ac eisteddodd am yn hir wrth fwrdd y gegin yn pendroni dros ei phensil a'i phapur.

'Be mae Miss Elis wedi gofyn i ti sgwennu?' gofynnais dros y bwrdd smwddio, yn gweld yr anhawster a gâi fy merch wrth ei gwaith.

'Ysgrifennu amdana i fy hun,' atebodd Mari, cyn ochneidio mewn rhwystredigaeth. 'Wn i ddim be i'w ddweud, Mam.'

'Wel,' cynigiais, gan blygu un o grysau Dai yn daclus. 'Be wyt ti wedi'i sgwennu hyd yn hyn?'

Pesychodd Mari i glirio'i llwnc, a chododd ar ei thraed. Roedd ganddi bryd tywyll ei thad ac roedd hi'n anarferol o dlws i ferch mor ifanc, â llygaid na wyddwn i o ble y daethon nhw – yn frown golau, meddal, bron yn oren mewn golau llachar.

'Fy enw i ydi Mary Huws. Dwi'n byw ym Mhenhelyg, Aberdyfi, yn rhif 6, Sea View Terrace. Mae gen i wallt du a llygaid brown.' Trodd Mari ei llygaid tuag ata i'n llawn hunandosturi. 'Be arall, Mam?'

'Wel,' meddwn, gan drio llyncu'r wên oedd yn bygwth chwalu difrifoldeb dramatig fy merch. 'Be am i ti sôn am dy deulu? Dweud bod gen ti frawd o'r enw Dewi sy'n bymtheg ac yn Form Four, bod dy dad yn adeiladwr, a bod dy fam...' chwilotais am rywbeth.

'Ond isio i mi sgwennu amdana *i* mae Miss, dim amdanoch chi. A does 'na ddim byd arall i'w ddweud...'

Daeth Mari o hyd i ddigon o bethau i sgwennu amdanyn nhw yn y diwedd, ond er i mi chwilio a chwilio yng nghorneli fy meddwl, petai rhywun wedi gosod yr un dasg i mi, fedrwn i ddim meddwl am ddim i'w ddweud amdana i fy hun.

Anadlais halen y môr, yn benderfynol o ddarganfod rhywbeth amdanaf fy hun yn llwydni'r niwl, er 'mod i'n teimlo'n wirion, yn ansicr pam roedd hyn mor bwysig.

Fy enw i ydi Llanw. Dwi'n dri deg pum mlwydd oed. Dwi'n wraig ac yn fam.

Oedais.

Mae fy mrawd wedi...

Wyddwn i ddim sut i'w ddweud. Roedd y geiriau mor

derfynol, fel petaen nhw'n dianc o'm ceg ac wedi'u hysgrifennu yn yr awyr. Beth oedd i'w ddweud am Gorwel? Sut roedd wynebu, ar ôl yr holl flynyddoedd, y ffaith mai fel hyn fyddai bywyd bellach – mai dyma fel roedd hi am fod?

Mae fy mrawd wedi gadael. Ddaw o ddim yn ei ôl.

Oedd hyn yn waeth nag o'r blaen, tybed? Fedrwn i ddim cofio er mwyn gallu cymharu. Pa mor amrwd oedd fy mhoen yn ystod blynyddoedd y rhyfel, fis ar ôl mis, o ganlyniad i'r diffyg cysylltiad â Gorwel, heb lythyr, ymweliad na dim oddi wrtho? Faint o'n i'n brifo pan sylweddolais i, wedi deunaw mis a minnau ddim wedi derbyn gair ganddo, y byddai telegram yn dweud ei fod o wedi marw fel arwr yn well nag anwybodaeth lwyr? Ac yna'r cyfnod pan ddaeth y rhyfel i ben, a phobol ar y prom yn Aberdyfi yn mynegi eu rhyddhad a'u galar, a minnau wedi rhewi y tu mewn i mi, yn gofyn 'Lle wyt ti, Gorwel? Lle wyt ti?'

Oedd hynny'n waeth na'r diwrnod y daeth Bet i'r tŷ, ei hwyneb wedi chwyddo ac olion dagrau arno? Roedd hi wedi bod yn crefu am wybodaeth am Gorwel, a'r peth wedi mynd yn obsesiwn ganddi: wedi llythyru efo'r War Office, yr Home Office, yr MP a phawb arall oedd yn swnio'n bwysig. Roedd hi'n sicr ei fod o wedi cael ei ladd ('Mi fedra i deimlo'i ysbryd o efo fi weithiau, Llanw…') ond bod rhyw gamgymeriad gweinyddol wedi golygu na ddaethai telegram i'n hysbysu. Ond roedd y gwirionedd a ddaeth ar bapur swyddogol y diwrnod hwnnw ym mis Mai 1946 yn llawer gwaeth.

'Mae o'n fyw!' wylodd Bet, hanner ffordd rhwng torcalon a gwallgofrwydd. 'Mae o'n deud yma. Rhestr o'r holl longau roedd o wedi hwylio arnyn nhw, yr holl lefydd y gwnaethon nhw ddocio… Yn ôl ac ymlaen dros y moroedd drwy gydol y rhyfel, Llanw. A *leave*! Mae o wedi cael *leave*, ond ddo'th o ddim adre.' Cerddai yn ôl a blaen yn y gegin, a Dewi a Mari yn syllu i fyny arni. Roedd y ddau'n fach ar y pryd, ac wedi arfer efo Anti Bet fel person llawn lol a chwerthin, nid y greadures druenus hon.

'Pam na wnaeth o sgwennu? Mae'n rhaid bod 'na gamgymeriad...' meddwn yn dawel, er 'mod i wedi bod yn ofni hyn, yn fy nghalon, yn fwy na chlywed ei fod o wedi marw. Ym mêr fy esgyrn, roeddwn i wedi gwybod.

'Does 'na ddim camgymeriad,' meddai Bet yn daer, fel petai ei llais a'i chalon ar fin cracio. '"Seaman Pritchard was discharged in October 1945." Tydi o ddim ar y môr rŵan, Llanw, ac mi fydda fo wedi medru sgwennu unrhyw bryd. Mae o wedi... wedi *penderfynu* gadael.'

Oedd, roedd hyn yn waeth, penderfynais yng ngafael y niwl. Gwybod, bob bore ers blynyddoedd bellach, bod Gorwel yno yn rhywle, allan yn y byd mawr, a'i fod o'n ddyn dieithr. Gwybod nad oedd fy nghalon yn werth dim wrth iddi hi gyflymu pan ddeuai cnoc ar y drws, a minnau'n dal i obeithio. Er nad oedd ei enw ar y gofeb rhyfel yn y pentref, ro'n i wedi'i golli o gymaint â phe bai o wedi'i ladd. Mwy, efallai.

Fy enw i ydi Llanw. Dwi'n wraig ac yn fam. Mae arna i ofn y môr.

Ac eto, roedd hynny – y ffaith oedd mor glir a digyfnewid â fy enw a'm hoed – bellach yn pylu. Medrwn sefyll ar ororau'r llanw heb i'r profiad achosi i guriad fy nghalon gyflymu. Byddai rhyw gysur, hyd yn oed, mewn anadlu gan ddilyn rhythmau dibynadwy'r tonnau. Pum mlynedd ar ddeg ar hugain, miloedd o ddyddiau, gaeaf ar ôl gaeaf, haf ar ôl haf, ton ar ôl ton... Chysgais i erioed 'run noson heb glywed sŵn ei si-hei-lwli yn treiddio drwy ffenest fy llofft.

Ro'n i wedi ceisio esbonio'r peth i Dai ychydig wythnosau ynghynt, yn ystod yr oriau tawel rhwng amser gwely'r plant a'n hamser gwely ni. 'Does gen i ddim cymaint o ofn y môr rŵan, wsti. Dwi'n dechrau… Dwi'n dechrau ei werthfawrogi o.'

Edrychodd o ddim i fyny o'i lyfr. Parhaodd y distawrwydd fel na phetawn wedi dweud gair, fel na phetai gen i lais i neb heblaw fy nghlustiau fy hun. Roedd y distawrwydd yn ffordd arall o'm gwrthod. Un sgwrs arall nad oedd o am ei chael, un drws arall i mi ei gilagor a darganfod nad oedd dim y tu ôl iddo.

Fy enw i ydi Llanw. Dwi'n dri deg pump a dw i ar fy mhen fy hun mewn mwy o ffyrdd nag y medra i eu cyfri.

Anadlais rythmau'r tonnau.

Doedd o ddim yn fy ngharu i. Dwn i ddim a wnaeth o erioed, er ei fod yn caru'r plant a'r aelwyd yn angerddol. Cefais fy nhynnu'n greiau mân gan ei ddiffyg diddordeb a sylw, a thorrodd fy nghalon dro ar ôl tro wrth i mi gydio yn y gobaith y byddai'n dod o hyd i rywbeth – unrhyw beth – i'w garu yndda i. Ond pan oedd Mari yn saith oed, sylweddolais iddi fod yn flwyddyn gyfan ers i'm gŵr gyffwrdd ynof fi. Yn sydyn, yn reddfol, gwyddwn na fyddai modd trwsio ein perthynas. Doedd o byth yn mynd i 'ngharu i.

Gwellodd pethau i mi wedyn. Wedi i mi ollwng gafael ar y disgwyliadau, gwyddwn nad oedd pwrpas trio. Wnes i ddim ymestyn i gyffwrdd yn ei gefn yn y gwely, felly chawn i mo 'mrifo gan ei ddiffyg ymateb. Wnes i ddim ceisio dal ei lygaid dros y bwrdd bwyd, felly doedd ei olygon pell ddim yn gallu hollti fy nghalon. Rhoddais y gorau i lygadu ei gorff yn llwglyd, felly pylodd yr archwaeth.

Do, mi oerais yn fwriadol, a chaniatáu i mi fy hun roi'r gorau i'w garu o.

Fy enw i ydi Llanw. Dwi'n dri deg pump a cha i byth mo 'nghyffwrdd eto.

Teimlwn fel petawn wedi bod yn ddiofal, wedi gollwng dwylo Gorwel a Bet am ennyd, ac wedi troi a chanfod eu bod nhw wedi diflannu.

Cerddais ymhellach, gan deimlo'r niwl yn dechrau teneuo dros aber afon Dyfi. Gwisgwyd y graig yn beryglus o lyfn gan fyddinoedd o gerddwyr a bu'n rhaid i mi bwyllo cyn cyrraedd y traeth pellaf. Roedd y llanw'n rhy uchel, a'r môr yn llyfu dros y llwybr.

Eisteddais ar y graig yn gwrando ar yr holl dwrw oedd o fewn y tawelwch – gwylanod, mwyalchod, yr awel yn y brwyn, y tonnau. Treiddiai'r llonyddwch mor hawdd o'r tir i'm hanfod a theimlwn gysur o fod yn rhan o'r tirlun.

Daeth sŵn arall o ganol y niwl, a chwiliais y llwydni amdano. Sŵn dolefus, fel alaw yn crio, a nodau hirion, lleddf. Chlywais i 'run sŵn mor brydferth erioed o'r blaen. Fel ysbryd, ymddangosodd y cwch o'r niwl. Cwch rhwyfo, yn beryglus o fach i fod ar y ffasiwn ddyfroedd. Un dyn oedd yn eistedd ynddo, ac o'r ffidil dan ei ên deuai'r alaw dristaf yn y byd. Heb feddwl, codais ar fy nhraed, fy chwilfrydedd wedi'i hogi.

Dyn mawr, sgwâr, mewn siwt frown blaen. Ei wallt tywyll yn britho, a mwstash tywyll yn duo'i wefus uchaf. Cododd ei lygaid a'm gweld i. Rhoddodd y gorau i ganu'r ffidil, a thynnu'r offeryn oddi ar gynhesrwydd ei wddf.

Syllodd arna i drwy'r llen ysgafnaf o niwl, a dal fy llygaid. Llygaid glas, glas fel y dylai'r awyr fod ar ddiwrnod fel hwnnw. Ond na, ro'n i'n rhy bell i fedru gweld lliw ei lygaid. Mae'n rhaid mai dychmygu wnes i. Cariodd y llif ei gwch oddi yno. Diflannodd i'r niwl, fel na phetai wedi bod yno erioed.

Ysgydwais fy mhen i drio gwaredu'r holl guriadau cyflym – fy nghalon fel carnau ceffyl, fy anadl yn ocheneidiau. Hyd yn oed yn oerfel y bore, roedd fy nhalcen yn wlyb fel y gwymon ar y traeth.

Fedrwn i ddim deall fy hun. Er i mi drio callio wrth frysio adref ar hyd y llwybr, trio boddi'r llais yn fy mhen â rhestr o bethau ymarferol i'w gwneud – pobi bara, mynd i'r siop a pholisio'r ddresel – doedd dim yn tycio.

Roedd y llais yn fy meddwl yn dod o rywle dwfn a thyner, a doedd dim yn mynd i'w foddi o na'r geiriau a adroddai drosodd a throsodd. Geiriau nad oedden nhw'n gwneud synnwyr, ond eto roedden nhw'n gwneud synnwyr perffaith hefyd.

Mae o yma. Mae o wedi cyrraedd.

Ar drai ambell ddiwrnod, os nad oedd y glaw wedi stido llwybrau o ddŵr i lifo i afon Dyfi, roedd y môr rhwng Aberdyfi ac Ynys-las yn troi'n ddim mwy na nant, ac roedd hi'n bosib cerdded draw o Feirionnydd i Geredigion mewn llai na chwarter awr.

Gwyddai'r rhan fwyaf o bobol na ddylid mentro. Creadur anwadal yw'r llanw, a gallasai orchuddio'r tywod â chyfuniad o ddŵr y môr a dŵr afon Dyfi yn gyflymach nag y gallai traed redeg.

Dim ond y rhai twp, y rhai dewr neu'r rhai gorffwyll a fynnai groesi'r tywod ar y ffasiwn adeg. Gorffwyll oedd Efa.

A hithau wedi'i magu ar lannau afon Dyfi, gwyddai mai peth ffôl fyddai ceisio croesi, ond doedd ganddi ddim dewis. Am y tro cyntaf, teimlai fod ei thraed yn cael eu harwain gan ei chalon, ac roedd honno, yn bendant, a'i thrywydd yn anelu dros y dŵr.

Ddywedodd hi 'run gair wrth neb, dim ond dechrau ar ei thaith fel y gwnâi ar unrhyw noson braf arall, ar ôl golchi'r llestri te a sgubo'r briwsion oddi ar y llawr.

'Dwi'n mynd am dro,' meddai'n ysgafn wrth ei gŵr, a chael, 'Ia, iawn,' yn ateb.

Safodd am ennyd, cyn gadael y tŷ, i syllu arno'n eistedd yn ei gadair mewn llonyddwch blinedig. Petai'r llanw'n glên ac yn dal yn ôl yn ddigon hir i sicrhau ei bod hi'n cyrraedd Ynys-las, fyddai hi byth yn dychwelyd i'r fan hon. Byddai rhywbeth cryfach na dŵr yn ei chadw oddi yma.

Chwiliodd am rywbeth yn sglein gwallt tywyll ei gŵr, ei groen meddal, onglau cyfarwydd ei ben, ond doedd dim hiraeth, dim cariad, dim ond nerth ei chalon yn ei thynnu hi oddi yno, a sicrwydd pendant nad ar yr ochr yma i'r afon roedd ei lle hi.

Gadawodd ei chartref, a cherdded tua'r traeth.

Roedd hi'n braf, a llawer o drigolion y pentref yn manteisio ar wres caredig yr haul i fynd am dro. Roedd Efa yn eu hadnabod i gyd, a gwenodd arnynt gan ddymuno noswaith dda.

Tybed a oedden nhw wedi bod draw i Ynys-las erioed?

Roedd o mor hawdd – dim ond cerdded, dim ond rhoi un droed o flaen y llall fel y gwnaethai erioed. Dros dywod, lle bu dŵr y bore hwnnw, dros greigiau a gladdwyd o dan lif ers wythnosau, dros olion y trai. O Feirionnydd i Geredigion, a'r gwylanod yn wylofain.

Roedd y llanw wedi dechrau troi'n barod. Llyncodd Efa ei phoer wrth weld bod y llinyn tenau o nant eisoes wedi chwyddo'n afon.

Dyna'r eiliad i droi 'nôl. Dyna'r foment i gydnabod iddi hi ei hun bod y llanw wedi dwyn ei chyfle i groesi, ond câi gyfle arall rywdro eto.

Ar dwyni Ynys-las, gwelodd siâp cyfarwydd, cysurlon ei chariad, ei law'n uchel tua'r nefoedd, yn chwifio arni. Er na allai weld ei wyneb, gwyddai Efa ei fod o'n gwenu.

Allai hi ddim troi 'nôl.

Ymhen dim, cariodd ei thraed hi at afon Dyfi. Roedd hi'r un lled â bwrdd llong erbyn hyn, *star-board at sea-board*, a'r dŵr yn taranu'n gyflym a blin. Syllodd Efa i'r dyfnderoedd llwyd, gan wybod na fedrai hi ymddiried ynddynt.

'Paid!' gwaeddodd ei chariad o'r ochr arall. 'Paid â chroesi.' Roedd y wên wedi diflannu rŵan, a'r pryder yn drwm ar ei dalcen.

Gosododd Efa un droed yn y dŵr, ac wedyn y llall. Llenwodd ei bwtsias yn syth, ond daliodd i gerdded, yn teimlo na allai droi'n ôl.

'Na, Efa. Na, paid!'

Daeth llais ei chariad dros sŵn y llif, ond dim ond rhoi rheswm iddi barhau wnaeth hynny. Clywodd ei ofal a'i gariad yn ei lais wrth iddo weiddi ei henw. Yfory, câi ddeffro yn ei ymyl, a dyna'r llais cyntaf y byddai'n ei glywed yn ddyddiol wedyn. Roedd hynny, penderfynodd Efa, yn ddigon i roi cryfder ychwanegol i'w breichiau a'i choesau, digon i'w chario tuag ato drwy'r dymestl.

Roedd y dŵr yn oer, ac erbyn iddo gyrraedd ei gwasg teimlai sgert Efa'n drwm. Suddai ei bwtsias yn y tywod. Rhaid oedd iddi ddechrau nofio, brwydro yn erbyn yr afon, ac felly taflodd ei hun i mewn i'r dŵr.

Doedd ganddi ddim gobaith. Doedd cryfder ei breichiau yn dda i ddim yn erbyn y ffasiwn bŵer. Ceisiodd gicio ei choesau, ond doedd dim yn tycio. Cariai'r llif ei chorff i lawr yr afon, er i Efa barhau i ymladd. Cicio a strancio a brwydro yn erbyn ei ffawd, nes iddi deimlo rhywbeth yn cydio'n dynn yn ei garddwrn. Llaw fawr gyhyrog. Ei chariad, yntau yn yr afon, wedi taflu'i gorff a'i ddyfodol i mewn i'r llanw creulon er mwyn cael bod efo hi.

Cydiodd y ddau yn ei gilydd, ac er mor oer oedd y dŵr, parhaodd y cynhesrwydd rhwng y ddau gariad.

'Mi ddois ti ar f'ôl i,' meddai Efa yn ei glust, wrth i'r llif gario'u cyrff ynghlwm tuag at Fae Ceredigion.

'Sh,' sibrydodd o, gan fwytho'i gwallt gwlyb, nes i'r llanw dynnu'r ddau i'r tawelwch o dan y dŵr.

Cig

DECHREUAIS GASÁU FY hun am wirioni fel hyn.
Ar fy nychymyg roedd y bai, ar y meddwl gorawyddus oedd wedi coelio pob chwedl, hanesyn a stori dros y blynyddoedd. Wedi ffurfio rhai newydd, hyd yn oed, wrth gerdded adref neu wrth olchi'r llestri cinio. Byddwn yn ymgolli'n llwyr ynddyn nhw, yn gweld wynebau'r cymeriadau ac yn blasu eu dagrau, yn hallt fel y môr.

Ac roedd hon yn debyg iawn i ddechrau chwedl.

Gwraig brudd ar lannau afon ei mebyd, yn clywed alaw fel swyn yn deffro rhywbeth y tu mewn iddi. Allan o'r niwl, mewn cwch rhwyfo oedd yn rhy ansad i afon mor anwadal, gweld dyn â llygaid gleision, a'i fysedd yn mwytho tannau ffidil…

Fedrwn i ddim peidio â dychmygu gweddill y stori.

Efallai nad dyn oedd o go iawn. Diafol, neu angel, neu argoel o farwolaeth. Ia, y Dyn ar Afon Dyfi, yn chwarae alaw ddolefus i rybuddio bod angau'n agosáu.

Ac os mai dyn go iawn oedd o, dyn go iawn o gig a gwaed, fyddai'r chwedlau hynny byth yn gorffen yn hapus iawn chwaith.

Byddwn yn ei garu, wrth gwrs. Byddai'n rhaid i mi wneud. Allai chwedl oedd yn dechrau fel'na fyth arwain at ddim byd arall. Byddai'n rhaid iddo yntau fy ngharu innau, druan ag o, a byddai'r cariad hwnnw'n gorfod bodoli law yn llaw â thristwch. Gwyddwn hynny'n iawn, ac eto, roedd y fath addewid yng nghychwyn ein stori fel na fedrwn i ffrwyno fy nychymyg. Bu fy ymateb fy hun i ychydig eiliadau pan gyfarfu llygaid dros y dyfroedd yn ddigon i'm dychryn.

Y chwedl saffaf oedd yr un lle na welwn i mohono byth wedyn. Yna, chawn i ddim gwybod ai dyn go iawn oedd o, ynteu fodolaeth a orlifodd o 'nychymyg ar fore oer a niwlog. Doedd y chwedl honno ddim yn cynnig diweddglo caredig iawn i mi chwaith. Byddwn yn siŵr o wallgofi yng nghryfder hyfryd yr atgof, a throi'n rhywun hiraethus a ofynnai i bawb a âi heibio: 'Welsoch chi'r dyn efo'r ffidil? Hwnnw sy'n hwylio afon Dyfi mewn cwch rhwyfo?'

Mi glywn yr alaw honno ym mhob saib. Yn y tawelwch wrth i bawb fwyta'u brecwast. Yn y distawrwydd rhwng Dai a minnau bob gyda'r nos. Yn anadl ysgafn fy mhlant wrth iddyn nhw gysgu – y ffidil mor drist â'r wyneb yn y lleuad, yn dod â lliw ac eglurder i 'nyddiau.

Gwaedodd y dyddiau i'w gilydd, ond byddai rhyw liw arbennig yn perthyn iddyn nhw. Ro'n i fel petawn yn sylwi, am y tro cyntaf, ar y pethau fu yno erioed: porffor y llechi ar lawr y gegin, a fu'n llwyd i mi cyn hynny; siâp bryniau Ceredigion, yn donnau gwyrddion ar y gorwel; fy anadl fy hun, yn dyner ac yn feddal yn fy ngwely ganol nos.

Breuddwydiais am fy mrawd unwaith eto – breuddwydion od a oedd yn chwarae ar fy holl synhwyrau. Atgofion oedden nhw, ond roedden nhw'n gryfach na'r rhai y byddwn yn caniatáu i mi fy hun eu dwyn i gof pan o'n i'n effro. Gorwel, yn laslanc, deuddeg oed? Tair ar ddeg? Croen a gwallt yr un lliw â'r tywod, a llygaid direidus yn byw ym mhlygion gwên barhaus. Ar y traeth, yn gosod cregyn mewn llinell syth ar y tywod i herio'r llanw.

Doedd hi fawr o freuddwyd. Ychydig iawn oedd yn digwydd,

ond byddai'r eglurder yn fy nychryn: arogl y môr yn yr awel; teimlad y cerrig llyfn dan fy nhraed noeth; anadl y tonnau; gwaedd gwylan; a blas halen ar fy ngwefusau sychion.

Gorwel, yn troi i edrych arna i. Yn gwenu. Yr haul yn ei oleuo fel angel, a'r chwerthiniad yn ei lais wrth iddo alw fy enw.

'Llanw! Llanw!'

Byddwn yn deffro cyn dod i wybod pam ei fod o'n galw. Yn y munudau tawel hynny rhwng cwsg ac effro, byddai'r wên yn dal ar fy ngwefus wrth i'r traeth droi'n llofft fach. Ro'n i'n dal yn y freuddwyd, ac i'm brawd roedd y wên. Ac yna, gyda phob anadl, byddai'r byd go iawn yn dychwelyd, a'r hen ddyddiau ymhell yn ôl, mor real â'r chwedlau yn fy mhen.

Mae'n rhaid bod chwedl yn bodoli sy'n awgrymu bod meddwl am rywun drwy'r dydd, bob dydd, yn creu pŵer annaturiol. Bod ewyllys yn medru hebrwng rhywun i'w briod le. Neu efallai mai fy stori i ydi'r chwedl honno.

Roedd fy atgofion am y dyn, a gâi eu chwarae drosodd a throsodd fyth ers i mi ei weld, fel petaent yn tyfu a'r lliwiau'n miniogi yn hytrach na phylu fel y dylen nhw wneud.

Dim ond am eiliad fer y crwydrodd fy meddwl – eiliad fer o ystyried pa gig y dylwn ei brynu yn siop Mr Davies y bwtshar ar gyfer gwneud cawl y noson honno. Codais fy mhen a'i weld o yno, fel ymgnawdoliad o hen chwedl hynafol, fel gweld Seithennyn neu Lleu Llaw Gyffes yn gig a gwaed.

Safai yng nghefn y siop y tu ôl i'r bwrdd, ffedog wen amdano a honno'n llanast o staeniau llachar. Roedd ganddo gyllell fawr yn ei law, a thalp o gig eidion o'i flaen yn barod i'w dorri.

Edrychodd arna i, a llonyddu. Fedrwn innau ddim symud

chwaith, wedi fy llethu wrth sylweddoli. Fi oedd yn iawn. Mi ddyfalais yn gywir union las ei lygaid.

'Be fydd hi heddiw, Mrs Huws?' gofynnodd Mr Davies i mi dros y cownter, gan fy neffro o'r swyn.

Trodd yntau ei lygaid ymaith, gan dynnu'i law fawr dros y talpyn cig. Llyncais fy mhoer a theimlo fy nillad, rywsut, yn dynn amdana i.

'Pwys o'r cig eidion i'w stiwio, os gwelwch yn dda,' atebais, fy llais yn swnio fel rhywun arall a'm gruddiau mor goch â'r cig. Edrychais i lawr ar y graen ym mhren y cownter. Roedd gwybod bod y dyn yn y fan honno fel sefyll o fewn cyrraedd i'r haul. Fedrwn i ddim edrych arno rhag ofn i mi losgi fy llygaid.

Wrth i Mr Davies y bwtshar bwyso'r cig a'i lapio mewn papur, sefais yn hollol lonydd, a 'nghalon yn drymio i rythm sŵn cyllell y dyn yn torri drwy'r cig ag ergydion gwaedlyd. Miniogwyd holl synau'r siop – siffrwd y papur yn cael ei lapio am y cig; fy anadl fel y llanw; ac alaw sgwrs ar y pafin y tu allan. A thros bob sŵn, curiad y gyllell yn torri drwy'r cig, yn stido'r pren oedd o dan y cnawd. Gyda phob curiad, teimlwn fel petai fy sylfeini'n cael eu hysgwyd, fel petai'r lleuad yn taro'r ddaear â chryndod daeargryn.

'Mae John newydd ymuno â mi,' esboniodd Mr Davies, er nad o'n i wedi gofyn iddo.

Edrychais i fyny ar y dyn, er bod arna i ofn ei weld o eto, a chynnig gwên fach dynn am fod yn rhaid i mi. Gwenodd yntau yn ôl heb swildod yn y byd, ei wyneb fel y byddai'r haul pan o'n i'n fach, yn gynnes a charedig.

'S'mae?' gofynnodd, gan rannu ei lais â mi am y tro cyntaf – llais dwfn, cadarn, heb fod yn llym.

Syllais ar ei geg am ychydig eiliadau.

'Bydd Dai i mewn fory i setlo efo chi,' meddwn yn gryg,

gan gymryd y pecyn a'i osod yn fy masged. Wrth adael y siop, medrwn deimlo llygaid chwilfrydig Mr Davies yn archwilio'r gwrid ar fy wyneb, yn trio dychmygu beth a achosodd i mi fod mor chwithig a chlogyrnaidd.

Roedd Aberdyfi ar fore llwyd yn fwy lliwgar nag y gwelswn y pentref erioed o'r blaen. Doedd o ddim yn deimlad braf cerdded drwy'r stryd ar ôl rhannu gofod efo John am y tro cyntaf. Ambell un yn dymuno bore da, rhywrai'n stopio am sgwrs, minnau'n teimlo fel pe bai'r awyr o'm cwmpas i wedi teneuo. Trafod y tywydd a phregeth y Sul diwethaf a'r plant yn yr ysgol, a fflachiadau dychymyg ac atgof bron â 'nallu i.

Staeniau coch ar ffedog wen.

Gwên yn goleuo dan fwstash trwchus, du.

'S'mae?' Y llais, yn gân mewn un gair.

Fedrwn i ddim dychwelyd adref yn syth. Roedd meddwl am y tywyllwch, yr oerfel, y llonyddwch yn troi fy stumog. Byddai popeth yr un fath yn y tŷ, a minnau'n gwybod na fyddai'r byd byth yr un fath eto ar ôl y bore hwnnw.

Y llwybr at y môr, yr un llwybr ag y cerddais i pan welais i o am y tro cyntaf, yn freuddwyd yn chwarae feiolin ar gwch rhwyfo. John. Enw plaen, di-ddim, ond yn sydyn roedd yn cario rhimyn arian ar fwa'r llythrennau. Enw cadarn. Roedd o'n berffaith.

Roedd y llanw'n uchel, a thonnau mân yn dod ag ewyn gwyn i fritho'r dŵr, ac Ynys-las a bryniau Ceredigion yn gymylau ac yn niwl i gyd.

Cerddais ar hyd y llwybr nes i'r pentref ddiflannu y tu ôl i mi, nes 'mod i'n sefyll ar greigiau llyfn, y fasged wrth fy nhraed, a dim ond un cam rhyngof fi a'r dyfroedd.

Fan'na. Fan'na y gwelais i John am y tro cyntaf, ei ffidil dan ei ên, fel ysbryd o 'nychymyg, fel rhywun a oroesodd o Gantre'r Gwaelod. Fan'na roedd ei gwch pan edrychodd i fyny. Fan'na yr edrychodd i fyw fy llygaid.

Caeais fy llygaid rhag y lle. Roedd hyn yn beryglus.

Golchodd y teimlad drosta i'n sydyn – greddf, heb ei chymylu gan ofnau nac amheuon. Chawswn i erioed y ffasiwn deimlad o'r blaen.

Yswn am gael nofio. Teimlo'r dŵr yn oer am fy nghorff, y llif yn fy hebrwng yn dawel o aber afon Dyfi i'r môr. Dychmygais orwedd yn y dŵr a symud fy mreichiau a'm coesau i fy rhythm fy hun, fel y gwelais Gorwel yn ei wneud ganwaith o'r blaen.

Cymerais gam yn ôl, wedi dychryn fy hun gyda chryfder y chwant newydd, estron yma. Do'n i ddim yn adnabod y ddynes a ysai am y môr, yr un a ddaliai ei gwynt wrth weld dwylo geirwon ar gig. Do'n i ddim yn ei hadnabod, a fedrwn i ddim ymddiried ynddi chwaith.

Y *Sarah*

ROEDD O FEL petawn i'n deffro.

Ai John oedd yn gyfrifol? Ymddangosiad sydyn rhywun annisgwyl, yn gwneud i bopeth newid y tu mewn i mi – yn creu Llanw newydd.

Ro'n i'n ei wylio fo yn y capel, ac arogl sych y pren a'r Beiblau yn dynn amdana i, yn ddigon cryf i fy mygu. Eisteddai John ychydig resi o'm blaen, a fedrwn i ddim peidio â chraffu ar bob symudiad bach.

Roedd yn tynnu'r gwallt ar ei war yn dyner bob rhyw bum munud. Gwallt tywyll, fel sipsi, ond y blew trwchus yn dechrau britho'n sidan. Yn y bregeth, nodiai ei ben ambell waith i gytuno â'r pregethwr. Ddim yn orfrwdfrydig, dim ond y symudiad lleiaf. Wrth ganu'r emynau, daliai'r llyfr ar agor ag un llaw, a'i law arall y tu ôl iddo, ei ddwrn ynghau a'i fysedd geirwon, mawr yn llonydd. Doedd dim angen y llyfr arno o gwbl; gwyddai bob gair.

Prin ro'n i'n ymwybodol o unrhyw un arall yn y gynulleidfa, ddim hyd yn oed ffurf oer, solet Dai wrth fy ymyl. Ar ddiwedd y weddi olaf, wedi murmur degau o gegau yn sibrwd 'Amen', cododd y gynulleidfa, a throdd John yn sydyn a dal fy llygaid.

Roedd yr edrychiad rhyngom yn feddalach na mil 'Amen'. Sut na allai pawb yn y capel synhwyro hynny? Sut roedd popeth yn medru parhau wedi'r fath newid yn yr awyrgylch?

Ar y ffordd yn ôl i'r tŷ, cerddai'r plant o flaen Dai a minnau, Mari'n tynnu ar ei brawd am ffansïo un o'r merched yn y capel, ac yntau'n ei diawlio hi'n biwis dan ei anadl.

'Pwy oedd y dyn newydd?' gofynnodd Dai wrth i'r glaw ddechrau pigo'n dillad capel rywle rhwng y traeth a'r tŷ.

Crynodd rhyw ofn ynof a chyrraedd y mannau tywyllaf.

'John dwi'n meddwl. Mae o'n gweithio yn y bwtshar.'

'Un o ble ydi o ta?'

'Dim syniad.' Ro'n i'n trio oeri'r gwres yn fy llais. 'Tydw i'n gwybod dim amdano fo.'

Ddywedodd Dai ddim gair wedyn, a chanolbwyntiais ar gerdded yn normal, ddim yn rhy araf, ddim yn rhy gyflym. Ro'n i wedi dweud y gwir, wedi'r cyfan; do'n i'n gwybod dim amdano, heblaw am ei enw, a'r ffordd roedd o'n chwarae efo'i wallt ar ei war, a'r ffaith 'mod i'n ei garu o.

Penderfynais, yn sydyn, 'mod i'n casáu fy nain.

Ia, yr hon a fagodd Gorwel a minnau yn ein cartref bach diarffordd, yn ddigon pell oddi wrth bawb, a 'ngwneud i'n rhy fodlon yn fy nghwmni fy hun. Nain garedig, addfwyn a'm carodd yn ddiamod. Nain a ddechreuodd blannu straeon ynof fi, a ddangosodd mor hawdd oedd creu chwedlau a choelio'r amhosib.

Ganddi hi yr etifeddais y dychymyg hwn, ac ro'n i'n ei gasáu. Fy nychymyg oedd yn fy arwain i ar gyfeiliorn, yn fy nhynnu o'r byd go iawn.

Fy nychymyg a wnâi John yn beryg.

O, doedd dim amau'r gwres yn ei lygaid glan y môr pan edrychai arna i dros gownter siop y cigydd neu dros y seti yn y capel. Doedd dim amheuaeth ei fod o'n fy ngweld *i*, rywsut, o dan y wraig a'r fam a'r blynyddoedd chwithig rhwng bod yn ifanc a chanol oed. Ond doedd dim anffyddlondeb mewn llygaid yn cwrdd, dim godineb mewn sbïo.

Na, roedd yr holl dwyll yn dod o 'nychymyg i.

Yn y capel, edrychwn ar lewys ei grys yn cau'n dwt o

amgylch ei arddyrnau, y cotwm yn creu cysgodion ar y blew mân. Dychmygwn ei fysedd yn agor y botymau bychain, yn gwthio'i lawes yn ôl at ei benelin. Yn aml, wrth i mi lanhau neu olchi neu hwylio swper, prin y medrwn weld fy nghartref a'm teulu go iawn. Cymylwyd popeth wrth i mi ddychmygu'r breichiau hynny.

Yn fy meddwl, roedden nhw'n welw gydag ambell frycheuyn yn smotiau brown ar y croen. Fyddai'r cnawd ddim yn hollol lyfn – byddai hynny'n annaturiol mewn dyn canol oed, a ph'run bynnag, doedd newydd-deb bachgen ifanc yn apelio dim ata i. Gobeithiwn y byddai rhyw lacrwydd am y cnawd ar ei freichiau – crychau neu fân greithiau, efallai, yn arwyddion o hen ddamweiniau â chyllell y cigydd, pob marc yn wreiddyn i ryw hanesyn bach.

Byddai'r cyhyrau yn ei freichiau yn codi a gostwng, penderfynais, gyda symudiadau ei fysedd, pan fyddai o'n troi tudalennau llyfr i ddod o hyd i'r emyn cywir, neu'n codi lympiau o gig i'w rhoi ar y pren i'w torri'n ddarnau.

Pan godai awel o'r môr, dychmygwn anadl y llanw yn anwesu'r blew ar ei freichiau. A do, er i mi wneud fy ngorau i wadu fy natur fy hun, dychmygais weddill corff John hefyd. Pont ei ysgwydd dan goler ei grys. Y blew duon yn driongl dan ei fogail. Ei gnawd gwyn a phlygion tywyll ei gorff, y mannau llyfn a'r mannau geirwon. Ond y breichiau fyddai'n fy maglu yn fwy na dim. Y rheiny fyddai ar fy meddwl yn yr oriau duon pan fyddai pawb arall yn y pentref yn cysgu.

Fy nychymyg, fel gwenwyn, yn fy arwain i dan ddillad dieithryn ac yn gwneud i mi odinebu dro ar ôl tro yn fy meddwl.

Daeth Nain yn ôl i fy meddwl, a throais fy egni rhwystredig i gynddeiriogi ati. Roedd hi wedi anwybyddu ei dyletswydd i osod disgwyliadau a fyddai o fewn cyrraedd i mi. Rywsut, chefais i mo 'mharatoi ar gyfer y bywyd ailadroddus hwn, bywyd heb liw, heb iddo batrwm stori bendant. Allai bywyd go iawn fyth fod yn ddim byd ond siom i rywun oedd wedi credu'n llwyr mewn carwriaeth rhwng dyn a lleuad, torcalon yn creu môr o ddagrau, Cantre'r Gwaelod a swyn gwydr glas.

Un amser cinio, a rhyw feinder atgas yn yr awel a chwythai fel llafn o Iwerddon, gadewais y tŷ. Roedd rhyw egni wedi bod yn hel yn fy nghyhyrau drwy'r bore, yn poethi fy mreichiau a'm coesau. Gwnes bopeth i drio cael ei wared drwy glirio, glanhau, sgrwbio a golchi nes bod y tŷ'n edrych yn lanach nag y gwnaethai erioed. Blino fy hun, dyna oedd yr ateb, blino fy nghorff nes lladd fy nychymyg. Ond wedi bore o lafurio a chwysu, do'n i ddim wedi llwyddo, ac wrth i mi grogi'r crys olaf ar y lein ddillad daeth y ddelwedd fel stid i gefn fy llygaid – breichiau noethion John, a'r cyhyrau a'r esgyrn yn donnau dan y croen.

Ebychais mewn rhwystredigaeth, codi ar amrantiad a gadael drwy'r drws ffrynt.

Roedd fy nhymer yn ferwedig, fel petai hen gythraul wedi ymgartrefu yn fy mhen. Wrth gerdded drwy'r pentref, gallwn deimlo fy ngafael ar fy meddwl yn llacio, y dychymyg yn don enfawr yn bygwth popeth a fu'n gadarn a digyfnewid. Un digwyddiad bach fyddai ei angen, penderfynais, a byddwn yn ffrwydro. Un cam bach, a byddwn i'n sgrechfeydd, yn wrid ac yn boeth mewn gwallgofrwydd a llid.

Heibio'r stryd, heibio'r harbwr lle roedd y *Sarah* yn dadelfennu'n drist, heibio'r Corbett a'i goridorau llawn atgofion. Roedd y traeth yn wag, ac wrth i mi gerdded drwy ddannedd y gwynt, rhoddai llosg yr oerni ar fy ngruddiau hen foddhad cythreulig. Dioddefaint braf, haeddiannol yn cnoi fy wyneb.

Cerddais yn gyflym, a gadael Aberdyfi a'i brysurdeb a'i holl gorneli cyfarwydd. Suddai fy nhraed i'r traeth, ac roedd cerdded yn llafurus. Brwydrais ymlaen ar hyd yr hen dywod cyfarwydd a fu'n fynwes i mi.

Ro'n i'n dychwelyd adref.

Y tŷ ar y tywod. Y tyddyn ar lannau Cantre'r Gwaelod, a phob cornel dywyll, pob cwpwrdd llychlyd, pob llechen y bu fy hanes ynghlwm wrthyn nhw. Fel petai'n bosib i mi wella fy hun wrth fynd yn ôl i'r fan honno, a dileu'r niwl tywyll a oedd wedi casglu o'm cwmpas. Fel petawn i'n dychwelyd i'r fan lle dechreuodd 'Un tro, amser maith yn ôl...', y stori'n gallu dechrau unwaith eto, a minnau'n medru twtio a thorri a phwytho hanes taclusach, symlach i mi fy hun. Fel petawn i'n gallu adeiladu ac atgyfodi Gorwel o'r tywod ac ymolchi'r cymhlethdod o'm dychymyg yn nŵr y môr. Fel petawn i'n medru newid hanesion Nain yn frawddegau call, di-fflach. 'Môr-forynion? Paid â siarad yn wirion. Does 'na ddim ffasiwn beth.'

Tro yn y traeth, a dyna hi – fy aelwyd i. Adref, mor unig ac anial ag erioed, yn ddigon i wneud i mi sefyll yn stond, am ennyd, a syllu. Plygais, a chrafu fy enw yn y tywod – Llanw, yn fach ac yn dwt, yn arwydd dros dro 'mod i wedi dychwelyd.

Roedd y lle'n mynd â'i ben iddo. Byddai halen yn chwythu o'r môr, felly roedd hynny'n anorfod. Dallwyd llygaid y ffenestri gan yr ystyllod pren roedd Gorwel wedi'u hoelio drostynt flynyddoedd yn ôl, a gwnâi hynny i mi deimlo'n euog, fel petai'r tŷ'n cau ei lygaid ar hon oedd wedi'i adael i bydru. Pliciwyd y gwyngalch oddi ar y muriau, gan adael cerrig mawrion, llwyd fel briwiau.

Teimlwn yn rhy ifanc i berthyn i rywle fel hyn.

Dechreuais gerdded at y tŷ, gan deimlo'n betrus braidd, a minnau'n ansicr ynglŷn â pham y dois i yma yn y lle cyntaf.

Roedd y tywydd wedi rhwygo giât yr ardd a'i gadael i bydru yng nghysgod y wal. Roedd rhyw lanw uchel wedi dod â chregyn a cherrig yn llinell gam at ganol y lawnt, er mai dim ond unwaith o'r blaen y gwelswn i'r llanw mor uchel â hynny, pan o'n i'n blentyn bach.

Sefais ar y gwair lle bu llwybr, unwaith, ac wynebu'r drws. Roedd tawelwch yn sisial y môr, a'r pren tywyll mor gyfarwydd â hiraeth.

Petawn i'n rhuthro at y drws rŵan, fel y gwnawn pan fyddwn i'n cyrraedd adref o'r ysgol... Petawn i'n gweiddi 'Naaaa-in' mewn llais plentyn bach, ac yn diosg holl faich y blynyddoedd oddi ar fy ysgwyddau trymion...

Fyddai hi yno unwaith eto? Yn eistedd yn ei chadair wrth y tân, hen wrthban i'w drwsio yn ei chôl, rhaff o blethen yn crogi dros ei hysgwydd, a'i gwên yn naddu crychau yn ei chroen gwelw. 'Tyrd yma, pwt. Ydi Gorwel efo ti?'

Gwthiais y drws, gan ddisgwyl y byddai wedi'i gloi. Cefais syndod mor rhwydd yr agorodd, fel petai wedi bod yn aros amdanaf.

'Cau'r ddôr, Llanw fach, mae'r awel yn fain heddiw.'

Roedd cadair Nain yn dal i fod yno, yn ei lle wrth y tân, er bod hen ddail crin yn britho'r fan lle y dylai ei thraed fod yn gorffwys ar y llechi. Y bwrdd hefyd, dan y ffenest, a dim byd ond llwch lle bu plât o fara neu grempog yn aros amdana i erstalwm.

Croesais yr hen drothwy, a thrio llyncu'r hen deimladau trymion.

Roedd gweddill y celfi wedi diflannu – yr hen ddresel wedi'i gwerthu, y cadeiriau wedi'u hebrwng i rywle na fedrwn i gofio. Dim ond cadair Nain a'r bwrdd, felly, a hanesion yn y waliau noethion gwyn na chaent fyth ddengyd oddi yno.

Sefais ar waelod y grisiau a gwrando am sŵn Gorwel yn

chwibanu wrth wisgo amdano. Gwrando am ddrwm ei draed, yn chwim ac yn sionc ar yr ystyllod pren.

Dim sŵn. Dim ond y llanw.

Un cam i fyny'r grisiau, a phenderfynu, wedyn, peidio. Roedd gadael y llofft heb i mi fod ynddi yn gadael gobaith – efallai fod Gorwel wedi dychwelyd, wedi'r cyfan, ac yn mwynhau cyntun yn ei wely bach.

Yn y gegin gefn, roedd popeth fel y bu. Doedd Gorwel ddim wedi trafferthu gosod pren dros y ffenestri yng nghefn y tŷ. Nid o fan'no y dôi'r gwynt, felly roedd popeth yn dal i gael ei liwio gan y gwydr glas a osodwyd yno gan Dai. Ers pryd roedd o wedi bod yno? Un mlynedd ar bymtheg? Mwy?

Ai dyna'r oll oedd o?

Amrantiad. Roedd pobol yn byw am ddegawdau, canrif weithiau. Felly doedd un mlynedd ar bymtheg yn ddim byd ond saib fer yng nghanol miri byw. Ond yn y blynyddoedd hynny cefais fy hoelio i'm lle, a dygwyd fy nheulu a'm ffydd mewn chwedlau oddi arnaf.

A minnau wedi gwirioni 'mhen wrth weld y gwydr glas am y tro cyntaf ers blynyddoedd, bron na fedrwn i ailafael yng nghynhesrwydd yr hen ddyddiau. Dychmygu Dai yn cario'r darn o wydr ar hyd y llwybr hir dros y traeth, a phob chwa o awel yn bygwth ei falu yn y cerrig mân. Ble cafodd o afael ar wydr glas ar y ffasiwn fyr rybudd? Oedd ei ewythr wedi'i holi ynglŷn ag o, a pha ateb roddodd Dai? Roddodd o ryw esgus tila? Gwrthod ateb? Ynteu a ddywedodd o'r gwir?

'Y tro cynta i mi siarad efo Llanw, holi am y gân yna wnes i, wchi, "Os daw fy nghariad i yma heno i guro'r gwydr glas..."'

Bu'n rhaid i mi droi 'nghefn ar y ffenest liw wrth gofio'r bachgen yna, y wên y byddai o'n arfer ei gwisgo wrth fy ngweld, y llaw swil a estynnai am fy un i. Teimlwn nad oedd o'n perthyn dim i'r dyn a rannai fy ngwely, a oedd bellach yn dad i fy mhlant. Beth o'n i wedi'i wneud i ladd y tân yn ei lygaid?

Ymddangosai'r hen gegin fach yn dywyll oherwydd y gwydr glas, ac roedd trymder y lliw wedi newid sain yr ystafell, fel petai gwrthban yn mygu pob sŵn, yn dwyn y nodau uchel. Er na fedrwn gyfaddef ar y pryd – ddim i mi fy hun, hyd yn oed – ro'n i wedi hiraethu am y gwyrddni yr arferwn ei weld drwy'r ffenest glir yn y gegin gefn. Roedd lliwiau'r mynydd wedi bod yn hoe hyfryd i fy llygaid ar ôl oes o wynebu holl lesni'r môr a'r wybren.

Pwysais fy nghefn yn erbyn y sinc, a'r glas yn llifo dros fy ysgwyddau. Yn y golau unlliw ar y wal wen gyferbyn, do'n i'n ddim byd ond cysgod tywyll, aneglur yng nghanol golau glas, fel rhywun yn boddi.

Neidiais wrth glywed curo ar y gwydr, a deffrodd rhyw hen deimlad ynof – cyfuniad meddwol o ofn a gobaith. Oedd yr holl gofio wedi hudo Gorwel yn ôl ata i? Neu a oedd Dai, hyd yn oed, wedi dychwelyd dros y blynyddoedd blinedig i fod yn ifanc, yn siriol ac yn fy ngharu?

Safai John y tu draw i'r gwydr glas, ei ddwrn yn dal ynghau ar ôl cnocio'n ysgafn. Wrth gwrs mai John fyddai yno, wrth gwrs y gwelwn i o yn fy nghartref cyntaf, unig, diarffordd. Onid ar y patrwm yma o gyd-ddigwyddiadau a ffawd yr adeiladir pob chwedl?

Adeiladwyd hi gan grefftwyr ym misoedd poethaf y flwyddyn, gan ddefnyddio'r deunyddiau gorau posib. Y *Sarah*, y llong a grëwyd gan ddynion a oedd wedi ymgolli mewn serch.

Cyd-ddigwyddiad oedd hynny, ond roedd yn gyd-ddigwyddiad hyfryd. Pedwar dyn a'i hadeiladodd, o fis Ebrill tan Awst, a'r pedwar â'u meddyliau wedi'u hoelio ar gariad. Un wedi dechrau caru gyda merch bryd golau o Abertafol; un yn ystyried gofyn i'w gariad fod yn wraig iddo; un yn breuddwydio ddydd a nos am chwaer ei wraig; ac un, er mawr syndod a dryswch iddo'i hun, yn cael ei lorio gan chwant a chariad at ddyn arall.

Pob sefyllfa yn llawn cymhlethdod ac ansicrwydd, a phob un hefyd â rhyw symlrwydd ynghlwm ynddi. Wrth i'w phen gael ei phaentio, i'r hoelion gael eu curo i'w lle, i'w haearn gael ei losgi i greu uniad, bodiwyd a byseddwyd ac anweswyd y *Sarah* gan ddynion oedd yn ddall oherwydd cariad.

Efallai mai dyna a'i gwnaeth hi mor arbennig.

Ar ddydd ei lansiad yn nŵr aber afon Dyfi, roedd y pentrefwyr yn gytûn fod rhywbeth arbennig am hon, rhyw gymeriad, rhywbeth chwedlonol am y pren tywyll, y rhaffau praff a'r hwyliau gwynion. Byddai'n chwith ei gweld hi'n gadael Bae Ceredigion, yn bechod ei gadael hi'n agored i beryglon y moroedd mawr.

Ond rhaid oedd gadael iddi fynd, ymestyn ei choesau, gadael i'r gwyntoedd cryfion chwibanu drwy ei hwyliau fel awel iach drwy wallt. A gwireddodd y *Sarah* yr holl ddisgwyliadau. Byddai'n cadw'r llongwyr yn saff mewn storm, yn cefnu ar greigiau llechwraidd o dan y dŵr ac yn gwibio o orwel i orwel â llyfnder hyfryd. Ar bob cyfandir a phob harbwr, fe'i croesawyd gydag edmygedd a pharch, a hynny gan lygaid oedd wedi hen gynefino â llongau. Ni lwyddodd unrhyw un i esbonio pam ei bod hi'n llong mor arbennig. Roedd ganddi'r un pren â llongau eraill a'r un cotwm i'r hwyliau. Ond allai neb ddadlau, chwaith, ei bod hi'n wahanol. Yng nghanol harbwr prysur, y *Sarah* fyddai'n denu llygaid.

Dyn ifanc oedd ei chapten olaf. Dyn â brwdfrydedd ac antur yn ei waed. Anwesodd y *Sarah* yn fwy nag yr anwesodd unrhyw gariad erioed, a chredai mai dyma'r unig gariad a chanddo obaith goroesi'r blynyddoedd – cariad at bren, rhaff a haearn, bol y llong fel croth amdano ar nosweithiau stormus. Cariad at y teithiau a rannai'r ddau, a chariad at ddychwelyd yn achlysurol i lefydd cysurlon.

Ond peth tanllyd a byrhoedlog ydi serch dyn anturus, ac ar ôl blynyddoedd lliwgar o anwesu llyw y *Sarah*, daeth llong arall i gipio'i fryd.

Roedd honno'n smocio.

Chwythai'r stêm fel cymylau i'r awyr las, a'i chorff hi'n fetel gwyn, yn llyfn, tra bod plisgyn y *Sarah* yn gnotiau duon yng ngraen ei phren. Taranai'r llong newydd drwy'r dŵr, a'r tân yn ei bol yn ei gwthio hi ar wib drwy donnau mawrion. Châi hon ddim ei phoeni gan gyfeiriad y gwynt. Doedd dim angen hwyliau o gwbl arni.

Aethpwyd â'r *Sarah* yn ôl i aber afon Dyfi, a'i chapten olaf wedi diflannu i ganlyn cenhedlaeth newydd o longau. Trodd arfordir Bae Ceredigion yn fynwent i longau tebyg iddi. Degau ohonyn nhw, yn gyrff mawr trwm yn trengi ar y don.

Heb ofal, heb gariad, heb un edmygwr yn y byd, bu farw'r hen *Sarah* nid nepell o'r fan lle'r adeiladwyd hi. Golchwyd ei phren yn olau, a phydrodd ei hwyliau'n garpiau mân.

Cyn cael ei chwalu'n llwyr, cafodd ei hedmygu un tro olaf. Hen ŵr, ei gorff ymhlyg ar ôl bywyd o waith caled, yn chwilio am gysur heulwen ar ei gymalau poenus ar brynhawn oer ym mis Ebrill. Oedodd wrth yr harbwr, gan edrych ar gorff difywyd y *Sarah* yn cael ei lyfu gan y dŵr.

Gallai gofio ei law ei hun yn hoelio'r ystyllod at ei gilydd, y chwys yn diferu o'i gnawd i'w phren. Cofiai'r ffordd y byddai'n gwenu wrth weld ôl ei waith, llygaid gwyrddion ei gariad yn gwenu'n ôl arno yn ei feddyliau. Y ffasiwn obaith, yn y dyddiau hynny, y ffasiwn hyder a ddaeth o gael ei garu. A'r sicrwydd, hefyd, yng nghadernid y cariad hwnnw, ei fod yn drech na'r môr, yn gryfach na'r tir, cyn gryfed â'r *Sarah*.

Byddai'r llygaid gwyrddion yn agor yn y gwely wrth ei ymyl bob bore am saith, ond doedden nhw ddim wedi gwenu arno erstalwm. Doedd y cariad, chwaith, heb ddal dŵr cyhyd ag y gwnaeth y *Sarah*. Waeth pa mor gadarn oedd seiliau llong neu garwriaeth, doedd dim yn drech na grym yr elfennau ac amser.

Niwl

Y CHWEDL GRYFAF erioed.

Roedd ganddi'r grym i ladd dynion, creu afonydd o waed llachar a chwalu cariad rhwng dau. Roedd hi'n peri i rai wallgofi ac i eraill wirioni, yn chwa o awel yn nhywyllwch y meddwl neu'n dunnell o euogrwydd ar gydwybod.

Duw.

Fe'm magwyd mewn tyddyn ar dywod, cerrig cedyrn ar sail anwastad. Fe'm magwyd ar hanesion a chwedlau a hogwyd gan dafodau Nain a'i chyndeidiau, a'r rheiny hefyd yn bethau na fedrwn ymddiried ynddyn nhw. Fe'm magwyd yng nghysgod Iesu Grist, ond dim ond ar y cyrion, dim ond yn sychder yr ysgol Sul ac mewn ambell wers yn yr ysgol. Wyddwn i ddim ai chwedl oedd yntau hefyd.

Dechreuais wrando yn y capel, a phori dros yr hyn a ddywedid yn y bregeth. Edrychwn o'm cwmpas ar y gynulleidfa a'u gweld yn dawel, blinedig a thaeog. Wedi'u llethu gan bregeth ddiflas, fel petaen ni oll yn blant ysgol a'r pregethwr yn dweud y drefn.

Beth fyddai'n digwydd, un Sul, petai'r pregethwr yn adrodd stori yn hytrach na gosod rheolau llym i ni i gyd? Yn adrodd hanesion o'r Beibl, am arch Noa, neu'r Môr Coch yn agor, ac yn eu hadrodd efo angerdd. Yn rhoi gwahanol leisiau i'r cymeriadau, yn gweiddi rhai rhannau, yn sibrwd eraill. Oni fyddai stori dda yn well i ddysgu gwers na llais llwyd, sychlyd?

Wedi'r gwasanaeth ryw ddydd Sul, ond cyn Gweddi'r

Arglwydd, a phawb yn gostwng eu pennau, trodd John a dal fy llygaid am eiliad fer. Yn sydyn, gwyddwn beth oedd gwir ystyr gweddi.

Drwy'r gwydr glas, edrychai ei lygaid bron yn ddu. Fedrwn i ddim gweld lle roedd yr iris yn gorffen a'r gannwyll yn dechrau. Roedd ei weld o yno'n teimlo mor naturiol, rywsut, fel petaen ni'n dau'n gwneud dim ond dilyn llinyn stori.

Syllais arno am ychydig eiliadau, gan drio anadlu bywyd go iawn yn ôl i mewn i f'ysgyfaint. Syllodd yntau, cyn diflannu, gan adael dim byd ond porfa a gorwel o fryniau. Tybed a oedd o wedi mynd yn ôl i'r pentref? Efallai na welodd o mohona i o gwbl, bod adlewyrchiad y bryniau ar dywyllwch y gwydr wedi 'nghuddio.

Ond pam cnocio, felly?

'Mrs Huws?'

Symudais yn reddfol i'r parlwr, a gweld siâp ei gorff yn llenwi'r drws ffrynt. Y tu ôl iddo, medrwn weld y môr, a'r gorwel yn tynnu llinell rywle rhwng ei wasg a'i frest.

Gorffwysais yn erbyn ffrâm drws y gegin. Wyddwn i ddim beth i'w ddweud, er mor chwithig oedd y tawelwch.

'Mae'n ddrwg gen i eich dychryn chi,' meddai, gan wasgu ei gap yn dynn rhwng ei ddwylo. 'Do'n i ddim yn disgwyl y byddai unrhyw un yn y tŷ.'

'Wnaethoch chi mo 'nychryn i,' mynnais. 'Beryg mai fi wnaeth hynny, yn stelcian yn y gegin fel'na...'

Gwenodd John mewn rhyddhad o sylweddoli nad o'n i'n flin.

'Ro'n i'n meddwl am eiliad mai ysbryd oeddach chi.'

Nodiais, fel petai credu mewn ysbrydion yn beth hollol naturiol i bobol yn eu hoed a'u hamser fel ni.

'Dwi'n dod yma weithiau,' meddai John, gan gymryd cam dros y trothwy a thaflu ei olygon o amgylch yr ystafell fach. 'Welais i 'rioed unrhyw un yma o'r blaen.'

'Fûm i ddim yma ers blynyddoedd.'

'Byddwn i wrth fy modd yn adnewyddu'r lle.' Rhedodd law fawr galed ar hyd y maen hir uwchben y lle tân. 'Byw yma fy hun.'

'Braidd yn ynysig,' atebais, er mai dyna oedd prif atyniad y lle i mi. 'Yn ddiarffordd...'

'Yn union.' Fflachiodd ei wên tuag ataf, a bu'n rhaid i mi lyncu rhywbeth yn ôl wrth deimlo'r fath gynhesrwydd. Doedd neb wedi rhannu gwên fel yna gyda mi erstalwm. 'Byddwn i'n dweud ei bod hi o leiaf ugain mlynedd ers i unrhyw un fyw yma, o weld y stad sydd ar y lle. Mi fydda i'n meddwl pa fath o bobol fyddai wedi byw mewn ffasiwn le? Mor bell o'u cymdogion, ac ar drothwy'r môr?'

Syllais arno i weld a oedd o'n cellwair. Roedd hi'n ddigon posib bod rhywun wedi crybwyll fy enw i, wedi sôn mai yn y tyddyn ar y traeth y magwyd fi. Ond na, medrwn ddweud o'r olwg bell ar ei wyneb nad oedd o'n gwybod.

'Maddeuwch i mi, Mrs Huws,' gwenodd John, gan ysgwyd ei ben gyda gwên fach wrth weld fy niffyg ymateb. 'Dwi'n tueddu i fod yn sentimental.'

'Nid hynny,' cywirais yn ysgafn. 'Mae'r tŷ wedi bod yn wag ers dros bymtheg mlynedd. A'r math o gymeriadau oedd yn byw yma?' Oedais i chwilio am y geiriau iawn. 'Dwi ddim mor od ag y byddai rhywun yn ei ofni. Gobeithio.'

Cefais fwynhad o weld ei ymateb wrth iddo sylweddoli mai'r lle hwn oedd fy nghartref. Y llygaid yn agor yn lletach. Fedrwn i ddim peidio â gwenu.

'Chi? Yn fan'ma y magwyd chi?'

'Ia. A Gorwel, fy mrawd.'

Nodiodd John, gan edrych i fyw fy llygaid. Roedd hi'n amlwg iddo glywed am Gorwel. Tybed be oedd pobol wedi'i ddweud amdano? Tybed be oedd pobol wedi'i ddweud amdana i?

Pigodd y tawelwch ar hen grachen, gan fygwth tynnu gwaed. Y tawelwch o golli Gorwel, y gwagle roedd o wedi'i adael. Symudais drwy'r ystafell, heibio John, a sefyll ar garreg y drws yn wynebu'r môr.

Daeth John ata i, a sefyll y tu ôl i mi, yn agos. Gallwn deimlo'i gôt yn cyffwrdd â gwlân glas fy nghardigan.

'Mae'n ddrwg gen i am ddod i mewn i'r tŷ heb wahoddiad fel hyn, Mrs Huws. Doedd o ddim yn iawn.'

'Dim o gwbl. Wnewch chi mo 'ngalw i'n Llanw?'

Yn syth, difarais 'mod i wedi gofyn. Ro'n i'n swnio'n bowld, mor wahanol i'r llais llwyaeth fyddai'n hanner sibrwd fel arfer, mor dawel ag ymddiheuriad.

'Llanw a Gorwel,' meddai John, ei lygaid yn dynn ar y môr. Doedd o ddim yn edrych fel petai o wedi'i dramgwyddo o gwbl. 'Enwau hardd. Mae Llanw'n swnio fel person hollol wahanol i Mrs Huws.'

Roedd hynny'n anaddas hefyd, ac yn wir bob gair. Feddyliais i ddim am y peth o'r blaen, ond roedd y syniad yn ffitio'n berffaith.

'Mae 'na chwedl am ein henwau ni.'

Teimlais ei lygaid yn troi tuag ata i o'r môr. Roedd o'r taldra perffaith, hanner pen yn dalach na fi.

'Ga i ei chlywed hi?'

Petai'r hanesion yn wir, a doedden nhw ddim, wrth gwrs, beth petai rhywun yn gwylio o'r dyfroedd yr eiliad honno? Hen enaid o Gantre'r Gwaelod, neu fôr-forwyn, neu ddau gariad a sgubwyd o lannau Ynys-las gan gryfder y tonnau? Beth a welai pobol y môr rŵan ond gŵr a gwraig ar garreg y drws, yn berffaith yn eu lle, yn undod ar aelwyd?

'Hen chwedl wirion ydi hi. Tydi hi ddim yn wir.'

Edrychodd John i lawr wedyn, a synhwyrais ei fod o'n brathu geiriau'n ôl, yn union fel y gwnes innau. Byddai adrodd chwedl Mam Ni Oll wrth wisgo hanner gwên wybodus ac ysgwyd fy mhen yn y mannau iawn yn ormod. Ro'n i wedi gwneud hynny droeon o'r blaen, ond rywsut byddai bychanu'r hanes â ffug anffyddiaeth yn teimlo'n rhyfedd o'i wneud yn y fan yma, ar yr eiliad hon, efo fo.

'Byddwn i wrth fy modd yn ei chlywed hi. Rhyw ddydd.'

Camodd John heibio i mi, ei gôt yn ochneidio ar wlân fy nghardigan wrth iddo basio. Cerddodd tuag at y fan agored lle bu'r giât erstalwm – cerddediad araf, hamddenol, perchnogol bron. Cymerais gip i gyfeiriad Tywyn, a gweld y ddau bolyn yn dal i sefyll, a'r lein ddillad wedi dal ei gafael dros y blynyddoedd rywsut, yn dal i siglo rhyngddyn nhw. Yn fan'no y safodd hi, un tro, amser maith yn ôl – Mam Ni Oll, yn gosod rhes o ddillad i ddawnsio'n rhydd ar y lein. Oedd hi'n flinedig? Yn flin? Wedi'i thynnu'n greia gan ofynion diddiwedd Llanw a Gorwel, ac yn ysu am i rywbeth, unrhyw beth, ddod i'w chario hi oddi yno?

Mam Ni Oll. Onid oedd pob dynes yn Fam Ni Oll?

'Fyddech chi ddim yn cysidro dod yn ôl yma i fyw?' holodd John dros ei ysgwydd.

'Byddwn, ond ym Mhenhelyg mae cartre fy nheulu.'

Bu saib hir, a gadewais i mi fy hun ddychmygu sut beth fyddai byw yn y tyddyn unwaith eto – yr unigedd hyfryd, y diffyg lleisiau, a'r teimlad parhaus bod rhywbeth ar fin digwydd.

'Mae'n wahanol iawn yma. Ar wahân i'r byd, bron. Fel paradwys.'

'Heddiw, yndi. Ond pan mae storm yn dod i godi'r tywod, a'r môr yn ddig...' Ysgydwais fy mhen. 'Mae rhywun yn teimlo'n fach iawn o fyw yng nghesail yr elfennau.'

Trodd John, a thraeth fy mhlentyndod fel cefnlen o liwiau tawel iddo. Plannodd ei ddwylo yn ei bocedi a gwenu gwên fachgennaidd, ieuanc.

'Ydi hynny'n ddrwg o beth?' gofynnodd, ac ystyriais, ond chefais i mo'r cyfle i'w ateb. 'Teimlo'n fach? Er y stormydd, y gwynt a'r awel hallt, mae 'na rywbeth wedi'ch tynnu chi 'nôl yma, Llanw.'

Do'n i ddim yn gyfarwydd ag unrhyw un yn siarad mor ddiflewyn-ar-dafod, heb sôn am ddieithryn fel hwn. Fyddai Dai byth yn meddwl dweud rhywbeth tebyg. Fedrwn i ddim gwrthod y ffasiwn onestrwydd, dim ond ei adlewyrchu yn fy atebion.

'Nid chi ydi'r unig un sy'n teimlo'n sentimental am yr hen le yma. Pethau rhyfedd ydi atgofion, yntê. Dwi'n siŵr nad oedd fy mhlentyndod mor felys ag mae 'nychymyg i'n 'i gofio fo.'

'Mae'n siŵr gen i fod pethau'n felys iawn i blentyn wrth fyw ar draeth.'

'Ddim os oedd arni ofn y môr.'

Cododd John ei aeliau mewn syndod wedyn, a gadael iddo'i hun wenu. 'Byddai bardd gwell na fi'n medru ysgrifennu cerdd am Llanw ac arni ofn y môr.'

'Ac efallai y medrech chi ei gosod hi ar alaw ar eich ffidil.'

Gwridais yn syth, a theimlo mai Llanw arall oedd yn rheoli fy ngeiriau pan o'n i yng nghwmni hwn. Fûm i erioed yn un a fedrai siarad yn blaen efo dynion, heb sôn am gynnig brawddegau a ymylai ar fod yn bowld, yn awgrymog.

'Chi oedd ar lan y dŵr y diwrnod hwnnw,' meddai John, a syllodd y ddau ohonon ni i fyw llygaid ein gilydd mewn ffordd a deimlai'n beryg bywyd i mi. 'Ro'n i'n gwybod, pan ddaethoch chi i mewn i'r siop, a minnau wedi meddwl tan hynny mai rhith oeddach chi.' Ysgydwodd ei ben yn ysgafn, ysgafn. 'Dynes drist afon Dyfi.'

'Dwi ddim yn drist,' atebais yn syth, fy llais yn feddal fel plu.

'Na,' cytunodd John. 'Dydach chi ddim yn edrych mor drist heddiw.'

Oedd o'n mynd i 'nghusanu i?

'Gwell i mi fynd,' mwmialais ar ôl ychydig, wedi fy nhorri gan y posibilrwydd y gallai John gamu'n nes ata i, cyffwrdd fy wyneb, pwyso'i geg dros f'un i...

'Fydda i'n dod yma bob pnawn Mercher,' meddai John yn frysiog. 'Dwi ddim yn gweithio 'radag honno.'

'O,' atebais yn dwp, heb syniad yn y byd sut i ymateb. Pam roedd o'n dweud hynny wrtha i?

Sylweddolais yn sydyn, a chodi fy llygaid unwaith eto. Roedd yr olwg ar ei wyneb mor daer, a'i groen yn edrych mor feddal.

Bu'n rhaid i mi gau fy nyrnau rhag ymestyn amdano. Cynnig oedd o. Cynnig ei gwmni, os o'n i am ei gael o.

'Hwyl,' meddwn yn gryg, a cherdded drwy fwlch yr ardd i dir anwastad y tywod.

'Llanw?' galwodd John, a throais yn ôl. 'Peidiwch â bod ofn y môr.'

Ochneidiais, wedi fy llorio gan y dyn yma oedd yn dweud pethau mawr o hyd.

'Tydw i ddim. Ddim yn ddiweddar.' Ysgydwais fy mhen, yn methu deall y peth fy hun. 'Mae hynny wedi newid.'

Doedd hi ddim yn coelio mewn ysbrydion tan iddi fynd ar goll yn y niwl.

Pan oedd hi'n fach, byddai'r hen gapteiniaid yn adrodd straeon am niwl dieflig fyddai'n glynu yn yr awyr o amgylch y llongau am oriau, am ddyddiau weithiau. Nid niwl arferol mohono, ond un fyddai'n llawn atgofion ac ysbrydion, a digon o hanesion yn perthyn iddo i yrru dyn o'i go. Byddai'r capteiniaid yn giamstars am adrodd stori, eu llygaid yn lledu a'u lleisiau yn llyfn fel awel.

Ond ddywedon nhw ddim bod y niwl yn medru chwythu i'r traethau weithiau.

Diwrnod braf o wanwyn oedd hi. Roedd hi'n cerdded yn gyflym, yn trio cyrraedd rhywle na ddylai fynd iddo. Oherwydd bod glaw neithiwr wedi caledu'r tywod, gadawai ei sgidiau olion gwadnau mewn cryman taclus dros y tywod. Doedd y niwl ddim yn edrych mor dywyll ar y gorwel, nac mor fygythiol wrth iddo arnofio ar wyneb y môr. Prin iddi sylwi arno o gwbl. Roedd ei meddwl ar gyrraedd pen ei thaith.

Roedd y byd fel petai'n ymdawelu. Stopiodd yn stond a meddwl mor od oedd gweld y tonnau cyfagos wedi distewi, yn ddim mwy na siffrwd mwyn, a'r gwylanod wedi peidio â'u sgrechian. Ac yna daeth y niwl, a hithau yn ei ganol, yn methu gweld dim heblaw hi ei hun a'r cwmwl llwyd oedd wedi'i llyncu.

Cerddodd gam neu ddau, ond roedd y niwl yn ei mwydro a wyddai hi ddim i ba gyfeiriad roedd hi'n mynd. Aros yn stond fyddai'r peth callaf, nes bod y niwl yn cilio, ond roedd rhyw deimlad wedi cydio ynddi, fel petai hi'n mygu yn y cwmwl trwchus. Brysiodd i un cyfeiriad, cyn newid ei meddwl a brysio'n ôl. Parhâi'r môr i siffrwd, ond roedd hi wedi colli pob gafael ar ble roedd o. Llonyddodd mewn ofn, gan ebychu, bron â chrio.

Daeth y chwerthin trwy'r llwydni, mor glir â chloch Cantre'r Gwaelod. Ei chwerthiniad o. Chwyddodd ei chalon, ac ebychodd eto, gan droi i ddod o hyd i'r llais. Ei chwerthiniad o: yn llawn direidi, yn ogoneddus o ddrygionus. Doedd hi ddim wedi clywed y chwerthiniad yna ers blynyddoedd, ac roedd y sŵn fel coflaid.

Fedrai hi ddim gweld unrhyw un.

Daeth y chwerthiniad unwaith eto, o'r cyfeiriad arall. Trodd yn sydyn ar ei sawdl, a'i weld o'n brysio oddi yno, yn ddim ond cysgod yn diflannu drwy'r niwl. Ia, ei gerddediad brysiog o, ei ysgwyddau sgwâr a'i ben golau. Rhuthrodd ar ei ôl, a'i golli yn y niwl.

'Aros!' gwaeddodd. 'Aros!'

Y chwerthiniad unwaith eto, o gyfeiriad arall. Trodd, a dilyn y cysgod. Roedd o'n chwarae mig efo hi, yn union fel y byddai o'n gwneud pan oedd y ddau'n blant. Chwarddodd hi, a'r dagrau'n powlio i lawr ei gruddiau. Roedd o wedi dychwelyd, ar ôl yr holl flynyddoedd! Yr un un, yn chwarae gêmau gwirion ac yn ei harwain mewn cylchoedd.

'Aros. Aros amdana i.' Ond wnaeth o ddim, dim ond parhau i frysio o le i le yn y niwl, gan chwerthin weithiau.

Ac yna roedd o wedi diflannu. Dim chwerthin, dim cysgodion. Dim ond hi, yn rhedeg mewn cylchoedd, yn galw'i enw ac yn methu â gweld neb.

Wedi ymlâdd, suddodd i'r tywod a'i dagrau'n llifo, ond yna clywodd lais arall yn galw arni.

'Tyrd. Tyrd rŵan!'

Llais ei gŵr, ond na. Llais y dyn yr arferai ei gŵr fod, yn gynnes ac yn chwareus ac yn llawn gofal. Edrychodd i fyny a gweld ei siâp yn cerdded ymaith drwy'r niwl. Yr hen gerddediad yna, yr un a ddenodd ei llygaid yn y dechrau – hawddgar, diog bron. Roedd y cerddediad hwnnw wedi diflannu ers blynyddoedd, ac eto, dyma fo. Yn troedio dros y tywod yn y niwl, fel y byddai ei gŵr yn gwneud erstalwm.

Rhuthrodd ar ôl y rhith. Dilynodd yr atgof. Ebychodd wrth glywed ei lais bymtheg mlynedd ynghynt yn galw, 'Tyrd 'laen. Tyrd ata i.'

'Dwyt ti ddim yn bod,' wylodd, yn dal i chwilio amdano, yn dal i'w ddilyn. 'Dim ond atgof wyt ti. Ysbryd.'

'Tyrd 'laen!'

Fedrai hi wneud dim ond ufuddhau, gan feddwl peth mor braf, mor boenus o hyfryd fyddai dod o hyd i'r dyn yr arferai ei gŵr fod. Ond diflannu wnaeth hwnnw, a thawelu, ac erbyn i'r niwl glirio doedd neb o gwmpas heblaw hi ei hun, ac olion ei thraed yn gylchoedd anhrefnus yn y tywod.

'Ro'n i'n gobeithio y byddet ti'n dod yn ôl,' meddai John.

Eisteddai ar garreg lefn Nain o flaen y tyddyn, ac roedd o wedi 'ngwylio i'n agosáu, wedi eistedd yn hollol lonydd fel petai o wedi bod yn rhan o'r graig, yn rhan o'r tirlun hwn erioed.

Crafais fy enw yn y tywod – yn fawr y tro yma, yn llythrennau breision i gyd.

'Ddyliwn i ddim fod wedi dod.'

Arhosais iddo ofyn pam. Ond roedd o'n dallt, ac roedd hynny ynddo'i hun yn ddigon i'm dychryn.

Eisteddais wrth ei ymyl.

'Fan hyn byddai Nain yn arfer eistedd. Y graig yna fan'cw oedd f'un i, ac roedd un Gorwel draw fan'na.'

'Dy un di sy bella o'r môr.'

Gwenais. 'Mi fyddwn i'n eistedd efo 'nghefn at y dŵr, weithiau, yn wynebu'r bryniau. Yn smalio 'mod i'n byw yng nghanol cae, ymhell o'r dŵr.'

Nodiodd John, fel petai o'n deall. 'A be oedd tu ôl i ti, yn dy ddychymyg? Yn lle Môr Iwerydd?'

'Dyffrynnoedd, ambell fynydd ar y gorwel. Pentre yn y pellter efo tŵr yr eglwys i'w weld rhwng dau fryn. Coedwig fawr i gyfeiriad Enlli, ond nid un fytholwyrdd. A melin wynt i gyfeiriad Sir Benfro.'

'Rwyt ti'n dal i'w weld o, yn dwyt, Llanw?'

Am ryw reswm, roedd rhywbeth yn ofnadwy o drist am hynny. 'Tydw i heb feddwl amdano fo erstalwm, ond mae o'n dal yna, rywsut, pan dwi'n sbïo allan ar y môr. Y tir wnes i ei greu.'

Do'n i ddim wedi siarad fel yma efo neb ers i Bet a minnau golli'r agosatrwydd unigryw hwnnw. Wn i ddim pam ei fod o mor hawdd efo John, pam 'mod i'n dinoethi fy hun i ddieithryn.

'Mae 'na olwg fel tasat ti'n gweld pethau sy ddim yno arnat ti.'

Codais fy llygaid i edrych arno. Ro'n i'n gynnes, a'r haul

mor glên. Doedd o ddim yn gwenu, a doedd o ddim yn ddyn trawiadol iawn. Ddim yn ddigon mawr i fod yn atyniadol o wrol, a heb fod yn anarferol o olygus. Ond roedd rhywbeth amdano, rhywbeth yn y crychau oddeutu ei lygaid. Roedd o'n f'atgoffa i o graig, o gerflun, yn gadarn a chaled ac yn oleuni mewn croen.

'Pan fyddi di'n cerdded i lawr y stryd, rwyt ti'n troedio fel petaet ti'n cerdded drwy goedwig yn llawn petha hyfryd. Pan fyddi di'n prynu cig yn y siop, mae dy lygaid di'n meddwl am betha eraill, am diroedd pell.'

Roedd o wedi bod yn fy ngwylio i. Wedi dirnad fy ffaeledd a'm cryfder mwyaf.

'A be amdanat ti?' gofynnais yn gryg. 'Beth wyt ti'n 'i weld yn Aberdyfi?'

'Fawr ddim heblaw am y môr a'r llanw.'

Gwenodd John, ac aeth ias o bleser ac ofn drwydda i.

Tân

ROEDD BET WEDI mynd.

Teimlwn ei bod hi'n llithro o'm gafael cyn gynted ag i ni wybod bod Gorwel yn fyw, yn rhywle. Ein hiraeth amdano fu ein hunig destun trafod ers blynyddoedd – ein cariad tuag at yr un dyn oedd wedi'n clymu yn dynnach nag erioed. Ac yna, doedd dim byd ar ôl i'w ddweud. Doedd dim diben trafod Gorwel. Roedd o'n rhy boenus. Byddwn yn llygadu galarwyr y bechgyn a laddwyd yn y rhyfel gydag eiddigedd. Doedd gen i mo'r hawl i alaru.

Weithiau, pan fyddwn i'n mynd am dro efo Bet, byddwn yn edrych arni o gornel fy llygad ac yn caniatáu i'r holl feddyliau milain, creulon lifo. Petai hi'n dlysach, yn feinach, yn fwy deniadol, fyddai Gorwel wedi dychwelyd? Petai'n fwy swil, yn dawelach, yn debycach i ferched eraill? Penderfynais mai ei bai hi oedd y cyfan.

Ac yna, un bore, galwodd Bet yn y tŷ a sylwais fod rhyw stiffrwydd newydd yn ei hosgo. Eisteddodd yn y gadair wrth y ffenest, lle byddai hi'n eistedd bob tro. Edrychais arni wrth hwylio paned, a chofio'r ferch fach fyddai hi erstalwm, ei chofio yn rholio tin-dros-ben ar y traeth gan chwerthin yn uchel, yn stwffio'i cheg efo fferins nes nad oedd hi'n medru siarad ac yn rhedeg ei bysedd drwy fy ngwallt gan ryfeddu, 'Mae o mor syth, fel sidan.' Bellach, roedd hi mor llonydd a difywyd, mor gefnsyth, fel petai rhywbeth wedi diffodd ynddi.

'Dwi'n mynd i briodi, Llanw,' meddai wedyn, â'i phaned yn ei dwylo.

Syllais arni'n gegrwth. Doedd hi ddim wedi sôn am ddyn arall, ddim erioed.

'Priodi?'

'Lewis ydi 'i enw fo,' esboniodd, ei llais yn gadarn, fel petai'n sôn am yr hyn roedd hi am ei gael i de. 'Mae o'n dod o Arthog. Mae o'n gweithio i'r Bwrdd Dŵr.'

Syllais arni'n fud. Do'n i ddim wedi clywed gair am Lewis o Arthog cyn hyn.

'Byddi di'n licio fo, Llanw. Mae o'n glên ac mae o'n hoff iawn ohona i.'

Roedd y diffyg rhamant mor amlwg yn ei llais, yn ddim byd tebyg i'r hen Bet. Cofiais y noson yn y tŷ ar y tywod pan ofynnodd Dai i mi fod yn wraig iddo, a'r llawenydd, y chwerthin a'r cariad a lenwodd y tŷ bychan. Cofiais hefyd yr holl sgyrsiau yr arferai Bet a mi eu cael pan o'n i'n gariad i Dai a hithau'n gariad i Gorwel – yr obsesiynau di-ben-draw am liw llygaid a llyfnder dwylo a phori dros hen sgyrsiau, yn chwilio am ystyr i eiriau ffwrdd-â-hi. Roedd ei darpar briodas â gŵr nad o'n i wedi clywed 'run gair amdano yn frad ar yr holl sgwrsio a fu rhyngom.

'Be am Gorwel?' gofynnais.

Trodd Bet ei llygaid tuag ata i, wedi'i synnu gan y cwestiwn. Ystyriodd am ychydig, cyn gofyn, 'Be am Gorwel?'

'Tasa fo'n dod yn ôl…'

Ochneidiodd Bet yn ddiamynedd. Yn amlwg, ro'n i'n mynd ar ei nerfau hi. 'Tasa fo'n mynd i ddod yn ôl, mi fydda fo wedi cyrraedd erbyn hyn.'

'Ond ti'n 'i garu fo!' Swniai fy llais yn gyhuddgar.

'Ro'n i'n 'i garu fo. Ond wedyn mi adawodd o fi, ac mi adawodd o ti, a dwi wedi dysgu sut i roi'r gorau i'w garu o.'

Roedd hi'n gandryll efo Gorwel, sylweddolais. Pryd ddigwyddodd hynny? Pryd trodd yr hiraeth yn chwerwedd, y cariad yn gasineb?

'Fedri di ddim stopio caru rhywun,' mynnais. 'Mae o yna am byth.'

'Ac os wyt ti'n caru rhywun, dwyt ti ddim yn eu gadael nhw, Llanw. Dwyt ti ddim yn diflannu heb esbonio pam.'

Codais o 'nghadair. 'Be ti'n feddwl? Doedd Gorwel ddim yn fy ngharu i?'

'Doedd o ddim yn caru unrhyw un.'

'Oedd!'

'Wel pam wnaeth o adael ta, Llanw?'

Codais fy llygaid a gweld bod llygaid Bet yn oer, fy ffrind fach hwyliog i wedi hen ddiflannu. 'Dwi'n gwybod pam,' atebais mewn llais bach.

Yn araf, cododd Bet ar ei thraed, gan syllu arna i.

'Y noson ola, cyn iddo fo fynd,' meddwn yn dawel. 'Roedd o'n deud na fedra fo dy briodi di. Bod dy rieni'n disgwyl gwell i ti na rhywun fel fo, ac y byddai hi'n annheg dy adael di adre tra byddai o ar y môr.'

Ochneidiodd Bet fel tasa hi byth eisiau cymryd anadl arall.

'Mi ddwedodd o y byddai'n llesol i ti tasa fo byth yn dod yn ôl.'

Eisteddodd Bet yn drwm yn ei chadair, ei gruddiau'n llwyd. Mae'n rhaid ei bod hi'n dal i'w garu, meddyliais. Neu fyddai hi ddim yn malio gymaint.

'Wedyn, mi dorrodd fy nŵr i…'

'Ac mi ddaeth Gorwel i'r tŷ i gwrdd â fi.' Roedd llais Bet mor feddal, mor dawel. 'Mi soniodd ei fod o'n drist wrth feddwl amdanat ti, yn poeni nad oeddat ti'n ymgolli yn dy deulu newydd am dy fod ti'n mynnu ffysian drosto fo.'

Eisteddais yn fy nghadair a phlygu wrth i boen bigog ddod i'm perfedd yn sydyn.

'Yn dweud dy fod ti'n 'i fygu fo efo'r holl sylw. Mi ddeudodd o "Mi fyddai'n gwneud lles i Llanw beidio 'ngweld i eto." Dyna oedd ei union eiriau fo.'

Eisteddodd y ddwy ohonom mewn distawrwydd llethol. Oedd hi'n dweud y gwir? Syllais arni'n crio.

'Roedd hi'n jôc rhwng Gorwel a fi,' meddai ar ôl ychydig, ei hanadl yn fyr oherwydd ei dagrau. 'Gymaint oeddat ti'n meddwl y byd ohono fo. Roeddan ni'n tynnu coes dy fod ti'n dychmygu Gorwel yn dy wely yn lle Dai…'

Doedden ni ddim wedi newid gymaint â hynny, penderfynais. Doedden ni ddim yn gwbl wahanol i'r merched bach oedd yn arfer ymarfer plethu gwalltiau ein gilydd. Ond fyddai dim byd yr un fath ar ôl y geiriau yna rhyngon ni ein dwy.

Gadawodd Bet yn fuan wedyn. Clywais iddi briodi Lewis o Arthog, a mynd yno i fyw. Aeth ei rhieni efo hi. Doedd ganddi neb i ymweld â nhw yn Aberdyfi bellach.

Doedd John ddim yn unigryw, nac yn arallfydol o berffaith. Dyn oedd o, fel y dynion eraill. Fy meddwl i a'i gwnâi o'n wych, a'r ffaith iddo godi'i ben a 'ngweld i pan o'n i'n dechrau troi'n anweledig.

Ac felly un prynhawn, safwn yn hen lofft Gorwel a minnau, yn tynnu amdanaf. Bûm yn osgoi'r rhan yma o'r tyddyn, er i John a mi dreulio llawer prynhawn Mercher yn sgwrsio yng nghartref Nain, a minnau'n crefu arno i ddod â'i ffidil. 'Na, dim ond i mi fy hun y bydda i'n chwarae.' Medrwn symud o'r gegin i'r parlwr i'r ardd yn hawdd, er mor llawn o atgofion oedd pob cysgod, ond roedd rhyw lonyddwch yn y llofftydd fyddai'n brifo gormod i'w wynebu. Gwely Gorwel. Roedd y gobennydd yn dal yno, wedi mynd yn fflat wedi'r holl flynyddoedd.

Dychmygais Gorwel yno ar ei fore olaf, y bore y ganed Dewi. Byddai wedi sefyll yma, yn tynnu'i lifrai amdano, yn gwthio'r cap ar ei wallt lliw tywod. Wedi rhuthro i lawr y grisiau, ddau ris ar y tro, a bwyta brecwast brysiog yn y gegin gefn dan oleuni'r gwydr glas. Hel ei bac, ei roi ar ei gefn. Agor y drws ffrynt a gweld golau dibynadwy bro ei febyd yn goleuo'r môr.

Tynnais fy mlows wen a'i gosod hi ar erchwyn y gwely. Gallwn glywed John yn symud yn y gegin i lawr y grisiau.

Oedd Gorwel wedi troi cyn gadael y tyddyn, wedi oedi i syllu'n ôl ar y parlwr, wedi'i dywyllu gan yr ystyllod pren oedd eisoes wedi'u hoelio dros y ffenestri? Oedd o'n gwybod bryd hynny na fyddai o'n dychwelyd? *Ddo i ddim yn ôl. Tydi hyn ddim yn ddigon.* Oedd ei galon yn drwm wrth iddo gau'r drws am y tro olaf?

Camais allan o fy sgert. Roedd hi'n brynhawn cynnes.

Sefais yn noeth yn ein llofft, a golau o'r ffenest fach yn taflu siâp sgwâr ar fy mol. Ro'n i'n groen gŵydd i gyd, er mor fwyn oedd y diwrnod. Yn llawn pryder ac ofn, ond yn edrych ymlaen at y weithred ofnadwy a hyfryd ro'n i am ei chyflawni.

Edrychais i lawr ar fy nghorff gwelw, blinedig. Ro'n i wedi newid ers i Gorwel adael. Fy nghorff wedi hel trwch, a haen feddal yn gorchuddio'r mannau lle arferwn allu gweld esgyrn. Roedd cario'r plant wedi gadael ei hoel ar fy mol, stribedi hirion o groen wedi'i ymestyn, yn greithiau gwelw at fy motwm bol. Roedden nhw'n edrych fel olion tonnau ar dywod, yn batrwm streipiog anwastad.

Ymbalfalais i estyn y siwt nofio newydd sbon o'r bag bach ar y gwely, a dringo i mewn iddi. Ro'n i wedi'i phrynu mewn siop pobol ddŵad na fyddwn i byth yn ymweld â hi fel arfer. Roedd ei gwisgo hi fel gwisgo fawr ddim o gwbl.

Lapiais dywel mawr o'm cwmpas, a gadael y llofft.

Arhosai John amdana i ar waelod y grisiau, yn dal i wisgo'i ddillad. Gwenodd arna i.

'Barod?'

'Dwn i ddim.'

Edrychodd ar fy wyneb, ei lygaid yn lasach nag adlewyrchiad y gwydr glas ar lawr y gegin fach.

'Wna i ddim gadael i unrhyw beth ddigwydd i ti.' Cerddodd at y drws, a'i agor led y pen. Treiddiodd yr haf i mewn i'r tyddyn. 'Tyrd.'

Roedd cymaint o flynyddoedd wedi dengyd ers y tro diwethaf i mi gerdded yn droednoeth dros y tywod. Blynyddoedd mewn bwtsias, tymor ar ôl tymor o gysgu mewn sanau gwlân yn fy ngwely oer. Ro'n i wedi anghofio sut beth oedd ymestyn bodiau fy nhraed, cyrlio fy ngwadnau yn y tywod cynnes. Cerddais at y dŵr a sefyll ar fin y don. Y min yna o ewyn – dyna fyddai fy nhrothwy i.

Tynnodd John ei grys gwyn, a'i daflu ar y tywod. Roedd ei frest yn anarferol o frown. Ble tybed fu o'n gorwedd yn llygad yr haul heb ei grys i gael lliw fel yna? Ciciodd ei fwtsias a'i sanau oddi ar ei draed heb ddad-wneud y creiau, gan ddangos traed main, hir. Dadfotymodd ei drowsus du, a'u tynnu. Roedd yn gwisgo trowsus byr oddi tanynt.

'I mewn â ti,' meddai'n dawel.

'Mae arna i ofn.'

'Dim ond dy draed i ddechrau. Tynna'r lliain yna oddi arnat, mae hi'n ddigon cynnes.'

Fe'i taflais at ei grys a'i drowsus ar y tywod. Roedd yr ofn bron yn ddigon i fy mygu: ofn y môr, ofn i rywun ein gweld ni, ofn llygaid John ar fy nghorff blinedig. Ofn iddo feddwl 'mod i'r math o ddynes oedd yn gwneud pethau fel hyn.

'Un cam ymlaen,' meddai John, ac ufuddheais. Roedd y tywod yn wlyb, a daeth ton fechan i lyfu fy nhraed petrus.

'Mae o'n oer,' meddwn, er bod rhywbeth hyfryd yn rhythm y dŵr yn mynd a dod o gwmpas fy modiau.

'Yndi, ond byddi di'n dod i arfer ar ôl 'chydig. Cam arall.'

At fy fferau, a'r dŵr yn fy nghosi'n chwareus. Camodd John ymlaen nes bod wyneb y dŵr yn llyfu'r cnawd uwch ei ben-gliniau. Syllais arno, gan drio serio'r cyfan ar fy nghof. Y cyhyrau yn ei gefn, ei fysedd ar y dŵr yn mwytho'r tonnau. Ei siâp, yn silwét yn erbyn goleuni glas yr awyr a'r môr. Y ffordd y trodd i edrych arna i, a lledu ei wyneb mewn gwên gynnes, fwyn.

'Tyrd.'

Un cam ar y tro, nes bod y dŵr yn cyrraedd uchafion fy nghoesau, a'r cyffyrddiad hyfryd yna oedd yn rhythm, yn anadl, yn goflaid.

'Wyt ti'n iawn?' gofynnodd John, a gwenais fy ateb.

'Tydi o ddim yn teimlo mor oer rŵan, nac ydi?'

Dau gam arall, ac ro'n i wedi 'ngorchuddio hyd fy motwm bol. Ebychais, gan dynnu anadl wrth i'r oerfel gydio fel dwylo am fy nghanol. Ro'n i'n symud rhyw fymryn, yn cael fy suo yn ôl ac ymlaen gan y llanw.

'Does dim ofn arnat ti.' Gwenodd John, a cherdded ymlaen. 'Mae o'n dod yn naturiol i ti.'

Ambell gam arall, ac ochneidio mewn syndod wrth gael rhythm oer y dyfroedd dros fy mronnau. Sefais yno, yn llonydd am ennyd.

Chefais i erioed mo 'nghyffwrdd fel hyn o'r blaen. Fel petai'r môr yn fy anwesu. Yn lapio'i hun amdana i, yn fy nghofleidio. Fo oedd yr unig beth oedd wedi aros yn ffyddlon i mi dros y blynyddoedd, yr un y medrwn ddibynnu arno, doed a ddelo. Roedd pobol mor feidrol, a'r môr yn drech na ni oll.

Troais yn y dŵr, a synnu, rywsut, o weld mor bell oedd y

tyddyn. Edrychai'n hollol wahanol o'r fan hyn, yn ddigri o hafal – dwy ffenest fach bob ochr i'r drws, dwy ffenest arall yn y llofft. Traeth yn haen o felyn golau, a'r tonnau'n troi'n haenau o ewyn gwyn. Y tu ôl i'r tyddyn, y gwastatir, ac yna'r bryniau – Craig y Barcud, Foel Caethle, Cynfal Fach a Bryn Dinas. Bryn y Celwyddau.

'Sut mae o'n edrych i ti?' gofynnodd John, gan ddilyn fy ngolygon.

'Gwahanol. Yn gyfarwydd, ond yn ddieithr.' Syrthiodd fy llygaid ar bolion y lein ddillad, y fan lle cipiwyd Mam Ni Oll ohoni. 'Mae o'n edrych yn fwy ynysig o'r fan hyn. Ymhell o bob man.'

'Yn unig?'

Ysgydwais fy mhen. 'Yn anial. Ddim yn unig.'

'Be sy'n fy synnu i ydi bod 'na hogan fach wedi byw yn fan'na am flynyddoedd ar flynyddoedd heb drochi ei thraed yn y dŵr.'

'Roedd arna i ofn,' oedd fy ateb annigonol wrth sefyll yma gan edrych ar bethau o ongl arall. Ro'n i wedi treulio plentyndod a glasoed ar drothwy rhywbeth mawr, ond heb fod yn ddigon dewr i fentro.

'Tyrd allan ymhellach,' mynnodd John, ond petrusais.

'Dwi ddim am i 'nhraed golli'r tywod.'

'Dim ond i ti symud dy freichiau a dy goesau rhyw fymryn, byddi di'n arnofio.'

Llyncais fy mhoer. Byddwn i'n gorfod ymddiried yn y môr, ildio fy hun i rythmau'r llanw. Ysgydwais fy mhen.

'Wna i ddim gadael i unrhyw beth drwg ddigwydd i ti,' mynnodd John. 'Dal fy nwylo. Byddi di'n iawn. Bydd popeth yn iawn.'

Cydiais yn ei ddwylo mawrion. Roedden nhw'n gynnes, er mor oer oedd y môr, a gadewais iddo 'nhynnu drwy'r dŵr, gan gerdded nes i'r tywod ddiflannu. Brysiodd fy nghoesau i chwilio am y tir.

'Paid â chynhyrfu,' meddai John, yn gysurlon o dawel. 'Does dim ond eisiau i ti symud dy goesau fel broga, ac mi fyddi di'n arnofio. Yn araf ac mewn rhythm.'

'Paid â gollwng gafael,' erfyniais, fy llygaid yn dynn ar ei rai ef.

'Wna i ddim. Wna i ddim.'

John oedd yn iawn. Ar ôl dod o hyd i rythm naturiol y dŵr, ar ôl canfod sut i symud fy nghoesau, medrwn reoli fy symudiadau yn y môr.

'Paid â gollwng gafael,' meddwn eto, a gwenodd John.

Wn i ddim pa mor hir y bu'r ddau ohonon ni fel yna, yn dal dwylo yn y dŵr, ein coesau'n cylchu o dan y tonnau. Dim ond siâp John a welwn dan y dŵr – roedd y llanw'n cuddio'r manylion, a doedd gweddill ei gorff yn ddim ond ysbrydion gwelw yn y glesni.

'Mae dy wallt di'n gwlychu,' meddai, a chrwydrodd ei lygaid at y dafnau o flew oedd wedi dianc o'r belen ar gefn fy mhen ac yn glynu at gnawd gwyn fy ngwddf a'm gwar. Gwyliais ei lygaid yn archwilio'r rhannau hynny ohonof, y llecynnau meddal a fyddai fel arfer yn cuddio yn y tywyllwch dan fy nillad.

'Os wna i gydio ynot ti, wnei di nofio, Llanw?'

Collais y rhythm yn fy nghoesau am eiliad. Ebychais wrth anghofio'r patrwm saff a chydiodd John yn dynnach yn fy nwylo. Ailgydiais ynddi, gan adennill y curiad yn syth.

'Dyna ti. Does dim rhaid i ti. Dim ond awgrym.'

Doedd hynny ddim yn rhan o'r cynllun. Dim ond teimlo'r dŵr o fy nghwmpas oedd y bwriad. Roedd nofio'n rhywbeth arall, yn gam mawr i'r dyfroedd.

'Mi gawn ni fynd yn agosach at y lan, i ti gael cyffwrdd gwely'r môr efo dy draed os byddi di angen gwneud.'

Ychydig fisoedd yn ôl, doedd rhoi pen bawd fy nhroed yn y môr ddim i fod yn rhan o'm cynllun. Doedd gwisgo gwisg nofio o flaen dyn oedd yn ddieithr i mi, dal ei ddwylo a'i lygaid dros wyneb y môr, ddim yn rhan o'm cynllun chwaith.

'Dim ond os wyt ti eisiau gwneud.'

'Olreit.'

Roedd y tywod dan fy nhraed unwaith eto. Safai John yn agos ata i, ei frest noeth fel craig.

'Mae o'n debyg i be wnest ti gynna yn y dŵr. Dod o hyd i dy rythm, gweithio ar y cyd efo'r dŵr. Bydd rhaid i ti orwedd ar wyneb y dŵr, cicio dy goesau a symud dy freichiau fel broga.'

Dynwaredodd y symudiad, cyhyrau ei freichiau yn codi a gostwng wrth i'w gorff symud.

'Fel taswn i'n trio gwthio'r môr o'r ffordd,' meddwn.

Chwarddodd John, a thynnu cledr ei law dros ei fwstash. 'Ia, am wn i.'

Chwarddodd o ddim arna i wrth i mi drio codi 'nghorff i orwedd ar wyneb y môr, er 'mod i'n sicr i mi edrych yn ffŵl. Roedd o'n edrych mor hawdd, yn rhy hawdd i gymryd sylw o gwbl. Do, bûm i'n craffu ar Gorwel yn nofio, yn arsylwi ar y ffordd y byddai'n symud ei freichiau a'i goesau, yn ei wylio'n plymio'n eofn i'r dyfroedd. Ond er i mi gicio a stryffaglu a gwneud fy ngorau glas, gwrthodai fy nhraed â gadael y tywod.

'Dwi'n methu,' ochneidiais, yn fyr fy anadl. 'Mae 'nghorff i'n gwrthod.'

'Nac ydi, ond mae'n rhaid i ti ymddiried ynddo fo. Ac ymddiried yn y dŵr.' Daliodd John fy llygaid, ac yna trodd i ffwrdd mewn gweithred oedd yn anarferol o swil. 'Mi fedra i dy helpu di, ond bydd yn rhaid i mi gydio ynot ti. O gwmpas dy ganol.'

Gwridais, a theimlo'n boeth yn y dŵr oer. Cydio ynof fi.

Pryd oedd y tro diwethaf i rywun wneud hynny? Oedd rhywun wedi gwneud erioed, yn iawn?

'Dim ond dy godi di i wyneb y dŵr, nes dy fod ti'n symud digon i gadw dy hun ar yr wyneb. Ond…' Tawelodd am ychydig, a chwilio am y geiriau iawn. 'Mi fydda i'n deall os ydi'n well gen ti beidio. Os ydi o'n gallach peidio.'

Byddwn i wedi medru esbonio mor afresymol oedd ei bryder. 'Mod i wedi gadael iddo fy hebrwng i'r môr a bod hynny'n gam mwy nag unrhyw gyffyrddiad na chusan na datganiad tanllyd o gariad. Roedd o wedi f'arwain oddi ar fy llwybr.

'Dwi isio nofio.'

Cadwais fy hun led braich oddi wrth fy meddyliau ansicr, hunanymwybodol. Ro'n i'n mynd i nofio, yn mynd i gydio yn y profiad newydd, hyfryd yma a rheoli fy ffordd drwy'r tonnau.

'Ar ôl tri, cicia dy draed oddi ar wely'r môr a gwthia dy hun i wyneb y dŵr. Dy ganol di sy'n bwysig, bod y fan yna'n arnofio. Mi wna i'n siŵr bod dy gluniau di'n aros ar wyneb y dŵr. Wedyn, bydd eisiau i ti symud dy freichiau a dy goesau fel y dangosais i. Iawn?'

'Iawn.'

'A dwyt ti byth mewn unrhyw beryg. Y cyfan fydd yn rhaid i ti wneud os byddi di'n ansicr ydi rhoi dy draed i lawr, a sefyll.'

'Iawn.'

Cydiodd ynof fi. Dychmygwn ei fod yn blasu fel y môr.

Ciciais fy nhraed o wely'r dŵr. Na. Unwaith eto. Do'n i ddim yn arnofio.

'Unwaith eto,' meddai John, yn fy hoelio i â'i lygaid. 'Rhaid i ti ymddiried ynof fi ac ynot ti dy hun.'

Gwthiais fy hun i fyny, ac arnofio mor hawdd fel na fedrwn

ddallt sut na wnes i mohono fo'n syth. Roedd dwylo mawrion John yn dynn am fy nghanol, a chiciais a gwthio'r môr o'r ffordd, yn union fel y bûm i'n gwylio pobol yn ei wneud ar hyd fy oes.

Ro'n i'n nofio.

Brysiodd John gyda mi, gan fy nal i'n dynn, ond ro'n i'n rhy gyflym, a gollyngodd ei afael ar ôl ychydig. Clywais o'n chwerthin wrth fy ngwylio i'n mynd.

Roedd o mor naturiol â cherdded, heblaw fod nofio'n llai unig. Roedd y môr yn cydweithio efo rhywun wrth nofio, y dŵr a'r corff yn gorfod setlo i rythmau naturiol ei gilydd. Ar ôl ymwrthod mor hir â'r hyn y bûm i'n byw ar ei lan erioed, roedd ildio i chwant y foment fel ochenaid.

Beth fydden nhw'n ddweud petaen nhw'n fy ngweld i rŵan? Nain, Dai, Bet, Gorwel, Dewi a Mari? Yn gweld Llanw fach ofnus, wan yn nofio yn y môr, yn eofn fel rhywun arall?

Rhwygodd rhywbeth yn fy meddwl wrth ddychmygu hynny. Hen graith o atgof yn cael ei boenydio gan y môr. Dyma lle y nofiodd Gorwel. Dyma lle y gwelodd o longau hwylio a morfilod a môr-forynion, lle nad oedd dim ond awyr a môr. Dyma'r byd oedd ganddo hebdda i, a dyma a ddewisodd o yn hytrach na fi.

'Wyt ti'n iawn?' gofynnodd John wedyn ar ôl nofio draw ata i, yn wên i gyd. Ro'n i'n sefyll yn y dŵr erbyn hynny, yn fferru ond yn llonydd fy meddwl.

'Yndw. Pam?'

Tynnodd ei fawd dros fy ngrudd, ac ateb yn dawel, 'Am dy fod ti'n crio, Llanw.'

Gadawodd John a minnau'r môr yn oer, ein cnawd yn welw a bodiau ein traed yn edrych yn farw. Wedi i mi fy lapio fy hun mewn tywel, brysiodd y ddau ohonon ni i'r tŷ, a gwnaeth John dân myglyd wrth i mi wisgo amdana i yn y llofft. Pan ddes i lawr y grisiau, roedd yntau wedi gwisgo hefyd, a'i grys yn glynu wrth ei groen fel petai o'n dal yn wlyb.

Eisteddon ni'n dau ar y llawr llychlyd o flaen y tân, yn wynebu'n gilydd. Diferai ei wallt ddagrau i lawr ei war, ac yswn am gael ymestyn i'w dal, a gweld dŵr y môr yn disgleirio'n llygaid bychain ar flaenau fy mysedd.

'Un da wyt ti am wneud tân,' meddwn.

'Wedi hen arfer,' gwenodd arna i.

Dychwelais ei wên, a chofio, yn sydyn, sut yr edrychai ei law fawr ar dalpiau o gig amrwd yn y siop. Brathais fy ngwefus.

Estynnodd ei law dros y tywyllwch, a'i gosod ar fy llaw i. Er ei bod hi'n olau dydd y tu allan, roedd Gorwel wedi hoelio pob goleuni o'r lle gyda'r ystyllod trymion dros y ffenestri, felly dim ond fflamau'r tân oedd yn goleuo wyneb John. Edrychai fel rhith yn yr hanner goleuni.

Codais ei law yn fy nwylo, a chraffu ar y manylion. Roedd hi'n fawr ac yn sgwâr, a'r cymalau'n drwchus a chadarn. Ewinedd hanner lleuad, wedi'u torri'n fyr. Roedd rhywbeth tywyll o gwmpas gewin ei fawd, hyd yn oed ar ôl iddo ymdrochi yn y môr, a dechreuais grafu'r staen oddi yno.

'Gwaed,' cyfaddefodd John yn dawel. 'Mae bron yn amhosib cael 'i wared o.'

Gwaed. Gwaed anifail a liwiodd ei ddwylo wrth iddo dorri'r cig yn fân, fân.

'Llanw,' ochneidiodd, gan godi ei law at fy wyneb. Roedd ei gyffyrddiad yn galed yn erbyn fy nghroen meddal, cryndod ei anadl yn awel o'i gymharu â chlecian y broc môr ar y tân.

Gadewais iddo 'nghyffwrdd i.

Ar lawr oer y tyddyn ger y tywod, gorweddais ar fy nghefn,

fy ngwallt llaith yn tywyllu'r llechi, ac ildiais y cyfan. Pob rheol a threfn a moesoldeb. Pob Llanw a phob Gorwel, pob olion o'r person yr arferwn fod. Roedd pawb arall wedi gadael, ac roedd hi'n hwyr glas arna innau wneud hynny hefyd.

Cynhesodd John fy nghnawd oer, ac am ennyd aflonydd ro'n i'n sanctaidd i rywun. Uchelfannau yn donnau bychain, a'n rhythmau yn plethu i'w gilydd, y manylion yn glir ac yn drawiadol fel bore oer.

Blas halen y môr ar ei wddf.

Anadl trwm, llafariaid yn cael eu hanner sibrwd yn fy nghlust.

Teimlad garw ei fwstash a theimlad meddal ei geg ar fy nghroen.

Arogl y tân yn ei wallt, ac arogl tŷ ni yn ein cofleidio ni'n dau.

Angerdd yn ei lygaid. Nid cariad, ond angerdd, oedd yn rhywbeth mwy gwerthfawr o lawer. Throdd o ddim ei ben na'i lygaid gleision oddi arna i. Roedd o eisiau 'ngweld i, eisiau 'ngweld i'n mwynhau.

Ar ôl i ni flino'n gilydd, ar ôl i ni orwedd yn ôl a gadael i haen o chwys sychu ar ben yr haen o ddŵr hallt, gorffwysodd John a dweud, 'Does 'na ddim byd yn gyffredin ynot ti, Llanw.'

'Does 'na ddim byd yn gyffredin mewn unrhyw un.'

'Dwi'n anghytuno. Mae 'na lawer yn fodlon efo'u bywydau bob dydd, efo'r sgwrsio gwag ar aelwydydd cyfforddus.'

'Ydi hi mor amlwg â hynny 'mod i'n anfodlon?' gofynnais, a chwerthin ar fy nhwpdra fy hun. Ro'n i'n gorwedd ym mreichiau dyn nad oedd yn ŵr i mi. Roedd fy anfodlonrwydd yn graith ar hyd fy noethni.

'Ddim hynny, nac ydi,' atebodd John. 'Ond dy fod ti fel rhith weithiau. Dy feddwl di'n bell.'

Wrth i mi wisgo amdanaf a thrio tacluso 'ngwallt heb gymorth drych, clywais John yn ochneidio wrth dynnu ei fwtsias yn ôl ar ei draed.

'Be?' gofynnais, am mai dyna oedd o eisiau i mi ei wneud.

'Dwi eisiau dy achub di.'

'Fy achub i? Oddi wrth be?'

'Dy fywyd. Dy ŵr. Beth bynnag ydi o sy'n rhoi'r hen hiraeth 'na yn dy lygaid di.'

Troais fy nghefn ato, a pharhau i dwtio 'ngwallt. Fy achub i. Chwedl o ddyn wedi dod ar lif yr afon i gymylu'r llinell rhwng ffaith a stori. Dyn fel yna yn meddwl y gallai o fy achub i!

'Petai gen ti mo Dai, mi gymrwn i ti. Mi edrychwn i ar d'ôl di yn well nag y gwnaeth unrhyw un o'r blaen.'

'Dwi'n iawn,' atebais yn syml.

'Mae dy ŵr di'n ffŵl am beidio â dy drysori di.'

'Paid â lladd ar Dai,' atebais yn syth, yn methu peidio â'i amddiffyn. Meddyliais amdano. Roedd o'n gweithio yn ddiwyd ar do'r Corbett, a'r golau'n llifo drwy ffenestri bychain yr atig, ac yna'n dychwelyd adref heb ganfod cysur o gwbl yn y wraig a arhosai amdano. Am fywyd creulon iddo orfod ei fyw.

'Pam rwyt ti'n 'i amddiffyn o?'

Cododd John, a brwsio'r llwch oddi ar ei ddillad. Swniai'n rhwystredig, a daeth y syniad i'm pen nad o'n i'n ei adnabod o gwbl. Byddai'n medru fy lladd i yma, ar aelwyd Nain, a chladdu fy nghorff yng nghoedlan Nant y Dechrau neu'n ddwfn ym mhowlen un o'r twyni. Erbyn i bobol ddod o hyd i fy esgyrn a'm cig pydredig, byddai John wedi hen fynd, wedi rhwyfo at ryw afon arall gyda'i ffidil o dan ei ên.

Wrth i mi adael y tyddyn, cydiodd John yn fy mraich. 'Dwi isio cymaint mwy efo ti, Llanw.'

Roedd Eleri yn sgut am nofio yn y môr. Byddai'n trio gwneud bob dydd ar ôl golchi'r llestri cinio, a'r holl arogleuon, y budreddi a'r rhwystredigaeth yn cael eu golchi oddi arni.

Yn ddiweddar, teimlai Eleri iddi fynd yn orddibynnol ar y môr. Nofio oedd yr hyn yr edrychai ymlaen ato bob dydd, yr hyn y meddyliai amdano wrth iddi goginio a glanhau a thendio'i theulu. Waeth pa mor oer oedd y dŵr, waeth a fyddai'r tonnau mawrion yn torri'n wyllt, byddai Eleri'n mynd i nofio. Yn peryglu ei hun, weithiau, er mwyn cael teimlo'r rhyddhad o fod yng nghoflaid y dyfroedd.

Roedd y prynhawn hwnnw yn un tawel, llonydd, a chynhesrwydd yn dechrau ysgogi'r blodau gwylltion i ddangos eu hwynebau. Tynnodd Eleri amdani wrth y creigiau, a llithro i mewn i'r dŵr. Doedd neb o gwmpas, dim ffenestri yn syllu allan ar y rhan yma o'r bae. Dan y dŵr, tynnodd Eleri ei gwisg nofio a'i thaflu'n un swp trwm ar y lan. Doedd hi ddim wedi nofio'n noeth o'r blaen, ac roedd y ffaith nad oedd hi'n gwisgo dillad yn ei chyffroi. Doedd dim ots. Fyddai neb yn gwybod.

Nofiodd ymhell ac am yn hir, wedi'i hysbrydoli gan wyneb y môr, oedd yn llonydd fel llyn. Roedd popeth mor dawel, a'r gwylanod, hyd yn oed, yn fud. Fel y tawelwch cyn storm, ond doedd dim cwmwl yn y nen.

Mae rhywbeth yn bod, meddyliodd Eleri, cyn dwrdio ei hun am fod mor ofergoelus. Roedd hi'n ddiwrnod perffaith i nofio, a doedd dim byd yn galw am oriau. Gallai nofio am hydoedd, dwyn y gorau o'r dydd.

I ddechrau, meddyliai'n siŵr mai llaw oedd wedi cyffwrdd yn ei choes o dan y dŵr. Roedd y cyffyrddiad yn gyflym, fel mwythau, yn ymestyn i lawr cefn ei choes ac o gwmpas ei ffêr. Ebychodd Eleri, gan edrych i lawr a chwilio. Doedd dim byd i'w weld. Roedd o wedi diflannu i dywyllwch y dŵr.

Dechreuodd Eleri nofio yn ôl at y lan, ei gruddiau'n llosgi. Beth os mai dyn oedd o? Beth petai wedi gweld noethni ei chorff, holl fanylion cudd ei chnawd?

Teimlodd y cyffyrddiad unwaith eto. Hanner eiliad, rhywbeth yn brwsio gwaelod ei thraed. Pysgodyn, efallai, neu lysywen, neu forlo… Ond ym meddwl Eleri, dyn oedd yno, yn ei herian. Ebychodd, gan deimlo'r cyfuniad peryglus o ofn a chyffro.

Nofiodd mor gyflym ag y gallai. Roedd hi'n heini ar ôl bod yn y dŵr bob dydd, ond roedd y panig yn ei harafu, yr anadlu llafurus yn gwneud i'w breichiau a'i choesau deimlo'n drwm a thrwsgl.

Dychwelodd y cyffyrddiad, a lapio'n araf o gwmpas ei choes, gan symud yn uwch, yn araf iawn. Ciciodd Eleri, ond parhaodd beth bynnag oedd o i nadreddu ei hun o gwmpas ei choes. *Sarff*, meddyliodd Eleri. Dyna'r unig beth oedd yn ddigon hir i gydio ynddi fel yna. Roedd ei gyffyrddiad yn feddal, yn addfwyn… Efallai y byddai popeth yn iawn, efallai y byddai'n medru cyrraedd y lan…

Ac yna, yn sydyn, tynnodd y creadur yn galed ar ei choes, a gorfodi Eleri o dan wyneb y dŵr.

Stranciodd yn y môr, gan gripio'r un oedd yn cydio amdani. Ond llonyddodd wrth weld nad neidr oedd yno. Torrodd rhywbeth y tu mewn iddi wrth weld dau lygad yn syllu arni o fwrllwch y dyfnderoedd: llygaid mawr, yn fwy na'i phen; llygaid byw, sgleiniog, ond â rhyw oerfel marwaidd yn perthyn iddyn nhw.

Roedd y bwystfil yn fwy na'i chartref, yn dduach na'r nos ganol gaeaf, a'i wyth coes yn nofio'n gyrliog, fel gwallt o'i gwmpas. Roedd Eleri wedi bwyta fersiynau llai o'r un creadur. Wedi'u rhoi mewn padell boeth ac wedi gwylio'r coesau'n cyrlio yn y gwres. Estynnodd yr anghenfil ei goesau a'u lapio amdani, yn dyner bron. Yn dynnach, yn dynnach, yn bellach i mewn i'r tywyllwch oedd fel gwacter rhwng ei goesau.

Llyncodd Eleri ddŵr y môr, ac aeth popeth yn drwm. *Dwi'n mynd i farw*, meddyliodd, ond doedd hi ddim yn gwybod sut. Oedd y bwystfil yn mynd i'w bwyta? Ei gwasgu i farwolaeth â'i goesau cyhyrog? Ynteu a fyddai'n boddi cyn hynny, a'r peth olaf iddi ei weld fyddai pâr o lygaid mawr mewn golau egwan, yn ei gwylio heb gydymdeimlad wrth iddi drengi?

Llyncodd fwy o ddŵr, a'i hysgyfaint yn llenwi. Cyn i'w meddwl dduo am y tro olaf, ystyriodd, *Afaelodd neb yndda i mor dynn â hyn o'r blaen.*

Breuddwyd

DEUAI'R BREUDDWYDION FEL storm. Noson ar ôl noson, ton ar ôl ton, un ar ôl y llall, yn llachar ac yn real, gan deimlo'n debycach i atgofion na phethau a grëwyd gan fy meddwl.

Doedd dim gorffwys i mi, ddim hyd yn oed mewn cwsg. Y gosb eithaf oedd peidio â chael dianc rhag fy nychymyg, a dyma fi, yn gwbl gaeth iddo, nos a dydd.

Wn i ddim a sylwodd Dai fy mod i'n anesmwyth yn gorwedd wrth ei ymyl yn y gwely. Soniodd o ddim, a chlywais i mohono'n newid patrwm ei anadlu ganol nos. Roedd ei ocheneidiau yn hir ac yn ddwfn mewn trwmgwsg, ac yntau'n flinedig ar ôl gweithio ar do'r Corbett drwy'r dydd. Weithiau, byddai fy nghyhyrau'n caledu ac yn tynhau, a minnau'n brifo gyda'r awch i neidio o'r gwely a dianc o amlen wen y cynfasau. Dengyd oddi wrth lygaid bwlyn drws yr hen gwpwrdd dillad oedd wedi syllu arna i ar hyd fy oes â'r ffasiwn ddirmyg. Doedd yr euogrwydd am yr hyn a wnes i gyda John ddim hanner cynddrwg â'r euogrwydd oedd yn cyniwair am yr hyn na wnawn i efo Dai. Roedd rhywbeth erchyll, rhywbeth pechadurus am rannu gwely bob nos efo rhywun oedd yno o ran dyletswydd ac nid i estyn cysur.

Aros yn y gwely wnawn i, a'r cynfasau'n pwyso'n drwm.

Breuddwydion mawr, a'r lliwiau'n llachar fel mis Awst. Rhai'n hyfryd, ninnau'n nofio, weithiau, a'r gwylanod yn chwerthin uwch fy mhen. Ambell freuddwyd am John, a'i lygaid glas yn fflachio. John mewn porfa o flodau menyn. John yn torri cig coch ar lawr ym mharlwr tyddyn Nain, chwys yn glynu wrth ei grys a phwll o waed ar y llechi. John ar fwrdd y

Sarah, yn llywio'r llong tuag Enlli, a'r delynores yn chwarae 'Y Gwydr Glas' i gyfeiliant y tonnau.

Breuddwydiwn am Dai hefyd, ac yntau'n llonydd, fel arfer, yn fy ngwylio o gorneli ystafell neu o'r cysgodion ar ben y stryd. Y freuddwyd waethaf oedd yr un pan ddychwelodd i fod yn ŵr ifanc fel yr arferai fod pan oedden ni'n canlyn. Yn troi ata i, un bore, yn ein gwely priodasol, gyda gwên ar ei wyneb, ac yn fy nal yn ei freichiau, arogl ei chwys yn felys a chwerw wrth iddo gydio'n dynn ynof fi. Roedd deffro o'r freuddwyd honno yn brifo fel cyllell.

Roedd un freuddwyd arall hefyd, a gâi ei hailadrodd drosodd a throsodd, yn eglur fel cloch yn ei manylion bach. Hon oedd y fwyaf real, a hon a dreiddiai i'r bore wedyn fel arogl heli mewn gwallt.

Fy anadl yn llafurus. Fy nhalcen yn chwys i gyd, a'r haul yn bygwth codi cur yn fy mhen. Matshys, a pharaffîn. Llenni meddal, melfaréd lliw gwin ac un ochenaid olaf cyn rhoi fflic i fy ngarddwrn i danio'r fatsien. Ochenaid sydyn y fflam wrth i'r tân gydio, a'r gwres yn llyfu amdana i. Sythu fy nghorff, a brysio oddi yno, siffrwd diniwed fy nhraed ar y carped coch.

Byddai'r freuddwyd honno'n dychwelyd dro ar ôl tro, a minnau'n deffro yn sicr bod arogl paraffîn ar fy mysedd.

Y dydd Mercher ar ôl fy ngwers nofio, wnes i ddim dychwelyd i'r tyddyn. Fedrwn i ddim. Gwyddwn y byddai John yno, ac na fyddai unrhyw beth yn syml mwyach. Fyddai nofio ddim yn ddigon, nac eistedd ar garreg y drws, na chrefu arno i ddod â'i ffidil i mi gael clywed yr alaw yna unwaith eto. Ro'n i wedi osgoi ei lygaid yn y capel ar y dydd Sul, er fy mod yn ymwybodol ei fod o'n syllu arna i wrth i bawb adael. Ro'n i wedi anfon Mari i nôl y cig o'r siop. Fedrwn i ddim dioddef ei weld o, nac wynebu'r wên y byddai'n ei chynnig i mi.

Beth oedd wedi digwydd i'm gwneud i mor oer? Fu John yn ddim byd ond clên ac addfwyn tuag ata i – yn fwy caredig, efallai, nag y bu unrhyw un arall cyn hynny. Fi oedd wedi torri'r rheolau. Nid rheolau annheg priodas wag, na rheolau cymdeithas, ond rheolau stori. Taswn i wedi cadw John ar gyrion fy mywyd, byddai'r chwedl wedi gallu goroesi. Roedden ni'n berffaith mewn stori, a doedd bywyd real yn gwneud dim ond sarnu'r chwedl yn fy mhen.

Symudais fy nghadair allan i'r iard gefn i lygad yr haul, ac eistedd am yn hir yn y gwres, yn gwneud fy ngorau i feddwl am ddim. Roedd pryfaid bychain yn hedfan yn ddioglyd o ddant y llew i lygad y dydd, a'r gwylanod yn sefyll ar doeau'r tai, mor wyn ag ewyn, mor osgeiddig â nofio.

Dwi'n meddwl i mi syrthio i gysgu, cwsg tymhestlog, a'r freuddwyd am y tân yn llenwi fy synhwyrau: arogl y paraffîn, teimlad carped dan fy sgidiau, anadl y fatsien yn troi'n goelcerth, blas fy chwys fy hun. Ddeffrais i ddim nes i mi glywed curo caled ar y drws, dwrn desbret yn stido'r pren tywyll.

'Llanw!' Daeth y llais, ac yna, gan gywiro'i hun, 'Mrs Huws!'

Codais yn syth, yn dychmygu, yn yr eiliadau rhwng cwsg ac effro, mai Gorwel oedd yn galw, mai fo fyddai'r unig un fyddai'n ddigon hy i guro'r drws â'r ffasiwn nerth.

Roedd hi'n syndod agor y drws a gweld Ieuan Jones yno, dyn oedd yn gweithio yn y siop bapurau ar y prom. Roedd o yn yr un dosbarth â fi yn yr ysgol, ond do'n i prin wedi torri gair efo fo wedyn, dim ond 'Helô' a 'Mae'n braf' wrth basio. Roedd o'n laddar o chwys a'i wyneb yn wrid ar ôl rhedeg.

'Llanw,' ochneidiodd yn fyr ei wynt. 'Mrs Huws.'

Wyddai o ddim beth ddylai o 'ngalw i: Llanw, fel pan oedden ni'n fach, ynteu Mrs Huws, yn hen, yn gyfrifol a pharchus, ac wedi colli fy enw cyntaf ar allor priodas.

'Mae'n rhaid i chi ddod.'

A dyna pryd y deffrais i'n iawn, wrth weld yr olwg ar wyneb Ieuan pan edrychodd o arna i. Oerodd y blinder ar ôl fy nghyntun prynhawn, a daeth hen deimlad i fy mherfedd, yn drymach na'r môr.

'Ddim y plant,' meddwn, ac ochneidio wrth iddo ysgwyd ei ben.

'Mae'n rhaid i chi ddod, Mrs Huws. Mae'r Corbett ar dân.'

Roedd o'n edrych yn dlws, yn llosgi ac yn rhuo ar ddiwrnod braf o haf. Y fflamau fel petaen nhw'n herio'r haul, a rhyw fuddugoliaeth yn y lliwiau llachar.

Erbyn i mi gyrraedd y gwesty, roedd y tân wedi ennill y dydd, a'r adeilad mawreddog yn chwydu mwg drwy bob ffenest. Safai'r staff a'r gwesteion ar y twyni, yn syllu mewn syndod ar y lle'n cael ei ddinistrio'n llwyr. Anelai'r diffoddwyr tân y pibellau mawrion tua'r fflamau, ond prin y câi'r dŵr effaith o gwbl – roedd yn troi'n stêm yn syth, ac yn tasgu'n flin. Roedd yr awyrgylch y tu allan i'r gwesty yn fy atgoffa i o'r adeg, flynyddoedd yn ôl, pan aeth Adele, un o'r bobol fawr, ar goll. Ond na, ddigwyddodd mo hynny, naddo? Fi oedd wedi dychmygu'r holl beth.

Doedd dim achub ar y Corbett.

'Ydyn nhw'n sicr fod Dai i mewn yna? Falla'i fod o wedi dengyd...'

Galwodd Ieuan am Mr Ingalls, rheolwr y gwesty, a brysiodd hwnnw ataf yn syth wedi iddo 'ngweld. Yng nghanol yr holl firi, roedd o'n dal i edrych yr un fath – gwallt wedi'i rannu yn y canol a Brylcreem yn sglein drwyddo; mwstash bach tenau yn cyrlio fel petai rhywun wedi'i ddylunio â phensil; llygaid mawrion y tu ôl i sbectol gron. Difrifolodd wrth agosáu ata i, ac arafodd ei symudiadau.

'Lanoo, I am so very…'

'Is he definitely in there? Do you know for certain?'

Edrychodd Mr Ingalls ar ei draed ac yna yn ôl i fyw fy llygaid. 'There are two that cannot be accounted for, and Mr Huws is one of them. We evacuated the hotel as quickly as possible, but it proved impossible to save the ones who were in the upper part.' Bu saib am ychydig. 'Dai was seen eating his lunch out in the sun, on the dunes. Then he went back to his work in the attic.'

Edrychais i fyny at ffenestri bychain y to, a'r mwg yn llifo allan ohonyn nhw yn gymylau duon. Cofiwn am yr atig er pan fûm i'n gweithio yn y Corbett – y llwch fyddai'n dawnsio yn yr awyr fel pethau bychain byw, y cistiau yn llawn blancedi a chynfasau. Hen ddodrefn tywyll a photiau paent ar eu hanner.

Dychmygais Dai yno'n gweithio ar y to, deigryn o chwys yn llifo i lawr ei dalcen. Am be fyddai o'n meddwl drwy'r dydd? Doedd gen i ddim syniad. Oedd o wedi bod yn meddwl amdana i? Y plant? Rhyw atgof melys am y dyddiau pan oedd o'n hogyn, cyn iddo symud yma, cyn iddo fy holi beth oedd ystyr y gwydr glas yn yr harbwr?

Byddwn yn treulio oriau yn atig y Corbett, yn synfyfyrio am Dai. Yn dychmygu ei gyffyrddiad ar fy nghnawd lliw llaeth, yn ail-fyw'r geiriau a rannwyd rhyngon ni wrth i ni gerdded ar y traeth. Cofiais gymaint y gwnes i wirioni ar ei gerddediad, yn araf ac yn hawddgar rywsut.

Dai.

Roedd o wedi eistedd yn y twyni i fwyta'i bryd olaf o fwyd,

wedi treulio'i oriau olaf yn ei gwmni ei hun. Achos wnaeth Dai ddim dod o hyd i unrhyw un arall roedd o'n dymuno rhannu cinio tawel yn eu cwmni, ddim erioed.

'Mae'n ddrwg gen i, Llanw,' meddai rhywun, ond nid eu bai nhw oedd o. Sut fedrai o fod yn fai arnyn nhw? Onid o'n i fy hun wedi cychwyn y tân yn fwriadol? Rywsut, yn fy mreuddwyd, roedd ffiniau fy nychymyg a'r byd go iawn wedi croesi, a minnau wedi colli rheolaeth. O'n i wedi cerdded yn fy nghwsg? Ynteu a oedd pethau'n fwy sinistr ac annealladwy na hynny? Cryfder fy nychymyg wedi sleifio i lawr drwy'r pentref, gadael ei hun i mewn i'r gwesty drwy'r drws ochr a chynnau'r tan. Paraffîn, matshys, chwys, fflam. Fyddai rhywun wedi 'ngweld i petawn i wedi cerdded yr holl ffordd o Benhelyg i ochr bellaf Aberdyfi? Ac eto, doedd breuddwydion, waeth pa mor llachar, ddim yn dinistrio adeiladau enfawr, prydferth.

Nid breuddwyd laddodd Dai, ond fi.

Chwydais ar lawnt y gwesty, gan anharddu'r taclusrwydd. Wrth i mi sychu fy ngheg â chefn fy llaw, ro'n i bron yn siŵr 'mod i'n clywed arogl paraffîn ar fy nwylo.

'Dyn fyddai'n gwneud ei ddyletswydd. Dyn fyddai'n gweithio'n ddiflino dros ei deulu, yn ddibynadwy ar ben stryd a phen tân.'

Roedd y gaeaf wedi dychwelyd am ddiwrnod i gydymdeimlo ar ddydd angladd Dai. Roedd pawb yn rhynnu yn eu dillad duon main, a'r niwl llaith fel petai'n treiddio drwy'r craciau o dan y drws a thrwy'r ffenestri lliw.

Do'n i ddim yn oer. Ro'n i'n dal fel petawn i'n teimlo gwres y tân.

'Cristion i'r carn, a dyn da. Galwodd Duw ei fab David Peter Huws yn ôl ac yntau ym mlodau ei ddyddiau, ond gŵyr pob un ohonom yma mai'r nefoedd, heb amheuaeth, ydyw cartref David rŵan.'

Edrychais i lawr a syllu ar ddwylo Mari ar ei glin, yn dwt dros ei gilydd, a hithau'n eistedd nesaf ata i. Bysedd hirion, tlws ac ewinedd wedi'u torri'n daclus. Dim crychau, dim creithiau, dim o'i hanes hi arnyn nhw. Roedd yn hollol lonydd, fel y bu ers y prynhawn cyntaf hwnnw pan ddychwelodd Dewi a hithau o'r ysgol i weld y gwesty'n llosgi.

'Ydi Dad wedi mynd adre'n barod?' gofynnodd Dewi, yn ddi-hid bron, ei feddwl yn gwrthod gweld yr holl bobol yn syllu arno, y tristwch yn llygaid ei fam, yr ymwelwyr yn wylo ar gyrion y traeth.

Tyfodd y tawelwch.

Syllodd Dewi arna i am yn hir, fel petai o'n synhwyro fy euogrwydd: wrth i Mari gydio yn fy mraich, gan anadlu'n drwm dan effaith y sioc; wrth i un o'r dynion roi ei fraich am Dewi a dweud, 'Rŵan, Dewi, mae'n rhaid i ti fod yn ddewr, fel byddai dy dad'; wrth i'r tân ruo'n uwch na'r llanw.

'Mam?' gofynnodd wedyn, ei lais yn cracio. Roedd o'n edrych fel dyn, yn siarad fel dyn, ond ro'n i'n dal i weld yr un llygaid a agorodd i'm gweld yn y llofft fach ym Mhenhelyg ar y bore y ganed ef.

Ysgydwais fy mhen.

Ebychodd Dewi, a chrychodd ei wyneb yn union fel yr arferai wneud pan oedd o'n fabi blwydd, wedi taro'i ben ar gornel y bwrdd neu wedi gollwng ei hufen iâ i'r tywod. Estynnais amdano am y tro cyntaf ers blynyddoedd, a'i ddal yn fy mreichiau.

Safodd y tri ohonon ni o flaen y tân, law yn llaw, fi a'm plant bob ochr i mi. Ar lawnt y gwesty, a Dai'n llosgi, theimlais i erioed mor agos atyn nhw. Dim ond ni oedd ar ôl – rhif anhafal, amherffaith, a'r gofal i gyd arna i.

'Cawn droi at yr emyn olaf. "Dyma gariad fel y moroedd, tosturiaethau fel y lli..."'

Wrth gwrs. Fflachiodd atgof i'm pen o'r profiad o nofio, bythefnos ynghynt, y môr amdana i fel cariad. Dŵr a thân. Dwylo gwyn a dillad du. Llanw a gorwel.

Canai Mari'n addfwyn wrth fy ymyl, ei llais yn feddal ac yn dawel. Doedd hi ddim wedi crio dros ei thad. Ro'n i wedi clywed Dewi, yn hwyr y nos, yn sniffian yn ei lofft, a byddai'n edrych yn fwy blinedig yn y bore nag y gwnâi wrth noswylio. Nid felly Mari. Roedd hi'n dawel, yn aflonydd, yn mynnu gwneud rhywbeth o hyd. Coginio neu lanhau a gwneud tân cyn i'r fflyd o ymwelwyr ddod i gydymdeimlo. Trefnu'r angladd, hyd yn oed. 'Beth am yr emyn am gariad fel y moroedd? Roedd dad yn lecio'r môr, ac mae o'n teimlo'n weddus.' Yn weddus? Pwy ddysgodd y ffasiwn syniad i fy merch?

Y noson honno, ar ôl yr angladd a'r te bach, ar ôl i fam Dai adael olion ei dagrau ar drawstiau pren y llawr cyn gadael, ar ôl i mi yfed fy mhaned olaf, eisteddais wrth farwydos y tân. Roedd popeth yn dawel yma, y geiriau i gyd yn fud. Yn union fel yr oedden nhw pan oedd Dai'n fyw. Ceisiais chwilio am ei lais yn fy mhen. Ceisiais gofio ei chwerthiniad. Fedrwn i ddim. Roedd Dai wedi marw ers wythnos, ond roedd yr atgofion amdano'n pylu yn barod. Medrwn gofio llais Nain yn gliriach na llais fy ngŵr.

Fedrwn i ddim penderfynu ai fi ddechreuodd y tân ai peidio.

Roedd y freuddwyd yn ormod o gyd-ddigwyddiad, a minnau wedi teimlo'r chwys wrth gysgu, wedi teimlo'r fatsien fach yn dynn rhwng fy mys a'm bawd. Ac wedyn, wrth sefyll o flaen yr adeilad gwenfflam, wedi arogli'r paraffin ar fy nwylo. Roedd yr arogl hwnnw wedi bod yn fy nilyn ers marwolaeth Dai, a neb arall yn ei synhwyro.

Roedd yr arogl ar ei gryfaf pan ddaethai Mr Davies y bwtshar a John i gydymdeimlo ychydig ddyddiau ynghynt. Dros baned a chacennau cri a geiriau tawel, cysurlon, roedd yr oglau fel petai bron â fy mygu – yn drwch yn fy ngwallt, yn fy nillad duon, ac yn cael ei chwysu o 'nghnawd. Tywalltodd Mari'r te, a hi wnaeth ymateb i gydymdeimlad y cigydd. Roedd hi'n gwneud gwell gwraig weddw na fi.

Bu John a minnau'n hollol dawel.

Yswn am iddo adael. Roedd arogl y paraffîn yn bygwth gwneud i mi chwydu. Teimlwn ei lygaid gleision arna i, fel petai llafn yn eu glesni.

Pan gododd y ddau i fynd, daliodd John fy llygaid a gofyn, 'Oes 'na unrhyw beth y medra i wneud? Unrhyw beth o gwbl?'

'Dim,' atebais, yn oeraidd a phendant, a dweud y cyfan mewn eiliad o lygaid ynghlwm.

Roedd John yn deall. Gwelais rywbeth yn diffodd ynddo.

John druan, meddyliais ym mudandod y parlwr. Estynnais i ddiffodd y golau bach, ac eistedd yno yn y tywyllwch, dim ond olion olaf y tân yn olau egwan yn y stof. Nid ei fai o oedd hyn. Nid fo laddodd Dai. Dim ond rhywun a ddigwyddai fod yno a'm gweld ar yr adeg iawn oedd o, rhywun i'm hatgoffa nad o'n i'n anweledig.

Peth ofnadwy oedd tawelwch a llonyddwch. Roedd o'n union fel y bu yr wythnos diwethaf, pan oedd Dai yn dal yn fyw, a'r wythnos cynt. Ar ôl prysurdeb yr angladd, yr holl ymwelwyr, y trefnu a'r tendio, roedd popeth yr un fath. Roedd o fel colli dodrefnyn neu gelficyn tywyll, trwm o gornel y parlwr. Chwiliais fy nghalon am hiraeth, am frath y golled, ond roedd hi bron fel pe na bai gen i deimladau ar ôl o gwbl. Ro'n i ar wahân i'r cyfan.

Eisteddais yn y gadair, yn ceisio darbwyllo fy hun ei bod

hi'n amser mynd i glwydo. Roedd y gwely mor fawr wedi i
mi golli Dai, ac ro'n i'n dal i gysgu ar fy ochr i, nesaf at y
ffenest, fel petawn i'n dal i ddisgwyl i Dai adael gwres y stof
yn y parlwr a dod i orwedd wrth fy ymyl.

'Mam?'

Dychrynais wrth glywed llais Dewi ar waelod y grisiau. Llais
dyn a goslef bachgen bach. Roedd o'n llenwi ffrâm y drws, yn
gysgod mawr.

'Methu cysgu wyt ti, pwt?'

'Pam ydach chi'n eistedd yn y tywyllwch?'

Am 'mod i'n trio 'ngorfodi fy hun i mewn i ddüwch,
meddyliais, ond atebais i ddim. 'Wyt ti am i mi gynhesu llaeth
i ti?'

'Dwi wedi bod yn cysgu. Deffro wnes i.'

Croesodd Dewi'r parlwr, ac eistedd yng nghadair ei dad.
Roedd o'n fwy na Dai, ei ysgwyddau'n lletach, ond fedrai o
ddim llenwi'r gadair bren yna chwaith.

'Be ddeffrodd ti, pwt? Ydi Mari'n dal i gysgu?'

'Yndi, dwi'n meddwl. Cael hunllef wnes i, Mam.'

Yn y gwyll, edrychodd Dewi i lawr ar ei ddwylo, yn teimlo'r
embaras ei fod o'n ddigon meddal i alaru. Wyddwn i ddim sut
y dysgodd fy machgen bach i fod yn ddyn, beth a'i gwnaeth o
mor ymwybodol o ofynion y byd. Yn sicr, nid fi a'i dysgodd
o. Dim ond ei gadw'n fyw wnes i, ei fwydo a'i gadw'n gynnes
a thendio'i friwiau pan fyddai o'n cwympo. Yma, o 'mlaen
i, a'i fyd bach wedi chwalu, roedd o'n rhy swil i ddweud ei
ddweud.

'Am dy dad?' gofynnais yn dawel.

'Roedd o ar dân. Yn symud yn od. Yn araf, wchi, fel tasa
ei amser o'n llifo'n wahanol i amser pawb arall. Fel tasa fo'n
dawnsio, bron.'

Eisteddais yn gwrando, fy anadl yn amharchus o uchel.

Na, fyddai Dai ddim wedi symud fel yna. Fyddai dim llyfnder graslon i'w symudiadau. Fyddai Dai ddim wedi edrych fel petai o'n dawnsio.

'Ydach chi'n meddwl 'i fod o wedi diodde'n hir, Mam?'

Caeais fy llygaid, a gobeithio na fedrai o weld. Dyna oedd wedi bod ar ei feddwl. Dyna oedd yn gwenwyno ei gwsg. Dychmygu eiliadau olaf ei dad, meddwl am ei wyneb wrth iddo farw.

'Does 'na ddim pwynt troi a throsi dros hynny, pwt,' atebais yn ddistaw. 'Mae o wedi gorffan rŵan.'

'Dwi'n gwybod,' meddai'n rhwystredig. 'Ond fedra i ddim peidio. Dwi'n gwneud fy ngora i drio meddwl am rywbath arall, ond fedra i ddim.'

Ro'n innau, ar y llaw arall, wedi hen ildio, wedi sylweddoli nad oedd gen i'r gallu i reoli fy nychymyg. Efallai nad o'n i wedi trio'n ddigon caled.

Ai fi ddechreuodd y tân?

'Mi fyddai o wedi bod fel mynd i gysgu, Dewi. Byddai'r mwg wedi cyrraedd cyn y tân, a byddai dy dad wedi gorwedd i lawr a syrthio i gysgu.'

Dylwn fod wedi dechrau crio wrth adrodd y rhan hon o'r stori, fy llais yn torri.

Fedrwn i ddim.

Wylais i ddim o flaen fy mhlant, ddim erioed.

'Ydach chi'n dweud hynny er mwyn gwneud i mi deimlo'n well?'

'Nac ydw. Dyna sy'n gwneud synnwyr. Mae mwg yn codi, ac roedd Dai yn nhop yr adeilad.'

Fyddwn i byth yn cyfaddef y manylion wrtho. Ychydig weddillion du oedd wedi'u claddu yn y fynwent, a rhoddwyd blodau a lafant yn yr arch i drio cuddio arogl y cnawd. Ddywedais i ddim bod y rhan fwyaf o'i dad wedi mynd yn llwch, wedi'i gymysgu efo gweddillion y lloriau, y celfi, y llenni a gwlâu'r gwesty. Ychydig ohono wedi chwythu am y môr, ychydig ohono wedi'i gymysgu â'r tywod. Dai ym mhob man, ac ychydig ohono mewn arch yn llawn blodau, wedi'i gladdu'n ddwfn o dan y ddaear.

'Fuoch chi erioed yn atig y Corbett, Mam?'

Nodiais, gan gofio'r prynhawniau hynny a arferai fy nghynnal pan o'n i'n iau. Cofio arogl y llwch, gwres clòs y to a'r olygfa dros y traeth, yr holl ffordd i'n tŷ ni.

Cofiais y wên gyntaf a ges ganddo, yn llydan, yn annwyl ac yn hawddgar. Dwylo yn ei bocedi. Llygaid tywyll a chrys gwyn. Y teimlad yna fod rhywun f'eisiau i. Rhywun a chanddo gerddediad rhywiol, rhythmig, a gwefusau mawr trwchus.

Fe ddylwn i fod yn wylo'n hidl dros y dyn hwnnw, ond roedd o wedi marw flynyddoedd ynghynt. Ro'n i wedi bod yn galaru amdano am y rhan fwyaf o'n priodas ni.

Cododd Dewi, ond pwyllodd cyn dychwelyd i'r gwely. 'Oedd o'n coelio yn Nuw, Mam?'

'Roedd o'n Gristion,' atebais, y celwydd yn llithro allan yn hawdd, heb feddwl, ac yn afiach o bendant.

Roedd o fel syrthio i gysgu. Yn union fel syrthio i gysgu.

Gwyddai Dai nad oedd posib dianc yn fyw. Erbyn iddo sylwi bod y lle ar dân, roedd y fflamau wedi cydio, a phob dihangfa yn uffern o fwg a thân. Edrychodd drwy'r ffenest ar y bobol ar y lawnt, pob un yn syllu i fyny ar yr adeilad wrth iddo gael ei larpio. Mor od oedd meddwl ei fod am farw mewn tân ac yntau ddim ond ychydig lathenni o'r môr. Byddai'n medru trio neidio, efallai, ond na, byddai peryg gwirioneddol i honno fod yn farwolaeth fwy poenus. Yn sicr, byddai glanio ar y cerrig mân yn un sbloetsh o gnawd ac esgyrn yn ddiweddglo llai urddasol nag aros yma a derbyn ei ffawd yn dawel.

Feddyliodd o ddim, mae'n rhaid, bod hwnnw'n gyfle gwerth

ei gymryd. Doedd ganddo mo'r tân yn ei fol i frwydro dros achub ei fywyd. Urddasol? Oedd. Ond roedd rhywbeth torcalonnus yn y ffordd y derbyniodd Dai ei ffawd heb golli 'run deigryn.

Roedd hen *chaise lounge* yn llechu y tu ôl i rai o'r hen gadeiriau yn ymyl y wal. Gorweddodd Dai arni, a chael ei bod yn feddal ac yn esmwyth. Cododd eto, ac estyn blanced o un o'r cistiau – blanced dartan goch, melyn a du. Fyddai ganddo ddim hawl defnyddio blanced mor grand fel arfer, ond penderfynodd na fyddai unrhyw un yn gwadu ychydig o gysur iddo rŵan.

Treiddiodd y mwg du i mewn a llenwi'r ystafell fel niwl. Gwyliodd Dai'r ffenestri bach tan i'r niwl losgi ei lygaid, ac yna fe'u caeodd, a gorfodi ei anadl i arafu i rythm tawel cysgu.

Roedd o'n gynnes ac yn glyd, a'r holl waith wedi dod i ben, o'r diwedd.

Cysgodd.

Suddodd i freuddwyd yn syth. Yn ei feddwl, cododd o'i gorff a gadael ei hun yn cysgu'n drwm dan wrthban o wlân a mwg, y düwch yn araf lenwi ei ffroenau a'i ysgyfaint. Symudodd drwy'r drws heb ei agor, a cherdded drwy'r fflamau blin heb deimlo'u gwres. Cerddodd ar y lawnt, lle na fedrai neb ei weld. Doedd o ddim yn bodoli. Oedodd, am eiliad, i wrando ar eu hebychiadau syn.

'Did they get everyone out?'

'All but one or two... It's a miracle, really, just to lose the two...'

Ar ei ffordd i'r traeth, cerddodd Dai heibio'i wraig, a safai'n syllu'n fud ar ffenestri'r atig. Roedd hi mor llonydd â'r nos, a'i chroen yn welw fel bore llwyd. Wnaeth ysbryd Dai ddim pwyllo i edrych arni, i ofalu ei bod hi'n iawn. Roedd o'n gwybod y byddai'n ymdopi hebddo. Roedd hi wedi gwneud hynny erioed.

Mor dawel oedd glan y môr, y bobol wedi dewis gwylio'r tân yn hytrach na mwynhau'r tywydd cynnes. Er y gwyddai fod ei gorff gwag yn dal yn yr atig, teimlai Dai ei fod yn ysu am ymdrochi. Cerddodd i mewn i'r môr, ac am nad oedd ganddo gorff, doedd dim rhaid tynnu amdano. Doedd o ddim yn wlyb, ac eto, roedd cysur y dŵr oer yn lleddfu rhywbeth.

Mi arhosa i yma am ychydig, penderfynodd Dai. *Mi arhosa i yn y dŵr bas, ar draeth y pentre, nes ei bod hi'n amser i mi adael.* O'r môr, gallai weld y tân, a'r mwg yn codi i'r awyr las fel anadl cariadon.

Celwydd

DIFLANNODD JOHN YN syth, bron, ar ôl yr angladd. Fy mai i, mae'n siŵr, am i mi ei gwneud hi mor amlwg nad o'n i'n awyddus i'w weld o eto. Wedi iddi fod yn prynu cig un diwrnod, dywedodd Mari ei fod o wedi mynd i'r gogledd, i Ben Llŷn efallai, am fod hen fodryb yno wedi cynnig llety a siop gig ei hun iddo. P'run bynnag, roedd band mawr yn fan'no hefyd yn chwilio am rywun i chwarae'r ffidil. Mae'n rhaid ei fod o'n barod, felly, i chwarae'r ffidil o flaen pobol eraill, er iddo wrthod chwarae i mi.

Ceisiais ddychmygu John yn chwarae mewn band, yn rhan o sŵn mwy, yn creu efo pobol eraill. Fedrwn i ddim dychmygu y byddai ychwanegu unrhyw offerynnau eraill yn gwella sŵn dolefus ei ffidil. Fedrwn i ddim hiraethu amdano. Doedd gen i mo'r hawl, na'r galon. Ond weithiau, ar ddyddiau clir, byddwn yn edrych i fyny'r arfordir tuag at Ynys Enlli, ac yn dychmygu John, yn cofio mor llydan oedd ei frest ac yn cofio'i wên wrth i mi gerdded i mewn i'r môr.

Dychwelais i ddilyn rhyw fath o batrwm bywyd newydd, a hwnnw'n ddychrynllyd o debyg i'r un oedd gen i cynt. Roedd Dai wedi bod yn ddoeth â'i bres, ac wedi gadael digon o gelc i'n cynnal. Pan ges y darn papur plaen â'r rhifau syml yn dangos ei gynilion, ces sioc. Roedd o wedi bod yn cynilo heb yn wybod i mi. Pam? I beth?

Aeth Mari yn ôl i'r ysgol. Roedd hi'n dawel, ac weithiau byddwn yn ei dal hi'n edrych ar gadair ei thad, neu'r lle gwag wrth y bwrdd bwyd. Byddwn yn cofio fel yr arferai hi gael cysur gan Dai, nid fi, pan oedd hi'n eneth fach, a syrthio i gysgu yn ei gôl. Yn cofio fel y byddai o'n rhoi mwythau iddi'n hawdd, yn gwybod yn iawn sut i godi gwên fach ddiniwed. Roedd o wedi bod gymaint gwell na fi am fagu plant.

Rhyw ddeufis wedi i Dai farw, gadawodd Dewi'r ysgol gyda llond llaw o gymwysterau, ac aeth i weithio yn torri gwair ar ochr ffyrdd ac mewn parciau wrth drio penderfynu pa faes i'w ddilyn. Pan fyddwn i'n gofyn iddo beth oedd arno eisiau ei wneud â'i fywyd, rhyw atebion di-fflach a gawn – 'Falle a' i i'r coleg i wneud rhywbeth' neu 'Wedi meddwl gweld pa swyddi sydd yn Nhywyn.' Roedd o fel y bûm i, fel y bu Dai – heb drywydd pendant. Yn gweithio er mwyn byw.

Byddai'n dychwelyd adref o'r gwaith yn arogli fel glaswellt, a'i wallt yn llawn hadau dant y llew. Roedd o fel dyn mewn chwedl, fel rhywun â phlanhigion a gwair yn dechrau tyfu o'i gnawd.

Fyddai Dewi a Mari ddim yn ffraeo mwyach. Dros nos, roedd o wedi colli ei blentyndod, ac wedi colli'r hawl i dynnu ar ei chwaer. Daeth rhyw flinder drosto, rhyw bwysau ar ei ysgwyddau ifanc.

Roedd o'n mynd yn debycach i'w dad.

Yswn innau am rywbeth i'w wneud. Doedd coginio, golchi a glanhau ddim yn ddigon rŵan. Petai'r Corbett yn dal ar agor, byddwn wedi mynd at Mr Ingalls a gofyn iddo 'nghyflogi i unwaith eto, ond dim ond cragen ddu oedd ar ôl o'r hen adeilad mawr crand. Doedd gen i ddim syniad beth arall y gallwn ei wneud. Fyddai pobol yn chwerthin petawn i'n gofyn am waith yn rhywle arall? Pwy oedd am gyflogi gwraig ganol oed dawel, fewnblyg?

Byddai fy meddwl yn troi mor sydyn fel bod arna i ofn y byddai pobol yn medru ei glywed yn clecian fel tân. Byddai'r freuddwyd am ddechrau'r tân yn dal i wenwyno pob cwsg, a minnau ofn syrthio i gysgu, yn gwybod y byddwn i'n dychwelyd i glywed arogl paraffîn yn mygu'r awyr. Medrwn ddioddef y dydd, ond byddai'r nos yn greulon.

Gorweddwn yn fy ngwely, fy nghalon euog yn pwnio dan fy nghoban. Ceisiwn resymu ynghylch popeth. Fedrwn i ddim bod wedi'i gychwyn, gan 'mod i yn yr ardd gefn, a fûm i 'mond yn cysgu am ychydig. Dro arall, roedd y cyd-ddigwyddiad yn ormod. Fi wnaeth ladd Dai, am nad oedd o'n fy ngharu i a minnau ddim yn ei garu o. Am na fedrwn i ddioddef yr oerfel mwyach. Am 'mod innau wedi dechrau oeri, wedi colli blynyddoedd, ac yn sicr 'mod i'n anweledig. Wedi methu bod yn flin, wedi methu â gwarchod fy hun.

Wedi i John adael, roedd hi'n saff i mi gerdded draw i'r tyddyn. Un bore braf, gadewais y llestri yn y sinc a gadael mudandod y tŷ.

Roedd y pentref yn brysur. Bu'n rhaid i mi stopio droeon i adael i'r ceir fynd heibio. Roedd y ffordd yn gul ym Mhenhelyg, ond erbyn cyrraedd Aberdyfi roedd yno bafin newydd llydan, a'r harbwr yn cyrlio fel bys i'r môr. Cychod pleser oedd yma rŵan, a phobol fawr yn dod i bysgota. Y tu allan i'r siopau roedd basgedi amryliw yn temtio'r ymwelwyr i brynu bwcedi, rhawiau, sandalau a barcutiaid. Er ei bod hi'n gynnar, roedd hi'n brysur, a'r bobol ddŵad fel pryfaid o gwmpas y lle.

Roedd y bobol leol yn dal i ymateb i mi fel petawn i'n sanctaidd. Nid Llanw o'n i bellach, na Mrs Huws, ond y Wraig Weddw. Byddai rhai nad oedden nhw wedi 'nghydnabod i cyn hynny yn cynnig cip llawn tosturi, a'r hen ferched yn tewi eu sgwrs wrth i mi basio, ac yn gwenu arna i'n drist. Trodd hanes Dai a minnau yn chwedl. Dau gariad angerddol, yn orfoleddus yng nghwmni ein gilydd, a'n plant yn dlws ac yn annwyl, ond daeth pethau i ben mor dorcalonnus. A minnau wedi colli Nain, Gorwel wedi rhedeg i ffwrdd, a fy rhieni wedi marw cyn cof… Roedd fy hanes yn ddiddorol o drist.

Wrth i mi basio siop y cigydd, dihangodd arogl y cig i wenwyno'r stryd.

Troais o'r palmant a mynd am y tywod. Roedd hi'n ddigon prysur yma hefyd, a phlant bach yn cicio dŵr ar eu rhieni, neu'n adeiladu cestyll tywod.

Heb feddwl, es ar hyd y llwybr drwy'r twyni a arweiniai at y Corbett. Sefais ar y lawnt am yn hir, yn syllu ar gragen yr adeilad.

'Isn't it sad?' meddai llais wrth fy ymyl, a throais i weld Mr Ingalls yn sefyll yno. Edrychai'n wahanol, mewn siwt lwyd yn lle'r siwt ddu arferol. Sylweddolais nad o'n i erioed wedi'i weld y tu allan i dir y Corbett, na'i weld ac yntau heb fod yn gwisgo ei siwt waith. Roedd o yno ers blynyddoedd, a feddyliais i erioed am ei fywyd y tu hwnt i'r gwesty.

'Did you ever take a day off?' gofynnais, a chododd Mr Ingalls ei aeliau mewn syndod, cyn rhoi gwên lydan, drist.

'I feel as if I've lost my habitat,' meddai, gan droi ei lygaid at y Corbett. 'Not one day off. Somehow, it never occurred to me. It would be like taking a day off from my life.' Ysgydwodd ei ben, fel petai'n cofio. 'I'm sorry. That was insensitive. I lost my work, but you lost your husband.'

'You lost more, I think. Your whole life is affected. I still have my children and my home.' Edrychais i lawr, yn sicr y byddai o'n ffieiddio 'mod i'n bychanu marwolaeth Dai.

Ond nodio wnaeth o. 'That fact has its own difficulties to bear, I'm sure. At least you can be sure that the inquest won't last too long. It was a spark from one of the fireplaces. It must have spread to a blanket, or perhaps one of the guests had left a towel to warm before the fire.' Ochneidiodd. 'And that was that. It must have spread so quickly.'

Teimlais fy ngruddiau'n poethi. 'But the fire started with the curtains.'

Edrychodd arnaf dros ei sbectol. 'Is that what they're saying in the village? They're mistaken. I don't know how they work these things out, but they're certain it started by one of the fireplaces on the third floor.'

Wrth y lle tân. Blanced, neu dywel yn cynhesu. Dim paraffîn, dim llenni coch melfaréd, dim matshys. Damwain. Damwain oedd y tân.

Nid fi wnaeth.

Heb drafod, cerddon ni'n dau i lawr y llwybr tuag at y môr. Roedd yn un o'r dyddiau hyfryd hynny pan oedd byw ar lan y dyfroedd yn fraint, a'r tonnau bychain yn taflu mil o dlysau cain i wincio o'r gorwel. Profiad rhyfedd oedd cerdded wrth ymyl Mr Ingalls. Teimlwn yn siŵr ei fod o'n gorfod ailddysgu sut i gerdded yn bwyllog, ac yntau wedi arfer brysio o fan i fan.

'Weren't you afraid of the water?' gofynnodd Mr Ingalls.

Nodiais, a gwenu. 'I changed. Before we lost Dai... Something changed.'

'And change it must again, for you and for me.'

'What will you do?'

'I've bought a bungalow in Cornwall. Somewhere to retire. I plan on growing tomatoes and learning to paint with watercolours. I used to love reading.'

Bûm yn dawel am ennyd. 'I can't imagine it.'

Pwyllodd Mr Ingalls. 'Do you know, there is a phrase in English about a significant change like the ones you and I are experiencing. They... We... call it a sea change.'

Sea change. Newid yn y môr.

Ro'n i'n ei ddeall yn berffaith.

'It explains it perfectly, doesn't it? Like a huge body of water, turning its tide. All that weight, suddenly elsewhere.'

Roedd awel fwyn yn chwythu'r tywod. Tybed a oedd Dai

yn y tywod yna, llwch ei wyneb neu ei wallt neu ei gefn mawr gwyn yn siffrwd ar fin y dŵr?

Y noson honno, roedd awyrgylch ein tŷ ni fel y munudau cyn storm. Dewi oedd ar fai. Cyn gynted ag y daeth adref, roedd rhywbeth yn beryglus amdano – rhyw dywyllwch yn yr aer o'i gwmpas. Do'n i ddim wedi synhwyro unrhyw beth tebyg o'r blaen. Fûm i erioed yn betrus o dymer rhywun oedd yn byw o dan yr un to â fi.

Bu ei ddüwch yn chwyddo ers dyddiau.

Ddywedodd neb air. Ddim fi, na Mari, na Dewi ei hun, ond roedd y tŷ'n teimlo fel petai'n hel stêm, a phawb yn aros i rywbeth ddigwydd. Roedd osgo a sŵn traed a thawelwch Dewi yn rhybudd bod rhywbeth yn y gwynt, a'r arogl glaswellt ar ei ddillad yn gryf ac yn afiach, yn felys fel paraffin.

Wn i ddim yn union beth a ddywedwyd pan ffrwydrodd ei dymer. Ro'n i yn y gegin yn golchi'r llestri swper, a'r haul newydd fachlud y tu draw i'r ffenest fach. Clywais oslef lleisiau Mari a Dewi yn y parlwr, ond fedrwn i ddim clywed y geiriau, a doedd dim lleisiau uchel na thôn ffraeo i'm rhybuddio o'r hyn oedd ar fin ffrwydro.

Y sgrech, yn torri fel storm. Mari, oedd mor dawel a swil, yn gwichian fel gwylan. Gollyngais y gwpan ro'n i wrthi'n ei golchi yn y dŵr poeth a rhuthro i'r parlwr. Roedd Mari wedi closio at y drws ffrynt, wedi gwthio'i chorff i'r gornel ac yn trio gwneud ei hun mor fach â phosib. Safai Dewi yng nghanol yr ystafell, yn sgwario fel dyn, a'i ddyrnau ynghau.

'Deud wrtha i na wnest ti mo'i hitio hi,' gorchmynnais, yn edrych ar fy mab ac yn teimlo rhywbeth mawr, peryglus yn deffro ynof fi, rhyw wres yn dechrau ffrwtian.

'Naddo,' poerodd Dewi, a channwyll ei lygaid yn llydan. 'Wnes i ddim cyffwrdd ynddi!'

'Be ddigwyddodd?' gofynnais, a'm llais yn llym. Do'n i ddim wedi defnyddio'r tôn yna erioed o'r blaen. Fu dim rhaid i mi.

'Mae hi'n trio 'nghythruddo i,' meddai Dewi, gan gerdded yn ôl a blaen wrth y lle tân fel anifail gwyllt mewn cawell. 'Y ddwy ohonoch chi.'

'Ddeudais i ddim byd,' gwaeddodd Mari, a rhedeg ata i. Rhoddais fy mraich amdani, yn ymwybodol, am y tro cyntaf erstalwm, bod dyletswydd arna i i edrych ar ei hôl hi. Trodd i edrych arna i â'i llygaid ofnus, hen lygaid, yn llawer hŷn na'i blynyddoedd. 'Fydda fo wedi rhoi swadan i mi taswn i ddim wedi symud yn sydyn.'

Teimlwn y caledi yn dechrau crynu oddi mewn i mi, fel petai fy esgyrn yn chwyddo ac yn llenwi fy nghroen, a'r meddalwch a'r cynhesrwydd yn diflannu. Roedd rhywbeth yn braf amdano, rhyw gryfder y medrwn ymhyfrydu ynddo.

Cymerais gam tuag at Dewi. Roedd o gymaint yn fwy na fi, gymaint yn dalach ac yn fwy cyhyrog, ond ro'n i'n gryfach. Ro'n i'n gryfach nag unrhyw un.

'Rho di ben dy fys ar unrhyw un, Dewi, a fydd 'na ddim lle i ti yn y tŷ yma.'

Chwarddodd Dewi, hen chwerthiniad heb arlliw o hiwmor, a hwnnw bron â bod yn sgrech. 'Fedrwch chi'm deud y ffasiwn beth wrtha i. Ddim rŵan. Fi ydi'r penteulu, yntê? Fy nhŷ i ydi fan'ma!'

'Fi sydd pia'r tŷ yma, a fi ydi'r rhiant. *Fi* ydi'r penteulu, Dewi.'

Edrychodd i fyw fy llygaid wedyn, a meddyliais am ychydig ei fod o'n mynd i 'nharo i. Roedd o fel dieithryn, fel petai person newydd yng nghroen fy mabi bach i. 'Dyna mae pawb yn 'i ddeud rŵan. Fi ydi'r dyn, fi sy'n gorfod edrych ar ôl Mari a chitha. Fi sy'n gorfod llenwi sgidia Nhad. Mae'r gofal arna i.'

'Ngwas i.

'Dewi,' atebais yn dawel. 'Tydw i ddim eisiau i ti edrych ar f'ôl i, na Mari. Dwi am i ti edrych ar ôl dy hun, a gwneud fel lici di, a mynd i ble bynnag fynnot ti. Ond os wyt ti'n mynd i fihafio fel cath wyllt ar yr aelwyd yma, mi fydda i'n dweud wrthat ti am fynd o'ma.'

Ysgydwodd ei ben.

'Ac mi fedra i fod yn hollol sicr,' meddwn wedyn, 'y byddai dy dad wedi cytuno efo fi.'

Dechreuodd Dewi wylo. Ddim yn swnllyd, ddim fel yr arferai wneud pan oedd o'n fachgen bach wedi iddo frifo ei ben-glin wrth syrthio yn y cowt. Wylai yn hollol dawel, dagrau'n diferu o'i lygaid, un ar ôl y llall, gan adael olion fel llwybr i lawr ei ruddiau. Symudais i'w gysuro, a chael fy llonyddu gan y ffaith ei fod o mor debyg i rywun oedd wedi hen fynd.

Roedd o'r un ffunud â fo. Fel Gorwel mewn gwahanol liwiau – gwallt tywyll yn hytrach na gwallt lliw tywod, croen gwelw heb liw bythol yr haul. Ond yr un wyneb, siâp y corff, ongl yr ysgwyddau â Gorwel. Y llygaid. Welais i erioed mo Gorwel yn crio, ddim ar ôl iddo gyrraedd oed dyn, ond o edrych ar Dewi rŵan, byddai'r ddau wedi medru bod yn frodyr. Sylweddolais mai pwysau dyletswydd oedd ar y ddau, gofal am hen ddynes a merch ifanc yn faich ar ysgwyddau'r naill a'r llall. Ro'n i wedi troi o fod yn faich ar Gorwel i fod yn faich ar Dai i fod yn faich ar Dewi, ac roedd hynny'n ffiaidd.

Oedd fy mrawd wedi teimlo'r un fath ag y teimlai Dewi rŵan? Fyddai arno eisiau 'nharo i weithiau, am mai fo oedd yr unig ddyn yn y tŷ, y penteulu, a'i efell anghenus yn amharu ar ei ryddid i fwynhau bywyd llanc ifanc?

Petai 'na ryfel, a llongau ac awyrennau ac esgusion fil i ddengyd, fyddai Dewi'n dewis dianc? Fyddai yntau, hefyd, yn diflannu i ddifancoll?

Llyncais fy mhoer, fy nghalon yn drymio. Ro'n i wedi methu achub Gorwel, ond roedd gobaith achub Dewi.

'Cer o 'ma,' meddwn, yn beryglus o dawel.

'Be?'

'Mae gen ti fis i ddod o hyd i rywle i fyw. Tydw i ddim am dy gael di yn y tŷ yma. Does dim ots gen i ble'r ei di, ac mi gei di ddod yn ôl ar dy wyliau unrhyw dro.'

'Mam...' dechreuodd Mari.

'Paid â meddwl am funud 'mod i'n gwamalu,' meddwn, gan bwyntio bys at fy mab. 'Dwi'n golygu pob gair. Mis i heddiw.'

'Ond wnes i ddim cyffwrdd ynddi hi,' protestiodd, gan amneidio at ei chwaer. 'Fedrwch chi ddim...'

'Rwyt ti'n rhy hen i fyw efo dy fam,' meddwn, a theimlo llif o hunanatgasedd yn wenwyn drwy fy ngwythiennau wrth i mi ddweud y geiriau. 'Os wyt ti am fynd i'r coleg, mi gei di bob cefnogaeth gen i. Mi dala i am ddillad newydd, llyfrau, beth bynnag lici di. Ond chei di ddim byw yma. Mae'n rhaid i ti symud.'

Roedd Dai wedi mynd, a minnau'n gorfod dysgu'r wers olaf i Dewi, waeth faint fyddai honno'n brifo. Roedd yn rhaid i mi ollwng gafael ynddo. Ei amddifadu o holl gyfrifoldebau bod yn ddyn cyn ei amser.

Ysgydwodd Dewi ei ben, a chamodd Mari yn ôl. Yn sydyn, fi oedd yr un anwadal, beryglus yn ein mysg, a'r plant wedi'u simsanu gan fy ngeiriau.

'O leia mi golles i ddagra dros Dad,' poerodd Dewi yn llawn atgasedd, ei law ar fwlyn y drws. 'O leia dwi wedi teimlo.'

Sythais fy nghefn a syllu i fyw llygaid fy mab. Roedd o'n trio 'nghythruddo i, dyna i gyd, drwy ddweud y pethau roedd o'n meddwl fyddai'n brifo.

'Cywilydd arnoch chi, yn wraig weddw heb golli 'run deigryn. Yn oer fatha carreg. Doeddech chi byth yn gwenu ar

Dad cyn iddo fo farw, a dydach chi ddim yn hiraethu rŵan chwaith. Dach chi'n teimlo dim wedi'i golli o!'

Wn i ddim o ble y daeth o – y gwres, y dymer, y tân, yn boethach na'r un a fu yn atig y Corbett y prynhawn hwnnw pan ddaeth diwedd Dai. Do'n i ddim yn ddig efo Dewi – roedd o'n galaru, yn trio deall pethau annealladwy – nac yn ddig efo mi fy hun, na Dai, na Gorwel, na John. Ac eto, roedd o yna, y gwres yma, fel egni aflan, a chyn i mi fedru meddwl am y peth, ro'n i wedi codi cadair Dai, yr un fawr o bren trwm, ac wedi'i thaflu yn erbyn y wal. Ebychais floedd gyntefig, anifeilaidd wrth ei thaflu, sŵn nad o'n i wedi'i wneud erioed o'r blaen.

Torrodd dwy o'r coesau wrth i'r gadair daro'n erbyn cerrig y mur. Fyddai hi'n dda i ddim ond ei llosgi bellach. Disgynnodd tawelwch dros yr ystafell wedyn, dim ond fy anadlu brysiog fi fy hun i leddfu ar fudandod y parlwr bach.

Ar ôl syllu arna i am ychydig eiliadau, daeth Mari draw a rhoi ei braich yn ofalus am fy ysgwyddau. 'Mae'n iawn, Mam. Mae'n iawn. Pam na wnewch chi eistedd?'

'Yn teimlo dim byd, wir!' poerais i gyfeiriad Dewi. 'Tydi dy ddagrau di ddim yn dy wneud di'n well na fi.'

'Chi ydi'r un gollodd reolaeth,' atebodd Dewi, cyn diflannu drwy'r drws ffrynt, a gadael y gwirionedd fel cyllell ar ei ôl.

Fe adawodd Dewi, a Mari hefyd ymhen ychydig flynyddoedd. Wedi'u rhyddhau o'u dyletswydd gan fy annibyniaeth, am i mi fynnu nad oedden nhw i fyw hefo mi ar ôl gadael yr ysgol. Roedd arna i ofn y byddwn i'n eu colli'n gyfan gwbl, ond ar ôl i lwch fy storm setlo, ymhell wedi i weddillion cadair Dai gael eu llosgi yn y stof, sylweddolais 'mod i'n teimlo'n fwy fel mam nag y gwnes i cynt. Roedd y ddau'n teimlo'n saff ac yn hapus yn fy nghwmni, ac roedd rhyddhad cyfforddus o'u cwmpas o wybod na fyddai gofyn iddyn nhw ofalu amdana i na chymryd lle eu tad.

Weithiau, wrth gerdded i'r siopau neu ar y promenâd, byddwn i'n gweld mam gyda phlant ifanc, ac yn sylwi ar y gofal diamod y byddai hi'n ei roi i'w rhai bychain. Yn gwylio'i gwên wrth iddi eu gweld nhw'n plygu dros y tywod, yn ffurfio mynydd a'i alw'n gastell. Yn sylwi ar fodiau'r mamau yn mwytho'n ddifeddwl pan fydden nhw'n dal dwylo'u plant, coflaid fach fyddai'n dod mor naturiol ag anadl. Fûm i erioed fel yna. Chwarae rôl roeddwn i, ers y dechrau, ac eiddigeddwn at y rhai fyddai'n cael byw'n hapus yng nghwmni eu hepil bach, heb y niwl du oedd wedi cau amdana i pan oedd Dewi a Mari yn blant mân.

Bum mlynedd wedi marwolaeth Dai, daeth y ddau'n ôl – Dewi o'i waith mewn swyddfa yng Nghaernarfon a Mari o'r coleg ym Mangor – i roi blodau ar y bedd ar ben-blwydd ei farwolaeth. Roedd hi'n pigo bwrw, a'r fynwent ar y bryn yn wag heblaw amdanon ni ein tri.

Gwyliais Dewi yn rhoi ei law ar y garreg fedd, yn ei mwytho, heb feddwl, fel petai holl nerfau Dai wedi'u trosglwyddo i'r llechen oer. Plygodd Mari ar ei chwrcwd a threfnu'r blodau amryliw ar fedd ei thad, a thynnu bys hir, main ar hyd llythrennau ei enw. Daeth Dewi i sefyll wrth fy ymyl, a rhoi braich warcheidiol am fy ysgwyddau.

'Mi ddyliwn i ddod yma'n amlach,' dwrdiodd Mari ei hun wrth sythu. 'Mi ddyliwn i feddwl am Dad yn amlach. Mi fydda i'n mynd am ddyddiau heb wneud.'

'Mae hynny'n naturiol,' cysurodd Dewi, ei lais fel y dyn na fu ei dad o erioed.

'Weithiau mae o'n teimlo gymaint hirach na phum mlynedd. Ac weithiau, fel taswn i ond wedi siarad efo fo ddoe.'

Gafaelais yn ei llaw, a gwenodd Mari arna i'n drist.

'Diolch byth amdanoch chi, Mam.'

Mi gerddon ni'n tri yn araf i lawr y bryn. Yn y pellter, medrwn weld y tyddyn ar y traeth, yn mynnu dal ei afael ar ei do a'i waliau er ei fod o wedi bod yn wag cyhyd.

'Be dach chi'n ei gofio am eich tad?' mentrais ofyn. Ro'n innau wedi trio meddwl amdano, ond byddai'r blynyddoedd o absenoldeb yn cynnig dau ddyn. Siâp gwag, du, amhenodol mewn cadair oedd un, a'r llall yn ddyn ifanc â dwylo mawr, ei wên yn hawddgar a'i lygaid yn dywyll. Fedrwn i ddim cofio'r pethau bob dydd, y pethau cyffredin. Roedd hi'n anodd cofio beth wnaeth i ni roi'r gorau i garu ein gilydd.

'Y ffordd roedd o'n syrthio i gysgu yn araf yn ei gadair pan fyddai o'n darllen y papur,' atebodd Mari yn syth, gan chwerthin. 'A deffro ei hun pan fyddai ei ben o'n gwyro 'mlaen.'

'A'r ffordd byddai o'n dod i'n hystafelloedd gwely cyn i ni gysgu i ddweud nos dawch,' meddai Dewi. 'Fydda i'n meddwl am hynny'n aml. Meddwl mor flinedig oedd o, ar ôl gweithio drwy'r dydd, ond mi fyddai o'n dal i ddod i ddweud nos dawch.'

Ro'n i wedi anghofio am hynny.

'Y ffordd roeddech chi a Dad mor fodlon yng nghwmni eich gilydd,' ychwanegodd Dewi.

Syllais arno mewn syndod, ond roedd o'n hollol ddidwyll.

'Byth yn teimlo bod rhaid i chi wneud rhyw fân siarad gwag, na hel straeon am bobol y pentre. Chlywais i 'rioed mohono chi'n ffraeo.'

Cytunodd Mari yn frwd. 'Roeddach chi wastad mor hapus, yn fodlon yng nghwmni eich gilydd. Dim geiriau, dim ond bodoli mewn tawelwch.'

Llyncais droeon, gan feddwl sut roedd yr union dawelwch

yna wedi hanner fy lladd i ar brydiau, yr holl eiriau na chawsant eu dweud wedi crebachu'n priodas ni, a dim byd ar ôl heblaw cragen o hen obeithion.

O fewn ychydig flynyddoedd, roedd fy mhlant wedi creu eu chwedl eu hunain – mam a thad a fu'n hapus, yn fodlon byw mewn tawelwch, yn gysur i'w gilydd mewn mudandod, noson ar ôl noson. Chaen nhw byth wybod fel yr oedd hi mewn gwirionedd, a dyna oedd yn iawn. Allwn i ddim chwalu eu hatgofion camarweiniol. Byddai'n haws i minnau ddechrau rhoi mymryn o gred yn y chwedl honno hefyd – hiraethu rhyw fymryn am ddyn di-hid, a smalio, am mai dyna oedd ddoethaf, 'mod i'n llai bodlon fy myd ers i Dai farw.

Bûm yn poeni amdani ers y dechrau un.

Yn fabi bach, a'i byd yn dymchwel yn ddiarwybod iddi, byddai Llanw'n gorwedd yn ei chrud, yn syllu ar y nenfwd fel petai'n gweld pethau yno, fel petai ei meddwl ar wib. Nid felly Gorwel, ei hefell. Roedd o'n gnonyn, yn llawn egni, yn mynd o hyd. Roedd o'n ymddwyn fel babi: yn crio, yn deffro yn y nos, yn ysu am gael ei godi a'i ddandlwn o hyd. Ond byddai Llanw wedi bod yn fodlon aros yn ei chrud drwy'r dydd a'r nos pe byddwn wedi ei gadael yno, prin yn crio o gwbl. Weithiau, byddwn yn taeru ei bod hi'n galaru.

Roedd hi'r un fath pan dyfodd yn hŷn – yn dawel, yn feddylgar ac yn ymwybodol o'i dyletswydd i'w brawd. Gwirionai Llanw ar Gorwel mewn ffordd na chawsai byth ei had-dalu ganddo. Efallai mai ofn ei golli oedd hi. Byddai hynny'n esbonio ei thueddiadau gorofalus, ei bonllefau o 'Gwylia dy hun!' yn feunyddiol i gyfeiriad ei brawd. Roedd hi'n rhy ifanc i sylweddoli ei bod hi'n ei fygu â'i chariad.

Un noson, a hithau ond pedair neu bum mlwydd oed, dihunais yng nghanol y nos a'i chael hi'n sefyll wrth droed y gwely yn syllu arna i. Am eiliad, roedd arna i ofn. Merch fach welw oedd hi, wyneb lliw'r lloer a gwallt tywyll, hir. Hawdd fyddai dychmygu mai ysbryd oedd hi.

Eisteddais i fyny. Roedd hi'n gwbl lonydd, ei llygaid fel tyllau duon, gwag yn yr hanner goleuni.

'Llanw?'

'Lle mae Mam a Dad?' gofynnodd mewn llais undonog.

Sylweddolais ei bod hi'n cysgu, a chodais i'w hebrwng hi 'nôl i'w hystafell hi a Gorwel. Dringodd Llanw rhwng ei chynfasau, a chau ei llygaid heb yngan gair arall.

Mae arni hiraeth, sylweddolais, hiraeth am rywbeth nad oes ganddi gof amdano. Dim ond nain ydw i, dw i ddim yn cyfri. Ond mae Llanw'n disgwyl i Gorwel fod yn frawd, yn dad ac yn fam iddi.

Gorweddais yn fy ngwely, fy mhryder yn fy nghadw ar ddihun. Byddai'r holi'n dechrau cyn bo hir – cwestiynau anodd am fam a thad a cholled a marwolaeth. Sut roedd rhoi atebion plant bach i gwestiynau mor fawr? Ro'n i'n eu caru nhw, y ddau fach, gystal ag y mae unrhyw fam yn caru ei phlant. Yn eu caru nhw ormod.

Roedden nhw'n haeddu gwell na'r gwir.

Felly dyna gawson nhw. Yn lle ffeithiau a dyddiadau a llanast hen glymau oedd bellach wedi datod, cafodd Llanw a Gorwel etifeddiaeth well – Mam Ni Oll, Cantre'r Gwaelod, stori garu'r lleuad a Nant y Dechrau.

Dilynodd Llanw'r patrwm a osodais iddi. Creodd chwedlau o'r hyn nad oedd hi'n ei ddeall, a straeon i esbonio'r pethau nad oedd hi'n hoff ohonyn nhw. Esmwythodd ei meddyliau â'i dychymyg a thrwsio'r byd yn ei phen. Pan fyddai straeon yr ysgol Sul yn anniddorol, byddai'n creu ei fersiynau ei hun. Pan fyddai'r gwaith yn y gwesty'n ddiflas, byddai'n dwyn un o'r gwesteion a'i droi'n gymeriad mewn chwedl newydd. Ac os oedd Dai yn rhy gyffredin i fod yn rhamantus neu'n gariadus, byddai Llanw'n lliwio'i gymeriad er mwyn darbwyllo'i hun ei fod o'n ddigon iddi.

Efallai mai'r chwedlau ddinistriodd Gorwel hefyd. Efallai mai chwilio am wlad y tylwyth teg wnaeth o, ymhell dros y môr. Ia, mae'n siŵr, a minnau wedi poeni cyhyd am ei chwaer. Onid Gorwel roddodd enaid i hen long?

Bydd rhai'n sbwylio'u plant â chariad, eraill â bwyd neu deganau neu ddiffyg cadernid. Cafodd Llanw a Gorwel eu sbwylio â straeon. Allai'r byd go iawn wneud dim byd, felly, ond eu siomi.

Ar nosweithiau olaf fy mywyd, bûm yn cysgu yng ngwely Llanw. Yn nüwch y nos, wrth wrando ar anadlu rhythmig Gorwel yn y gwely arall, ceisiais wynebu fy nhranc fy hun. Roedd y gwendid yn drech na mi. Gallwn ei deimlo, yn sugno fy nghryfder. Pan ddechreuais feddwl am Llanw a Gorwel yn byw hebdda i yn yr hen dŷ yma, roedd y panig yn bygwth fy mygu.

Felly troais fy meddwl at rywbeth mwy cysurlon: marwolaeth. Nid y gwagle du o ddiddymdra yr amheuwn oedd ar droed, nac ychwaith y nefoedd wlanog, lân y ceisiodd y capel fy narbwyllo o'i bodolaeth. Na, yr hyn a 'nghysurodd ar fy ngwely angau oedd yr holl hyfrydwch a ddychmygai Llanw i mi wedi i mi farw.

Byddai'n dychmygu fy enaid yn codi fel niwl o'm corff, ac yn troedio'n ddistaw drwy dywyllwch y tŷ, allan drwy dderw'r drws. Ac yna? Efallai y byddai'n fy hudo yn ôl i'r môr, at ysbryd yr un y byddai hi'n ei galw'n Mam Ni Oll, i ganol y pysgod a'r trychfilod a'r bwystfilod llyfn eu crwyn. Efallai y cawn dreulio tragwyddoldeb yn adfeilion tanddwr Cantre'r Gwaelod, yn nofio o dŷ i dŷ, yn cael dadeni ar safle hen chwedl.

Neu hwyrach y byddai Llanw'n fy nghadw i'n agos ati, yn fy nychmygu'n cydgerdded efo hi, yn anweledig ac yn fud. Efallai y twyllai ei hun weithiau, wrth gyfarfod ag aderyn bach dof neu glywed siffrwd fel sibrwd ym mrwyn y twyni, mai fi fyddai yno. Arwydd o'r arall fyd, o dragwyddoldeb bywyd.

Wrth gwrs, do'n i ddim ar droed bywyd newydd. Fyddwn i ddim yn cydgerdded efo Llanw ar y traeth, a welwn i mohoni byth eto. Ro'n i ar fin gorffen.

Ar y noson olaf, dechreuodd rhyw niwl hel o'm cwmpas, fel petai llwydni'r diwedd yn dwyn y lliwiau'n barod. Helpodd Llanw fi i'm gwely, fel y gwnâi bob nos ers tro bellach, fy nadwisgo a rhoi fy nghoban amdana i. Doedd gen i ddim cywilydd o'm noethni, er bod fy nghnawd yn llac ac yn welw. Roedd corff yn beth gwirion i fod â chywilydd ohono, yn fy marn i. Ond roedd rhywbeth yn drist yn ymateb Llanw. Doedd fy noethni, fy hen gorff musgrell, fy ffurf wag, welw ddim yn syndod iddi. Roedd hi'n ddiemosiwn wrth dynnu'r cotwm dros fy mronnau gweigion, fy stumog grychlyd a fy esgyrn brau. Fel nyrs yn trin clwyfau afiach, roedd ei hwyneb yn wag, fel petai'n naturiol iddi weld pethau'n marw ac yn pydru.

Ar ôl i ni ddweud nos da – 'Nos dawch, Nain. Cysgwch eich gora'; 'Nos dawch, fy llanw i' – gorweddais yn y gwely yn gwrando ar ei synau hi'n treulio noson dawel ar ei phen ei hun. Yn golchi'r llestri, sgubo'r llawr, tendio'r tân. Roedd rhywbeth mor unig amdani, a doedd gen i ddim ffydd y byddai unrhyw un yn medru lleddfu'r unigrwydd hwnnw. Byddai Llanw'n unig tra byddai byw.

Cysgais y noson honno wedi fy nghysuro gan synau domestig o'r gegin a'r parlwr, ac wrth i gwsg gydio ynof, do'n i ddim yn siŵr pryd yn union oedd hi.

Oeddwn i'n hen ac yn gwrando ar Llanw yn tacluso, ynteu o'n i'n fach unwaith eto, a Mam yn herian y tawelwch gyda sŵn llestri ac ochenaid brwsh ar lechi'r llawr?

Rhan III

Sepia

'**D**EWCH I LAWR i'r promenâd efo fi, Mam. Mi ewn ni am goffi.'

Roedd rhyw dawelwch llonydd yn perthyn i Mari. Phylodd o ddim yn ystod blynyddoedd y brofedigaeth a'r glasoed, na phan adawodd Benhelyg i fynd i goleg Bangor, ac wedyn i Lerpwl i nyrsio. Roedd hi'n enaid llonydd pan briododd â Stephen, pan ymgartrefodd y ddau mewn stad o dai ar gyrion y Rhyl a phan aned Sioned, eu merch. Mari, fy merch, yn drai o'r eiliad y daeth i'r byd. Roedd rhywbeth amdani, rhywbeth a deimlai'n sanctaidd. Doedd dim ond rhaid iddi droi ei llygaid mawr tywyll at Sioned pan oedd honno'n ferch fach bengaled, a byddai hithau'n llonyddu ac yn rhoi'r gorau i gamfihafio neu chwarae'n wirion.

Erbyn hyn, roedd Sioned ei hun wedi tyfu'n ddynes, ac roedd rhywbeth cyfarwydd yn ei natur, ei chymeriad yn pigo hen atgof o'r meddwl. Roedd ganddi flys crwydro a gweld y byd ac aeth i weithio fel athrawes yn Affrica. Yn awr ac yn y man, byddai llythyr yn siffrwd trwy fy mlwch post yn frith o stampiau lliwgar, a lluniau ohoni hi'n cofleidio plant yr ysgol a llawenydd yn llenwi pob gwên. Byddai'r llythyron yn fy aflonyddu. I beth roedd hi eisiau teithio mor bell? Am be roedd hi'n chwilio?

'Mae gen i de a choffi a chacen yma... I be awn ni i wastraffu'n pres mewn caffi?'

Ochneidiodd Mari, a gwenu. 'Mi dala i, Mam. Mi faswn i'n lecio prynu paned i chi, a mynd efo chi i lawr i Aberdyfi.'

'Does dim angen i ti.'

'Mi wn i hynny, ond dw i isio gwneud.'

Roedd hi'n hydref, a'r llif o ymwelwyr ar drai. Doedd pethau ddim fel y buon nhw. Roedd y gwesty mawr oedd wedi agor rhwng Aberdyfi a Rhowniar yn fwy moethus nag y bu'r Corbett, hyd yn oed, a'i leoliad ar ben y bryn yn golygu bod ffenestri'r lle yn syllu i lawr ar y pentref, yn uwch na phawb. Roedd yn brysur o hyd, ond tai haf oedd y ffasiwn erbyn hyn, ac roedd enaid y pentref yn gwywo gyda'r tywydd oer. Tŷ haf oedd ar y chwith i mi, a thŷ gwyliau ar y dde. Weithiau, yn nyfnder gaeaf, byddai'r lle'n teimlo mor anial â'r tyddyn ar y tywod. Fel petai pawb wedi gadael, heblaw amdana i.

Roedd popeth yn grand yma rŵan – Aberdyfi, lle i bobol fawr. Lle i fynd ar wyliau, lle i grwydro a gwario pres a chael hufen iâ. Lle i'w adael pan fyddai'r llwydni'n dechrau gafael.

Heibio'r Penhelyg Arms, oedd yn anadlu niwl o arogleuon bwyd hyfryd drwy'r drysau mawr. Heibio hen adeilad y bad achub, a hwnnw bellach yn ail gartref i rywun, neu'n drydydd hyd yn oed, rhywun na wyddwn i ddim amdanyn nhw. Heibio'r Institiwt, a'r angor mawr yn yr ardd, 'This old anchor was recovered from the river Dyfi in 1973' wedi'i grafu mewn llechen yn ei ymyl, fel carreg fedd i hen oes. Ac yna, y prom, mor lân â chynfas newydd, mor dlws â phlentyndod.

'Yn tydi'r cychod yn ddel, Mam?' sylwodd Mari, a chraffais ar yr holl gychod bach gwynion oedd yn britho aber lydan afon Dyfi. Cychod pleser bob un – cychod i ddiddanu meddyliau segur pobol oedd â gormod o bres ac amser hamdden. Yn y pellter, roedd tîm rhwyfo mewn cotiau achub, yn oren fel machlud, yn symud i rythm perffaith.

'Mae 'na gaffi newydd wedi agor lle roedd siop Davies y bwtshar erstalwm. Maen nhw'n dweud ei fod o'n lle neis iawn.'

Croesodd Mari a minnau'r ffordd i'r caffi bach, ac agorodd hi'r drws i mi gael mynd i mewn. Roedd arogl coffi yn lle oglau cig a gwaed, a byrddau bychain lle bu'r cownter, erstalwm, yn arddangos tafellau o gig coch ac adar noethion, marw.

Doedd yna ddim byrddau gwag wrth y ffenestri, felly eisteddon ni'n dwy yn y gornel bellaf, ger y wal.

'Be gymrwch chi, Mam?'

'Wyt ti wedi gweld y prisiau..?'

'Rhowch y gorau i boeni am bres.'

Roedd talu bron i bumpunt am ddarn o gacen yn teimlo'n wrthun i mi, ond doedd dim pwrpas cwyno. Archebais bot o de a chacen sbwnj, a gofynnodd Mari am goffi a chacen gaws.

Sylwais ar y ffordd roedd hi'n gwenu ar y weinyddes wrth archebu a sylwi ar feddalwch addfwyn ei llais. Roedd ganddi natur mor annwyl – fedrwn i ddim deall o ble y cafodd ei chymeriad.

Wrth aros am y baned a'r gacen, cododd Mari ar ei thraed a chraffu ar y lluniau mawrion oedd yn gorchuddio'r waliau.

'Sbïwch, Mam. Hen luniau o Aberdyfi.'

Codais innau, ac edrych ar y ffotograffau du a gwyn. Roedd y rhan fwyaf yn rhy hen i mi eu cofio – yn dangos hen longwyr a chapteiniaid ar fyrddau llongau hwylio, a phlant bach yn rhedeg yn droednoeth ar lôn fudr a oedd rŵan yn bromenâd taclus.

'Efallai fod Nain ymhlith y plant yma,' meddwn. 'Er, fyddwn i ddim yn ei nabod hi'n ferch fach.'

Doedd dim lluniau ohoni'n bodoli o gwbl, cyn belled ag y gwyddwn i, ddim hyd yn oed fel hen ddynes. Ond ro'n i'n dal i gofio pob rhan ohoni – y crychau o boptu ei llygaid; ei phlethen hir fel rhaff; ei dwylo main, cam.

'Be am eich rhieni, Mam? Fyddech chi eu nabod nhw mewn llun?'

Ysgydwais fy mhen. Ffrwyth dychymyg oedd y ddelwedd yn fy meddwl o Mam Ni Oll. Fedrwn i ddim cofio i mi ofyn i Nain erioed sut un oedd hi. A doedd fy nhad ddim wedi teimlo'n bwysig i mi erioed – ddim hyd yn oed yn ddigon pwysig i Nain greu chwedl amdano.

'Ydach chi ddim yn chwilfrydig? Mi fyddai'n hawdd dod o hyd iddyn nhw mewn cofnodion.'

Ysgydwais fy mhen eto. Ro'n i wedi creu hanes i Mam Ni Oll, ac roedd hynny'n ddigon. Fyddai ffeithiau moel – dyddiadau geni, priodi, marwolaeth – yn cynnig dim byd ond dadrithiad.

'Mae'r rhain 'chydig yn fwy diweddar,' sylwodd Mari wrth symud ei llygaid ar hyd y wal.

Syllai pâr o lygaid cyfarwydd arna i, yn fud ac yn llonydd yn y llun.

'Bet!' ebychais mewn syndod. Faint oedd ei hoed hi yn y llun? Naw neu ddeg, yn sefyll ymhlith criw o blant ar y prom. Ro'n i'n cofio'r gardigan honno roedd hi'n ei gwisgo. Edrychai'n frown yn sepia'r llun, ond glas golau oedd hi go iawn. Roedd hi'n gwenu, fel arfer, gymaint felly nes bod ei llygaid bron ynghau. Gwenais yn ôl arni. Fedrwn i ddim peidio.

'Be ddigwyddodd iddi?' gofynnodd Mari.

'Dwi'n meddwl ei bod hi a'i gŵr wedi symud, ac mi aeth ei rhieni i fyw efo nhw.'

'Biti i chi golli cysylltiad. Roedd hi fel chwaer i chi, yn doedd?'

Atebais i ddim. Doedd neb wedi medru gwneud i mi deimlo mor ysgafn fy ysbryd ag y byddwn pan fyddwn yng nghwmni Bet.

'Ew! Sbïwch ar hwn, Mam… Am foi golygus…'

Roedd ei weld o yno, yn hanner gwenu ar y camera ac

arna i dros yr holl flynyddoedd, fel petai rhywun wedi rhoi dwrn yn fy mherfedd. Eisteddais ar y gadair agosaf, cyn codi'n syth, yn ysu am gael craffu ar y llun unwaith eto. Poethodd fy ngruddiau a theimlwn chwys yn pigo fy nghorff.

Roedd hi wedi bod yn ddiwrnod braf, mae'n rhaid, pan dynnwyd y llun. Medrwn ddychmygu'r amgylchiadau i gyd – bore heulog, a chlecian rhaffau yn erbyn polion y cychod. Awel ffres o'r gorllewin, a sŵn y tonnau fel anadl o'r hen amser. Y *Sarah* yn gnewyllyn i'r pentref, a Gorwel yn ddyn ifanc heini, hyfryd, yn wên o glust i glust ar fwrdd yr hen long. Wedi troi i wynebu'r camera, a gwên falch, gwên fodlon, yn dangos rhes o ddannedd.

Welais i mohono ers hanner canrif. Wedi'r holl flynyddoedd, roedd hi'n dal yn loes calon i mi fod y ffasiwn ddyn wedi dewis fy ngadael. Roeddwn i'n dal i fethu meddwl amdano, yn methu dweud ei enw. Fo oedd fy ochr arall, yr efell da, hanner golau y lleuad. Gorwel, fy ngorwel.

'Ydach chi'n 'i nabod o?' gofynnodd Mari wrth weld fy ymateb. 'Oedd o'n gariad i chi?'

'Dyna Gorwel.'

Syllais arno, a syllodd Gorwel yn ôl, fel petai o'n medru fy ngweld. Fedrwn i ddim deall y ffaith mai fel yma y dychwelodd o yn y diwedd – mewn ffotograff, yn fud ac yn llonydd ac yn ifanc o hyd.

'Eich brawd?' Craffodd Mari ar ei hewythr. 'Yn doedd o'n ddyn del! Mae 'na rywbeth tebyg i Dewi ynddo fo…'

'Gorwel,' meddwn eto, ac roedd goslef fy llais yn uwch nag arfer, fel llais merch ifanc.

Daeth y weinyddes â'n paneidiau a'n cacennau. Eisteddon ni'n dwy, ond ro'n i'n teimlo'n benysgafn. Fedrwn i ddim credu ei fod o yno, yn syllu arna i a minnau'n hen ddynes, yn fy ngwylio i'n codi 'mhaned â llaw sigledig.

'Be ddigwyddodd iddo fo, Mam?' gofynnodd Mari'n dawel, yn gwybod bod yr ymholiad yn un sensitif.

Prin iawn ro'n i wedi siarad am fy mrawd efo'r plant. Dim ond ateb eu cwestiynau yn sydyn fyddwn i, a gorffen y sgwrs cyn iddi ddechrau gyda 'Mae o'n byw yn bell.'

'Mi aeth i'r rhyfel, i'r llynges – roedd o wedi gwirioni efo'r môr. Wedi'i swyno ganddo fo, ers y dechrau un.'

Gallwn ei weld, yn fy meddwl, yn chwarae yn y dŵr, y tonnau'n cyrraedd ei fogail, ei wallt wedi'i dywyllu gan y môr.

'Fuodd o farw yn y rhyfel?' gofynnodd Mari, wedi'i synnu gan y syniad y gallasai yna fod gysylltiad rhyngddi hi a hanes na wyddai hi fawr ddim amdano cyn hyn.

Ysgydwais fy mhen. Llyncais fy mhoer, fy ngheg yn felys wedi'r gacen, cyn ateb yn chwerw, 'Mi wnaeth o fyw, ond ddaeth o byth yn ôl. Chlywais i ddim gair ganddo fo wedyn.'

Syllodd Mari arna i'n gegrwth. 'Penderfynu peidio dychwelyd, 'lly?'

Nodiais. Do'n i ddim wedi mynegi'r geiriau hyn o'r blaen wrth undyn, heb adael i mi fy hun rannu'r galar oedd wedi pwyso mor drwm arnaf. Troais fy mhen i edrych ar y llun eto. Roedd o'n dal i wenu.

'O, Mam. Mae'n ddrwg gen i.'

Estynnodd ei llaw dros y bwrdd a chydio yn fy llaw i. Gweithred fechan, ond roedd hi mor hir ers i unrhyw un gydymdeimlo â mi am i mi golli Gorwel. Prin iddo ddigwydd o gwbl. Aethai ei enw'n rheg yn y pentref, yn air i'w osgoi gan mai wedi dewis mynd oedd o, ddim wedi'i gymryd fel y bechgyn eraill. Fedrai neb gydymdeimlo'n iawn, am nad oedd o wedi marw. Roedd Dai wedi bod yn gwbl dawel ar y pwnc, ac roedd rhyw gyhuddiad amhenodol yn ei ddistawrwydd.

Ysgydwodd Mari ei phen, a chymryd llymaid o'i choffi. Roedd hi'n hŷn nag oeddwn i pan laddwyd Dai, yn hŷn nag y medrwn i ei dderbyn, a minnau'n dal yn cofio'i harogl pan oedd hi'n fabi. Yn ei gwallt roedd stribedi o arian yn lliwio'r tywyllwch, fel deryn du oedd wedi colli ei sglein. 'Diolch byth 'mod i a Dewi mor agos. Er ei fod o'n byw yn bell, fyddwn i ddim yn gallu gwneud hebddo fo, wchi. Biti nad oedd gynnoch chi a Gorwel berthynas fel'na.'

Cofiais ei anadl o, yn cysgu yn y gwely bach wrth fy ymyl bob nos. Ei law yn fy nhynnu wrth i ni redeg ar hyd y tywod. Yn gwibio o'm blaen ar y ffordd i'r ysgol, gan stopio bob hyn a hyn i droi carreg neu i archwilio cragen.

'Roeddan ni'n agos iawn, Mari. Wedi bod efo'n gilydd erioed.'

Caeais fy llygaid, yn dychmygu fy hun, yn ferch fach, yn tynnu fy mwtsias trwm ac yn rhedeg ar ôl fy mrawd. Yr haul yn cynhesu fy wyneb, y cerrig mân a'r tywod yn dal fy sylw. Minnau'n craffu bob hyn a hyn ar y patrymau, yn pwyllo wrth redeg i deimlo graen neu lyfnder y cerrig. Yn ymuno â Gorwel yn y môr, yn taflu dŵr hallt arno dan chwerthin. Y ddau ohonon ni'n chwarae, heb ofn, yn y dŵr.

Nid honno oedd y ferch fach fues i. Do'n i ddim fel fo. Petawn i wedi bod, fyddai Gorwel ddim wedi gorfod dengyd.

'Wnaethoch chi ffraeo?' gofynnodd Mari yn dawel, wedi'i dychryn gan y cryndod yn fy nwylo a gwelwedd sydyn fy ngruddiau.

Ysgydwais fy mhen. 'Ro'n i'n faich arno fo, dwi'n meddwl.'

'Hyd yn oed ar ôl i chi briodi?'

'Ia, hyd yn oed bryd hynny.'

Y noson honno, dychwelodd Mari i'r Rhyl, ond ddim cyn fy nal yn ei breichiau, fel petai hi'n fam i mi. Ro'n i wedi colli fy fflach ar ôl gweld Gorwel, yn teimlo fymryn yn simsan ar ôl rhannu cyfrinachau blynyddoedd. 'Mi fedrwn i ffeindio allan be ddigwyddodd iddo fo,' sibrydodd yn fy nghlust wrth i'w breichiau praff fy sadio yn ei chynhesrwydd. Fel yna'n union yr arferai Nain gydio ynof fi, yn gadarn, yn saff. 'Efallai ei fod o'n dal yn fyw. Efallai y byddai posib i chi ei weld o eto.'

'Paid â chwilio amdano fo,' erfyniais dan fy ngwynt.

'Fyddwch chi ddim yn faich arno fo bellach, Mam. Tydach chi 'rioed wedi bod yn faich ar unrhyw un, ddim ers dw i'n eich nabod chi.'

Mi fyddai o'n hen ddyn rŵan, yn crebachu, fel fi. Yn fy nychymyg, roedd o wedi parhau'n ddyn ifanc ar fwrdd llong, ei gorff yn dalsyth ac yn llyfn, a'i wyneb yn sglein o wên. Allai o byth fod yn hen – ysbryd plentyn oedd ganddo.

'Tydw i ddim am ei weld o.'

'Olreit. Wna i ddim byd.'

Pan ddaeth düwch y nos, a minnau ar fy mhen fy hun yn y tŷ, meddyliais am y lluniau yn y caffi – Bet a Gorwel, y ddau a gerais i go iawn, heb amodau. Nain, Gorwel, Bet, Dewi a Mari. Nhw roeddwn i wedi'u caru, a neb arall.

A heb roi cyfle i mi fy hun ystyried y peth, estynnais y llyfr ffôn a llenwi tawelwch y tŷ efo sŵn fy llais fy hun yn gofyn, 'Helo? Ydi Bet yna, plîs?'

Lai nag wythnos yn ddiweddarach, ac wedi sawl galwad ffôn arall i geisio canfod fy hen ffrind, cyrhaeddais Blas y Gader ar y bws deg o'r gloch. Fûm i ddim yno o'r blaen – hen blas ger Dolgellau oedd bellach yn gartref henoed. Feddyliais i erioed y byddai Bet yn byw yn y ffasiwn le crand. Byddai Miss James wedi bod wrth ei bodd. Roedd cerrig mân dan draed ar y dreif ac eiddew trwchus yn dringo waliau'r plas.

Roedd y lle yn llawn hen bobol, merched gan mwyaf, a phawb yn fusgrell ac yn symud yn araf, y boen yn amlwg ar eu hwynebau. Bechod drostyn nhw, meddyliais, nes i mi sylweddoli 'mod innau 'run fath â nhw. Byddwn i'n ffitio yma.

Roedd y ddynes wrth y ddesg wedi dweud bod Bet yn yr ystafell haul, ond fedrwn i ddim gweld unrhyw un tal, sgwâr â gwallt nyth brân yno. Craffais ar y merched i gyd, ond oni bai ei bod hi wedi troi a sylwi arnaf, fyddwn i byth wedi dweud mai Bet oedd y ddynes fach oedd yn hanner llenwi cadair freichiau yn y gornel.

'Llanw!' ebychodd, ac amneidio arna i i eistedd yn ei hymyl. Roedd ei llais yn wahanol, yn cracio i gyd.

Cerddais ati dros y carped crand, fel yr un oedd yn nhŷ ei rhieni pan oedden ni'n blant. 'Bet,' meddwn, gan adnabod y wên, er mor wahanol oedd y gweddill ohoni. 'Wyt ti'n meindio 'mod i wedi dod?'

Ochneidiodd Bet. 'Rydw i wedi bod yn aros amdanat ti ers hydoedd.'

Sgwrsiodd y ddwy ohonom, a llenwi gwagle'r blynyddoedd. Roedd hi mor ddireidus ag erioed, yn chwerthin fel y gwnâi pan oedd hi'n blentyn, a'i llygaid yn dal i ddisgleirio. Gyda phob brawddeg, roedd y pleser o fod efo hi eto yn tyfu, ond roedd rhywbeth arall hefyd: yr holl flynyddoedd a dreuliais hebddi, yr holl sgyrsiau a gollwyd.

'Dwi'n difaru i ni golli'n gilydd,' meddwn yn sydyn, pan oedd hi yng nghanol sôn am yr adeg pan symudodd hi i'r cartref henoed wedi iddi golli ei gŵr.

'A finna. Ond dwi ddim yn meddwl y byddai petha wedi gallu bod fel arall, wsti. Roeddan ni'n flin efo'n gilydd yn lle bod yn flin efo Gorwel.'

Llyncais fy mhoer wrth glywed ei enw eto. Wedi'r sgwrs efo Mari yn y caffi a'r sgwrs efo Bet rŵan, teimlai fel petai rhan o'm brawd yn cael ei hatgyfodi.

'Ches i ddim ffrind go iawn ar d'ôl di,' cyfaddefais, gan

glywed fy llais fy hun yn hen. 'A chdi o'n i angen. Pan oedd
y plant yn fach, a Dai'n gweithio, a finna yn y niwl mwyaf
ofnadwy...'

Cododd Bet ei phen i edrych drwy ffenestri mawrion yr
ystafell haul. Roedd radio'n parablu yn rhywle, a theledu
ymlaen yn uchel mewn ystafell arall. Syllais ar fy ffrind gorau.
Roedd ei gwallt yn llwyd rŵan, ac wedi'i dorri'n fyr. Tystiai'r
crychau o amgylch ei llygaid i'r ffaith ei bod hi wedi treulio'i
bywyd yn gwenu. Roedd y dwylo oedd wedi plygu dros ei gilydd
ar ei glin hwythau'n grychau mân. Fyddwn i byth wedi nabod
y dwylo yna. I mi, ewinedd budr a bysedd hirion, trwchus
oedd gan ddwylo Bet.

Roedd hi mor dlws yn ei henaint, mor heddychlon. Fel petai
hi wedi gwneud digon o fyw a theimlo i haeddu'r gorffwys yma
rŵan. Ar ôl bywyd o fod yn blaen, roedd Bet wedi blaguro'n
brydferth o'r diwedd. Sylweddolais 'mod i'n ei charu hi fel
petai'n chwaer i mi.

'Ro'n i'n dy gasáu di, Llanw.'

Trodd Bet ei llygaid mawr tuag ataf, a synnais weld ei bod
hi'n crio. Yr un llygaid â phan oedd hi'n saith oed; yr un
dagrau rhwystredig â phan gâi row am fethu gwneud ei sýms
yn yr ysgol.

'Ro'n i'n meddwl am 'chydig dy fod ti'n gwybod lle roedd
Gorwel. Yn ei guddiad o rhagdda i. Ro'n i'n eich dychmygu chi
efo'ch gilydd, yn chwerthin ar fy mhen i.'

Cydiais yn ei llaw, ac eisteddodd y ddwy ohonom felly, dwy
hen ddynes yn crio dagrau difaru.

'Fo sbwyliodd bob dim,' meddwn yn dawel, heb deimlo'n
euog yn yngan y fath eiriau. 'Roedd o'n gachgi, yn ein gadael
ni fel'na. Wnes i ddim gallu derbyn y peth erioed. Dyna pam
wnes i...' Fflachiodd delwedd i'm meddwl: dwylo mawr; oerni
llechi llawr cegin Nain dan fy nghorff noeth; blas y môr ar geg

ddieithr John. 'Wel, mi wnes i chwilio amdano fo ym mhob man, yn fy ffordd fy hun.'

Arhosais am dair awr efo Bet y diwrnod hwnnw. Er i ni grio, chwerthin wnaethon ni ran fwyaf. Doedd Bet ddim wedi colli dim o'i hwyl, a bu bron i mi â thagu chwerthin wrth iddi ddynwared Miss Jenkins 'rysgol, a hithau'n dal i fedru cofio'i llais main a'i hwyneb llawn difrifoldeb.

'Ac wyt ti'n cofio Master Smith, y cythraul drwg iddo fo?' meddai Bet wedyn, wedi ei bywiogi gan yr atgofion. 'Mi fyddai wedi cael y sac heddiw.'

'Byddai,' cytunais, cyn cyfaddef, 'Ond ew, o'n i'n ei ffansïo fo wsti.'

Syllodd Bet arna i'n gegagored. Ymateb merch bymtheg oed mewn hen ddynes fusgrell. 'Nag oeddat!'

'Wir i ti. Hyd yn oed ar ôl y pysgod aur.'

Cyn i mi fynd, a minnau wedi ymlâdd ar ôl eithafion emosiwn, cododd Bet a chofleidiodd y ddwy ohonom, gan wasgu hen gyrff main ein gilydd yn dynn, dynn.

'Wyt ti'n maddau i mi?' sibrydais yn ei chlust.

'Os wyt ti'n maddau i mi.'

A theimlais rhyw gylch yn cael ei gyfannu, fel petai fy hanner arall – Bet, nid Gorwel – wedi dychwelyd.

Mae'r gwaith yn hawdd, ond mae'n cymryd amser. Ailosod llechi sydd wedi'u disodli, clirio'r gwteri uchaf a thrwsio'r craciau, a newid estyll llawr yr atig, sydd wedi pydru o ddiffyg gofal. *Joban ddiflas*, meddylia Dai, ond nid yw'n anodd nac yn rhy beryglus, ac mae hi'n braf cael gweithio mewn tawelwch, heb neb yn tarfu arno nac eisiau sgwrsio ag o.

Mae ei ewythr wedi rhoi'r gorau i weithio ers rhai blynyddoedd, ei ben-glin yn ei boeni, ac er na wnaiff gyfaddef hynny, mae Dai'n hoffi gweithio ar ei ben ei hun. Y lleiaf oll sy'n rhaid iddo sgwrsio, y mwyaf bodlon ei fyd ydi o.

Do'n i ddim yn arfer bod fel yma, meddylia wrth godi astell a honno'n briwsioni dan ei fysedd, wedi treulio blynyddoedd dan dwll yn y to. Yn ei lencyndod, byddai'n ymhyfrydu mewn bod mewn cwmni, yn mwynhau gwefr trafod a thynnu coes a theimlo tân enaid rhywun arall.

Gyda Llanw hefyd, yn y dechrau...

Mae Dai'n eistedd yn ôl a rhoi llonydd, am eiliad, i'r pren. Yn cofio'r ffordd y byddai hi'n trio diflannu, yn cerdded â'i phen i lawr, ar gyrion y stryd, yn methu edrych i lygaid neb. Doedd hi ddim yn dlws, ond roedd rhywbeth amdani wedi'i ddenu. Efallai mai sialens oedd hi, ac yntau eisiau codi gwên ar yr wyneb bach ofnus, eisiau clywed ei chwerthin.

Mae o wedi bod yn siom. Gŵyr hynny yn fwy sicr nag unrhyw beth, ac mae o'n dal i frifo.

Yn eu gwely priodasol ar y noson gyntaf honno, gwnaethai ei orau i wneud rhywbeth nad oedd unrhyw un wedi'i ddysgu sut i'w gyflawni. Cafodd ei ddychryn gan ei chorff, heb wybod, cyn hynny, beth i'w ddisgwyl. Gobeithiai nad oedd o wedi'i brifo hi, ond gwyddai iddo'i chreithio gyda'i garu mecanyddol, diemosiwn. Sut roedd trwsio hynny? Byddai wedi medru, petai o'n ddoethach a heb ei lethu gan nerfusrwydd ac ofn, gofyn 'Be wyt ti eisiau?' Dyna'r oll y byddai wedi gorfod ei wneud, a byddai pethau wedi bod yn wahanol. Ond ofynnodd o erioed. Roedd hi'n dorcalonnus o fewnblyg ac wedi'i siomi ynddo.

Ac, wrth gwrs, roedd Gorwel.

All o ddim meddwl am hynny'n iawn – mae'r syniad yn ffiaidd iddo. Y ffordd yr arferai Llanw edrych ar ei hefell, y wên honno a gâi ei chadw ar ei gyfer o'n unig. Y ffordd y ceisiodd enwi Dewi ar ei ôl o, fel petai ei mab hi'n blentyn i'w brawd.

Oedden nhw wedi gorwedd efo'i gilydd erioed?

Mae Dai'n ochneidio yn nhawelwch yr atig, cyn codi ar ei draed a chrwydro draw at y ffenest. Mae hi'n ddiwrnod mor braf, diwrnod i nofio.

O ffenestri atig y Corbett y mae'r olygfa orau o'r pentref, ac mae Dai'n syllu allan dros dwyni'r cwrs golff a gweld y môr. Yn y pellter, saif y tyddyn bach lle magwyd Llanw, ac mae Dai'n cofio cerdded yno dros y tywod, a llafn trwchus o wydr glas yn drwm yn ei freichiau. Roedd o wedi gwenu wrth ei osod yn ei le, wedi chwerthin yn dawel iddo'i hun wrth ddychmygu ymateb Llanw pan ddychwelai adref o'i gwaith yn y gwesty. Yr holl ffordd yn ôl i'r pentref, canodd y gân werin i mewn i'r gwynt, 'Os daw fy nghariad i yma heno i guro'r gwydr glas...'

Mae rhywbeth yn dal ei sylw, ac mae Dai yn crychu ei lygaid i graffu.

Dau ffigwr yn y dŵr, ymhell, bell. Yn ymyl y tyddyn. Mae Dai'n llyncu. Mae o'n adnabod siâp ei wraig, hyd yn oed o bell. Ei gwallt yn belen ar ei phen, a'i chroen yn welw fel y bore. Y dyn yn ei hymyl – gwallt tywyll, ysgwyddau llydan, lliw haul. Y cigydd? John rhywbeth? Ie, efallai.

Llanw yn nofio?

Ei hofn mawr hi ydi'r môr, y dŵr, y llanw a'r trai. Ond dacw hi, yn nofio, wedi'i throchi ei hun yn ei hofn – Llanw, ei wraig.

John sy'n gwylio ei wraig yn nofio. Mae'r weithred honno'n fwy rhamantus, yn fwy cysurus nag unrhyw beth a wnaeth Dai efo'i wraig erioed.

Mae Dai'n croesi'r atig i eistedd ar yr hen *chaise lounge* sydd wedi'i gadael ger y wal.

Dydi o ddim yn adnabod Llanw.

Ei fai o, efallai. Ei fai o, mae'n siŵr. Yn ei gwrthod hi, dim ond am nad oes ganddo flys am ei chorff. Yn troi ei gefn ati, ac yn ei gwrthod hi dro ar ôl tro. Yn disgwyl iddi fyw bywyd hesb am na all o gynnig dim iddi. Mae Llanw'n haeddu gwell, a dyma hi wedi dod o hyd iddo. Rhywun i ddysgu iddi sut i nofio.

Dyna'r egin.

Gwreichionen fach: yr ateb, yn syth. Tân. Y gwrthwyneb i ddŵr, yn ddiwedd arno fo ac yn rhoi rhyddid i Llanw – dim ond damwain, marwolaeth drasig. Mae Dai mor flinedig, a phob gobaith y gall Llanw setlo i fwynhau bywyd tawel wedi'i chwalu wrth iddo weld y ddau ffigwr yn y dŵr. Petai'r ddau ffigwr wedi bod ynghlwm, yn cusanu ar y traeth neu'n caru yn un o'r twyni, mi fyddai o, efallai, yn meiddio brwydro. Ond does ganddo ddim gobaith yn erbyn dyn sydd â phwysau'r môr yn ei feddiant.

Bydd yn dychwelyd i'r tŷ y noson honno a smalio na welsai o unrhyw beth. Yna mwynhau ambell noson o glywed synau ei blant yn adrodd eu hanesion am yr ysgol, yn dadlau ac yn chwerthin. Yn gwylio Llanw, gan archwilio ei symudiadau a'i hosgo heb iddi sylwi ei fod o'n edrych. Yn gwerthfawrogi, am ychydig, y bobol y mae o'n eu caru'n dawel, er nad ydi o'n gwybod sut i ddangos hynny.

Wedyn, mae Dai'n penderfynu, bydd yn creu fflamau mawrion, ac yn aros yn yr atig wrth i'r tân gydio. Anwybyddu'r cyfle i ddengyd. Gorwedd yn niwl y fflamau, a meddwl am ei wraig a'i blant a'r holl deimladau na all eu teimlo ar dir y byw. Bydd ei hoff beth, ei gariad cyntaf, yn trechu'r cyfan: tawelwch.

Y Chwedl Olaf

UN BORE, DEFFRAIS i fudandod llwyr.

Eisteddais i fyny yn y gwely, yn clustfeinio am anadl y tonnau y tu allan. Do'n i erioed wedi byw heb glywed y sŵn hwnnw. Roedd o wedi bod mor ddibynadwy â churiad fy nghalon. Roedd rhywbeth wedi digwydd.

Teimlwn fy hun yn dechrau mynd i banig, yn chwysu ac yn gwrido wrth feddwl am y peth. Beth os oedd y llanw wedi stopio? Y tonnau wedi llonyddu dros nos, a'r dŵr fel llyn – *sea change* go iawn, a chymeriad y ddaear wedi'i newid am byth.

Codais ar draed simsan, yn benysgafn oherwydd y distawrwydd newydd. Agorais lenni fy ystafell wely, ac er mawr syndod i mi, roedd popeth yr un fath. Yr un môr, yr un tonnau, yr un bobol yn cerdded ar hyd y stryd islaw. Fi oedd wedi newid.

Ychydig wythnosau'n ddiweddarach, a'r teclynnau clyw newydd yn fy nghlustiau, clywn unwaith eto sŵn y llanw, er nad oedd o yr un fath chwaith. Weithiau, byddai rhyw nam ar y teclynnau yn golygu 'mod i'n clywed rhyw sŵn uchel, main. Ambell dro, byddwn yn siŵr mai sŵn clychau oedd y tincial, a Chantre'r Gwaelod, o'r diwedd, yn fy ngalw i o'r dyfroedd. Efallai y byddai hynny'n arwydd o rywbeth – yn rhybudd bod y diwedd ar droed, bod Mam Ni Oll yn canu'r gloch i alw ei hunig ferch yn ôl i'w chôl.

Sŵn plant yn chwarae, a sgrech y gwylanod. Pobol newydd sbon, yn llawn gobaith a chwerthin. Eisteddais yn drwm ar y fainc yn ymyl y môr, yn gwrando ar eu twrw hyfryd nhw. Fedrwn i ddim peidio â gwenu.

Ar safle'r hen Corbett, roedd ysgol gynradd y pentref – adeilad bach hyll, yn gywilyddus o ddiaddurn o'i gymharu â'r hen westy crand. Gwnâi hynny synnwyr i mi, rywsut. Sŵn plant bach lle bu dinistr, llwch a marwolaeth. Llanw a thrai. Gorwelion newydd.

Roedd hi'n oer, a doedd mis Tachwedd ddim yn cynnig unrhyw gynhesrwydd. Roedd y daith i'r tyddyn wedi mynd yn ormod i mi, a dim ond at y fan hyn y medrwn gerdded yn awr. Tybed oedd y waliau'n dal i sefyll? Y llechi'n dal ar y to? Oedd y tywydd wedi malu'r gwydr glas bellach?

Deuai rhywun arall ar hyd y tywod – hen ddyn, wedi'i blygu gan oed. Yn hŷn na fi, penderfynais. Chwarae teg iddo am gerdded y tywod yn ei gyflwr o. Roedd y meddalwch dan draed yn simsanu hen draed.

Nodiodd yn serchus wrth basio, a sylwais mor dlws oedd lliw porffor ei sgarff wlân, mor barchus oedd ei wên.

'Tywydd braf,' meddai, a llais hen ddyn ganddo, yn grychau i gyd.

'Oer, ond braf,' cytunais yn boléit.

Er ei fod wedi pasio, dychwelodd yr hen ŵr, ac eistedd ar ochr bellaf y fainc. 'Mae'n braf clywed y plant bach yn chwarae.'

'Ydi,' cytunais, a minnau heb ddysgu sut i siarad yn wag â dieithriaid, hyd yn oed wedi'r holl flynyddoedd o ymarfer.

'Ydach chi'n lleol?' gofynnodd y dyn, gan droi i graffu arna i.

Fedrwn i ddim edrych yn ôl, na dal llygaid y dieithryn.

'Byddwn i'n arfer dod yma, weithiau, pan o'n i'n blentyn. Be ydi'ch enw chi?'

'Sarah,' atebais, gan godi oddi ar y fainc. 'Pnawn da, rŵan.'

'Hwyl i chi, Sarah.'

Fedrwn i ddim cerdded llawer pellach. Roedd y gwynt yn rhy fain, a'm dwylo wedi merwino yn yr oerfel. Ond cerdded wnes i, a sefyll, am ennyd, yn gwrando ar sŵn y tywod yn gwmwl wrth iddo chwythu a sisial, fel ysbrydion, lleisiau o'r dyddiau a fu.

Erbyn i mi droi'n ôl, roedd yr hen ddyn wedi mynd, ac wrth i mi agosáu at y fainc teimlwn yn euog i mi roi enw ffug iddo. Do'n i ddim am esbonio i ddieithryn pam 'mod i wedi cael fy ngalw'n Llanw. Enw dynes ifanc oedd hwnnw, a bellach swniai'n ffôl ac yn rhamantus i hen wraig fel fi.

Roedd patrwm yn y tywod. Symudais i gael gweld yn well. Llythrennau wedi'u crafu ynddo, gan yr hen ddyn, mae'n siŵr.

LLANW

Edrychais i fyny i chwilio amdano ar hyd y llwybr, ond roedd Gorwel wedi mynd.

Manon Steffan Ros

Fel Aderyn

'Mae'r cariad rhwng
mam a merch yn
llifo fel medd cynnes
drwy'r nofel'
Gwenan Mared

Nofel gyntaf awdures *Blasu*

y Lolfa

Enillydd Gwobr Barn y Bobl yng ngwobrau Llyfr y Flwyddyn, 2010

£8.95

Manon Steffan Ros

Blasu

y Lolfa

Enillydd y categori Ffuglen yng ngwobrau Llyfr y Flwyddyn, 2013

£8.95

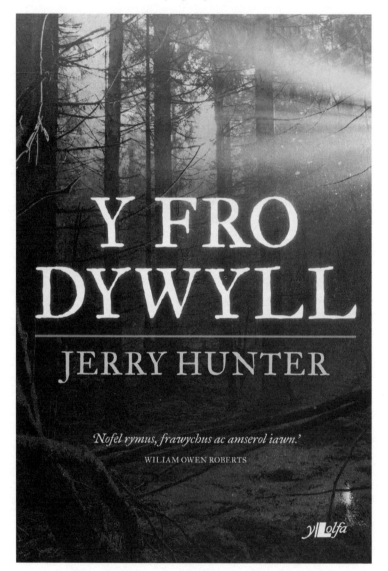

Y FRO DYWYLL

JERRY HUNTER

'Nofel rymus, frawychus ac amserol iawn.'
WILLIAM OWEN ROBERTS

y Lolfa

£9.95